KB239449

한국 근대 문학의 형성과 발전

국제어문학회 편

보고사

우리 《국제어문학회》는 최근 비약적인 발전을 거듭하고 있다. 외국어문학 전공자들의 폭넓은 참여를 유도하여 한국어문학의 국제적인 지평 확대를 꾀하며, 학회의 주요 결정 기구에 젊은 학자들을 포진시켜 신진 연구자들의 용기와 도전을 적극적으로 수용하고 있는 미래 지향적인 학회로 정평을 얻어 가고 있다. 그래서 학회의 역사는 짧지만 젊은 학회로서의 참신한 기풍을 세워가면서 민주적인 학회운영을 위해 배전의 노력을 기울이고 있다.

이렇게 활발한 활동과 발전을 거듭하고 있는 본 학회의 모습을 보여주는 조그마한 징표와도 같은 것이 바로 이 책이라 할 수 있다. 이 책에 실린 글들은 최근 본 학회의 세미나에서 활발하게 토론되고 학회지에 발표된 근대문학의 형성에 관한 논문들이다.

최근 우리 학계에서 근대 문학의 형성에 관한 문제는 가장 중요한 논점이 되어왔다 해도 과언은 아니다. 임화의 《신문학사》에서 제기된 이식문학론부터 시작한 근대문학의 형성에 관한 논의는 다양한 논의와 발전을 거듭해왔다. 한때는 우리 근대 문학의 형성 시기를 영·정조까지 끌어올리면서 우리 근대문학의 주체적 발전 가능성을 제기하는 등 근대문학의 시작에 관한 문제가 중요한 쟁점이 되기도 하고 또한 최근에는 '미적 자율성'의 문제를 중심으로 근대문학의 성격에 관한 문제가 논의의 핵심이 되기도 했다.

하지만 이제까지의 논의는 근대문학의 형성에서의 주체의 문제가 빠져 있었다. 우리에게 문학이 정녕 무엇이며, 무엇을 할 수 있으며, 무엇을 해야 하는가 하는 등의 문제들과 같은 문학 본연의 문제는 그것을 담당하고 있는 인간의 문제라 할 수 있다. 문학이 인문학의 중요한 영역 중 하나인 것도 바로 이 점 때문일 것이다.

문학을 만드는 사람들이 가지는 인간적 고민과 그들이 문학을 통해 구성하려했던 인간의 모습에 대한 올바른 이해를 통해 우리문학의 근대를 이해하고자 한 것이 이 책의 목적이다.

이 책의 1부에서는 근대 문학의 개념과 근대 문학의 형성에 관한 주요 문학적 쟁점을 논한 글들을 실었고, 제 2부에서는 한 개인이나 한 작품에서 나타난 구체적인 양상을 고찰한 글들을 실었다.

하지만 여기 실린 글들의 세부적인 관점과 문제의식은 전체적으로 통일돼 있지 않으며, 논의의 단계도 다양한 편차를 보여준다. 이 때문에 독자 여러분들에게는 다소 혼선이 있을 수도 있을 것이다. 그럼에도 불구하고 이러한 관점과 문제의식의 편차는 그것 나름대로 가치를 지니는 것이라고 할 수 있다. 그러므로 편자들이 무리하게 교통정리하는 것은 배제하기로 하였다.

이 책을 통해 근대문학에 대한 논의가 결코 완결되는 것은 아니다. 단지 논의의 과정들을 보여주고 있는 것이라고 믿는다. 이 책의 논의들을 통해 우리 근대 문학에 대한 논의가 앞으로 더욱 깊어지고 진전되기를 기대한다.

마지막으로, 이 책에 원고를 실을 수 있도록 허락해주신 여러 필자분들과 책을 기획한 연구이사님들 그리고 책을 보기 좋게 만들어주신 보고사측에 감사드리며 서문에 대신한다.

2004년 4월 어느 봄날에……
국제어문학회

차 례

계몽가사의 인물형상화 방식과 내용구성의 특징
- 「초당문답가」와 비교를 중심으로 -

1. 문제제기

계몽가사는 1900년 무렵 『뎨국신문』에 등장하기 시작하여 1910년 8월 소위 한일합방이란 이름으로 대한제국이 멸망하기 직전까지, 『대한매일신보』를 중심으로 하여 활발한 생산양상을 보여주었던 일군의 가사작품들을 지칭한다. 기존 논의에서 '개화가사, 사회등가사'라 지칭되는 이 작품군들이 생산되었던 시기는 19세기말 20세기초에 걸쳐있다. 이 시기를 문학사에는 흔히 신문학 운동기라고 지칭한다. 이런 관점이 전제되어 있기에 이들에 대한 연구는 신시(新詩)적 형태의 탄생이라는 측면에서 '형식적 새로움'의 확인이라는 측면에서 시작되었고, 그 결과 서구에서 유입된 근대적 양식인 찬송가나 창가 혹은 육당의 신체시와의 형식적 유사점들이 강조되었다. 계몽가사가 생산되었던 시기의 한국사회는 신구교체의 전환기임에는 분명하다. 그렇다해도 20세기의 새로운 물결이 압도적인 우세를 거두고 있었던 것만은 아니다. 한국사회에 있어 19세기와 20세기의 교체는 단순한 신구교체만은 의미하지 않는다. 거기에는 새로운 문명, 즉 근대라고 하는 새로운 문명의 시작이 내포되어 있다. 이 즈음 새로운 사유방식들이 등장하였고, 이 새로움을 경계로 한국사회는 그 이전과 그 이후가 분명한 경계선을 가진다. 하지만 이렇게 '시대의 모퉁이를 돌아서는 전환의 시기에도 돌아서 가는 시간과 그 시간 속의 삶이 있다. 그리고 그 삶이 반영하는 시대의 특성이 있다. 왜냐하면 사람들의 삶은 연속적이기 때문이다'.[1]

그러나 기존 계몽가사 연구에 있어 이러한 관점은 무시되었다고 해도 과언은 아니다. 기존 논의는 계몽가사에서 신구의 경계선 이편에 있는 새로운 양상을 찾아내는 데 집중했고, 그것의 저편에 있는 전통적 양상들을 구태의연한 구시대의 잔재이거나 혹은 신구교체의 과도적 양상으로 치부하였다. 즉 '앞으로 진행해야 할 길, 밀려들어오는 새 물결에 의해 이때까지 진행하고 있던 길, 밀려간 물결의 의미는 대폭 축소되거나 삭제'[2]되었던 것이다. 그러나 '그전의 문명형태와 새로운 문명형태가 혼합진행하는 시기가 최소한 한 세대 이상은 진행된다는' 의견[3]을 참조해 본다면 계몽가사를 바라보는 데 있어 '밀려간 물결'은 단순한 과거의 화석화된 유산으로 여길 수만은 없다. 여기에는 당대인들의 '지속되고 있는 삶과 행동'을 폭넓게 살펴볼 수 있는 지표들이 살아 있을 것이기 때문이다.

이런 관점에서 그 동안 계몽가사의 연구가 20세기적 상황의 새로움에 방점을 찍고 19세기적 상황을 소홀히 취급하거나 혹은 무시한 그 동안의 관행에 문제를 제기할 수 있다. 본고에서는 계몽가사가 생산되던 시기, 정확히는 1900년에서 1910년에 걸친 시기를 '신문학운동기'라는 관점에서 탈피하여, '그전의 문명형태와 새로운 문명형태가 혼합 진행하던

---

1) 김용석, 『깊이와 넓이』, 휴머니스트, 2002, 12쪽.
2) 김용석, 위의 책, 같은 쪽.
3) 김용석, 위의 책, 14쪽.

혼합의 시기'로 보고, 여기서 발견할 수 있는 '그전의 문명형태'의 의미를 당대적 맥락 하에서 살펴보고자 한다. 이를 위해 「초당문답가」의 존재 양상에 주목할 필요가 있다. 교훈가사의 부류에 속하는 이 「초당문답가」의 작품들과 계몽가사의 거리는 흔히 고전문학과 근대문학 사이에 있는 거리만큼 이질적으로 느껴진다. 일반적으로 계몽가사는 근대문학을 완성해 가는 도정에 놓여 있는 20세기적 문학으로, 「초당문답가」는 고전문학의 마지막 단계에 놓여져 있는 조선 말기의 문학으로 간주되기 때문이다. 하지만 「초당문답가」와 계몽가사는 같은 시간, 같은 공간에 존재하고 있었던 동시대의 문학현상이었다.

가사 양식에서 유례가 없을 정도로 많은 이본들을 가지고 있는 가사집(歌辭集) 「초당문답가」는 19세기말에서 20세기초에 걸쳐 대중에게 상당한 호응을 얻어 널리 수용되었다. 그 인기는 1908년과 1914년에는 상업적 출판사인 보문사와 신구서림에서 각각 활자본으로 출판되는 데로 이어졌다. 이중에서 1908년 보문사에서 출판된『편편긔담警世歌』의 출판은 계몽가사를 집중적으로 창작되었던 시기와 겹쳐진다.4) 이 시기는 계몽가사의 형식이 완비되고 정기적으로 발표되는 시기이다.5) 이처럼 애국계몽기 문학사에서 계몽가사가 차지하고 있었던 영역은 「초당문답가」로 대표되는 조선후기의 교훈가사의 그것과 전혀 별개의 것이 아니었다. 이에서 계몽가사라고 하는 양식은 분명 20세기초 당대에 새롭게

---

4) 1908년 12월 3일자『대한매일신보』에 「편편긔담경세가警世歌」의 광고가 실려 있다. 광고문안은 다음과 같다;定價 십 五錢 右셔는 倫理上 緊密혼 奇談을 國文絶句로 編述ᄒ야 浮雜혼 男女의 悖習을 變惕悔改홀만혼 良셔니 壹般男女 敎育에 最適홈

5) 계몽가사의 형성과정과 형식적 특징에 관해서는 고은지, 「계몽가사의 형성과정과 그 형식적 특성의 의미」(『어문논집』 43, 민족어문학회, 2001) 참고.

등장한 문학양식이나, 이것이 전대의 문학양식을 일시에 소거하고 난데 없이 돌출된 현상이 아님을 확인할 수 있다. 계몽가사라고 하는 신양식 은 전대의 문학사와 일정정도 관련성을 맺고, 그것과의 '혼합지대'에서 생성된 것이다. 본고의 논의는 이 지점에서 출발하여, 이러한 혼합의 지 대에서 계몽가사가 어떻게 탄생하였으며 또한 어떠한 방식으로 자기만 의 영역을 구축해 가는지를 살피는 데 있다.

2. 계몽가사의 인물 형상화 방식 – '우부(愚夫)·용부(慵婦)형' 인물

계몽가사작품군 전편에 걸쳐서 유독 눈에 띄는 것은 부정적 인물들에 대한 비판과 조롱, 풍자이다. 이러한 부정적 인물의 형상화에는 당대의 문제적 현실이 구체적으로 반영되어 있음은 물론이다. 그런데 우리는 이런 부정적인 인물 형상을 교훈가사, 특히 19세기의 교훈가사들에서 어렵지 않게 발견할 수 있다. 가장 대표적인 것이 계몽가사와 동시대에 대중적인 인기를 끌었던 「초당문답가」에 실려 전하는 〈우부편〉과 〈용 부편〉의 인물형상이다.

> 宰相家에 請질하다 逢變하고 물러서며/남의 고을에 결태타가 閨禁에
> 쫓겨오기/婚姻仲媒 先綵돈에/無聊 보고 뺨 맞으며/家垈奐成 口文먹기 핀
> 잔먹고 자빠지기/不義行實 찌그렁이 僞造文書 非理好訟/富者나 후려볼까
> 甘言利說 꾀어보자[6]

위에 인용한 대목은 「우부가」의 세 등장인물 중 꼼생원의 작태를 형

---

6) 「초당문답가」에 실려 전하는 가사에 대한 주해는 정재호 저, 『주해 초당문답가』(박 이정, 1996) 참조.

상화한 부분이다. 재상가에게 청탁하다 봉변만 당하고 물러나고, 남의
고을에 가서는 염치도 없이 마구 재물을 긁어 모으다 잡인 금지령에 쫓
겨 나오고, 중매하는 신부의 예단을 빼돌리다 창피당하고, 부동산 중개
하는 데에는 구전 먹다가 핀잔이나 먹고 자빠지는 인물. 불의행실만 일
삼는 '찌그렁이'로 문서나 위조하고, 사리에도 맞지 않는 호송이나 좋아
하며, 이것도 모자라 부자를 감언이설로 꾀어낼 궁리만 하는 인물이 꼼
생원의 인물됨이다. 정말 온갖 나쁜 짓만 골라서 하는 인간이다. 이런
꼼생원이 어떤 일들을 자행하는지가 구체적인 행위 중심으로 매우 생생
하게 그려지고 있다. 계몽가사 발견할 수 있는 인물형상화의 방식 역시
이런 특징을 지니고 있다.

◀환희풍파 번복중에 위험흔일 불계ᄒ고 잠시영화 탐을내여 미두몰신
왕리ᄒ며 벼슬청촉 ᄒᄂ버릇 죽드리도 못고치니 ᄉ환죵ᄌ 이아닌가 ◀관
찰군슈 량단간에 긔어ᄒ나 엇어ᄒ고 큰밋쳔을 잡은ᄃ시 운동비를 치우랴
고 무죄량민 잡어다가 할육거피 ᄒ엿스니 탐학죵ᄌ 이아닌가 ◀션조빅골
쟈셰ᄒ며 묵은틱호 더디쓰는 량반위의 놀납도다 부민의게 호령ᄒ야 여간
젼지 쌧던긔습 지금ᄭ지 못ᄇ리니 토호죵ᄌ 이아닌가 ◀흐린졍신 깁히빅
여 창고흔일 말ᄒ면셔 기명ᄉ업 비방ᄒᆯ 제 ᄌ긔문견 올타ᄒ야 변혁시더
불계ᄒ고 녯날풍속 안곳치니 슈구죵ᄌ 이아닌가 ◀화복길흉 말ᄒ면셔 우
밍들을 유인ᄒ야 여간젼량 쎄슬적에 명산대디 잇다ᄒ고 션디고총 옴기기
로 ᄂᆷ의지산 탕패ᄒ니 슐긱죵ᄌ 이아닌가 ◀궁궁을을 도야디란 비긔쪽의
황당흔말 금셕ᄀᆺ치 굿게밋고 십승지디 잇다ᄒ야 아모효험 못보면셔 불원
쳔리 왕리ᄒ니 텬치죵ᄌ 이아닌가 ◀쥬ᄉ쳥루 잡기판에 밤낫으로 왕리ᄒ
며 용젼여슈 희학ᄒ야 뎌흔몸만 힝락키로 쳐ᄌ긔한 불고ᄒ고 무졍셰월 허
송ᄒ니 방탕죵ᄌ 이아닌가　　　　　　　　　　(1908.8.13, 「九惡種子」)[7]

---

7) 본고는 주로 『대한매일신보』를 통해 발표되었던 계몽가사를 대상으로 삼는다. 『대
한매일신보』는 1907년 5월부터 국한문판, 국문판 두 가지 버전으로 발행되었다. 때
문에 『대한매일신보』에 발표된 계몽가사들은 동일한 작품이 국한문 표기와 국문 표

사환종자(仕宦種子)에서 협잡종자(挾雜種子)까지 온갖 악행을 저지르는 인물에 대한 비난을 내용으로 하는 작품이다. 그런데 그 비난의 효과는 그들의 작태를 구체적으로 표현하는 데서 강도가 높아지고 있다. 그들이 어떤 행태들을 보이며, 그것이 얼마나 심각한 사회문제들을 야기하는가에 대한 문제의식과 고발의식이 구체적인 서술을 통해 직접적으로 표출되고 있다. 인물묘사에 있어 그들의 행위가 중심이 되어 구체적으로 제시된다는 것은 앞서 살펴본 바 「초당문답가」의 〈우부편(愚夫篇)〉의 인물묘사와 유사한 양상이다. 이 〈우부편〉에는 앞서 인용한 꼼생원을 비롯하여 '개똥이, 꾕생원'이 등장하는데, 이들은 모두 오륜을 실천하지 않는 자들로 작품 전편에 걸쳐 이들의 형상이나 행태들이 매우 구체적인 묘사되어 있다. 그러나 이는 비단 「초당문답가」 자체의 특성이 아니라 19세기 이후 교훈가사에 나타나는 특징적인 양상이다. 고려대 소장본 『오륜가』에 등장하는 '엇던 놈, 져 소인, 어떤 계집' 등 오륜의 덕목들을 실천하지 않는 인물군이나, 「백발가」 계열의 작품들에 등장하는, 젊은 시절을 허황하게 지내버린 백발노인이 모두 '우부형상'이라 이름할 수 있기 때문이다.[8] 따라서 계몽가사에서 확인할 수 있는 인물형상의 특징은 계몽가사에서 특화되어 나타나는 개별적인 양상이 아니라, 19세기 이후 교훈가사 전반에서 나타나는 인물형상화의 연속적 맥락에서 형성된 자질이라고 추측해 볼 수 있다.

기의 두 버전을 가지고 있다. 이중 본고에서 인용되는 것은 국문 버전이다. 국문판에는 〈시스평론〉이란 제하의 난에 계몽가사가 발표되었으며, 국한문판에서는 특정 제하를 지닌 난은 마련되지 않고, 일정한 장소(신문의 제2면의 마지막 단)에 한문의 제목을 가지고 발표되었다. 따라서 한문으로 된 제목은 국한문판에 발표된 것이다. 앞으로는 발표날짜와 한문본 제목만 밝힌다.

8) 권순회, 「초당문답가의 이본양상과 주제적 의미」, 고려대학교 고전문학·한문학연구회편, 『19세기 시가문학의 탐구』, 집문당, 1995, 351쪽.

◀우리대한 전국안에 녀ᄌ계를 숣혀본즉 몃쳔년을 갓첫다가 기명풍긔
드러온후 녀ᄌ들도 남ᄌᄀᆺ치 샤회학교 죵ᄉᄒ며 총명직질 확츙ᄒ야 긔명
됨이 가ᄒ거늘 구습그져 못ᄇ리고 패악ᄒ쟈 불쇼ᄒ니 ᄒ번비평 ᄒ여볼ᄶ
◀셔문밧글 도라드니 엇던매음 녀인네는 제가ᄀ쟝 긔명ᄒᆫ데 반양복에 안경
쓰고 연희쟝만 왕리ᄒ다 져녁먹고 썩나셔면 업눈모양 이써내며 궁둥츔과
활긔친들 누가져를 눈쪄보나 좌우고쳡 ᄒᆫ눈모양 그힝습도 가통ᄒ고 ◀북촌
으로 도라드니 엇던완고 녀인네는 가쟝의겐 노례ᄀᆺ치 쓰들니고 쌤마지며
ᄌ녀들을 디히셔는 엄졀교훈 ᄒᆫ답시고 비랑방이 각ᄶ 궈ㅇ이니 경을칠놈 쥬리
틀놈 물 퍼붓듯 욕셜ᄒ야 가뎡규범 문란ᄒ니 그구습도 가통ᄒ고 ◀셔촌으
로 도라드니 엇던완패 녀인네는 친뎡에서 엇은쳔량 태산이나 쪄온ᄃ시 그
남편을 하인쳐럼 드러오라 나가거라 쳔디박디 ᄌ심ᄒᆫ즁 샹등디졉 욕셜이
오 슈틀니면 샹투잡이 가진포학 무수ᄒ니 그거동이 가통ᄒ고 ◀남문밧글
도라드니 엇던간교 녀인네는 본국졍신 반뎜업시 복식브터 긔량ᄒ고 외국
인을 샹디ᄒ면 언졔보던 님이라고 흔연ᄒ게 손잡으며 제동포를 디홀졔는
니외지별 분명ᄒ야 낫가리고 도라서니 그심ᄉ가 가통ᄒ고 ◀동문안을 도
라드니 엇던곰보 녀인네는 텬뎡비필 제남편을 나히만타 무식ᄒ다 이리뎌
리 칭탁ᄒ고 구지박지 츅츌ᄒ야 원산희쥬 교즁으로 걸긱ᄀᆺ치 ᄃ니눈양 춤
어볼수 업건마는 죵시회기 아니ᄒ니 그힝위도 가통ᄒ고 ◀락산으로 도라
드니 엇던완악 녀인네는 외국인쎄 츌가ᄒ야 유ᄌ싱녀 잘살다가 쏘무엇이
부죡턴지 쏘리졋고 횡힝홀졔 하우아유 ᄉ요나라 서슴ㅅ잔코 내던지며 한
인이나 외인이나 홈부로다 집어셰니 그힝식도 가통ᄒ다

(「女界悖風」, 1909.8.17)

위 인용문에 그려지고 있는 여인들의 모습에서 우리는 「용부가」에 등
장하는 '남문 밧 쎄ㅣㅇ덕어미'의 모습을 발견할 수 있다.9) 매음 여인네, 완
고 여인네, 완패(頑悖) 여인네, 간교 여인네, 곰보 여인네 등의 작태가 매
우 구체적으로 형상화되어 있다. 지금 대한천지는 개명풍기(開明風氣)가

---

9) 이에 대해서는 정재호, 『주해 초당문답가』, 174-179쪽 참고. 이중에 일부만 인용해
   둔다 ; (…)남문밧 쎄ㅣㅇ덕어미 텬셩이 져러헌가/비우셔 그러헌가 본디업시 ᄌ라야셔/여
   긔져긔 무루밧침 쏫홈질노 셰월이라/남의말 말젼쥬와 들며는 음식공논/계죠상은 부
   지허고 불공허기 위업홀졔/무당쇼경 푸닥거리 의복가지 다니쥬고(…).

들어와 여자들도 남자들과 더불어 사회와 학교에 종사할 수 있다. 그래
야만 문명국을 기약할 수 있는 것이다. 그럼에도 불구하고 여전히 '구습
을 버리지 못하고 패악완명(悖惡頑冥)'한 여인네들이 있다. 바로 이 작품
은 이런 여인네들을 지목하여 그들을 일깨우고 개명사업에 동참시키고
자 하는 의도에서 창작된 것이다. 저녁 먹고 나서면 없는 모양 애써 내
며 '궁둥춤' 활개치는 매음녀, 남편한테는 노예처럼 맞다가 자식들한테
는 '비랑방이, 싹정이, 경을 칠 놈, 쥬리를 틀 놈' 욕설을 퍼부어 대는 여
인네, 남편을 하인대하 듯 하다가 욕하는 것은 상등대접이요 수틀리면
상투잡이 등 갖은 포악을 떠는 여인네들의 구체적인 모습이 이러한 의
도를 수행하는데 효과적인 장치가 되고 있다. 즉 비판의 행태가 구체적
으로 제시됨으로써 독자대중은 비판의 의도를 즉각적으로 간파할 수 있
고, 그것이 문제적 상황임을 명확하게 인식할 수 있다는 말이다.

　이상에서 계몽가사에 인물형상화 방식으로서의 우부-용부형 인물들
에 대하여 살펴보았다. 이는 계몽가사 내부의 자체적인 특성이 아니라
19세기부터 진행되어 온 교훈가사의 특징적인 양상의 연장선상에서 형
성된 자질임을 확인했다. 「초당문답가」를 비롯한 교훈가사에 등장하는
우부-용부형 인물들은 모두 오륜을 실천하지 않아 몰락한 인간들로, 이
들을 통해 오륜의 중요성과 당위성을 직접적인 경험을 통해 징험(徵驗)
해 보이고 있다. 이러한 문학적 장치를 통해 교훈적 의도가 더욱 효과적
으로 수행될 수 있었다. 이들 우부-용부형 인물들은 관념적인 형상이
아니다. 이들에는 당대의 인정물태, 즉 '사람과 사물들이 구체적 상황
속에서 이러저러하게 놓여서 얽히고, 움직이며, 살아가는 모습'10)이 반

---

10) 김흥규, 「조선후기와 애국계몽기 비평의 인정물태론」, 『한국문학연구』 제13집, 동국
　　대 한국문학연구소, 1990, 21쪽. *『한국고전문학과 비평의 성찰』(고려대출판부, 2002)

영되어 있다. 이들에는 당대의 문제적 삶들이 구체적으로 반영되어 있고, 그것은 바로 독자들의 주변에서 자행되고 있는 이러저러한 문제적 상황들인 것이다. 계몽문학이나 교훈문학은 모두 문학의 효용성을 강조하는 문학양식으로 사회의 어떤 실질적인 변동을 가져오기 위하여 독자들을 행동을 자극하는 문학이다.[11] 때문에 문제의식의 즉각적인 전달이 요구된다. 우부형-용부형 인물제시는 이런 점에 매우 효과적인 문학적 장치이다. 관념적이고 당위적인 서술보다는 독자들이 기반하고 있는 구체적인 삶의 공간에서 일어나는 문제적 상황을 제시하는 것이, 독자들의 문제의식을 촉발시키고 그것을 행동으로 이행시키는 데 더욱 효과적이라는 말이다. 이러한 설명을 계몽가사에도 적용할 수 있다. 계몽가사에 등장하는 우부-용부형 인물들의 구체성과 생동감은 비난의 대상이 되는 인물을 실명을 거론하며 그들의 작태를 구체적으로 제시하며 비난하는 데까지 나아가면서,[12] '실명비판'이라고 하는 특징적인 양상을 만

에 재수록.

11) 이상섭, 『문학비평용어사전』, 민음사, 1976, 29쪽.

12) 다음과 같은 작품이 이 유형에 속한다; ◀ 청렴ᄒ다 박제순은 리모씨가 차져보고 이 쳔환을 밧치면셔 외임도득 ᄒ랴ᄒ졔 납뢰홈이 불가타고 거리칙지 ᄒ엿다니 나라푸러 벼술ᄒ던 ᄌ긔죄는 몰낫는지 칙인즉명 이아닌가 ◀ 가련ᄒ다 윤덕영은 황후폐하 가 례째에 오십만원 빗진거슬 갑흘도리 업슴으로 동경ᄭ지 드러가셔 운동키를 협의ᄒ니 한국황실 ᄌ지커눌 일본샹관 무슴일고 샤근취원 이아닌가 ◀ 부패ᄒ다 한믁샤는 리용원과 김학진등 완고비의 굴혈이라 ᄌ긔환란 구완키로 회원끼리 단톄되며 무ᄉ태평 지닌다니 국가ᄉ무 급힛는디 한믁위업 무슴일고 망국대부 이아닌가 ◀ 우미ᄒ다 탕샤들은 아편ᄀᆞᆺ치 독흔거슬 서로권면 ᄒ여가며 날노흥샹 흡연ᄒ야 졍신업시 누엇기로 망셰간지 갑ᄌᄒ니 위싱ᄒ는 이시더에 ᄌ취멸망 웬일인고 죽은사롬 이아닌가 ◀ 용렬ᄒ다 위관들은 폐관락직 될쑨더러 은ᄉ금도 적다ᄒ야 쟝관으로 젼임ᄒ고 은ᄉ금을 만히먹는 리병무를 론박ᄒ니 미국홀제 홀말업시 권리경징 웬일인고 이식위텬 이 아닌가 ◀ 몽미ᄒ다 임션쥰은 칠됴약에 셩공ᄒ고 오됴ᄭ지 ᄒ엿는디 무슴됴약 쏘잇슬가 즌져리가 남일는지 고집ᄒ야 ᄉ직ᄒ며 죄샹텸죄 샹주ᄒ니 겁을내며 인결ᄒ여 젼후샹반 이아닌가(「編餘漫錄」, 1909.8.8).

들어 내기도 한다.

또한 여기서 지적해야 할 점은 우부-용부형 인물들이 지니고 있는 대중적 인지도이다. 여타의 가사 장르 중에서도 유독 「초당문답가」만이 교훈가사임에도 불구하고 상당한 대중적 수요를 확보할 수 있었던 것은 '백발노인'이나 '우부', '용부'등의 이야기가 적지 않는 기여를 했다는 견해가 제시된 바 있다. 특히 「초당문답가」에서는 이에 대한 서술이 다른 교훈류 가사보다 자세하고 실감나게 서술됨으로써 독자들이 이것을 '한 편의 흥미있는 이야기'로 받아들였을 것이라는 말13)에 주목할 필요가 있다. 계몽가사는 일정한 지가(紙價)를 받고 발간되는 신문에 발표되었던 문학양식이다. 즉, 상업적인 목적을 고려하지 않을 수 없다는 말인데, 이를 위해 당대에 인기를 끌었던 우부-용부형의 인물형상화 방법을 적극적으로 수용했을 가능성을 추측해 볼 수 있겠다.

이처럼 계몽가사에 나타나는 인물제시 방법 중에서 가장 특징적인 양상으로 주목되는 우부-용부형 인물들은 주제의식의 즉각적인 전달과 독자들의 흥미유발을 의도한 상업적 고려라는 두 가지의 목적을 수행하기 위해서 선택된 문학적 장치이다. 그리고 이에는 계몽가사가 창작되던 당대에 상당한 인기를 끌었던 「초당문답가」와 상당한 관련성을 지녔음을 확인할 수 있었다. 계몽가사와 「초당문답가」와의 관련성은 인물형상화의 측면에만 국한되는 것은 아니다. 계몽가사 전체의 내용구성의 방식에서 「초당문답가」 전체의 구조와의 유사성을 찾을 수 있기 때문이다.

---

13) 권순회, 「'초당문답가'의 이본양상과 주제적 의미」, 350-352쪽.

3. 계몽가사작품군 전체의 내용구성의 특징
- 문제적 상황의 구체적 제시와 해결책 모색

「초당문답가」에 수록된 가사들의 내용은 유기적인 연관관계를 구성하고 있다. 이들은 '백발노인-초당주인-백발노인-소년-백발노인'의 문답형 구조를 이루고 있다. 그 내용을 보면 우선 청춘시절을 허랑하게 보낸 결과 수신제가에 실패하여 비참한 지경에 이는 백발노인의 자탄으로 그 시작된다[백발편]. 이에 대해 초당주인은 '우리도 언제나 성주(聖主) 모시고 중원(中原)을 회복(回復)하고 입신양명(立身揚名)을 하여보자'라는 포부를 밝히는데[역대편], 백발노인은 초당주인 꿈꾸는 공명은 부질없는 짓이라고 반박하면서 수신제가에만 몰두할 것을 당부한다[지기편, 오륜편, 사군편, 부부편, 장유편, 붕유편, 총론장]. 오륜을 강조하는 백발노인의 이러한 말을 '진담누설(塵談陋說)'이라고 부정하면서 시속대로 살 것을 주장하는 소년이 등장하고[개몽편], 오륜을 강조하며 수신에 힘 쓸 것을 당부하는 자신의 말이 광언(狂言)이 아님을 수신제가에 실패한 인물인 우부와 용부의 행태로 징험한다[우부편, 우부편]. 이어 '이런 인물들의 거동을 자세히 보고 그른 일을 알았거든 고치기를 힘쓰고 오른 말을 들었으면 행하기를 위주로 하라고 당부하면서', 그 구체적인 실천 방안으로 수신에서 삼가야 내용과 건전한 부의 축적을 역설[신편, 수신편]하면서 작품을 마감한다.14) 이렇듯 「초당문답가」 전편은 문제적 상황의 제시와 이에 대한 구체적인 양상, 그리고 이를 위한 대안을 제시하는 내용으로 이어지는 유기적 구성을 이룬다. 그런데 계몽가사 작품군을 구성하고

---

14) 이상 「초당문답가」 전체의 내용과 그 구성에 대해서는 권순회, 「'초당문답가'의 이본양상과 주제적 의미」(352-356쪽)의 내용을 요약한 것임.

있는 각편의 내용을 전체적인 맥락에서 살펴보면 이러한「초당문답가」
의 구성과의 유사성을 찾아낼 수 있다는 점이 흥미롭다. 결론적으로 말
하자면 계몽가사 작품 전체 역시 문제적 상황의 제시와 이것의 구체적
인 양상, 그리고 이를 위한 대안을 제시하는 내용으로 구성되어 있다는
말이다. 그 구체적인 양상을 다음의 인용문들을 통해 확인해 보자.

계몽가사가 생산되던 시기는 1900년에서 1910년까지에 걸쳐 있으나
그것이 본격적으로 등장하여 집중적인 생산을 보인 것은 1907년 12월 8
일『대한매일신보』에「문일지십(聞一知十)」이 발표되면서부터다. 이후
1910년 8월 소위 '한일합방'의 결과로 언론이 통폐합되기 직전까지, 700
여 편이 넘는 작품이 생산되었다. 이와 같은 작품의 압도적인 분량 앞에
서 연구자들은 우선 작품의 내용을 기준으로 하여 분류를 시도한다. 현
재까지 진행된 논의의 결과는 다음의 분류로 총괄할 수 있다;①정치적
지배층의 무능과 부패상 폭로 ②사회지도층의 활동평가 ③민중의 습속
과 폐단질책 ④외세의 침탈 행위 규탄 ⑤시국의 위기상 개탄 ⑥새로운
과제와 가치 모색.15) 계몽가사의 내용들은 대개의 경우 이와 같은 항목
에 귀속된다. 이러한 내용분류는 계몽가사 작품군의 각편을 독립적인
내용으로 바라보는 관점에 즉해서 나온 결과이다.

그러나 계몽가사의 내용분류에서 주목해야 할 점은, 그것들이 일정기
간 동안 꾸준히 신문을 통해 발표되었다는 사실이다. 즉 계몽가사의 내
용은 각편이 따로 독립적으로 존재하고 있는 것이 아니라, 창작동기의
전체적인 의도 하에 놓여져 있다는 점을 고려해야 한다는 말이다. 계몽
가사가 신문지상에 처음 그 모습을 드러내기 시작했을 때, 이것들에는

---

15) 장성진,「개화가사의 서술구조와 현실인식」, 경북대학교 박사학위논문, 1991.

‘시스편설, 시스평언’등의 제목이 붙여졌다. 그리고 계몽가사를 위한 고정난을 설치했던 『대한매일신보』에서도 그것에 ‘시스평론’이란 제목을 붙였다. 이러한 사실은 계몽가사의 창작 의도가 당대의 시사적인 내용에 대한 논평에 있었음을 말해 주는 것이다. 계몽가사에서 다루어지는 내용의 범주가 다양한 것은 바로 이러한 창작의도에 기인한다. 계몽가사에서 대상으로 다루어지는 내용은 당대 현실에서 날마다 새롭게 일어난 일, 시사(時事)이기 때문에 다양할 수밖에 없었던 것이다. 다시 앞서 언급된 계몽가사의 내용들을 언급하자면, 이는 다시 다음의 세 국면으로 묶여진다을. ⑤시국의 위기상을 개탄하는 내용이 첫 번째 국면이 되며, ①에서 ④까지의 항목은 두 번째 국면, ⑥번째 항목이 세 번째 국면이 된다. 이러한 세 국면은 문제적 상황의 제시와 이에 대한 구체적인 양상, 그리고 이를 위한 대안을 제시하는 내용으로 구조화시킬 수 있다.

> Ⅰ 데일곡 시국을 슯혀보민 밧괴느니 형편이라 한강슈는 찡그리고 븍악산은 근심혼다 영웅렬스 몃몃친고 슯혼눈물 졀노난다 시르렁둥덩실(「峨洋九疊」, 1908.1.11)/록음방초 산뎡안에 긴긴날이 지리ᄒ다 빅발로인 샹디ᄒ야 슐샹놋코 쇼견홀졔 세샹스를 언론ᄒ니 탄식졀노 나는고나(「世事憂歎」, 1908.5.5)/쟝쟝하일 오월텬 가무름이 혹독ᄒ야 대한강산 삼천리가 농스긔망 젼혀업고 물근원도 고갈ᄒ야 쇠와돌이 다녹겟다(「旱天憂歎」, 1908.5.12)

계몽가사는 연의 구분이 없는 전통가사와는 달리 몇 개의 연이 모여 한편을 구성하는 특징이 있다. 위 인용문들을 그 각편에서 발췌한 내용들이다. 여기에서 읽을 수 있는 화자의 정서는 ‘시국사에 대한 울분과 탄식’이다. ‘한강’과 ‘북악’은 전통적으로 국가에 대한 상징적인 비유물로 시조나 가사 등의 고전문학 작품에 자주 등장하는 소재이다. 화자 자신이 처한 국가적 상황을 바라보는 불편한 마음이 ‘한강수는 찡그리고 북악산은 근심한다'는 구절을 통해 드러나고 있다. 이런 상황에서 영웅열사마저 찾을 길 없으니 더욱더 비참해질 수밖에 없다. '세상사를 언론하니 탄식이 절로 나는' 화자의 정서 역시 울분과 탄식에 다름이 아니다. 울분과 탄식을 자아내는 현실. 이것이 계몽가사의 창작계층이 감지한 당대 현실이다.

계몽가사의 형식적 특성으로 거론되는 것 중 하나가, 서론-본론-결론의 3단구성의 구조이다. 이중에서도 서론에서는 창작의 동기가 밝혀지게 마련인데, 그 구체적 내용은 위 인용문에서처럼 울분과 탄식을 자아내는 현실이 등장하고 이에 대한 개탄으로 시작되는 경우가 대부분이다. 또한 현실의 심각성이 '쇠와 돌을 다 녹여버릴 정도로 혹독한 가뭄'과 같은 자연현상에 비유되어 나타나고, 이러한 상황을 바라보는 화자의 문제의식에서 시상이 촉발되는 경우도 적지 않다. 이런 상황에 처해 있는 화자에게서 유발되는 정서는 울분과 탄식이다. 이를 '우국(憂國)'의 정서라 할 수 있다. 이 계몽가사가 처음 학계에 소개될 때, '우국경시가(憂國警時歌)'란 이름을 지녔던 것은 바로 이러한 맥락이다.16) 우국(憂國)의 정서는 한국 문학의 전통에서 그리 낯선 것이 아니다. 이런 점에서 계몽가사의 출발이 전통적 한국시가사의 맥락에 있음을 확인할 수 있다. 그러나 그 출발은 동일해도 이후 전개되는 양상은 사뭇 다르다.

전통적으로 우국의 정서는 대부분 시국에 대한 울분과 한탄의 정서로 표출되며, 이후 화자는 이러한 정서로 함몰되어 들어가 문제적 현실 앞에서 망연자실 눈물을 흘리고만 있는 경우가 대부분이다.17) 그러나 계

---

16) 구자균, 「韓末 憂國戒時歌」, 『문리논집』 4, 고려대학교, 1959.
17) 이에 해당하는 작품에는 다음과 같은 시조들이 있다 ; 白雪이 잦아진 골에 구루미 머흐레라/반가온 梅花는 어느 곳에 피엿는/夕陽에 홀로 셔 이셔 갈 곳 몰라 하노라

몽가사에 나타나는 우국의 정서는 이와 좀 다른 양상을 띤다. 그것이 화자 자신의 감정표출에만 그치는 것이 아니라, 청자-독자들에게 직접 전달되어 그들이 처한 현실의 심각성을 환기시키는 기능을 담당하기 때문이다. 계몽가사에서는 작품 전체가 우국의 탄식만으로 구성되는 경우도 있다.18) 하지만 더 많은 경우에는 우국의 탄식이 시작(詩作)의 동기가 되어 문제적 상황의 구체적인 기술로 이어지는 경우를19) 더 자주 접할 수 있다.

　Ⅱ 눈을감은 소경ᄀᆞ치 시셰형편 캄캄ᄒᆞ고 경졍ᄒᆞᄂᆞᆫ 이텬디에 쓸더업시 허욕나셔 ᄉᆞ환에만 골몰ᄒᆞ니 뎌관인을 엇지 홀쬬 유지쟈의 흔탄이오(「志士憂歎」, 1908.6.24)/뎨삼대디 직졍가ᄂᆞᆫ 의불의를 불계ᄒᆞ고 직물이면 거려 모화 쳔만년을 누릴랴고 흔푼돈에 쌈을내며 공공리익 비쳑ᄒᆞ니 직물고질 드럿고나(「八隊病身」, 1908.9.8)/보금자리 쩌러지면 알은결노 파샹된다 졍감록의 헛된말노 패망흔이 만컨마는 십승지디 찾는쟈가 지금에도 허다ᄒᆞ니 흔쪽휴지 정감록이 수다일인 막어낼까 그ᄉᆞ샹도 어리셕다(「韓人의 痴想」, 1908.11.3)/ᄉᆞ회샹에 지ᄉᆞ들은 어둔밤엔 구ᄉᆞ하고 연셜쟝에 참여ᄒᆞ면 잇국정신 잇다ᄒᆞ네 외식ᄒᆞᄂᆞᆫ 뎌심쟝이 녀름하놀 구름변툿 오놀ᄂᆞ로 변ᄒᆞ쇼셔(「今夕何夕」, 1908.12.31)/무슴일노 눔의집에 고용흔다 ᄌᆞ칭ᄒᆞ고 ᄌᆞ유권을 륵탈흠이 날과돌노 졈졈늘어 원님내고 좌슈내여 월급푼만 투식ᄒᆞ니 그챵귀 디령ᄒᆞ여라(「精靈不昧」, 1908.1.16)

　많은 연구자들이 이미 지적한 바와 같이 계몽가사의 대부분을 차지하고 있는 것은 '정치적 지배층의 무능과 부패상, 민중의 습속과 폐단, 사회지도층의 활동, 외세의 침탈 행위'등의 내용이다. 이러한 내용들은 모

//閑山셤 달 발근 밤의 戍樓에 혼자 안자/ 큰 칼 녀픠 차고 기픈 시름 하난 적의/ 어디셔 一聲胡笳난 남의 애를 긋나니.
18) 「日寒如此」, 『대한매일신보』, 1908.11.12.
19) 「巡撿叢寃」, 『대한매일신보』, 1908.11.26.

두 당대 현실의 문제적 상황을 구성하는 자질들이다. 주지하는 바, 애국계몽기의 역사적 상황은 전대미문의 민족적 위기상황이었다. 1876년 소위 '제물포 조약'을 계기로 일제의 식민지 정책은 서서히 그 마수의 정체를 드러내기 시작했다. 1905년에는 보호라는 미명하에 '을사조약'이 늑약되어 한반도는 실질적으로 일제의 식민지로 전락해 버렸다. 계몽가사는 바로 이러한 심각한 위기 상황에서 탄생한 문학양식이다. 때문에 계몽가사에서 포착한 문제적 현실은 개인적인 차원에 국한될 수는 없다. 때문에 개인적 차원에서 이러한 상황에 분개하고 탄식을 내뱉는 것만으로는 문제 해결에 아무런 도움이 되지 않는다. 문제 해결에는 사회 구성원 전체의 적극적인 참여가 필요하며, 그들의 역량이 총동원될 필요가 있다. 이를 위해서 효과적인 방법은 바로 사회 구성원들에게 그들이 처한 현실을 확실하게 즉각적으로 고지(告知)하는 일일 것이며, 이를 위해서는 문제적 상황의 구체적인 제시가 무엇보다도 효력을 발휘할 것이다. 이런 이유 때문에 앞서 살펴본 바, 계몽가사의 인물들의 행동이 구체적이고 생동감 있게 서술되었던 것이다. 그 연장선에서 계몽가사에는 비단 인물들 뿐 아니라, 당대의 사회적 상황이 매우 구체적인 양상으로 그려지고 있다. 위에 인용한 계몽가사의 구절들이 그 사례들이다.

관인들은 경쟁하는 시대의 심각성을 인식하지 못하고 여전히 사환욕(仕宦慾)을 채우는 데만 골몰하고, 돈이 많은 재정가들은 '공공리익'에는 아랑곳하지 않고 자신의 행락을 위해 불의도 서슴지 않는다. 그리고 '사회개량의 책임을 담부한' 사회지도층들은 겉으로는 '애국정신'을 창도하지만 뒤에서는 권력욕에 눈이 어두워 구사(求仕)에만 열을 내고 있다. 이런 상황에도 어리석은 백성들은 정감록의 헛된 말만 일인의 패악을 피해 '십승지지'만을 찾아다닌다. 게다가 일인들은 고문(顧問)이란 이름으로 한국정치에 관여하면서 자유권을 빼앗아 가는 것이 날로 심해진다. 이러한 것들은 모두 현실을 문제적 상황으로 몰고 가는 원인으로 작용한다. 더군다나 국가의 위기는 망국의 상황으로 더욱더 악화되고 있었다. "오늘날 비참경황'을 '혁신 안코 보면 회복ᄒ긴 고샤ᄒ고 리두에 더 참혹ᄒᆷ이 민족ᄭᆞ지 망"할지도 모르는 전대미문의 민족적 위기 상황에 봉착한 것이다.[20] 계몽가사에 반영된 현실의 문제적 상황은 바로 이러한 민족적 위기상황이었고, 민족이 생존하기 위해서는 반드시 혁신해야 할 해결과제이다. 그리고 그 해결의 주체는 민족구성원 전체이다. 민족구성원 전체가 그들이 처한 현실의 심각성을 알고, 이의 해결을 위해 적극적으로 현실에 동참해야 당면한 '비참경황'을 혁신하고 민족까지 망할지도 모르는 참혹한 '래두사(來頭事)'를 미연에 방지할 수 있는 것이다. 이를 위해 독자들을 설득해야 했다. 설득이란 사유 방식 뿐 아니라 행동 방식의 변화까지 의도한다. 이의 효과적인 수행을 위해 계몽가사에서는 문제적 상황을 구체적으로 제시하는 문학적 전략을 사용하고 있는 것이다.

계몽가사는 교훈가사와 마찬가지로 '심경이나 태도의 깊은 반성이나 비판을 유발하는 데 머물지 않고 직접적인 행동으로 자극하는 문학'이다. 문학의 '현실적 효용성'을 극대화시키기 위해 「초당문답가」에서 문제적 상황의 구체적 제시라는 문학적 장치를 선택한 것처럼, 계몽가사도 마찬가지이다. 이런 맥락에서 애당초 계몽가사의 출발이 교훈가사와 동일선상에 있음을 확인할 수 있다. 그러나 계몽가사와 교훈가사의 출발이 현실문제의 해결을 위한 문학적 대응으로 이루어졌다고는 하지만, 그것이 의도하는 바는 분명한 차이를 지닌다. 「초당문답가」의 결말이

---

20) 「大呼韓人」, 『대한매일신보』, 1908.12.16.

문제상황의 해결을 위한 대안과 그것으로 이룩할 수 있는 이상적 상태
의 기쁨을 노래하는 것으로 이루어진다. 계몽가사에서도 이런 내용을
찾기란 어렵지 않다.

> Ⅲ 야만되고 문명홈이 ᄆ음속에 잇는게라 부패풍속 기량ᄒ고 부강국이
> 되랴ᄒ면 ᄆ음브터 곳칠지니 입으로만 말을 말고 실디ᄉ업 힘을써셔 쉬지
> 안코 진보히야 ᄌ연문명 되ᄂ니라(「韓人의 痴想」, 1908.11.3)/ 문명졔도 발
> 달후에 이천만즁 단톄되어 일심으로 합력ᄒ면 반셕ᄀᆺ혼 뎌민권이 요지부
> 동 홀터이니 여간정부 관리들이 언감더심 범홀손가(「宜苦宜逆」, 1908.11.
> 6)/슯ᄒ도다 계군들아 불션ᄒ던 젼일힝위 일신ᄒ게 회기ᄒ고 일심단톄 합
> 려ᄒ야 신학문을 연구ᄒ며 실디ᄉ업 홀쑨더러 익국ᄉ상 분발ᄒ야 진츙보
> 국 ᄒ고보면 시국민이 이아닌가(「貫珠九斗」, 1909.1.9)/대한동포 뎌병근은
> 이왕진찰 ᄒ연후에 무수권면 ᄒ엿건만 일국병세 위즁ᄒ즉 약쓰기가 급ᄒ
> 도다 경고ᄒᄂ 큰붓으로 의국방문 써내놋코 일심정력 다드려셔 약ᄒ계를
> 지어노니 절망병을 쇼졔ᄒᄂ 희망단이 분명ᄒ다(「希望寶丹」, 1909.5.5)

위 인용문의 문맥에 따르면 인용문 Ⅱ에서 거론된 문제적 상황들은
모두 '야만'의 일이며, '부패풍속'이다. 이를 해결하고 나아가야 할 지향
점은 '문명'과 '부강국'에 있다. '문명 부강국'의 지경으로 나아가기 위해
서는 반드시 '야만의 부패풍속'을 해결해야 하며, 이를 위해서는 '실지사
업에 힘을 써서 쉬지 않고 진보'해야 하는 법이다. 이것이 계몽가사에서
제시한 문제해결 방식이다. '이천만중 단체되면 민권이 요지부동' 반석
같이 굳어져서 정부 관리들이 백성들을 함부로 다루지 못 할 것이며,
'신학문을 연구하고, 애국사상을 분발하면' 이것이 바로 새국민이다. 이
러한 내용들은 대개 작품의 말미에서 결론적으로 제시되는데, 마지막
인용구를 서두로 삼고 있는 작품처럼 전체를 통해 문제해결의 방법을
제시하는 경우도 있다. 여기에서는 현재의 문제적 현실을 '병든 몸'에

비유하고 이에 대한 처방을 내리고 있는데, 이는 곧 '위중한 나라의 병세'를 해결하기 위한 구체적인 방법의 제시에 다름 아니다. 이런 병세를 치료하면 다를 수 있는 세계의 모습은 어떠한가?

＜희가흔번 변기ᄒ니 사롬일도 시롭도다 흔꿈 깁히든잠 신년일일 일즉ᄭᅵ니 가가호호 터극긔에 륭희일월 빗치난다 이거시 깃분일 ＜친고ᄭᅵ리 서로맛나 시희인스 ᄒ는말이 국권을 차젓다지 노례를 면힛다지 동양의 깁흔슈치 오늘이야 신셜된다 이거시 깃분일 ＜각학교를 셜립ᄒ고 청년즈뎨 교육ᄒ야 고루흔구습 다브리고 디방풍긔 변혁ᄒ니 시봄쇼식 첫가지에 긔명ᄭᅩᆺ치 피엿고나 ＜셔븍산쳔 브라보니 일믹으로 련락이라 셔우한븍 량학회가 긔명목덕 특별터니 근일셔로 합동ᄒ야 셔븍학회 되엿고나 이거시 깃분일 ＜관셔초동 목슈들이 텬량지심 발달ᄒ야 츙의로 단을모고 샹뎨ᄭᅴ 긔도ᄒ니 일단셩심 밋는곳에 국권회복 미구로라 이거시 깃분일 ＜평양의쥬 됴흔강샨 기싱들이 졍신ᄭᅵ여 쥬ᄉ쳥루 놀던ᄆᆞ음 버힌ᄃᆞᆺ시 다브리고 녀학교에 입학ᄒ야 열심으로 공부흔다 이거시 깃분일 ＜심산궁곡 졀간에도 각학교를 셜립ᄒ고 승도들을 모집ᄒ야 신학문을 ᄀᆞᄅ치니 만팔천문 연화게에 신공긔가 부럿던가 이거시 깃분일 ＜통샹ᄒ는 이셰게에 샹업권을 일치 안코 샹회쇼 진렬픔에 박람안목 늘엇고나 물가를 뎡식ᄒ니 적은리익 크계된다 이거시 깃분일 ＜털공쟝과 조직회샤 문명국을 의방ᄒ야 졍묘흔 뎌긔계로 인조물을 만히내니 외국물픔 슈입마라 대한공쟝 지됴잇다 이거시 깃분일 ＜챵고ᄒ던 유싱들도 시국형편 위급ᄒ매 회외학싱 익국셩에 감동심이 잇셧던지 단톄력을 엇엇스니 익국ᄉ샹 싹이난다 이거시 깃분일 ＜부인의 특별셩픔 긔명이 몬져되여 익국지스 흠모ᄒ야 무명씨로 보조ᄒ고 죄가업시 갓친사롬 쌀을녀다 구계ᄒ니 이런일을 슬혀ᄒ야 믜워홀쟈 잇슬는지 우리는 깃분일(「新年喜事」, 1908.1.4)

새해인사말로 친구들이 나누는 말, '국권을 찾았다니, 노례를 면했다지, 동양의 깊은 수치 오늘이야 신설(伸雪)'된다는 인사말은 현재의 상황이 아니라 미래의 상황이다. 새해에 맞는 희망의 내용으로 가득 차 있는 위 인용작에서 우리는 계몽가사에서 궁극적으로 지향하고 있는 세계의 모습을 읽어낼 수 있다. 이러한 세계는 '국권회복, 신학문, 신공기, 개명' 등등의 어휘로 표상되고 있으며, '열심히 공부하는 것, 상업권을 일치말 것, 애국사상을 가지고 있을 것, 단체력을 양성할 것' 등의 덕목이 행동방침으로 제시되고 있다. 즉 문제적 상황의 해결을 위한 대안이 구체적인 행동방침으로 제시되고 있고, 이로 성취할 수 있는 이상세계의 모습이 구체적인 형상으로 그려지고 있는 것이다. 그러나 이는 또한 계몽가사와 교훈가사가 분기되는 지점이기도 하다. 교훈가사에서 제시하고 있는 미래의 비전과 계몽가사에서 제시하고 있는 그것이 서로 다르고, 이에서 두 양식 사이의 차이가 발생한다는 말이다.

「초당문답가」나 계몽가사는 동시대에 존재하고 있었다. 물론 「초당문답가」가 형성된 것은 19세기 중반이었다. 하지만 거기에는 계몽가사가 활발하게 창작되었던 20세기초반, 1900년대의 시대적 상황이 일정정도 반영되어 있다. 1908년과 1914년 두 차례에 걸쳐 활자본으로 발간될 정도로 대중적인 인기를 끌었던 것은 바로 이런 이유 때문이다.[21] 이는 결국 「초당문답가」가 기반하고 있었던 문제적 현실과 계몽가사의 그것이 전혀 별개의 것이 아님을 말해 주는 것이다. 그러나 「초당문답가」와 계몽가사에서 문제적 상황을 해결하는 방식은 분명하게 다르다. 「초당문답가」에서 강조하고 있는 것은 수신과 치산의 맥락이다. '입신양명, 치국안민'에의 포부를 지닌 초당주인의 말을 백발노인은 '넉넉잔는 소견(所見)으로 치국치민(治國治民) 경영(經營) 말고' '규문(閨門)이 조정(朝廷)이며 당상(堂上)의 백발부모(白髮父母)가 바로 가군(家君)이며 슬하(膝下)의 처자노복(妻子奴僕)은 백성(百姓)에 다름없으니' 치산에만 집중할 것을

---

21) 강명관, 「'우부가(愚夫歌)' 연구」, 『한국가사문학연구』, 1995. *『조선시대 문학예술의 생성공간』(소명출판, 1999)에 재수록.

당부하고 있다. 국가의 문제보다는 가정의 문제에 집중하고 있는 것이다. 여기에서 다루어지는 문제는 사회적 문제이지만, 그것을 해결하는 방법은 '가족 구성원들이 자신의 분수를 지키며 수신제가에 힘 쓸 것을 훈계'[22]하는 방식을 취하고 있다 하겠다. 이는 교훈가사의 문제의식은 가족 내부에 시선을 두고 형성되었음을 말해주는 것이기도 하다. 하지만 계몽가사의 해결방식은 가족의 문제에 천착하고 있는 교훈가사와는 다른 해결방식을 취할 수밖에 없다. 계몽가사에 포착된 문제적 상황은 국가적 위기 상황이기 때문이다. 따라서 계몽가사의 문제해결방식은 사회구성원 전체, '이천만동포'를 대상으로 그들의 의식과 행동을 자극하는 방식으로 귀결되는 것은 당연하다 하겠다. 「초당문답가」가 파탄의 지경에 이른 가족윤리의 재건을 주장했다면[23], 계몽가사에서는 국가윤리가 더 중요한 관건이었던 것이다. 이는 백발노인이 부정했던 '치국치민(治國治民) 경영(經營)'의 맥락, 즉 국가경영의 맥락에 더욱 가깝다. 그러나 계몽가사의 국가경영은 전통적 지식인들이 지향하고 있었건 국가관과는 다른 새로운 국가관에 기반하고 있다는 점에서 교훈가사와 달라진다.

　백발노인이 강조했던 '치국'과 계몽지식인이 구상하고 있던 '치국'의 전략은 다르다는 말이다. 전통적 지식인들에게 국가는 정치적 공동체라기 보다는 군주로 상징되는 것이다. 그들에게서 발견되는 충군애국의 구호는 정치적 공동체로서의 국가를 지향하고 있는 것이 아니라, 군주 개인에 대한 충성맹세로 볼 수 있다. 더군다나 그것의 실질적 목적도 자기가 소속해 있는 문벌적 족당에 있었을 뿐이고, 국가적 차원에서의 그

<hr>

22) 권순회, 「'초당문답가'의 이본양상과 주제적 의미」, 363쪽.
23) 강명관, 「'우부가(愚夫歌)' 연구」, 368쪽.

것은 다만 명목뿐으로, 전통적 지식인들에게 있어 국가는 형해적 존재에 불과했다.24) 하지만 계몽지식인들에게 국가는 근대적 개념의 정치적 공동체로 인식되고 있었다. 즉 조선시대에 국가는 가부장을 중심으로 한 가정이 확대된 가족 공동체의 의미였다면, 애국계몽기 국가는 전혀 새로운 존대로 인식되기 시작했던 것이다. 따라서 애국계몽기 '충군애국'에 맹세는 '외국에 대해 새롭게 인식되기 시작한 하나의 정치적 단위로서의 국가를 대상'으로 한 것이었고, 이는 개항 이후 한국사회가 근대로 재편되는 과정에서 새롭게 파생한 인식형태였다는 말이다. 따라서 계몽가사에 나타난 국가경영은 이러한 맥락에서 새롭게 인식되기 시작한 국가관에 기반하고 있다고 보아야 할 것이다.

4. 맺음말 – 남은 문제들

이상에서 계몽가사의 인물형상화 방식과 작품군 전체의 내용이 구성되는 방식에 대하여 살펴보았다. 이를 통해 「초당문답가」과의 유사성을 발견할 수 있었다. 결국 계몽가사는 전통문학과의 혼합지대에 있으면서 당대적 맥락에서 새롭게 탄생한 문학양식이었던 것이다. 이는 앞으로 계몽가사 연구가 전통적인 양식들의 모든 가능성이 가장 역동적으로 실험되며 조선후기 이래 비축된 시적 잠재력이 비약하는 지점을 확인하는25)방향으로 진행되어야 함을 시사해 준다.

이와 더불어 함께 고려해야 할 점은 장르선택의 문제이다. '모든 제

---

24) 김영작, 『한말 내셔널리즘 연구』, 청계연구소, 1989, 129-136쪽.
25) 고미숙, 「19세기 시가사의 시각」, 고려대학교 고전문학 · 한문학연구회편, 『19세기 시가문학의 탐구』, 집문당, 1995, 21쪽.

도·양식들이 변화하고 있는 급변하는 상황 속에서 구태여 전통장르를 선택한 것은 우리의 것을 선택함으로써 주체성의 확보가 가능했고 그만큼 외세에 대한 저항과 비판에 효과적'[26]이라는 의견이 제시되고 있다. 그러나 이는 좀더 고려해봐야 할 문제이다. 가사는 예전부터 전통적으로 지식인들의 자기표출을 위한 문학양식으로 애용되었다. 국가의 대사와 백성의 고통에 관심을 쏟는 적극적인 현실에의 참여를 자신의 임무라 생각하는 유학의 전통[27]에 기반하고 있는 지식인의 자기표출 문학으로 가사가 선택되었던 것이다. 계몽지식인의 장르선택도 이 맥락에서 살펴보아야 한다. 애국계몽기 당대 가사는 전대적 양식으로 화석화(化石化)되어 된 존재였던 것이 아니다. 「초당문답가」가 대표적으로 증명하듯이 그것은 당대의 현재적 존재감을 확보하고 있었던 문학양상이었다. 또한 『대한매일신보』를 비롯하여 『뎨국신문』이나 『경향신문』, 『미일신문』 등을 보면 독자들의 투고 형식이었던 기서(寄書) 중에 가사 양식을 발견할 수 있는 것은, 계몽가사와 더불어 전통적 가사양식이 지식인의 자기표출문학으로 애용되었다는 사실을 증거한다. 때문에 장르 선택과 관련하여 계몽가사 창작 계층의 의식 지향을 전통적인 사대부의 전통에서 좀더 살펴볼 필요가 제기된다. 일반적으로 애국계몽기 계몽지식인들의 성향을 '개신유학파'로 간주하고, 전통적인 맥락과의 연계보다는 단절에 더 주목한다. 신채호의 경우처럼 자신의 탄생 기반을 전적으로 부정하는 사례도 있으나, 이는 소망스런 현상일 수는 있으나 당대를 설명할 수 있는 일반적인 틀이 될 수는 없다. 때문에 계몽가사의 창작 기반

---

26) 김영철, 「한국 개화기 시가장르의 형성과정 연구」, 서울대학교 박사학위논문, 1986, 35쪽.

27) 이택후저, 김형종역, 『중국현대사상의 굴절』, 지식산업사, 1992, 21쪽.

을 살펴보는 데 있어 이러한 점에 좀더 주목하여, '국가의 대사와 백성의 고통에 관심을 쏟는 적극적인 현실에의 참여를 자신의 임무라 생각하는 유학의 전통'이 계몽가사의 창작에 어떤 방식으로 관여하고 있는지에 대한 향후 연구가 필요하다고 여겨진다. 전대 문학과의 혼합지대에서 출발한 계몽가사 애국계몽기의 당대적 상황에 대응하면서 확보해 간 고유한 지점을 파악하기 위해서는, 이에서 출발했을 때 보다 명확하게 드러날 것이 때문이다. 항일 혹은 반일의 정치적 문제에서 벗어나 '국가와 백성'에 대한 인식이 어떻게 달라지며, 이것을 통해 계몽가사가 확보하고 있는 당대적 의미가 무엇인지를 보다 구체적으로 파악할 수 있으리라 기대해 본다.

〔고은지〕

참고문헌

강명관, 「'우부가(愚夫歌)' 연구」, 『한국가사문학연구』(『조선시대 문학예술의 생성공
　　　간』, 소명출판, 1999 재수록).

강명관·고미숙편, 『근대계몽기 시가자료집』①·②·③, 성균관대학교 대동문화연구
　　　원, 2000.

고미숙, 「19세기 시가사의 시각」, 고려대학교 고전문학·한문학연구회편, 『19세기
　　　시가문학의 탐구』, 집문당, 1995.

고은지, 「계몽가사의 형성과정과 그 형식적 특성의 의미」, 『어문논집』 43, 민족어문
　　　학회, 2001.

구자균, 「韓末 憂國戒時歌」, 『문리논집』 4, 고려대학교, 1959.

권순회, 「'초당문답가'의 이본양상과 주제적 의미」, 고려대학교 고전문학·한문학연
　　　구회편, 『19세기 시가문학의 탐구』, 집문당, 1995.

김영작, 『한말 내셔널리즘 연구』, 청계연구소, 1989.

김영철, 「한국 개화기 시가장르의 형성과정 연구」, 서울대학교 박사학위논문, 1986.

김용석, 『깊이와 넓이』, 휴머니스트, 2002.

김흥규, 「조선후기와 애국계몽기 비평의 인정물태론」, 『한국문학연구』 제13집(『한국
　　　고전문학과 비평의 성찰』, 고려대 출판부, 2002 재수록).

이상섭, 『문학비평용어사전』, 민음사, 1976.

이택후 저, 김형종 역, 『중국현대사상의 굴절』, 지식산업사, 1992.

장성진, 「개화가사의 서술구조와 현실인식」, 경북대학교 박사학위논문, 1991.

정재호 저, 『주해 초당문답가』, 박이정, 1996.

개화기의 문학 개념에 관하여

- 의사소통양식으로서의 문학을 중심으로 -

1. 근대적 문학 개념 괄호 안에 넣기

19세기말-1900년대와 관련된 문학연구의 중심에는, 근대의 역사적 성격과 근대문학의 미학적 특질을 한국문학사의 연속적인 흐름 속에 어떠한 방식으로 자리매김할 것인가 하는 문제가 가로놓여 있다. 또한 한국근대문학의 첫 머리에 놓인 시대이기 때문에 19세기말-1900년대의 문학관 또는 문학 개념은 근대문학의 형성이라는 주제와도 밀접하게 관련되어 있다. 이 시기의 문학관 또는 문학 개념을 검토하는 일이 언제나 조심스럽고 버거울 수밖에 없는 이유는, 중요한 문학사적인 과제들이 중첩되어 있는 시기이기 때문이다. 그렇다면 이 시기에 문학관 또는 문학 개념은 어떠한 양상이었을까. 먼저 문학이라는 말이 사용된 하나의 사례부터 검토해 보도록 하자.

大凡時의 變遷흠을 因ㅎ야 物이 零落枯槁의 狀을 顯示ㅎ면 新物의 生來흠이 有ㅎ고 (…) 實노 人事의 推測키 難ㅎ니 **(A)文學에 至ㅎ야도 亦然ㅎ지라 隨時變易ㅎ야 新舊學의 區別이 生ㅎ니** 曰 新學은 (…) 實狀的 理致를 證據ㅎ야 世人의 醉心을 惺ㅎ며 夢境을 破ㅎ야 虛誕흔 風俗을 排斥ㅎ고 虛靈의 知覺을 穩全히ㅎ야 學而習之ㅎ고 究而行之라 **(B)文學**

> 이 日加ㅎ고 智識이 年增ㅎ야 現今文明의 大機를 成흠이오 曰 舊學은 /
> (…) 琢磨ㅎ눈 新工이 頓無ㅎ고 古人의 遺緒만 株守홀식 世人의 學業이
> (C)詩을[sic] 崇尙ㅎ고 浮華를 務修홀 뿐이니 文學이 衰頹ㅎ고 學者의
> 風氣가 絶滅ㅎ야 (…)[1]

이 시기의 문헌 중에서 위의 인용문처럼 문학이라는 말이 집중적으로
사용된 사례는 결코 흔하지 않다. 흥미로운 사실은 문학이라는 말의 의
미가 구절이나 단락마다 상이한 방식으로 사용된다는 점이다. 시대의
변화를 따라 신학과 구학의 구분이 생겨남을 지적하고 있는 (A)에서, 문
학은 신학과 구학을 포괄하는 상위개념으로 사용되고 있다. 달리 말하
면 '학문 일반'이라는 의미를 지니고 있는 것이다. 하지만 신학과 관련
된 설명이 제시된 (B)에서 문학이라는 말은 '지식 일반'이라는 의미, 또
는 지식의 생산 및 교환을 아우르는 말로 사용된다. (A)에서는 신학과
구학의 상위개념으로 사용되던 문학이라는 말이 (B)에서는 신학을 설명
하는 기술적인 용어로 채택된 것이다. 같은 글에서 문학이라는 용어의
범주 적용이 대단히 자유롭다는 사실을 확인할 수 있다. 더욱 흥미로운
것은 시와 문학의 관계를 보여주는 (C)이다. 시의 융성이 문학의 쇠퇴로
이어지고 있음을 지적하고 있는데, 여기서 시는 장식적인 문 개념 즉 허
문(虛文)의 대명사이고, 문학은 시와 반비례의 관계에 있는 별개의 활동
영역으로 제시되어 있다. 눈 여겨 봐두어야 할 대목은 시가 문학에 포함
되지 않는 글쓰기 양식으로 제시되어 있다는 사실이다. 이 지점에서는
19세기말-1900년대의 문학과 관련된 분류체계가 오늘날과 많이 다르거

---

* 토론을 위해 꼼꼼하게 원고를 검토해 주셨던 김찬기 선생님께 감사를 드린다. 김동
식(1999)의 일부가 최근의 문제의식에 따라 수정 및 재서술을 거친 상태로 반영되어
있음을 미리 밝힌다.
1) 獎學社二一九號, 「新學과 舊學의 關係」, 『대동학회월보』 2, 1908.3, 18-19쪽.

나 오늘날처럼 안정적이지 못하다는 사실을 확인할 수 있다.

위에서 살핀 것과 같이 19세기 후반 - 1900년대는 하나의 글에서 문학이라는 말이 적어도 3 가지의 서로 다른 의미로 사용될 수 있는 시대였다. 이러한 상황을 두고 문학과 관련된 범주적용이나 분류체계가 대단히 혼란스러운 시대였다고 성급하게 말하는 것은, 근대문학에 대한 관념과 분류체계가 정비된 오늘날의 관점을 과도하게 적용하는 일이 될 것이다. 따라서 이 시기의 문학관이 갖는 특수성에 주목하고자 한다면, 19세기말 - 1900년대가 시·소설·연극 등과 같은 근대문학의 분류체계 자체를 용인하지 않는 시기였을 수도 있다는 사실을 언제나 염두에 두어야 할 것으로 보인다. 달리 말하면, 시가양식이나 소설양식에 대한 당시의 인식이나 이해방식 자체가, 이미 근대적 문학 개념에 익숙해져 있는 오늘날의 관점과 아주 이질적인 것일 수도 있다는 것이다. 이 시기의 시나 소설이 문학적 양식으로 확고하게 승인을 받은 안정적인 상태였을 것이라는 생각을 괄호에 넣고, 다양한 자료들을 실증적으로 검토함으로써 당시의 문학관 또는 문학개념을 추론하는 작업이 일차적으로 필요하다. '장학관219호'라는 특이한 서명이 붙은 글에서 당시의 문학관을 엿볼 수 있는 중요한 언급이 발견되는가 하면, 가정교육의 중요성을 설파하는 글에서 (문학적) 상상력의 창조성이 강조되기도 하며[2], 지리학과 관련된 글에서 학문과 문학의 분화과정에 대한 인상적인 설명을 찾아볼 수 있기 때문이다.[3] 개별 양식들에 대한 기존연구의 성과들을 폭넓게 수용하고, 당시의 담화 공간(場)에 마련된 문학의 위상을 검토할 수 있다면, 이 시기의 문학 개념과 문학양식을 둘러싸고 있는 역사적 맥락을

---

2) 金壽哲(1908).
3) 崔　生(1907).

보다 구체적으로 그려낼 수 있을 것이다. 이 글은 그러한 목적을 위한 작은 시도로서 씌어진다.

2. 계몽의 기획·정치적 공공영역·근대적 인쇄복제기술

개화기·애국계몽기·근대계몽기 등으로 다양하게 명명되는 19세기 말-1900년대의 시기는, 일반적으로 '과도기' 또는 '이행기'라는 관점에서 그 역사적 성격이 고찰되었다.[4] 하지만 19세기 말-1900년대는, 과도기나 이행기의 성격뿐만 아니라, 그 이전이나 그 이후의 시기와 구별되는 사유체계 또는 관념체계를 형성하고 있었던 시대이다. 사회의 주도적 이념으로서 제시된 계몽의 기획, 근대적인 인쇄복제기술에 근거한 미디어적 환경의 변화, 수평적 의사소통을 가능하게 했던 정치적 공공영역 등은 이 시기의 사유 체계와 담화 지형이 그 이전이나 그 이후와 엄연히 구별되는 것이었다는 사실을 확연하게 보여주기 때문이다.

일반적인 의미에서 계몽은 생물학적 요구와 필요라는 한계에서 벗어나지 못하는 즉자적 의식을 사회(국가)적으로 매개된 의식으로 전환함으로써 근대적인 민족국가(공동체)와 계몽된 개인(개별 주체)을 동시에 산출하고자 하는 사회적인 기획을 의미한다.[5] 대중의 의식을 각성시켜 자립

---

4) 19세기말-1900년대의 시기를 이행기나 과도기로 바라보게 되면, 근대를 지향하고는 있었지만 결과적으로 근대에 도달하지 못한 시기, 또는 과거의 전통적인 영향과 새로운 서구적 영향 사이에 협착된 상태로 놓여진 시공간이라는 예견되었던 결과에 귀착되고 만다. 또한 역사에서 이행기나 과도기의 성격을 가지지 않는, 그 자신의 고유한 역사성으로 충만한 시대를 가려내기란 참으로 어려운 일이다. 이 글은 19세기 말-1900년대를 이행기 또는 과도기로 보는 태도를 괄호에 넣은 상태에서 씌어진다.

5) 계몽과 근대성의 관련성에 대해서는, Michel Foucault(1994), 장은수, 335-365쪽; 임정택(1994), 51-78쪽 참조.

적인 주체를 형성하고 광범위한 교육을 통해서 세계에 대한 변화가능성을 공유하고자 하는 지적·정치적 활동이 계몽인 것이다. 여기서 중요한 것은 계몽의 이념이 사상적인 내용으로만 환원될 수는 없다는 점이다. 계몽의 이념이 생산·전달·수용·변형되는 매개론(mediology)적인 과정은 사상이나 이념의 내용만큼이나 중요한 의미를 갖는다.

널리 알려진 대로 근대적인 인쇄복제기술은 정보양식과 의사소통양식의 근원적인 변화를 가져온다. 인쇄술은 1)책의 광범한 생산과 보급을 통해서 탈경전화(脫經典化)를 가속화하고 지식의 교과서화를 촉발하며, 2)언어의 표준화(어문일치)에 대한 사회적 요구를 불러일으키고, 3)사회적 차원에서 지식의 점진적인 축적이라는 관념을 가능하게 한다. 또한 4)새로운 유형의 대중 참가를 가능하게 하며, 5)인쇄술 특유의 반초월성(Halb-transzendenz)은 소통과정을 지방적인 맥락으로부터 탈피시켜 시공적으로 멀리 떨어진 사실내용들 사이의 추상적 동시성을 산출함으로써 공동체(민족)를 상상할 수 있게 한다. 물론 정치적 공공영역의 발생이 인쇄복제기술 외에도 살롱이나 커피하우스와 같은 교제공간과 관련이 있지만, 텍스트의 생산과 수용 그리고 여론의 형성 과정에서 근대적 인쇄술에 근거한 신문과 잡지의 역할을 매우 크다.

정치적 공공영역은 이성의 공적으로 사용(칸트)되는 사회적·담화적 공간으로서, 공동의 해석을 내릴 수 있도록 해주는 지식의 저장고이자, 사회에 대한 상호이해에 도달할 것을 목적으로 하는 토론의 공간이다. 의사소통 참여자들은 공통 문제를 다룸으로써 사회집단에 대한 소속감을 부여받게 되며, 토론의 절차와 형식이 가지고 있는 사회적 조정기능을 통해서 사회적 유대를 형성한다. 정치적 공공영역에 의한 새로운 의사소통양식은 개인들의 삶 속에서 유지되면서 개인성의 구조를 변형하고 새로운 주체를 창출할 수 있는 힘을 가지게 된다. 또한 공공영역 내부에서 수행되는 의사소통은 사회에 대한 체계적 이미지를 각각의 개인에게 배분한다. 달리 말하면 공공영역의 의사소통은 의식 속에서 인간 사회를 재구성(conscious reconstruction of human society)할 수 있게 만들어 준다. 따라서 의식에 의해서 재구성된 사회를 대상으로 하는 발화행위가 이 지점에서 가능해진다. 이를 '사회전체를 향한 새로운 의사소통양식'(New Mode of Communication for Society as a whole)이라 한다. 사회에 대한 체계적인 이미지를 의식 속에 구성하고, 그러한 관념에 입각해서 사회전체를 향해 말을 한다는 생각은 근대에 와서야 가능해진 역사적인 변화이다.6) 공공영역 속에서 의사소통의 주체는 사회와의 상호매개(social intermediacy)적인 연관성을 갖는다. 공공영역의 참여자는 사건들을 사회라는 맥락 속에서 인식하고 이해할 수 있으며, 자신의 의도하는 사태가 실현될 수 있도록 참여자가 개입하거나 접근할 수 있다. 따라서 공공영역에서의 의사소통 행위는 그 자체가 담화적 실천이다. 행위자는 자신과 세계의 상호관련성을 언어에 의해서 파악하는 동시에 세계에 대한 이해를 협동적으로 추구한다.7)

한국의 경우 『독립신문』(1896-1899)의 발행, 독립협회의 만민공동회(1898.3)와 관민공동회(1898.10), 그리고 다양한 장소에서 다양한 계층들이 참여했던 연설회와 토론회 등은 정치적 공공영역의 발생과 깊은 관련을 가지고 있는 사회역사적인 변화들이다.8) 공동체와 주체를 동시에 산출하고자 하는 계몽의 기획, 공공영역이 발생하면서 생겨난 의사소통

---

6) Jürgen Habermas(1989), 14-26쪽 ; Hans-Peter Krüger(1991), 162쪽.
7) J. Habermas(1995), 171쪽.
8) 신용하(1985) 참조.

양식의 근원적인 변화, 근대적인 미디어 환경을 구성한 인쇄복제기술 등은 전통적인 문 개념을 변화시킨 근원적인 배경이다. 19세기 후반 -1900년대의 문학관 또는 문학 개념 역시 계몽의 기획·의사소통양식의 변화·새로운 미디어 환경 등과 관련을 맺으며, 의사소통양식으로서의 문학 또는 미디어로서의 문학 개념에 기반을 두고 있었다. 시가·소설·연극 등의 문학양식들의 (새로운) 위상 역시 이와 같은 역사적 변화 속에서 마련되는 것이었다.

3. 도구로서의 언어와 중립적인 문(文) 개념

1900년대에 이르면 문이재도의 문학관에서 핵심영역에 해당하는 도의 관념이 유효성을 상실하게 된다. 優勝劣敗 適者生存의 현실논리가 지배하는 진화론적인 세계상 속에서 지식으로서의 경쟁력을 상실해버린 유교가 보편적인 학문의 지위에서 스스로 내려와 종교의 영역으로 기능 분화되는 과정은 전통적인 도 개념이 더 이상 유효성을 가지지 않게 되었다는 점을 명백하게 보여준다.[9] 유교가 보편적인 학문이 아니라 기독교·불교·회교와 동렬에 놓여 대등하게 다루어지는 시대, 전통적으로 권위를 인정받던 경전이 탈중심화 되어 버리고 다양한 영역의 교과서가 광범하게 편찬되는 시대에, 전통적인 도문(道文)의 개념이 유지될 수는 없는 법이기 때문이다. 이러한 양상은 유학의 원리에 입각해서 역사적으로 발전해 왔던 한시의 미학적 체계가 이 시기에 더 이상 정당화되지 않는다는 점에서도 확연하게 드러난다.[10]

---

9) 유교의 종교화 과정에 대해서는, 김도형(1994), 44-60쪽 참조.

> 글이라 ᄒᆞᄂᆞᆫ 거슨 그림 그리는 쟈의 지필묵과 치식 ᄀᆞᆺᄒᆞᆯ 거시오 사진관
> 의 사진긔계와 ᄀᆞᆺᄒᆞᆫ 거시라 화공이 안져 그림ᄒᆞᆯ 째 무슴 물건에 형상을
> 그리던지 ᄌᆞ긔 본거슬 ᄆᆞ음에 쟈단[장단의 오기-인용자]과 광협의 다소를
> 맛게 렴량ᄒᆞ여 그림에 그 경륜비포를 다 나타내ᄂᆞ니11)

이 글이 당시의 언어관 전체를 보여주고 있는 것은 아니지만 언어에
대한 새로운 인식을 보여주고 있어서 주목의 대상이 된다. 글은 화가의
지필묵이나 사진사의 사진기와 같다는 것이다. 쉽게 말하면, 언어나 문
자(글)는 인간의 마음을 표현하는 도구라는 사실이다. 도(道)와 글[文]의
이념적 근접성을 강조하던 사유체계에서 벗어나, 이념은 인간의 언어를
매개하여 표현된다는 것으로 변화한 것이다. 이 글의 "글은 학문을 그리
는 긔계"라는 표현에서 알 수 있듯이, 문자나 언어는 중립적·중성적인
매체로서 파악되고 있다. 이러한 언어관은 당시의 변화하는 문 또는 문
학 개념과 밀접한 관련을 가질 수밖에 없는 것으로 보인다.

이러한 징후는 虛文에 대한 비판에서 명확하게 드러난다. 장지연에
의하면, 유교의 압도적인 영향 아래 씌어진 종래의 모든 글쓰기가 허문
으로 규정되고 있다. 관료의 소답장주가 허문(虛文)이고 신사의 헌의상
서가 위문(僞文)이며 행정입법과 내정과 외교의 문서 역시 부문(浮文)이
며 예학과 강학과 관련된 글 역시 가문(假文)이자 번문(繁文)이어서 실질
(實質)을 망각한 겉치레(外飾)에 지나지 않는다고 말하고 있다. 달리 말하
면 유교의 경전을 중심으로 형성되어 있던 전통적인 글쓰기 전반에 대
해서 부정적인 판단을 내리고 있는 것이다.

그렇다면 이 시기를 대표할 수 있는 문 개념은 무엇인가. 「文弱之弊」

---

10) 주승택(1985).
11) 「한문글ᄌᆞ와 국문글ᄌᆞ에 관계」, 『대한크리스도인회보』, 1900.1.17.

에 나타난 장지연의 말을 빌리면 "정치제도의 수단"으로 규정된다. 이때의 정치란 국왕의 성스러운 신체와 경전의 권위에 의해서 운영되는 정치가 아니라, 근대적 공공영역의 이념을 정치적 원리로 삼는 계몽의 기획과 관련되어 있다. 장지연의 논의에서 흥미로운 것은 그가 문을 독이자 약으로 파악하고 있다는 것이다. 문은 나라를 위기에 빠뜨린 근본적인 원인이면서 동시에 나라를 위기에서 구하고 사회구성원들을 결집시킬 수 있는 정치제도라는 주장인 셈인데, 이때의 문이란 중성적이거나 중립적인 성격을 갖는다. 이 시대의 문 개념은 양가적이며 중립적인 성격을 보여주고 있다. 문이재도의 관념이 표방하고 있던 도와 문의 이념적 근접성과 독/약으로서의 문 개념이 표방하고 있는 중립성은 그 자체로 역사적인 변화를 함축하고 있는 것이다.

1900년대의 문 개념은 소설에 대한 비판적인 견해를 보인다는 점에서 전통적인 문학관의 연속선 상에 놓여진 것처럼 보이지만, 사실은 도 개념의 유효성 상실·정치적 공공성의 역사적인 변화·전통적인 미학적 가치체계의 정당성 상실·허문과 장식적 수사에 대한 배제-메커니즘의 구축이라는 역사적 지점들을 거쳐서 형성된 것이다. 정치제도의 수단으로서 문 개념이 매체적인 중립성(독/약)에 근거하고 있다면, 결국 이 시대의 문 개념은 〈일반화된 의사소통양식〉 또는 공적인 성격을 띠는 의사소통매체 일반으로 그 성격을 규정할 수 있을 것이다.

내용과 주제의 부정성에 대한 비판에도 불구하고 소설이 공공영역 속에 자신의 위상을 마련할 수 있었던 것도, 계몽주의자들에 의해서 소설이 지니고 있는 신비한 감화력이 끊임없이 존중되었던 것도, 사실은 의사소통양식으로서의 문 개념에 입각해 있었기 때문에 가능한 일이었다. 또한 소설의 감화력을 인정하고 소설을 계몽의 방법으로 활용하려던 계몽주의자들이 소설 양식이 지니는 미학적 속성이나 양식적인 특성에 전혀 고려를 하지 않았다는 사실 역시 이들이 소설을 하나의 의사소통양식 일반으로 파악하고 있었다는 생각과 크게 어긋나지 않는 것으로 보인다.

4. 논설 · 시가 · 대화체 · 정치소설

계몽의 기획-정치적 공공영역-의사소통양식의 변화는 곧 글쓰기 양식들의 변화로 이어진다. 계몽의 기획이나 정치적 공공영역과 관련된 의사소통양식의 전반적인 변화를 가장 단적으로 보여주는 글쓰기 양식은 논설이다. 의사소통양식의 변화에만 주목해서 말을 한다면, 상소에서 논설로 사회적 무게중심의 이동현상은 그 자체로 한국의 근대성이라고 할 수 있다. 상소와 논설은 글쓰기 양식에 의해서 구분되는 것이 아니라, 두 글쓰기가 기반하고 있는 공공성의 개념 차이에 의해서 구분된다고 보는 것이 타당할 것이다. 상소가 국왕을 중심에 둔 신분적 공공성에 입각해 있다면, 논설은 근대적 공공영역과 관련된 글쓰기 양식인 것이다. 수화자가 국왕이 아니라 일반백성이라는 점, 그것도 문자해독 능력이나 교양수준에 있어서 천차만별인 일반 대중, 근대적인 대중 매체가 형성해 놓은 대중을 전제로 한다는 점이 논설과 상소의 가장 다른 점이다. 논설은 의사표현의 자유가 개인적인 차원과 집합적인 차원에서 동시에 구현된 것으로서, 공공성의 변화를 가장 단적으로 보여주는 글쓰기이자 새로운 공공성이 스스로를 정당화하는 담화영역이다. 계몽의 기획을 대표하는 양식이 논설인 것이다.

논설의 위상은 국왕의 권위(정치 권력)와 일반백성의 풍속(사적 영역) 모두에 대해서 비판적인 거리가 동시적으로 설정되는 지점에 마련되어 있다. 논설의 이와 같은 중립적·중간자적인 성격은 정치적 공공영역의 사회적 위상과 상호 조응하고 있는 것이기도 하다. 우의를 통한 완곡한 방식이든 직접적인 비판의 방식이든 간에, 논설은 독자의 지적·정서적 반응을 겨냥한다. 이 시기의 논설은 '논'과 '설'이라는 전통적인 글쓰기 양식에 의해 규정되지 않았으며, 사회 일반의 공적인 문제를 공동의 이익이라는 입장에서 사고하고 판단하며 그 과정을 전체 사회구성원에 공개함으로써 참여와 동의를 유도한다는 의사소통적 규약과 관련되어 있다. 논설의 구체적인 양상들을 보면, 정책적인 대안 제시를 목적으로 하는 논리적인 글도 있지만, 송(頌)·게언(偈言)·타령(打令)·골계(滑稽)·기도문·독자 편지까지 논설의 이름으로 신문지상에 등장한다.[12] 이러한 양상은 포괄적인 미디어가 등장하게 되면 종전의 문화적·문학적 양식들이 새로운 위상을 부여받게 되는 것과 동일한 현상이다. 당시의 신문들을 펼쳐놓고 보면 확연하게 알 수 있는 사실인데, 논설은 글쓰기 양식과 관련된 명칭이 아니라 신문에 글이 놓이게 될 장소에 대한 명칭이다. 글쓰기 양식의 분류 체계가 새로운 방식으로 배치되고 있음을 보여주는 단적인 양상인 것이다.

계몽의 기획은 자신들의 주장과 전망에 공감하는 사람들을 만들고 그들의 집단적인 열광을 통해 집합적 동의와 연대를 재생산해야 한다. 개인의 심리적 차원으로 접근해 들어가 집합적인 경험을 생산해 냄으로써 상호주관적인 차원에서 스스로의 정당성을 확보해야 하는 것이다. 이 시기에 동원된 다양한 양식의 글쓰기는 이와 같은 계몽의 자기요구와

---

12) 「寓言」(『황성신문』, 1899.3.8), 「俚言」(『황성신문』 1900.4.8), 「千秋慶節頌」(『시사총보』, 1899.3.20), 「元朝宜春頌」(『황성신문, 1901.2.23), 「老釋偈言」(『황성신문』, 1901.1.15), 「戲舞臺打令」(『황성신문』, 1900.8.9), 「酒徒滑稽」(『황성신문』, 1901.11.8), 「讀蓮洞耶蘇敎會爲國祈禱文」(『황성신문』, 1905.8.2).

내밀한 관련을 맺고 있다. 따라서 논설, 시가, 대화, 토론, 정치소설 등은 계몽의 기획이 자신의 이념을 확장하고, 계몽을 주도하는 집단과 계몽의 대상이 되는 집단 사이의 집합적인 동의를 이끌어내기 위한 의사소통의 방식들이다. 계몽의 수사학이자, 계몽의 이념을 확대재생산하기 위한 의사소통적 합리성의 산물인 것이다.

이 시기의 시가양식이 공공영역의 이념과 관계를 맺고 있었다는 사실은 시가의 창작에 사회 각계각층의 인물이 참여했다는 점에서 확연하게 드러난다. 공무원, 학생, 교사, 교인, 저널리스트, 사회지도자, 단체학회 인사, 여성계 등 지도층에서 농공상에 종사하는 일반 서민계층에 이르기까지 창작계층이 골고루 분포되어 있다. 시가는 모든 계층의 창작 참여라는 보편성을 띠고 있었던 것이며, 시가의 독자가 곧 작자가 되는 창작층과 향수층의 공존관계를 분명하게 보여주고 있다. 일반적인 접근가능성과 개방된 담화공간을 전제하는 공공영역의 이념은, 사회의 모든 계층이 창작에 참여하며 창작과 향유를 공유하는 〈시가양식의 개방성〉과 행복하게 만나고 있었던 것이다. 시가의 형식은 사회구성원이 공유하고 있는 공적인 양식이었으며 시가의 내용은 공적인 감정이었다. 이 시기의 시가양식이 공론시(公論詩) 또는 여론시(輿論詩)의 모습으로 나타날 수밖에 없었던 이유가 여기에 있는 것이다.13)

시가양식은 『독립신문』에 실렸던 「이치응의 연설노래」에서 알 수 있듯이 계몽의 목소리에 대한 화답의 형식이다.14) 달리 말하면 신문의 논설에서 주장한 애국, 독립, 동심(同心), 애민, 성몽(醒夢) 등의 내용에 대

---

13) 김용직(1986), 44-110쪽 ; 오세영(1989) ; 김영철(1987) ; 박철희(1981), 143-151쪽.
14) 『독립신문』, 1898.6.11 전주에 거주하는 이치응이 독립관에 들러 연설과 토론 및 회의 진행을 지켜본 후에 실로 감격하여 스스로 흥을 이기지 못하고 지어보낸 노래이다.

해서 일반독자들은 시가를 통해서 정서적인 응답을 되돌려준 셈이다. 시가는 연설이나 논설이 내포하고 있는 의사소통적 일방성을 완화하면서 상호적인 관계로의 진입을 가능하게 하는 방식이었다. 신문에 수없이 실린 애국가류는 계몽의 기획에 대한 응답의 목소리이며 동의의 표현방식이었던 것이다. 시가양식은 '사회전체를 향한 발화'를 가능하게 했던 공공영역의 의사소통양식 변화를 가장 잘 반영하고 있는 영역이다. 이 시기의 시가들이 잠재적인 청자로서 전국민 또는 이천만동포를 호명할 수 있었던 것은, 시가양식 자체의 내재적인 변화라기보다는, 시가양식을 둘러싸고 있는 의사소통양식의 변화 때문이었다. 신문에 시가를 발표하는 일은 사회 전체를 향하여 말하는 일이면서 동시에 전국민이 함께 노래하(기를 기대하)는 일이었다. 사회 전체를 향한 발화가 가능해졌고, 신문에 시가를 게재하는 이유 역시 다 함께 부르기 위함이었다.

대화체 양식[15]이 공공영역의 이념과 관련된다는 것은, 1896년부터 신문에 발표되기 시작한 대화체 양식이 1905년 이후로 활발한 창작을 보이다가 1910년 대한제국의 멸망을 고비로 거의 소멸되고 만다[16]는 사실의 확인에서도 쉽게 알 수 있다. 대화체 양식의 역사적인 변화가 정치적 공공영역의 발생과 붕괴(1910년의 일제 강점)에 엄밀하게 대응하고 있기 때문이다. 공공영역에서 이루어진 토론과 연설은 역사적으로 새로운 경험이었고 또한 이 시기의 일반적인 체험형식이기도 했다. 강연회, 토론회, 연설회의 형식을 글쓰기의 차원으로 고스란히 옮겨놓은 대화체 양식은 공공영역 내부의 의사소통적 양상이 문학 양식으로 전이된 결과

---

15) 교리문답처럼 설명의 편의성을 목적으로 하는 문답체(問答體), 이질적 언어게임의 충돌양상을 보여주는 대화체(對話體), 학회의 연설회 방식을 문학적 양식으로 옮겨놓은 연설체(演說體) 등의 글쓰기 방식을 "대화체 양식"으로 포괄하여 고찰하고자 한다.
16) 김주현(1989), 62쪽.

라 할 수 있다.

대화체 양식이 정치적 공공영역 내부의 의사소통양식 변화를 반영하고 있는데, 그 양상은 크게 두 가지이다. 하나는 연설과 토론을 통해서 사회적 조정 기능을 목적으로 하는 경우이다. 개화기 정치소설의 대표작으로 꼽히는 『주유종』의 경우, 네 명의 부인들이 <나>의 문제를 말하는 대신에 거의 일관되게 <우리>의 문제에 대해 상반되거나 서로 어긋나는 견해들을 제시하고 있다. 토론과 연설이 지니고 있는 조정 기능은, 대(對) 사회적 발화양식 자체가 지니고 있는 심리적 해방의 차원과 관련되는 것으로서, 사적인 영역에 매몰된 의식이 사회 일반의 공적인 차원으로 개방될 때 발생한다. 다른 하나는 이질적인 언어게임의 충돌과정에서 생겨날 수밖에 없는 의사소통의 왜곡현상에 대한 관심이다. 「거부오히(車夫誤解)」[17]나 「소경과 안즘방이 문답」[18] 등이 보여주고 있는 의사소통의 왜곡현상에 대한 민감한 의식은, 대화체 양식이 의사소통에 대한 관심과 깊은 관련을 맺고 있다는 점을 분명하게 보여준다. 오해로 대변되는 의사소통 왜곡현상은 사실상 원활한 의사소통을 위한 동기부여의 차원으로 제시된 것이다. 의사소통의 왜곡현상에 대한 민감한 의식을 드러냄으로써 의사소통에 대한 관심을 역설적으로 촉구하고 있다.

소통과 왜곡이라는 대립항은, 계몽의 기획이 의사소통적 타당성을 획득하고 있는 지점과 그렇지 못한 지점을 분명히 보여주고 있다. 「신구문답」[19]이나 「開化問答」[20], 「경향문답」[21] 등에 의하면, 계몽의 기획이

---

17) 『대한매일신보』, 1906.2.20-3.7.
18) 『대한매일신보』, 1905.11.17-12.13.
19) 『독립신문』, 1899.3.10.
20) 『황성신문』, 1899.9.23.
21) 『독립신문』, 1899.5.10 ; 『독립신문』, 1899.11.2 ; 『뎨국신문』, 1901.1.31.

어느 지점까지 도달해 있는지 또한 계몽의 (적대적) 타자가 누구인지 분명히 알 수 있다. 대화체 양식의 이러한 특징은, 의사소통적 타당성의 획득을 통해서 자기확장을 추구해야 하는 계몽의 존재방식과 내밀하게 닿아 있는 것이기도 하다. 계몽이란 보다 멀리 말할 수 있어야 스스로를 재생산할 수 있기 때문이다. 대화체 양식은 사회의 주변적인 인물들(시골 늙은이, 시골 선비, 소년, 거부(車夫), 부녀자, 몰락양반, 도시 빈민들, 어리석은 사람, 중, 초동(樵童), 어부)을 호명하는 양식이며, 계몽의 기획이 도달해야 하는 공간적 계층적 경계 지점들을 탐색하는 언어이다.

임화의 지적처럼 정치소설은, 부르조아 혁명과 의회설립운동이 실패를 거듭한 한국의 경우, 장르적인 정체성이 뚜렷하지 못하다. 하지만 정치소설에 대한 임화의 문학사 서술은, 문학양식으로서 정치소설이 갖는 애매한 성격과 그 당시에 정치소설이 행사했던 막대한 사회적 영향력에 대한 양가적인 인식과 고민을 솔직하게 드러내고 있는 것이기도 하다.22) 그렇다면 정치소설이란 무엇인가. 정치소설은 소설을 둘러싸고 있는 사회적 환경의 변화와 그로 인한 소설의 위상 변화를 유표화하는 기호이다. 정치적 공공영역의 발생과 의사소통양식의 재편성이라는 역사적 맥락에 주목한다면, 정치적 공공영역의 이념에 근거해서 새롭게 형성된 정치 개념과, 소설이라는 의사소통양식의 결합으로 정치소설의 기본적인 성격을 규정할 수 있다. 정치적 공공영역의 발생으로 전제왕정에서는 존재하지 않았던 새로운 정치적 공간이 출현했고, 중립적인 의사소통양식이라는 의미의 문 개념이 이 시기에 나타나고 있기 때문이다. 정치소설이라는 개념과 작품들이 의미를 지닐 수 있는 것은, 소설이 유희 완롱물이라는 비공식적인 차원에서 벗어나 공적 담화의 영역으로

---

22) 임화, 「개설신문학사」, 『조선일보』, 1939.12.9 ; 1939.12.13 ; 1940.2.2.

진입했고, 정치적 의사소통의 한 양식으로 인정되고 있음을 의미하는 사건이기 때문이다. 동시에 정치소설은 정치적 의사소통양식과 문학적 의사소통양식이 체계적으로 기능 분화되기 이전의 지점을 가리키고 있기도 하다. 정치소설은 소설이 정치적 공공성의 관점에서 관찰되고 있음을, 그리고 소설이라는 의사소통양식의 가능성이 계몽의 기획에 의해서 고려되고 있음을, 그럼으로써 소설이 공공영역에 자신의 위상을 설정하고 공적인 의사소통양식으로 자리잡게 되었음을 알리는 표지이다.

5. 위계적 접합

계몽의 기획은 정치권력에 귀속되지 않는다는 점과 경제적 이윤추구에 대해 무관심하다는 점에서 정당성을 확보한다. 계몽의 목적이 국가와 개인의 동시산출에 있다고 하더라도, 그 출발점은 개인일 수밖에 없는데, 사회 변혁을 추동하는 근원적인 동력은 각성한 개인의 자발적인 의지이기 때문이다. 계몽의 기획이 정치적 계몽이나 계몽 교육만큼이나 풍속 교화에 관심을 기울인 이유도 여기에 있다. 따라서 사회 변혁의 프로그램으로서 계몽의 기획은 사적 영역의 사회적 재생산 방식에 개입하여 자신의 정당성을 제도화하고자 하며, 더 나아가 의상, 연극, 문학, 예술, 풍속 등과 같은 문화적 실천과 상징적 교환의 영역에 자신의 취향을 관철하고자 한다. 이 과정에서 적용된 가치체계는 公/私, 축적/탕진, 울음/웃음의 대립항이었다.

정당성 확보와 자기 확장이라는 문제를 두고 계몽의 기획이 선택할 수 있는 가장 효과적이고 경제적인 방식은 기존의 영향력 있는 의사소통양식을 활용하는 것이다. 시가·소설·연극 등과 같은 문학양식들은 계몽의 기획이 발견해낸 영향력 있는 의사소통양식이었다. 문학양식과 계몽의 이념이 어떠한 방식으로 만나게 되는지, 이 시기의 가장 문제적인 양식인 소설을 중심으로 살펴보도록 하자.

(가) 小說은 國民의 羅針盤이라. 其說이 俚하고 其筆이 巧하여 目不識丁의 勞動者라도 小說을 能讀치 못할 者ㅣ 無하여, 又 嗜讀치 아니할 者ㅣ 無하므로 小說이 國民을 强한대로 導하면 國民이 强하며 小說이 國民을 弱한 데로 導하면 國民이 弱하며[23]

(나) 婦孺徒卒等 下等社會로 始하여 人心轉移하는 能力을 具한 者는 小說이 是니, 然則 小說을 是豈易觀할 배인가 萎靡淫蕩的 小說이 多하면 其國民도 此의 感化를 受할지면 俠慷慨的 小說이 多하면 其國民이 此의 感化를 受할지니[24]

(가)는 소설의 사회적 영향력을 최대한 인정하고 있는 글이고 이 시기의 효용적인 문학관을 입증하는 근거로 흔히 제시되는 자료이다. 핵심적인 문제는 이 글에서 '소설'이 문학양식으로서 인정되고 있는가 하는 점이다. 소설의 내용이 풍속에 가깝고[俚] 그 필치가 교묘해서 무식한 노동자도 능히 읽을 수 있다는 점과, 소설 읽기를 좋아하지 않는 사람이 없다는 점이 강조되어 있다. 중요한 사실은 소설의 영향력에 대한 논의는 무성하지만, 소설이 하나의 독자적인 문학양식으로 인정되지는 않는다. 그렇다면 소설이란 무엇인가. (나)에 의하면 소설이란 일반하층민의 마음에까지 도달할[轉移] 수 있는 능력을 갖추고 있는 의사소통양식이다. 소설을 감히 쉽게 볼 수 있겠는가[是豈易觀] 라고 반문하는 이유도 바로 거기에 있다. 이 대목은 인간의 뇌수에까지 도달해서 국가의식

---

23) 「小說家의 趨勢」(談叢), 『대한매일신보』, 1909.12.2.
24) 「近今國文小說 著者의 注意」, 『대한매일신보』, 1908.7.8.

을 주입하거나 관주(灌注)하고자 했던 계몽의 요구사항과 조금의 어긋남도 없이 일치하는 대목이다.

계몽의 관점에서 볼 때 소설이란 개인의 내면에까지 도달할 수 있게 해주는 내밀한 의사소통양식이자 가장 광범한 사회적 영향력을 가진 매체로 파악되었던 것이다. 소설은 지식의 등급과 무관하게 접근가능한 의사소통양식이며 대중들의 선호도가 다른 영역에 비교가 안될 정도로 높은 양식이어서, 의사소통적 효율성이 대단히 높은 양식이다. 계몽의 이념을 설파하는 사람들은 소설 양식의 광범한 영향력과 독자 장악 능력, 소설양식이 지니고 있는 일반적인 이해가능성을 강조한다. 하지만 소설의 미학적·양식적 측면에 대해서 계몽의 기획이 관심을 표명한 글은 거의 발견되지 않는다. 인용문들에서 확인할 수 있듯이 소설의 영향력은 문학양식의 영향력이 아니라 의사소통양식으로서의 영향력이다. 소설이 '국민의 나침반'이라는 말은 소설이 지니고 있는 의사소통적 영향력을 강조하는 말이며, 동시에 의사소통양식으로서의 중립성을 전제하고 있는 표현이다. 나침반이라는 비유는 풍속의 향배를 보여준다는 의미와, 풍속의 영역에 방향성을 부여할 수 있다는 의미를 동시에 지닌다. 소설이 풍속의 수준을 가늠할 수 있는 〈척도〉이자 〈계몽의 수단〉이라는 말인데, 이러한 관점에서 소설이 문학양식으로 고려될 수는 없을 것이다.

그렇다면 계몽의 이념은 소설양식을 어떠한 방식으로 활용하고자 했던 것일까. 활용의 구체적인 방식은 '위계적 접합'이라 할 수 있을 것이다. 접합(linkage)은 사회적 계층이나 문화적 다양성에 따라 상이하게 양식화된 언어사용방식들을 양식(mode)과 양식의 층위에서 연결한다는 의미이다. 접합이란 개별 양식의 독자성이 존중되는 상태에서 상호간의 접합점과 활용가능한 국면들을 전략적으로 모색하는 움직임을 말한다.

접합의 과정은 대등한 방식이나 수평적인 방식으로만 수행될 수 없고, 늘 분쟁의 여지를 지니고 있다. 어느 양식이 접합을 전략적으로 주도할 것이며 한 양식은 다른 양식에 어떠한 방식으로 접합할 것인가 라는 문제가 항상 수반되게 마련이기 때문이다. 따라서 접합의 과정에서는 이념적 정당성과 헤게모니를 갖고 접합을 수행하는 양식이 나타나게 되며, 접합이 수행된 후에는 주도적인 양식과 그렇지 않은 양식 사이에 모종의 '위계적' 관계가 어떠한 방식으로든 구조화된다.[25]

19세기 후반–1900년대에 보이는 소설에 관한 논의들은 위계적 접합과 관련된 분쟁의 양상이라고 해도 크게 틀리지 않는다. 계몽의 담론과 문화적 영역의 위계적 접합은, 소설 양식이 지니고 있는 의사소통의 중립성을 전제하고, 의사소통양식으로서의 소설이 그전까지 전달하던 이데올로기적 전언(message)들을 바꾸어나가는 작업이 된다. 의사소통양식으로 파악된 소설은 개량이나 개혁의 대상일 수 없다. 소설을 둘러싼 논의의 핵심은 소설이 형성하고 있는 의사소통의 지점들을 계몽의 이념을 위해 전략적으로 활용할 수 있는가 없는가의 문제인 것이다. 단순화시켜 말한다면, 소설의 외장을 한 계몽의 교과서를 만들 수 있는가의 문제인 것이다. 중립적인 의사소통양식인 소설은 그대로 두고 그 주제만 계몽에 관련된 것으로 대체하는 작업을 통해서 계몽주의자들은 소설을 자신들의 공적인 매체로 변모시키고자 했던 것이다. 이러한 대체의 논리는 소설뿐만 아니라 연극과 시가의 영역에서도 발견된다.[26] 연흥을 위주로 하던 연극은 풍속개량을 위한 역사적이고 교육적인 내용으로 대체

---

25) Jean-François Lyotard(1983), 137-138쪽.
26) 「演劇界之李人稙」, 『대한매일신보』, 1908.11.8 ; 裵洋子, 「歌調 륙자빅이」, 『태극학보』 24, 1908.9, 54-55쪽.

하고[27], 무기력과 타성에 젖어있는 시가의 경우는 곡조를 유지한 상태
에서 중요 부분의 노랫말을 계몽의 이념에 맞는 다른 말로 대체하는 것
이었다.[28] 시가나 연극 역시 소설처럼 의사소통양식으로 인식되었던 것
이다. 시가·소설·연극 등은 일반인들의 의식과 생활을 구성하는 힘을
가지고 있기 때문이다. 의사소통을 통한 행위조정 메커니즘으로 시가·
소설·연극을 바라보고 있는 것이다.

따라서 어떤 내용과 주제의식을 담은 소설이 주류를 이루는가에 따라
풍속과 인심의 향배가 달라진다는 진술들을 두고, 소설의 영향력에 주
목한 공리적 문학관의 표현이라고 규정할 수도 있을 것이다. 하지만 여
기에는 미세한 차이가 존재한다. 소설이 문학으로 안정적으로 승인된
상태에서 공리성이나 효용성을 추구한 것이 아니라, 의사소통양식 또는
행위조정기제로서 소설의 효용적 가치가 발견되면서 담론의 장(場) 내부
에 소설의 새로운 위상이 마련된 것이기 때문이다. 공리적 문학관이라
는 말은 이 시기의 소설이 문학으로 안정적인 위치에 있었다는 생각을
불러일으킬 수 있다. 하지만 이 시기의 소설의 공리성과 효용성은 문학
작품이 아니라 미디어적인 기능과 관련된 것이었다.

계몽주의자들이 연극과 소설에 주목한 이유는, 연극과 소설이 강렬한
감정과 정서를 불러일으키고 많은 사람들의 감정과 정서를 집중시키는
기능을 가지고 있기 때문이었다. 집중된 감정과 정서는 계몽의 기획에
따라 적절하게 배치(配置)될 때 사회변혁을 위한 집단적인 리비도를 형
성할 수 있다. 달리 말하면 계몽의 기획은 개인-가족-사회-국가로 대변

---

27) 「演劇改良論」, 『대한매일신보』, 1908.7.2.
28) 시가개량의 구체적인 예를 보여주는 자료로는, 「詩歌改良의 意見」, 『대한매일신보』,
    1908.4.10 ; 裵洋子, 「歌調」, 『태극학보』 23, 1908.7, 56-57쪽.

되는 위계화 원리에 따라서 집단적인 감정을 배치하고자 했던 것이다. 그러나 국가라는 유기체 속에 적절하게 배치되지 못하고 비정상적으로 집중되고 결국에는 소모되어 버리고 만다면, 유기체가 유지하고자 하는 리비도의 정상적인 상태를 오히려 위협하는 일이 된다. 연극과 소설에서 극단적인 즐거움을 얻기 위해 소모되는 시간적 경제적 비용은 사회의 재생산을 위한 축적의 메커니즘으로 수렴되는 것이 아니라, 오히려 탕진의 구조를 형성함으로써 사회적 재생산을 위협하고 있다는 것이다. 연극과 소설이 제공하는 자아망각적인 즐거움은 주체의 의식과 실재(현재의 위기상황)를 연결시켜 주지 않으며, 따라서 의식을 집합적인 기억이나 종합적인 판단으로 만들어 주지 않는다. 또한 경제적·시간적 차원에서 탕진의 방식을 구조화함으로써 계몽의 기획이 전제하고 있는 축적의 메커니즘을 위협한다. 소설을 교과서로 파악한 일에서 알 수 있듯이, 소설을 통해 집단적인 차원에서 지식을 축적하고자 한 것이 계몽의 의도였다면, 계몽의 기획은 소설과 연극으로 대변되는 사적 영역에서 탕진의 구조와 정면으로 맞서고 있었던 것이다. 소설과 연극, 시가가 처해 있는 의사소통적 병리현상을 치유하고 이들 양식이 잠재적으로 소유하고 있는 의사소통적 가능성을 정상화시키는 일, 그리고 이들 양식에 집중되었다가는 탕진되는 경제적·시간적·감정적 자본들을 계몽의 의도에 따라 축적의 메커니즘으로 전화시키는 일은, 계몽이 이들 양식들과의 위계적 접합을 시도하고자 할 때 부딪히게 된 문제들이었다.

6. 문학이라는 용어에 관하여

문학이라는 용어는 결코 예전에 없던 말이 아니다. 멀게는 『논어(論

語)』에서부터[29] 가깝게는 정조의 문집인『홍재전서(弘齋全書)』의 하위항목(文學條)에 이르기까지[30], 문학이라는 말은 지속적으로 사용되었다. 일반적으로 동양에서의 문 개념은 사라져 버린 이상적 가치의 표상 또는 우주와 인간의 근본 원리에 대한 표상이라는 믿음에 근거하고 있다. 중국의 경우, 선진(先秦) 시기에 처음으로 문이라든가 문학이라든가 하는 개념이 나왔다고 한다.『논어』의 "文學, 子游 子夏"라는 구절이 대표적인 예가 될 것이다. 이때의 문이나 문학 개념은, 오늘날과 같은 문학 개념이 아니라 '文章과 博學'의 두 가지 의미를 함께 지니고 있는 대단히 포괄적인 개념으로 사용된다. 문학은 문화와 전적(典籍) 내지는 '문(육경)에 관한 학문이나 지식'이라는 의미를 지니고 있다. 주진(周秦)시대까지 문학이라는 말은 문장과 박학이라는 두 가지 뜻을 동시에 겸유(兼有)하고 있는 용어였다. 따라서 문학이라는 말에서 文과 學은 구분될 수 있는 개념이 아니었다. 문은 곧 학이며 문과 학은 구분되지 않는다는 생각은 가장 넓은 의미에서의 문학 개념을 보여준다.[31] 하지만 양한(兩漢)시대에 이르면 文과 學이 분리되면서 문학(文學)과 문장(文章)을 구별하게 된다. 이때 문학은 '학술(學術)' 또는 '유교의 경전 및 그밖의 학술저작'을 지칭하는 말이었으며, 반면에 문장은 시와 사부(辭賦)처럼 문체를 통해 情이나 美感을 표현하는 작품을 가리켰다. 송대(宋代)에 이르면, 성현의 사상이 문을 논하는 표준이 되고 문이재도(文以載道)의 문학관이 정립된다.[32] 일률적으로 규정하기에는 곤란한 점이 있겠지만, 동양적인 문 또

---

29)『論語』,「先進」, "子曰 從我於陳蔡者 皆不及門也. 德行, 顔淵 閔子騫 冉伯牛 仲弓. 言語, 宰我 子貢. 政事, 冉有 季路. 文學, 子游 子夏."
30) 정옥자(1988) 참조.
31) 민병수(1976), 63-65쪽.
32) 陳必祥(1995), 9쪽 ; 이종민(1998), 59-74쪽.

는 문학 개념은 <유가의 경전과 미적·지적으로 고급스러운 문장을 포괄>하는 것으로 규정할 수 있다. 세련된 표현과 문학적 형식을 갖추고 지적인 주제를 다루고 있는 <위대한 책>은, 문학에 대한 근대 이전의 관념을 구성하는 중심적인 이미지였던 것이다.

19세기말-1900년대에 문학이라는 말이 다양한 의미로 사용되고 있었으며, 또한 의미변화의 과정에 있었다는 사실이 결코 놀라운 일은 아닐 것이다. 문학이라는 기표는 변하지 않지만, 그 의미(기의)는 매우 격렬하게 변화하고 있다. 문학이라는 말은 학문일반을 의미하는 광의의 유개념33), 문자(文字)나 문자해독능력(literacy)34), 지식 일반이나 교육 일반35), 저술 일반 또는 교육의 기초 텍스트36), 문장과 관련된 협의의 하위개념37)으로도 사용될 수 있는 용어였다. 또한 미세하기는 하지만 사

---

33) 「泰西文學源流考」, 『한성순보』, 1884.3.8.

34) 一惺子, 「我韓教育歷史」, 『서북학회월보』 16, 1908.3, 3쪽. "世宗大王끠옵셔 國家의 典章과 五禮儀와 音樂器와 測候器를 親製ᄒ시고 **國文을 創製ᄒ사 更利易曉ᄒ 文學으로 一般國民을 普通敎育**ᄒ셧스니"; 金文演, 「宗敎와 漢文」, 『대동학회월보』 19, 1909.8, 9쪽. "全國人民의 **文學程度**를 平均數로 總計算ᄒ야 爲然홈이라 我韓과 支那ᄂ 每 百人中의 **識字**ᄒ 者가 一二人에 不過ᄒ니"

35) 安鍾和, 「興學이 爲國之急務」, 『기호흥학회월보』 12, 1909.7, 8-9쪽. "故로 **文學**之功效ᄂ 其能增長**民人之明理有德者** (…) 泰西가 驟致富强은 無一非有專務**文學**이니"; 安鍾和, 「興學이 爲國之急務」, 『기호흥학회월보』 11, 1909.6, 3쪽. "且苟知文明之人이 必藉**文學**ᄒ야 以牗其明이면 卽可知通國之人이 無不藉文學ᄒ야 以牗其明이오"

36) 「文勝의 弊害를 痛論홈」(논설), 『황성신문』, 1910.6.8. "故以로 現時代文學發達은 富强의 基礎가 되는 바니 文學發達을 要求할진더 全國人民으로 ᄒ야곰 國文과 及 他國文字의 普通學識을 均配ᄒ야 新聞雜誌와 通常書籍 등을 解讀케 홀 만ᄒ고"

37) 孫榮國, 「隨感錄」, 『태극학보』 3, 1906.10, 49쪽. "我國이 以來 漢文만 崇尙ᄒ 結果로 今日 精神의 腐敗를 招致ᄒ엿ᄂ데 近來에ᄂ 此의 反動으로 漢文思想은 全廢ᄒ 境에 至ᄒ고 新文學은 發興치 못ᄒ야 今後 靑年은 如何ᄒ 學識을 修得홀지라도 自己의 思想을 十分文章으로 表示키 不能홀쑨 아니라 通常書信을 自書치 못ᄒ게 되리니 엇지 寒心치 아니리오"

회적 층위를 나타내는 말로도[38], 과학이나 미술과 구분되는 활동영역을
나타내는 말로도 사용되었다.[39] 이러한 상황을 두고 문학 개념이 마구
잡이로 사용되었다고 파악해서는 안될 것이다. 문학이라는 용어와 관련
된 당시의 복잡하고 다양한 의미맥락이 그 배후에 가로 놓여져 있기 때
문이다. 문학이라는 말과 관련된 이 시기의 전반적인 인식에는, 지식의
공공성에 대한 요청이 강하게 반영되어 나타난다. 계몽의 담론이 주도
적인 시대였고 계몽교육이 사회의 지향성으로 설정되었던 시대였기 때
문일 것이다. 반면에 유교의 영향력은 예상외로 미미하다. 문 또는 문학
개념의 포괄적인 성격은 이 시기에도 큰 변화없이 유지된다. 하지만 경
전을 중심으로 지적·미적으로 수준높은 글과 관련해서 전통적으로 승
인되던 가치 개념은 더 이상 유지되지 않는다. 문학이라는 말은 그 포괄
적인 성격만 유지된 상태에서, 유교 경전의 탈중심화와 공공영역의 발
생으로 대변되는 역사적 변화를 겪으면서 지식 또는 학식과 관련된 일
반명사로 변모된 것으로 보인다.

이 시기의 문학 개념은 의미론적으로 유동하면서 변화하고 있다. 적
어도 1910년까지 문학이라는 말이 시·소설·희곡 등과 같은 하위 분
류체계를 지니고 있는 특정한 글쓰기 양식을 통칭하는 말로 사용된 용
례는 거의 발견되지 않는다. 그러나 이러한 사실로부터 시·소설·희곡
등이 문학이 아니었다거나 문학 범주 바깥에 놓여져 있었다는 결론을

---

38) 抱宇生, 「敎育者와 宗敎」, 『태극학보』 24, 1908.9, 24쪽. "政治, **文學**, 軍士, 實業
　　等을 勿論ᄒ고 一種 信仰이 有ᄒ 者의 事業에ᄂ 其趣味가 高尙ᄒ며"
39) 韓興敎(譯), 「政治上으로 觀ᄒ 黃白人種의 地位」(「라인시」氏略述), 『대한학회월
　　보』 8, 1908.10, 49쪽. "各民族이 各各新文明의 維持者로써 自任ᄒᄂ니 從然히 政
　　治上으로만 然홀쑨만 아니라 世界的 性質을 有ᄒ **美術, 文學, 科學** 上으로도 쏘
　　ᄒ 民族的 傾向을 現示ᄒ고 그 製作物에셔도 漸漸 各民族의 特性을 表出ᄒᄂ디
　　苦心ᄒᄂ 狀態 잇ᄂ니라"

내리는 것은 성급한 일이다. 문학이라는 말의 일반적이고 포괄적인 의미를 고려할 때, 시·소설·희곡 등이 문학의 범주에 속하지 않았다거나 문학으로 인정되지 않았을 가능성은 아주 희박하다. 임화의 지적처럼 "이 '문학' 가운덴 시, 소설, 희곡, 비평을 의미하는 문학, 즉 예술문학까지가 포함되어 있는 것은 물론이다."[40] 다만 특정한 글쓰기 양식을 지칭하는 말로서 제한적으로 사용되기에는, 문학이라는 말은 너무나도 포괄적인 의미를 가지고 있었다고 보아야 할 것이다.

이 시기의 문학이라는 말은 '사회의 학교화'를 지향하는 계몽의 영향력 아래에 놓여 있었고, 동시에 근대적인 학문체계가 정착되면서 그 의미가 분화되는 과정에 있었다. 문학이라는 말은 시·소설·희곡 등을 포괄하는 말이었지만, 시·소설·희곡 등을 하위양식으로 지니고 있는 말로서 주제화·특수화되어 있지 않았다는 점은 분명한 사실이다. 오히려 시·소설·연극 등을 하나의 범주로 묶어준 말로는 '풍속' '세속' '여항' 등과 같은 말이 두드러지게 사용된다.[41] 1910년까지 풍속(교화)이 아닌 다른 관점에서 시가·소설·연극을 논의한 글로는, 이들 양식들을 '문예'의 범주로 파악한 이광수의 「文學의 價値」(『태극학보』 11, 1910.3)가 예외적으로 눈에 띄는 정도이다.[42]

〔김동식〕

---

40) 임화, 「槪說新文學史」, 『조선일보』, 1939.9.3.

41) 「小說과 戱臺가 風俗에 有關」(논설), 『대한매일신보』, 1910.7.20 ; 松南, 「舊染汚俗咸與維新」, 『태극학보』 24, 1908.9, 9쪽.

42) 1910년 이후의 문학 논의에 대해서는, 홍신선(1987) ; 김복순(1999) ; 김동식(1999) ; 권보드래(2000) 참조.

참고문헌

『한성순보』『독립신문』『황성신문』『대한매일신보』『뎨국신문』『조선일보』
『대동학회월보』『서북학회월보』『기호흥학회월보』『태극학보』『대한유학생회보』
『대한학회월보』『대한크리스도인회보』

권보드래, 『한국근대소설의 기원』, 소명, 2000.

김도형, 『대한제국기의 정치사상연구』, 지식산업사, 1994.

김동식, 「한국의 근대적 문학개념 형성과정 연구」, 서울대학교 박사학위논문, 1999.

김복순, 『1910년대 한국문학과 근대성』, 소명, 1999.

김열규·신동욱 (편), 『신문학과 시대의식』, 새문사, 1981.

김영철, 「한국개화기 시가장르의 형성과정연구」, 서울대학교 박사학위논문, 1987.

김용직, 「개화기 시가」, 『한국근대시문학사』(상), 학연사, 1986.

김주현, 「개화기 토론체 양식 연구」, 서울대학교 석사학위논문, 1989.

민병수, 「조선전기의 문학관에 대하여」, 『관악어문연구』 1, 1976.

박철희, 「개화기 시가의 구조」, 『신문학과 시대의식』, 김열규·신동욱 (편), 새문사,
        1981.

신용하, 『독립협회연구』, 일조각, 1985.

오세영, 「개화기 시의 재인식」, 『20세기 한국시 연구』, 새문사, 1989.

이종민, 「근대 중국의 시대인식과 문학적 사유」, 서울대학교 중문학과 박사논문,
        1998.

임정택, 「계몽의 현대성」, 『모더니티란 무엇인가』, 김성기(편), 민음사, 1994.

정옥자, 『조선후기문화운동사』, 일조각, 1988.

주승택, 「개화기 한문학의 변이양상」, 『관악어문연구』 10, 1985.

홍신선, 「한국근대문학이론 형성과정에 관한 연구」, 동국대학교 박사학위논문, 1987.

陳必祥, 『한문문체론』, 심경호 역, 이회문화사, 1995.

Foucault, Michel, 「계몽이란 무엇인가」, 장은수(역), 「계몽의 현대성」, 임정택(역), 『모
        더니티란 무엇인가』, 김성기(편), 민음사, 1994.

Habermas, Jürgen, *The Structural Transformation of the Public Sphere*, tr. T. Burger, Cambridge, Mass.: The MIT Press, 1989.

Habermas, Jürgen, 「의사소통 행위 개념의 해명」, 『의사소통의 사회이론』, 장은주 (역), 관악사, 1995.

Krüger, Hans-Peter, "Communication for Society as a whole", Communicative Action, eds. A. Honneth & H. Joas, Cambridge, Mass.: The MIT Press, 1991.

Lyotard, Jean-François, *The Differend : Phrases in Dispute*, tr. G. Van den Abbeele, Minneapolis : University of Minnesota Press, 1983.

한국 근대시 형성과정에서 '개인'의 위상과 의미

1. 머리말

근대 자유시의 형성은 자유율의 실현이라는 형식의 문제에 국한되지 않으며 이념적, 정서적, 문화 제도적 차원의 복잡하고 어려운 문제와 얽혀 있다. 자유시는 개인의 사상과 감정을 개성적인 목소리와 리듬으로 자유롭게 표출하는 양식이며, 근대시는 근대의 기획과 근대 극복을 동시에 내포하는 정신과 이념의 산물이다.

근대성을 논의할 때 핵심이 되는 것은 주체 혹은 자아의 문제이다. 근대적 개인으로서 주체는 타인의 지도 없이, 또 타자에 대한 의존 없이 오직 자신의 이성과 자유 의지로 사고하고 행동하는 독립적이고 자율적인 존재이다. 즉, 근대적 인간은 기존의 전통과 권위, 영향력으로부터 벗어나 자기의 이성과 의지로써 자유롭게 자신을 인식하려는 주체로서의 인간이다. 이 자율적인 존재로서의 인간은 독자적인 개성과 자기 정체성을 요구하게 되고, 여기에서 근대의 중요한 가치인 개인의 자유가 제기된다. 신문학운동, 자유시 운동은 자유에 입각한 개인의 자기 정체성, 또는 개성을 탐색하고 발현하는 작업과 밀접하게 관련되어 있다.

그런데 한국에서는 민족적 위기 담론이 근대 기획을 선도하게 되면서 그 결과 '개인의 자유'가 배제되는 방향으로 근대화가 진행되었다. 한국에서 근대적 계몽은, 개인의 자유와 이성을 바탕으로 한 공공성의 확충이라는 기획에서 출발한 것이 아니라, '애국 애족' '부국강병'이란 이념과 집단의 대의에 개인을 복속시키는 프로젝트로 진행되었다. 또 강제 합방 이후 일제는, 한편에서는 중세적 공동체를 해체하여 개인들을 근대적 생활 속으로 동원함으로써 '건전한 국민' 육성을 꾀하고, 다른 한편에서는 개인을 봉건적 속박 아래 묶어놓는 방법을 택하였다. 식민지 권력이 유혈적 입법과 처벌, 헌병을 동원한 교육과 감시 등의 제도와 규율들을 통해 훈육한 개인은 '지배를 내면화'한 '식민지 근대인'이었다.

이런 시대적 정황을 성찰적 이성으로 개괄하고, 그 속에서 분열하고 충돌하는 개인의 내면에 형식을 부여하는 것이 근대 자유시이다. 그런데 이러한 근대 자유시의 담당층, 즉 자유로운 개인의 창출은 지연되고 위축되었다. 이것이 근대 초기의 개인이 처한 환경이며 존재방식이자 한국 근대 자유시의 형성과정이 혼란과 방황을 거듭한 요인이기도 하였다. 그럼에도 불구하고 개인의 자유와 근대적 자아 정체성을 확립하기 위한 시도들은 계속되었으며, 분열과 혼란에 형식을 부여하려는 근대 자유시 운동도 "내 몸을 내가 비틀며"[1] "表現의 길이 없는 깊은 悲愁와 暗悶과 恐怖와 悔恨을 맛보"[2]는 가운데 모색되었다. 근대 자유시의 탐색자인 황석우가 "시를 쓰는 환경은 실로 괴로웠었다. 그는 완연히 地獄

---

1) "볶기는 가슴의, 내 맘의 설움과 기쁨을 같은 동무들과 함께 노래하려면 나면서부터 말도 모르고 '라임'도 없는 이 몸은 가이없게도 내 몸을 내가 비틀며 한갓 떴다 잠겼다 하며 볶길 따름입니다. 이것이 내 노래입니다"(김억:1923, 1쪽).
2) "그 瞬間의 追求的·追懷的 心情은 말하기에, 쓰기에 표현의 길이 없는 깊은 悲愁와 暗悶과 恐怖와 悔恨을 참으로 맛보게 하는 것으로 적어도 近頃의 나에게는 느끼며 빗기운다"(김억:1916, 43쪽).

以上이었다"[3]라고 회고한 것은 일견 진실이었다.

본고는 한국 근대자유시 형성의 관건이 되는 개인의 자립과 추구가 어떻게 성취되고 또는 제약되었는지를 살펴보는 데 그 목적이 있다. 특히, 기존의 연구들에서 단절적으로 다루어졌던 애국계몽기와 1910년대를 '개인'의 발견과 계몽의 기획이라는 관점에서 연속성을 갖고 고찰해 보고자 한다. 특히 '민족'과 '개인'이 대립 길항하면서 내적인 연속 관계를 형성할 수 있었던 고리를 문학(론)의 정립 과정을 통해 살펴보고자 한다.

2. 애국계몽기의 '민족'과 '개인'

애국계몽운동은 '개인'과 '개인주의'에 대하여 집단적 · 민족적 정체성을 배타적으로 강조하는 방향에서 진행되었다. 이분법적 세계 파악에 입각한 '배제'와 '통합'의 원리가 개인과 민족의 관계에서도 관철되었다. 애국계몽적 기획은 '민족적' 항목과 '비민족적' 항목을 이분화하여 '비민족적' 항목들을 배제함과 동시에 '민족적' 질서 속으로 통합함으로써 민족주의의 체계를 확립하는 데 있었다. 이에 따라 근대적 개인으로서의 자유와 자의식, 욕망의 추구는 개인 이기주의로 배제되었으며, 집단적 이념인 민족주의에 개인을 동일시할 것이 요구되었다.

> 대뎌 지금은 **민쪽의 경정ᄒᆞᄂᆞᆫ 시뎌**라.……이 시뎌는 일 개인의 쥬의로 살기를 구ᄒᆞᄂᆞᆫ 거슨 됴뎌히 되지 못홀 시뎌가 아닌가. ᄒᆞ물며 오늘날 한국은 풍우가 회명(晦冥)ᄒᆞ고 마귀가 횡힝ᄒᆞ여 민족의 쇠망홈이 눈 ᄒᆞᆫ번 ᄁᆞᆷ작일 동안에 잇ᄂᆞ니, 이날이 과연 엇더케 급급ᄒᆞᆫ 날인가.……오호-라 동포들

---

3) 황석우(1929), 2쪽.

이여! 동포의 국가가 졈졈 부패한 디로만 드러감은 무슴일인가. 그 까닭이 쏘한 만흐나 개인쥬의가 데일 큰지라.……

브라건디 동포 중에 혹 이 **개인쥬의를 가진 쟈**눈 **큰 칼과 넓은 독긔로 그 용렬한 셩픔을 급급히 쓴어브리고** 민족쥬의를 분발할지어다. 민족이 멸망되면 개인도 쓰러 멸망하며 민족이 흥하면 개인도 쓰러 흥하느니 일신을 보전코져 하거든 몬져 민족 보전하기를 도모하며 일신의 영화를 구하고져 하거든 몬져 민족의 번셩함을 도모할지어다.

오호-라 개인쥬의로 살기를 구하지 말지어다. **개인쥬의가 사람을 죽이나니라.** (강조 – 인용자)[4]

애국계몽기를 지배했던 민족적 위기 담론 하에서, 근대적 주체로서 '개인'의 문제는 철저하게 배제되었다. 개인주의는 극단적 이기주의, 반민족적 자기중심주의와 동일시되었다. 개인은 민족의 흥망에 따라 그 운명을 같이하는 '민족의 일원'으로서만 존재 의의를 가질 수 있었다. 즉, 개인은 '단체'와 '公益'과 '동포'와 '국가'에 귀속됨으로써 그 존재 의의를 부여받았던 것이다. 여기서 '동포'는 의식화되지 않은 종족인데, 이 '동포'를 公共心이 투철한 '국민'으로 길러내는 것이 애국계몽운동의 중요한 기획이었다.[5]

그 기획의 일환으로서 '개인'을 민족의 일원으로 고무시키고 현실의 열악한 상황을 단숨에 초월하는 주체로서 '영웅'이 주목받았다.

그 나라의 영웅이 칼을 휘두른 곳에 몇천 몇백 인이 구가하며 **피를 흘린 곳**에 몇천 몇만 인이 뛰고 춤추어, 몸이 있는 자는 자기 몸을 영웅에게 바치며 재주가 있는 자는 **자기 재주를 영웅에게 바치며** 학문이 있는

---

4) 「個人主義로 生을 求치 말지어다」, 『대한매일신보(국문판)』, 1909.11.21. 이하 인용문이나 인용시에 굵은 글자로 강조한 것은 인용자에 의한 것이다.
5) "동포는 公共心을 奮興하여 단체를 善하며 公益을 勉하며 동포를 자신으로 視하며 국가를 自家로 시하라"(신채호:1987, 210-229쪽).

자는 자기 학문을 영웅에게 바쳐 **온 나라가 영웅을 외쳐 부르고 함께 나아간다.**[6]

'영웅'은 개인과 민족을 매개하는 고리이며, 개인이 민족의 차원으로 최대한 고양된 형태이다. 고미숙은 '영웅'에 대하여 "민족이라는 초월적 기표를 실현할 수 있는 인격적 화신으로서의 영웅, 그 영웅은 초인적 능력의 소유자면서 일반 국민들의 능력을 최대한 고양시킬 수 있는 일종의 '공명기계'이다."[7]라고 규정하였다.

영웅이 민족 전체의 운명을 개척하고, 개인과 전체의 통일성을 부여하는 문학 양식이 서사시이다. 서사시에서 개별적 행위와 사건은 민족의 정신 내지 전체성과 유기적으로 연관되어 있다. 개인과 전체가 분열을 일으키고, 개인의 정신적 성장과 문명 전체의 정신적 성장이 불균형을 이룰 때 영웅은 불가능해진다.[8]

이광수는 근대 계몽기에 영웅을 주인공으로 창조하여 민족의 위기를 타개하고 민족 구성원의 의식화와 통합을 이룩하려는 운문적 글쓰기를 시도하였다. 그 예들이 「獄中豪傑」(『대한흥학보』 제9호, 1910.1), 「우리 영웅」(『소년』, 1910.3), 「곰」(『소년』, 1910.6), 「極熊行」(『학지광』 제14호, 1917.11) 등이다.

---

6) 안창호(2000), 105쪽.

7) 고미숙(2001), 67쪽.

8) 헤겔은 본래적 의미의 서사시가 갖추어야 할 조건으로 다음 세 가지를 제시하였다. ① 서사시는 민족의 정신과 객관적 삶의 총체를 표현한다. ② 서사시는 개인의 행위, 개별적인 사건들의 통일성을 중심으로 구성되어야 한다. ③ 개별적 행위와 사건은 민족의 정신과 삶의 총체적 모습과 긴밀하게 유기적으로 연관되어야 한다. 김태환(2003), 190-191쪽.

生命, 自由품은, 이짜 —내나라 爲하야,
五尺短軀 이몸, 가루를, 만들고,
心臟에 씰으며, 全身에, 도라가난,
맑고, 밝고, 쓰거온, 이내피로,
三千里靑邱를, 물듸리리라!
父母, 兄弟, 姉妹—한피, 난혼, 우리 同胞,
生命, 自由품은, 이짜 —내나라의 運命이,
危機一髮한 이째 오날날—
　　　　……(중략)……
크도다, 壯하도다, 우리 英雄의 精神이여!
이 精神—忠君, 熱誠, 愛國熱情, 잇기에—
自由, 獨立의 表象되난 白頭의 뫼가,
靑邱의 北天에, 소사, 잇슬 째, 까지,
永遠, 平和의 表象되난 漢江의 물이,
靑邱의 中央을, 흘를 째까지,
父母, 兄弟, 姉妹—한피를, 난혼, 우리 民族이,
靑邱의 樂園으로부터, 큰 使命을 다할 째까지,
讚揚하고, 노래하리라 —
우리 英雄—忠武公—李舜臣!

—이광수, 「우리 英雄」 부분9)

이광수의 「우리 영웅」은, 민족을 위해 헌신한 영웅의 행동과 정신을
통해 개별적인 구성인자(개인)들이 '부모, 형제, 자매 — 한 피를 나눈' 동
포와 민족으로 통합되는 양상을 보여준다. 이러한 의식에 따르면, 독립
된 개체로서 개인의 존재는 인정받지 못하고, 혈연관계로 맺어진 민족
의 구성원으로서 존재할 것을 강요받게 된다. 나아가 「을지문덕 서」에

<hr>

9) 『소년』 제15호, 1910.3, 44-45쪽. 영웅 서사 「이순신전」은 신채호가 『대한매일신보』
　에 1908년에 연재한 바 있다. "영웅자는 세계를 창조하는 신성이며, 세계는 영웅의
　활동하는 무대라……其國에 세계와 교섭할 영웅이 유하여야 세계와 교섭할지며, 세
　계와 분투할 영웅이 유하여야 세계와 분투하리니, 영웅이 無하고야 其國이 國됨을 믈
　得하리오"(신채호, 「영웅과 세계」, 『단재신채호전집』 별집, 111-113쪽).

서 주장하듯이 "온 나라가 영웅을 외쳐 부르고 함께 나아"가도록 민족의 대의 아래 통합하는 것이 애국계몽운동의 목표였다.

형식의 측면에서 볼 때 「우리 영웅」은 서사시적 제재를 서사시로 구성하지 못하였다. 즉 영웅의 행위가 아니라 영웅의 애국 충정과 열혈적 결의에 초점을 맞추고, 그것의 민족적 의미를 강조하는 차원에 머물고 있다. 격동하는 시대의 장엄한 긴 호흡을 견디지 못한 시인의 조급성과 미숙성이 서정시도 서사시도 아닌 불완전한 형식을 만들어 낸 것이다.

한편, 애국계몽기의 세계 인식은 제국주의화한 진화론에 그 뿌리를 두고 있었다. 박은식은 "강권이 있는 자는 성현이며 군자며 영웅이요, 강권이 없는 자는 용렬한 놈이며 천한 놈이며 소와 말이며 개와 돼지다……자연도태와 우승열패는 우주의 법칙"[10]이라고 하였다. 이러한 세계 인식은 강권을 지닌 제국주의가 '영웅'으로 이상화되는 딜레마를 내포하고 있다. 근대 초기 계몽운동가들에게 제국주의는 거스를 수 없는 대세였다. 그러한 제국주의의 세계관을 수용해서 내부에 적용한 것이 바로 민족주의였다. 당시의 민족주의는 제국주의를 모방하여 제국주의에 맞서는 논리로 개발된 것이었다.

> **生存競爭** 當此時代에 / 國家興亡이 니게 달녓네
> 列強의 待遇를 生覺홀사록 / 奴隸 犧牲의 恥辱뿐일세
> 二千萬同胞 우리兄弟야 / 此時가 何時며 此日何日고
> 六大洲大陸의 形便 살피니 / **弱肉强食**과 **優勝劣敗라**
> 國權을 保全ㅎ고 同胞救濟는 / 우리들 兩肩上에 擔任義務라
> **血淚를 輝灑**ㅎ고 奮發心으로 / 實地上 學問을 研究합세다
> ─「西友師範學校 學徒歌」[11] 부분

---

10) 『대한매일신보』, 1909.7.21.
11) 『西友』, 1907.3. 자주적 사립학교의 설립을 통한 대중 교육운동의 실천은 애국계몽

위의 「서우사범학교 학도가」를 보면 '생존경쟁' '약육강식' '우승열패'와 같은 진화론의 수사학이 여과 없이 나타나 있다. 이러한 세계 인식에 따라 당면한 민족의 처지를 '노예 희생의 치욕'으로 규정하였다. 그런데 국권 상실에 직면한 위기 의식의 첨예함에 비하면, 실제로 애국계몽운동의 핵심인 '국권 보전'과 '동포 구제'를 위한 실천의 부분은 매우 취약함을 알 수 있다. '혈루를 휘쇄'하고 '분발심으로' 나아가는 길을 제시하고 있을 뿐이다.

이러한 불균형은 당시 민족주의의 특징인 '정신주의'로써 설명할 수 있다. "국가의 정신만 망하지 아니하면 나라의 형식은 망하였을지라도 그 나라는 망하지 아니한 나라이니라.……그 나라의 **민족된 자** 독립과 자유의 정신만 있으면"12)이라는 주장에서 나타나듯이, 국체가 망해도 정신만 살아있으면 국가와 민족의 미래를 기약할 수 있다고 보았다. 「정신으로 된 국가」라는 글제목에도 표현되었듯이 국가의 구성요소로 '정신'이 제일로 강조되었다. 이러한 '정신주의'의 주장은 제국주의에 대한 물질적 열세를 극복하고, 낙관적 전망을 유지하기 위한 하나의 방법이었다. 계몽 주체들은 '정신'을 절대화함으로써 자기 정체성을 확립하고, 저항의 근거를 마련하였다. 이 정신의 집약이 곧 민족주의였다. 민족주의는 일종의 주관적인 절대 정신의 위치로 격상되었으며, 이를 통해 경험적 현실의 열악함을 초월하고자 하였다. 또한 개인은 개인으로서 존재의의를 부여받지 못하고 오직 '민족된 자'로서만 명명되고 그 정체성을 부여받았다. 민족주의는 계몽의 객체인 대중들에게 동일성을 부여하는 동시에 추상화된 '의식의 통합 장치'로써 그 영역을 확대해 나갔다.

운동의 핵심이었으며, 그 선구적 역할을 담당한 것이 1906년에 설립된 西友學會였다.
12) 「정신으로 된 국가」, 『대한매일신보』, 1909.4.29.

애국계몽기의 '정신주의'가 문학적으로 형상화된 것이 '피'의 수사학이다.13) 앞서 인용한 「우리 영웅」에서 "이 내 피로 / 삼천리 청구를 물듸리리라"와 「서우사범학교 학도가」에서 '혈루를 휘쇄ㅎ고'와 같은 표현이 그것이다. 이러한 '피'의 수사학에 내재한 의식을 '열혈적 의지주의(熱血的 意志主義)'라고 이름 붙일 수 있다. 실제로 역사상의 근대는 계몽과 교육, 실력 양성을 통해 단계적으로 아름답게 성취되었던 것이 아니라, 피와 땀으로 얼룩진 유혈의 과정을 통해 성취되었다.

> **오늘날 세계는 피 세계라.** 문명도 피가 아니면 사지 못하며, 부강도 피가 아니면 이루지 못하며, 부패한 사회도 피가 아니면 개혁하지 못하며, 완고한 민족도 피가 아니면 불러 깨닫게 하지 못하며, 한 걸음을 나아가려 하여도 피가 아니면 못하며, 한 일을 행하려 하여도 피가 아니면 못할지라. 그런 고로 그 창자에는 **피 바퀴**가 항상 돌아다니며 그 눈에는 **피눈물**을 항상 흘리며, 그 몸은 **피로 목욕**을 하며, 그 마음은 **피로 갈아서** 그 백성은 **피 백성**이 되고, 그 나라는 **피 나라**가 되어야 나라 땅이 엄정하게 되나니……14)

> 아름답고 귀ᄒ 느의 韓半島야
> 너느 나의 ᄉ랑ᄒ는 바니
> **나의 피를 뿌려 너를 빗내고져**
> 韓半島야
>
> —안창호, 「韓半島」15) 부분(행 구분 – 인용자)

---

13) "부재를 통해서만 존재를 확인할 수 있는 기호-민족은 수많은 역설과 딜레마를 내장하고서 등장한 상처투성이의 초월자였다. 이 균열과 간극, 빈 공간을 메우기 위해 특유의 수사학이 작동하는데, 그것이 피, 눈물, 칼, 죽음 등의 이미지들이 난무하는 수사학이다"(고미숙 : 2001, 63쪽).

14) 「학계의 꽃」, 『대한매일신보』, 1908.5.16.

15) 『대한매일신보』, 1909.8.18. 기존에 이 작품은 작자와 양식이 불분명한 채 남겨져 있었다. 「한반도」가 창가 양식이며, 안창호의 작이라는 것이 밝혀진 것은 1994년 2월 7일 국가안전기획부가 국사편찬위원회에 기증한 2백여 점의 자료 중 안창호 작사

> 간다간다나는간다　　너를두고나는간다
> 더時運을더덕타가　　**열혈들을쑤리고셔**
> 네품속에누어자는　　내兄弟를다씨워셔
> 흔번氣썻히밧스면　　속이시원ᄒ겟다만
> 장릭일을싱각ᄒ야　　분을춤쬬쩌나가니
> 니가가면영갈손냐　　나의ㅅ랑韓半島야
>
> — 新島(안창호), 「去國行」16) 부분

> 나는 네 사랑
> 너는 내 사랑
> 두 사랑 사이 칼로써 베면
> **고우나 고운 핏덩이가**
> **줄줄줄 흘러내려 오리니**
> **한 주먹 덥석 그 피를 쥐어**
> 한 나라 땅에 고루 뿌리니
> 떨어지는 곳마다 꽃이 되어서
> 봄맞이 하리
>
> — 신채호, 「한나라 생각」17) 전문

의 「한반도」 악보가 들어 있는 것이 발견된 이후의 일이다.(『한국일보』, 1994.2.19) 당시의 창가 형식이 4·4조 음수율로 고정되어 있던 것에 비해 「한반도」는 제한적이나마 정형률에서 벗어나려는 내재적 힘이 작동하고 있어서 주목된다.

16) 『대한매일신보』, 1910.5.12.

17) 『단재신채호전집』 下권(1987), 402쪽. 신채호의 「한나라 생각」은 기존의 계몽시가와는 질적으로 다른 자유율을 창조하고 있다. 시적 화자가 민족주의에 압도되어 매몰되지 않는다. '나'라는 개인 주체가 '민족'이라는 거대 담론과 동등한 위치를 점하며, 긴장을 창조하고 개성을 획득한다. 시의 이미지와 은유도 관습적이지 않다. 피가 꽃이 되고 다시 봄으로 확대되는 이미지의 변환은 신선하며 독창적이다. 그리고 시대적 호흡과 실존적 리듬을 체현하는 자유율이 자연스럽게 형식을 규정하였다. 「去國行」이 국토의 떠남을 노래하는 데 그친 것과 달리, 「한나라 생각」에서 '칼로써 베어지는' 결별은 공간적 결별뿐 아니라 치열한 사상적 모색을 통한 새로운 자아의 탐구라는 존재론적 의미를 포함한다. 실제로 신채호는 치열한 사상적 모색을 통해 민족주의에서 사회주의, 무정부주의에까지 달려 나갔다.

　애국계몽기 시가에 표현된 ‘피’의 수사학과 ‘열혈적 의지주의’는 개인
의 자유와 욕망, 생명을 민족이라는 대의에 희생시키는 일종의 희생제
의로서의 의미를 지닌다. 위의 운문들을 문학되게 하는 정서적 상관물
은 ‘피’이며 절규이다. 안창호의 「한반도」는 조국의 유구한 역사와 아름
다운 강산에 대한 자긍심을 노래한 뒤, ‘나의 피’를 뿌려서 나의 사랑하
는 한반도를 지키고 빛내리라고 다짐한다. 여기서 ‘나’는 독립된 개인이
아니며 오로지 ‘민족’을 통해서만 존재하고 의미를 갖는다. ‘나’와 ‘민족’
의 관계는 피로 맺어진 것이다. 이러한 ‘피’의 수사학을 통해 배타성이
강한 ‘순수 혈통적 민족주의’가 발견되었다.

　사실상 국권 상실은 애국계몽운동의 실패를 의미한다. 그럼에도 불구
하고 「거국행」과 「한나라 생각」은 도도한 낙관론으로써 이 비극적인 현
실을 전도(顚倒)시킨다. 이처럼 국권 상실에도 좌절하지 않고 비극적 낙
관주의를 지속할 수 있었던 바탕에는, 현실의 물질적인 열세를 ‘열혈적
의지주의’로 극복하고자 하였던 한국 근대성의 정신주의가 흐르고 있었
던 것이다.

3. 개인의 발견과 情育論 – 素月 崔承九를 중심으로

　1910년대에 근대적 주체로서 ‘개인’에 관한 담론이 본격적으로 제기
되었다. ‘개체’ ‘개인의 자유’ ‘개성의 발휘’ ‘자아의 각성’과 같은 어구가
나타나기 시작하였다. “自己 個性을 發揮코저 하는 自覺”[18]이라든가
“自己가 自我를 徹底히 確知치 못하고 다만 妄動하는” 과오를 범치 말

---

18) 羅蕙錫(1914), 15쪽.

고 "**個性**을 修養하는 中에 於焉中 **自我**의 何人됨을 깊히 硏究"해야 하며 "我는 世上의 光이요 道요 生命이라"[19] 등이 그것이다.

최승구는 「너를 혁명하라!」에서 개인의 혁명적 자각을 주장하였다.

> 우리는 自然으로부터 空間이 없이 包圍되어 있고, 사람으로부터 連鎖와 같이 接觸되어 있음으로, 거의 **自我를 認識**치 못하게 되었고, **自我의 存在**를 忘却하게 되었다. 허나, 宇宙는 個體의 單位로부터 組織되었고, 個體는 **個性**의 特殊한 것으로 組織된 바이다……우리가 우리의 경우로 生活法則을 發見코자 할 때에는, **自由意思의 自覺**으로 발견할 것이오, 不絶히 衝起되는 實感으로 발견할 것이며, 欠缺이 있는 대로 創造할 것을 發見할 것이다.[20]

최승구가 주장한 자아 인식과 개성의 발견은 식민지 현실을 의식적으로 타개하는 데서 출발하는 것이기 때문에 주목을 요한다. 그는 식민지를 '노예'의 상태로 규정한다. "우리의 靈과 肉은 束縛을 當하얏다. 우리는 被征服者가 되엿다. 우리는 奴隷役이 되엿다. 함으로, 우리의 覺官은 動치 못하고, 本能은 發作치 못하며, 良心은 殘殼만 남게 되엿고, 統一性은 이러버리게 되엿다. 苦痛을 늣기게 되지 못하고, 自由의 運動을 엇지 못하고, 恥辱을 記憶치 못하게 되엿스며, 祖先이나 財産을 主張치 못하게 되엿다."[21] 최승구가 가장 경계하는 것은 식민지민으로서의 굴욕도 느끼지 못하고 타성과 순응, 무기력에 젖어 '노예에 自安'하는 상태이다. 자기가 속박되어 있다거나, 자유롭지 못하다는 것 자체를 의식하지 못하고, 치욕을 기억하지 못하는 상태는 '노예'의 상태다. 이는 '지

---

19) 李周淵(1914), 16-17쪽.
20) 최승구(1915), 15-16쪽.
21) 최승구(1915), 15쪽.

배를 내면화'[22]하는 것이다. 이러한 노예의 속박을 깨뜨리고 자유와 인격의 권위를 깨닫는 것이 바로 '너를 혁명하는 일'이다. 특히 최승구는 '개성의 발휘'와 '자유의사의 자각'을 주장한다. 먼저 '피정복자, 노예'로서의 '자아의 자각'을 주장하고, 이를 타개하는 길에 '자유 의지'를 발휘하라는 것이다.

그는 자아 혁명의 길로써 '용사'의 삶을 제시하고 있다. 즉, 노예적 속박으로부터 해방되어 저항적 민족주의의 주체인 '용사'가 되는 것이다.

> 쩰지엄의 勇士여! / 最後까지 싸홀뿐이다!
> 너의 엽헤 / 부러진 槍이 그저 잇다.
>
> 쩰지엄의 勇士여! / 쩰지엄은 너의 것이다!
> 네것이면, / 꽉 잡어라!
>
> 쩰지엄의 勇士여! / 너의 써듸(body-인용자)는 너의 것이다!
> 너, 人生이면, / 權威를 드러내거라!

---

22) 일제는 강제 합방 이후 조선에서 '식민지 근대인'을 제도적으로 '생산'하는 작업을 진행하였다. 제도와 규율을 통해 식민지민 스스로가 습관에 의해 복종하는 인간, '지배를 내면화'한 인간형, '식민지 근대인'을 만들어 내는 것이다. 일제가 '식민지 근대인'을 생산하기 위해 동원한 이데올로기는 이중적이었다. 진보된 물질문명과 기술문명의 물리력을 통해 근대의 위력을 과시하는 한편, '전근대적인 것'으로서 봉건적 이념과 제도들을 이용하였다. 전통적인 충효 윤리나 가족주의 같은 유교적 이념과 제도를 재구함으로써 식민지 대중들로부터 식민지 권력에 대한 충성심을 강화하고 사회적 위계와 불평등을 자연스러운 현상으로 받아들이게 하였던 것이다. 일제는 도덕적 타락이나 게으름, 안일, 방종 등에 대해 통제를 가하거나, 자본주의적 착취를 위해 근면과 검약, 규율과 절제와 같은 프로테스탄트적 미덕을 강조하며 '건전한 국민'을 육성해 나갔다. 이런 관계에서 개인의 내면적 분열과 방황, 갈등은 도덕적 방종으로 규정하고 배제하였다. 실제로 식민지 권력이 주도한 공공영역인 『매일신보』는 3·1운동 직전까지 '자유시'를 철저하게 배제하고, 한시와 시조, 창가와 잡가 등을 선호하였다.(정우택 : 1998, 74-84쪽과 101-111쪽 참조.)

> 쩰지엄의 勇士여!/瘡口를 부둥키고 이러나거라!
> **너의 피 괴이는 곳에,/쩰지엄의 子孫 부러나리라.**
>
> 쩰지엄의 **히로**[hero-인용자]여!/너의 몸 쓰러지는 곳에,
> 거누구가 月桂冠을/밧들고 섯슬이라.
> -최승구, 「쩰지엄의 勇士」[23](1914.11.3) 부분

이 시는 애국계몽기 시가에 나타난 '피를 뿌리는' '열혈적 의지주의'의 정신을 계승하고 있다. 또 이 시의 '(쩰지엄의) 용사'는 곧 '히로'(hero)이며, 이는 애국계몽기에 자주 등장하였던 '영웅'의 재생인 것이다. '용사' 이외에도 '사나희'(최남선 「나라를 떠나는 슬픔」, 현상윤 「사나희로 생겨나서」 등), '파이오니어'(KY생 「颶風의 後」), '뉴-코리안'(五峯生 「新年의 노래」), 사랑하는 연인, 태백, 단군 등이 이전 시대의 '영웅'을 대체한 형상들이다. 그런데 비범한 주인공인 '영웅'에 비해 용사, 사나이, 파이오니어 등은 인간의 일상 속에서 보편성을 띠는 존재들이다. 또한 이들이 지향하는 대상은 '민족'이나 '국가'라는 이념이 아니라 '님'으로 변화하였다.

「步月」에 나타난 '용사'의 형상은 저항적 민족주의나 '열혈적 의지주의'가 아니라 '님을 향한 그리움'이라는 정서구조를 표현하고 있다.

> 빽빽한 運命의 줄에 / 에워싸인 나를 우는 나의님
> 따듯한 품속에 나를 감추려 / 그 깁흔 솔밧으로 오르리라.
>
> 崎嶇한 山路의 돌부리에 / 부듸친 나를 우는 나의님
> 던입술노 나를 싯츠려 / 그 맑은 시내로 내리라.
>
> 忠實에 疲勞한 나의님 / 軟弱한 몸에 땀흘니며

---

23) 『학지광』 4호(1915), 49-50쪽.

> 냇가에 펄석 주저안저 / 눈물에 울고울다가
> 바위를 그러안고 大地에 업데리다.
>   …(중 략)…
>
> 거치러진 너른 덜에 / 胡笳소래 애닯허
> 邊方戰馬 길이 울고 / 이슬에 저진 天幕에
> 故鄕꿈이 집헛든 勇士는 / 굿은 벼개가 둥굴니라.
>   － 최승구, 「步月」[24) 부분

이 시 말미에 1915년 일본의 카마꾸라에서 썼다고 부기되어 있다. 타
국 땅에서 고향에 있는 님의 처지를 생각하고 님이 그리워지면서 비장
한 감회에 빠진 시적 화자는 그를 통해 '자아'를 깨닫게 되고 스스로를
'용사'로 자각하게 되는 구조이다. 이에 따르면 '상실되고 부재한 님'에
대한 그리움이라는 정서 구조는 1920년대 소월과 만해에 의해 발견되고
창조된 것이 아니라, 근대 계몽기를 거치면서 형성된 것임을 알 수 있다.

1910년대 시에 나타난 '님'은 다층적인 의미를 구현하고 있다. '님'은
민족이나 국가에 대한 명시적인 은유이자 근대적 이상인 자유의 상징으
로, 취약한 자기 정체성이나 민족적 정체성을 보완하는 심리적 영역으
로, 또는 불안과 공포로부터의 피난처 내지는 감상성의 원천 등으로 표
현되었다. 식민지적 근대라는 상황에 직면하여 주체가 스스로 자아를
실현하거나 발전시킬 수 있는 구체적이고 실천적인 기반을 갖추고 있지
못한 상태에서 '님'이라는 추상적 매개항은 자기 정체성을 확인할 수 있
는 적절한 '정서의 구조'가 될 수 있었다.[25)

시 「보월」에서 '용사'인 '나'는 나를 위해 울어주는 '나의 님'을 통해

---

24) 金澤東 편(1982), 19-20쪽.
25) 정우택(2000).

상처와 피로를 위로 받는다. 마지막 연의 '고향 꿈'에서 암시되듯이 '나의 님'은 '용사'인 '나'와 떨어져 고향에 있다. 따라서 '나의 님'을 향한 그리움은 '고향'에 대한 그리움과 겹쳐진다. '고향' 역시 식민지 근대와 함께 발견된 새로운 개념이자 정서적 상관물이다.[26] 특히 유민, 이농민, 유학생들에 의해 발견된 근대의 산물인 '고향'은 상실과 부재, 결핍으로 인해 그 정서적 아우라가 폭발적으로 확장되고 심화되었다. 식민지 근대의 전개와 함께 상실된 '고향'은 '님'이라는 정서 구조를 형성하는 중요한 공간이 되었다.

한편, 최승구는 「情感的 生活의 要求」[27]에서 자유 의지와 개성의 자각을 위한 '情'의 육성을 주장하고, 이를 바탕으로 한 '藝術的 生活의 實現'을 모색하고 있다. '정감적(또는 감정적) 생활'의 일차적 목표는 "先天不足, 遺傳, 習慣의 舊垢濁滓가 아즉도 잔존"해 있는 낙후된 사회에서 미적지근하게 살아가는 개인을 격정(激情)시켜 그들이 자발적인 의지로 떨쳐 일어나도록 하는 계몽적 기획의 실천에 있다. 최승구의 자아 각성의 기획은, 개인의 각성('첫 번째 更生')이 실현된 다음에야 예술적 생활('두 번째 更生')을 영위할 수 있다고 하여 순차적 갱생을 의도하였다.

신채호도 '情育'을 강조하는 「新敎育과 愛國」을 발표하였는데, 이 글에서 그는 '그토록 애국 애국하는 소리가 드높았는데 어찌하여 애국자는 나오지 않았으며 결국 나라를 잃고 말았는가'라고 자문한 뒤, 정이 결여되어 있었기 때문이라고 결론을 내린다. 그리하여 '신교육'의 방향을 '정육'에 두어 '국가의 美'를 느껴서 '애국'에 자발적으로 참여하게 할 것을 주장하였다.

---

26) 심선옥(2002), 58쪽.
27) 최승구(1914), 12쪽.

> 사람의 心理를 智·情·意 세 가지로 나누고……愛는 情이요, 愛國은 國家에 대한 愛情이니, 愛國 君子가 만일 愛國의 道를 全國에 弘布하려 할진대, 不可不 情育에 注意할지니라. ……情이란 激하여 치면 憤怒 不平의 感情이 되고, 觸하여 내면 悲哀 憂愁의 鬱情이 되나니, **情育이라 함**은, 그 感情과 鬱情을 돋우고자 함이 아니요 **그 愛情을 기르자 함이니**, 愛情이란 純潔하며 貞固하여, 薰習侵漬로 얻는 情이요, 鼓動觸發로 얻는 情이 아니니라……**美는 愛情을 담는 그릇이라.** ……國家에도 國家의 美가 있나니, 自國의 風俗이며, 言語며, 習慣이며, 歷史며, 宗敎며, 政治며, 風土며, 氣候며, 外他 온갖 것에 그 特有한 美點을 뽑아, 이름한 바 **國粹가 곧 國家의 美**니, 이 美를 모르고 愛國한다 하면 빈 愛國이라.[28]

이 글의 궁극적인 지향은 정을 육성하여 개인으로 하여금 자발적으로 애국에 동참하게 하려는 계몽적 기획에 있었다. 즉 '국가의 미'인 '國粹'를 깊고 重히 알면 '뼈와 피에 밴 사랑'이 생긴다는 것이다. 여기에서 애국계몽운동의 '열혈적 의지주의'가 개인을 대상으로 한 '정'에 대한 담론으로 귀결되는 것을 볼 수 있다. 또한 '정'은 '미(예술)'에 대한 관심을 촉발시켰다. 이러한 논의는 1910년대 이후 민족(주의) 문학론이 나오는 바탕이 되었다.[29]

이 글의 의의는 애국계몽운동의 전위 역할을 했던 필자가 애국계몽운동을 반성적으로 성찰하고 있다는 점이다. 즉 집단 주체의 이념적 관념성을 비판적으로 고찰하고 '개인'의 '정'에 주목하고 있다. 그럼에도 불구하고 정을 감정(感情), 울정(鬱情), 애정(愛情)으로 등급화하여 감정과 울정은 배제하고 애정으로써 인간의 자유로운 감정의 발산을 통합·규

---

28) 신채호(1987), 131-135쪽.

29) 정육론에 근거한 신채호의 문학관은 1920년대 주요한의 시론 「노래를 지으려는 이에게」(『朝鮮文壇』, 1924.10-12)로 계승된다. 주요한은 신시가 "민족적 정서와 사상을 바로 표현하는 것", "조선의 피가 놀뛰어야 할 것", "국민적 사상을 담고 국민적 언어의 미를 가진 문학"일 것을 주장하였다.

율하려는 의도는 계몽적 기획을 크게 벗어나지 못한 것이다.[30]

이광수도 일찍이 '정'과 '개인' '문학'의 관계를 논하였다. 「今日 我韓 靑年과 情育」[31]에서, 지금의 교육이 지육(智育), 덕육(德育), 체육(體育)에 주안을 두어 왔는데, 교육받은 바의 실천력이 정(情)의 힘으로부터 흘러나온다는 주장이 바로 '정육론'이다. 그의 글에서 "**情은 諸義務의 原動力이 되며 각 活動의 根據地니라.**"라고 규정된다. 이어서 「文學의 價値」[32]에서는 "文學의 範圍는……大槪 情的 分子를 包含한 文章이라"라고 단언한다. 그리고 동양에서 그간 "智와 意만 중히 여기고, 情은 賤忽히 하여 此를 排斥하여, 蔑視하여 온" 것을 비판하고 있다.

이광수에게서 '정'은 '개성' 개념의 기초가 되었다. 그는 근대적 개인의 특성을 '독립적 도덕'과 '자율적 행동'으로 규정하면서, 개인의 의무와 행위의 원동력이자 근거지로서 '정'을 주목하였다. 인간이 외부의 제재와 시선이 아니라 자기 내부의 명령에 의해서 판단하고 행위하는 자율적이고 독립적인 존재, 즉 개인이 될 수 있는 것은 인간의 내적인 본성 가운데 하나인 '정'이 작용하기 때문이라는 것이다.[33]

정에 대한 관심과 강조는 봉건적 습속의 속박으로부터 자유로운 정신의 영역을 확보하려는 의도도 있지만, 한편으로는 현실적(정치적 사회적)으로 자아 실현의 출구를 찾지 못한 자아의 굴절된 절규라고 할 수 있

---

30) 당시에 신채호의 미학관을 구현한 예로써 최남선이 주창한 '國風'을 들 수 있다. 국수(國粹)를 내용과 형식으로 하는 시가 양식으로서 '국풍'은 기실 근대적인 시조를 가리키는 것이었다. '국풍'의 예에서도 알 수 있듯이, 감정(感情)과 울정(鬱情)을 분리하여 배타하는 방식으로는, 근대적 삶의 모순과 분열에서 생겨나는 충돌과 그 속력을 시적 창조의 동력으로 삼는 자유시의 리듬을 감당하기에는 어려움이 있었다.

31) 『大韓興學報』 제10호(1978), 525-526쪽.

32) 『大韓興學報』 제11호(1978), 545-547쪽.

33) 김현주(2002), 107-108쪽.

다. 정은 열혈적 의지주의의 다른 표현인 측면이 강한데, 즉 민족이 괄호 처리되고 대신 자아가 거기에 겹쳐진 형태이다. 정의 주체가 되는 자아 역시 애국계몽기의 전체주의적 영웅을 크게 벗어나지 못한 점도 지적해야 할 것이다.[34]

서로 편차가 있고 취약성을 드러내지만, 최승구와 신채호와 이광수의 '정육론'이 지닌 의미는, 근대적 주체로서 개인을 자각시키고 고양시키고 개인이 자발적으로 실천에 나설 수 있도록 하는 원동력으로서 '정'의 역할에 주목했다는 데 있다. 그리고 이러한 '정'의 형식이 바로 문학론을 형성하는 논리의 근간이 되었다.

4. 개인의 분열과 서구문학의 수용 – 岸曙 金億의 경우

김억은 「藝術的 生活」[35]에서, 최승구가 '두번째 갱생'으로 유보한 '예술적 생활'을 더욱 적극적으로 주장하고 있다. 그는 이 글에서 "인생의 완성은 인생을 예술화하는데 있는 것이며 인생을 완성하는 것 역시 예술"이라고 주장한다. 개인과 사회는 예술로써 매개되고 '예술적' 됨으로써 완성된다는 것이다. 여기서 개인의 생명이 사회적 생활보다 우선하는 것은 주목을 요한다. 그리고 예술을 통해 '陶醉'와 '생명의 滿足的 享樂'을 갈구하는 개인의 자유와 욕망이 긍정된다.

김억이 추구하였던 개인 감정의 자유로운 표현이라는 의식은 서구문

---

34) 김윤식은 「곰」(『소년』, 1910.6)을 분석하면서 이광수는 "일본에서 익힌 제국주의화된 진화론 사상을 자아론으로 이해했"고, 이와 관련하여 이광수의 자아론은 영웅숭배론과 결부되어 있다는 점을 지적하였다.(김윤식(1999), 300쪽).

35) 『학지광』 제6호(1915), 60-62쪽.

학, 특히 베를렌느와 보들레르에 기대고 있다. 그는 이들이 체험한 동경
과 비애를 추체험함으로써, 근대시와 관련하여 당대에 가장 선진적인
미학관을 펼쳐 보이고 있다.

> 美를 求하다가 얻지 못하야의 醜, 眞을 찾다가 찾지 못하야의 僞, 善을
> 求하다가 얻지 못하고의 惡, ― 이들을 맛보게 되며, 또는 거기에 憧憬하
> 게 된다. 世上에 所謂 『美의 憧憬者, 歡樂의 追求者, 善의 反逆者』하며
> 말하는 것이, 果然 外面的으로의 淺薄한 觀察됨은 아마 肯定하려니와, 그
> 러나 한 걸음 더 나아가 善을 얻으려다가 얻지 못하고서의, 悲哀를 느끼
> 며 ― 너무 熱烈하게 얻으려고 하기 때문에, 强烈한 憧憬者이기 때문에 ―
> 참으려고 해도 참아지지 아니 함과 덮으려고 해도 덮어지지 아니 함에 어
> 찌 할 수 없는 不安을 느끼며,……이는 즉, 善의 熱烈한 憧憬者이기 때문
> 에, 따라 忠實한 惡의 奴僕이 되게 됨이며, 理想的이기 때문에 現實的 아
> 니 될 수 없는 善과 惡의 混合인 絶對者임으로 써라.
> 그러기에 瞬間瞬間의 生活은 悔恨이며, 悲愁며, 恐怖며, 暗悶이며, 追
> 求的・追懷的 쓴 心情을 맛보는 不安이리라. 포올 베를렌느의 心情이며
> 샤를르 보들레르의 心情이 이것……36)

김억의 인식론은 세계를 이분법적으로 체험하지 않는다는 점에서 획
기적이다. 이 글에 따르면 眞・善・美와 대립하는 가치들이 일방적으로
배제되거나 통합되는 것이 아니라, 서로 뒤섞여서 존재하고 있다. 즉
眞・善・美는 궁극에서 '僞' '惡' '醜'와 혼합된 상태로 인식된다. '美의
憧憬者'는 '歡樂의 追求者', '善의 反逆者' 나아가 '忠實한 惡의 奴僕'으
로까지 확장된다. 이 점이 앞의 신채호나 이광수의 정육론으로써 문학
론과 차별되는 지점이다. 미는 추구하면 할수록 원래 요구한 바 미의 목
표인 '善과 眞神의 경지'에 도달하는 것이 아니라 거꾸로 환락과 반역,

---

36) 김억(1916), 43-44쪽.

악의 세계에서 헤매게 되고, 이런 생활로 인해 회한과 비수(悲愁), 공포, 불안의 순간을 체험하게 된다는 것이다. 그 예로써 "베를렌느의 뉘우침, 어린아이 같은 懺悔의 아픈 참 눈물이며, 보들레르의 人工的 享樂"을 들고, 이는 '善과 眞神'을 찾다가 종국에도 찾지 못한 '쓴 心情'의 표현이라고 설명한다. 김억의 이러한 인식태도는 자아의 내적 분열—동경과 불안(비애), 이상과 현실, 선과 악, 영원과 찰나, 영혼과 육체의 분열을 긍정하는 바탕이 되었다.

또한 김억은 근대 문명의 어두운 그림자로서 '世界苦'에 주목하고 있다. '世界苦'는 애국계몽기를 지배했던 '민족이나 국가의 고난'이라는 틀을 벗어나고 있으며, '세계고'의 주체로서 개인이 전면화하고 있다는 점에서 의미가 있다.

> 共同히 가진 바 世界苦(world sorrow)에 어찌 하리오. 가만히 앉아서 못 견딜 外面的 平和이면서, 內面的 不安에 또는 現實生活에 실어서 어찌 할 수 없는 바 – 살면서 살지 못할 世界苦에 어찌 하지 못하여, 다시 말을 바꾸어 말하면 "적어도 사는 것처럼" 살자 하는 要求에서 나온 것이나, 그 끝은 求하여 求하여 얻어지지 아니하는 苦痛에 할 수 없이 그들은 放浪, 奔蕩의 온갖 罪業을 하나니 – 그러나 그 깰 때(뉘우침)의 산 靈에 말미아서, 眞神을 보며, 참 心情을 보게 됨에 그들은 The artificial paradise(人工的 天國)을 지으며, 歡樂의 뒤를 따르게 됨이다.[37]

이 글에 따르면, 근대사회에서 개인은 근대 문명과 사상에 내재한 '세계고'를 피할 수 없음으로 인해 "放浪, 奔蕩의 온갖 罪業을" 짓게 되고, 이 '죄업'을 뉘우치고 '깰 때' 비로소 '산 靈' '참 心情' '眞神'을 볼 수 있다. 이것이 예술이자 예술의 의의이다.

---

37) 김억(1916), 45쪽.

  그런데 여기서 문제가 되는 것은 '방랑과 분탕'의 진정성이다. '眞神'과 '世界苦'의 내용도 문제가 된다. 자기(또는 베를렌느와 보들레르)에게 현실 생활이 왜 권태인지, 김억은 그 현실적 의의에 대해서는 주목하지 않기 때문에 '방랑과 분탕'이 긴절(緊切)함을 얻지 못한다. 이들이 요구하는 실체가 구체적이지 않다면, 이들의 '인공적 분탕' '위악'은 또 하나의 타성이 될 수 있다. 역설적으로 '뉘우침'과 자아의 각성, '미'를 추구하기 위하여 '罪業을 犯'하고 僞惡的 행위(歡樂, 奔蕩)를 감행하는 전도된 현상이 일어나기도 하였다.

  실제로 한국 근대시 형성과정에서 나타나는 과장된 자아와 부르짖음, 감정의 과잉은 이런 현상을 반영하고 있다.

> 「살지 아니하면 아니된다!」 바램의 標대로 가지 아니 할 슈 업나니 대개 이는
> 죽음은 暗黑, 悲哀, 苦痛, 絶望, 戀愛, 煩悶, 孤獨, 寂寞을 超越하야
> 意識의 空虛, 온갖의 忘却, 無反應의 靜止, 無底坑의 漠漠世界로써니,
> 오오 生의 欲望! 「살지 아니하면 아니된다!」 —
>   ……(중 략)……
>
> 生의 權威, 生의 價値, — 이들은 몰으노라,
> 다만 — 그져 — 다만 바득이나니 「살고 십어」하는 欲望이 내의 것이매
> 幸과는 웃스며 不幸과는 싸호며 설어하며 가랴노니 살아선 무엇하랴?
> 이를
> 뭇지 말아라!
> 다만 生의 眞實在를 알기만 하면 그만이도다.
> 幸福은 무엇이냐? —
> 瞬間瞬間의 眞實의 「라이프」를 알음이
> 가장 큰 幸福이도다. 그것밧게야. —
> "Struggle for life!" 울며불며
> 「살지 아니하면 아니된다!」 늣길쑌.

> 내 가슴바다의 생각은 다만 나무의 누른 써러지랴는 닙과갓치 希望, 失望에
> 달니엿슬쑌.
> 寂寞을 깨치는 寺院의 울림찬 종소리,
> 무덤의 고요한 哀曲을 타는 듯 주는 듯하나,
> 그러나 「살지 아니하면 아니된다!」 몰으는듯 빗겨 늣기우나니
> 오오, 살음!
> ─살지 아니하면 아니된다! ─
> 쏘다시 빗겨 늣기다.
> 呼吸을 먹고 오는 生命!
>
> ─김억, 「내의 가슴」[38] 부분

이 시의 경우, 시적 자아가 거대 담론이나 타자에 의존하지 않고 '개인'으로서 갈등하고 분열하는 모습을 보여주었다는 점에서 근대적 의미가 있다. 그럼에도 불구하고 시의 절대적인 분량을 차지하는, 죽음과 삶의 경계를 횡단하는 정신과 언어의 유영(遊泳)은 시인이 관념 속에서 조작해 낸 세계이다. 산만한 언어와 형식, 절규, 부르짖음, 반복되는 의문형과 감탄형 등은 시의 주제와 형식을 감당하지 못한 결과이자 개인과 세계의 관계를 창조적으로 개괄하지 못한 데서 비롯된 현상이다.

한편, 이 시는 "살지 아니하면 아니된다!"라는 생명의 부르짖음이 장악하고 있다. 생존경쟁의 진화론적 세계관에 압도된 식민지 지식인들은 생에 대한 열망과 의지를 내면화하였다.[39] "생의 맹독적 의지……이것이 인간의 전부인 것이다. 그러므로 우리들의 당면과제는 무엇보다도 먼저 생존해 가는 것이어야 한다"[40]라든지 "생명의 횃불을 들고 자기의

---

38) 김억(1915), 47-48쪽.
39) 이선이(2002), 100-108쪽.
40) 주요한(1917), 25쪽.

意志를 實現하며 創作"[41]하라든지 "萬有物體의 實在를 인식하는 것도, 自己를 중심으로 하는 意志에서 나오는 것"[42]이라는 담론에는 '생에의 의지'가 관철되어 있다. 1910년대 식민지 지식인들의 '생에의 의지적 충동'과 의지적 목소리는 애국계몽기의 '열혈적 의지주의'와 내밀하게 연관되는 것이며 한국 근대성의 정신주의를 드러내는 것이다. 다만 애국계몽기의 '열혈적 의지주의'가 '민족'이라는 대상을 향해 표출되었다면 1910년대 '생에의 의지적 충동'은 자아를 자각하고 확충하는 가운데 표출된 것이었다. 현실 사회와의 창조적 관계 설정이 막혀버린 상태에서 식민지 지식인들의 '생에 대한 의지'는 더욱 충동적으로 들끓었다. 이러한 충동적 의지를 개괄하여 형식을 부여하는 작업이 자유시를 창작하는 과정으로 이어지기도 하였다. 이 과정에서 황석우는 아나키즘에 경도되고,[43] 김억은 데카당스에 유인되기도 하였다.

김억의 서구문학 수용은 베를렌느와 보들레르에서 시작하여 데카당스 문학과 상징주의 시로 이어졌다. 김억이 파악한 데카당스 문학의 근대적 성격은, 세계를 이해하는 양가적인 시각에 있었다.

> 그들의 心海에는 선과 악, 미와 추, 하나님과 악마, 설음과 즐거움, 현실과 이상, 무한과 유한, 부정과 긍정 – 이것들이 가득하였다. 음악, 색채, 방향, 彫象 – 이들은 그들의 靈을 무한대로 이끌어가는 상징이 아니고 그들 자신의 靈이며, 따라서 무한이었다. 선의 대조로의 악, 악의 대조로의 선도 아닌 절대자를 그들은 끊지 않고 구하였다. 시체를 생각지 아니하고는 어린아이를 볼 수가 없었다. 사랑의 단 즐거움, 여인의 아름다운 눈을 그

---

41) 장덕수(1915), 4쪽.
42) 최승구(1915), 15쪽.
43) 이호룡(2001), 89쪽. 황석우는 시 「新我의 序曲」(『태서문예신보』 1919.1.13)에서 "僞의 骨董에 魔한 날근 나는 가고" '新我' '참의 나'를 탐색한다.

들은 고민없이는 볼 수가 없었다. 그들의 시는 채찍으로 맞는 어린아이의 설은 울음소리, 길을 잃고 아득이는 불안의 부르짖음, 저녁 어두움 안에 혼자 노흔(放) 적은 새의 애닯은 소리와 같은 느낌이 가득하다.[44]

데카당스 문학은 세계의 모든 현상이 그 자체로는 가상(假像)일 뿐이며, 이면(裏面)에 존재하는 고통을 함께 이해할 때 비로소 본질에 도달할 수 있다고 보았다. 여기서 데카당스 문학에 대한 김억의 이해가 프랑스 문학의 실상과 부합하는가를 따지는 것은 중요하지 않다. 중요한 것은 시에 대한 근대적 자각이 일어나고 있던 1910년대에 데카당스 문학의 설명을 통해 시적 근대성에 대한 그의 인식이 어떻게 드러나는가를 파악하는 일이다. 김억에 의하면, 근대적 시인은 세계를 표면적인 현상과 그 대립자로서의 이면을 하나로 통찰할 수 있는 능력을 가진 자여야 한다. 그리고 이러한 세계 이해는 근대시의 특징으로서 허무주의와 비애로 표현된다고 보았다.[45] 김억의 이러한 인식은 한국 근대시의 형성과정에서 허무주의와 비애의 정서가 시적 정조의 주류로 자리잡는 계기를 마련하였다. 실제로 김억이 베를렌느의 시를 번역하는 데 보여준 애착[46]에서 나타나듯이, 당시 대부분의 번역시들이 감상적이고 여성적인

---

44) 김억(1918).

45) 근대시의 특징으로서 허무주의와 비애에 대한 이같은 강조는 김억이 『태서문예신보』에 6회에 걸쳐서 연재하였던 러시아 상징파 작가 「쏘로쑵의 인생관」(『태서문예신보』 9호~14호)에서도 잘 드러나 있다. 그는 '쏘로쑵'의 문학 세계를 '그윽한 비애' '고독의 시인으로서 현세의 암흑, 범속과 부조화에서 죽음과 같은 狂病의 시적 세계' '알지 못할 생의 무섭음' '온화로운 우수' 등으로 설명하고 있다.

46) 김억은 『태서문예신보』를 시작으로 『폐허』와 『개벽』, 『조선문단』, 『가톨닉청년』 등에서 베를렌느의 시를 여러 편 번역하고 있으며 이들 번역시는 이후 번역시집 『오뇌의 무도』에 수록되어 있다. 김억의 베를렌느 시 번역은 대부분 감상적이고 여성적인 데 치우쳐 있었으며, 대부분의 시들이 두 번 이상 다듬어져 발표되고 있다. 특히 베를렌느의 시 「가을의 노래」는 8년에 걸쳐 6번이나 다시 번역되고 있다.(문충성(1992)).

취향에서 벗어나지 못하고 있는 사실이 이를 증명해 준다.

  김억은 데카당스 문학에 이어서 상징주의 시의 특징으로 암시와 음악
성을 들고 있다.

> 상징파 시가의 특색은 의미에 있지 아니하고 언어에 있다. 다시 말하면
> 음악과 같이 신경에 닷치는 音響의 刺戟 – 그것이 시가이다. …… 詩歌와
> 音樂과의 融合이 상징시파의 특색인 것47)

  위의 글은, 시에서 의미가 아닌 언어, 특히 음악('신경에 닷치는 음향의
자극', '찰나찰나에 자극 감동되는 諧調의 음률')의 중요성을 분명하게 인식하
고 있다. 이러한 인식을 바탕으로 자유시의 근대적 특징을 '재래의 시형
과 定規를 무시하고' '모든 제약, 유형적 율격을 버리고' '언어의 음악으
로 직접 시인의 내부 생명을 표현하려 하는 산문시'로 규정한다.

  이처럼 김억은 프랑스 상징주의에 대한 소개를 통해 시에 대한 장르
적 인식을 확고히 하게 된 것으로 보인다. 또한 상징주의 시에 대한 소
개와 번역이 한국 근대시의 형성과정에 미친 긍정적인 영향으로 '自我
와 抒情과 自由의 發見'을 들 수 있다.

5. 맺음말

  근대시는 근대에 의해 상처받은 손으로 그 상처를 치유(治癒)하는 방
식, 그러한 정신과 의식에 의해 성취되는 것이다. 다시 말하면, 근대시
는 근대적 삶의 모순과 분열에 시의 형식과 리듬을 부여하고, 그것으로

---

47) 김억(1918).

근대 극복의 힘을 재창조하는 과정에서 확립되는 성질의 것이다. 한국의 근대시는 시적 주체가 다양한 힘 ― 봉건성, 서구적 의미의 근대성, 식민지성, 탈근대성 ― 들이 서로 결합·타협·착종·갈등·대립하는 현실에 휘둘리면서도 이를 피하거나, 그 현실을 관념적으로 제약하지 않고 삶의 모순과 분열에서 생겨나는 충돌과 속력을 시적 창조의 에너지로 전화하는 데서 확립되었다.

그러나 1910년대까지는 이러한 근대시의 기획을 감당할 수 있을 만큼 주체나 개인, 신문학이 성숙하지 못했다. 애국계몽기의 '개인'은 '민족'이라는 거대 타자에 자신을 동일시함으로써 현실에서 오는 내면의 갈등과 분열을 규율화하거나 관념화하였다. 이러한 태도는 형식적·정서적 규율화로 이어지는데, 주로 정형시나 노래 지향의 시가를 창조하는 것으로 나타났다.

한편 물질적으로 열세한 민족 상황을 정신과 의지로 타개하려는 고투는 '피를 뿌리는' '열혈적 의지주의'로 이념화되고, 그 주체는 민족 '영웅'을 상정하였다.

국권상실로 구획되는 1910년대는 정치체제 면에서 이전 시기와 단절되었지만, 계몽의 기획이란 점에서는 연속적이다. 1910년대에 등장한 신지식층은 자아 각성을 통한 사회의 계몽을 자기 실현의 목표로 삼았다. 그리고 이전 시기의 '열혈적 의지주의'는 개인의 '정' 또는 '생에 대한 맹독적 의지'로 전화되어 관철되었다. '정'에 대한 주목은 개인과 자아에 대한 관심을 촉발시켰고, 나아가 예술론과 문학론을 개진하는 기반이 되었다. '정' '생에 대한 맹독적 의지'에 대한 관심과 집착은 봉건적 습속으로부터 자유로운 개인 정신의 영역을 확보하는 의미도 지니지만, 한편으로는 현실적 자아 실현의 출구를 찾지 못한 자아의 절규라고도

할 수 있다.

그리고 이전 시기의 민족 주체였던 '영웅'은 '사나이' '파이오니어' 등 일상의 보편성을 띠는 형태로 변화하였다. 이는 '내 사랑' '조선혼' 등과 결합하였고, 나아가 한국 근대시 형성의 정서구조를 이루는 '님'의 발견으로 이어졌다.

한편 1910년대에 "인생의 완성은 인생을 예술화"하는 데 있다는 '예술적 생활'론이 부상하는 데, 그 의의는 예술을 통해 개인의 자유와 욕망이 긍정된다는 점이다. '예술적 생활'론은 국내의 취약한 개인(성)으로 인해 서구문학의 수용을 통해 보충되었다. 서구문학, 특히 프랑스 상징주의의 수용은 근대시에 대한 장르적 인식을 하게 하는 계기를 제공하였다.

이상에서 개관한 애국계몽기와 1910년대의 성과를 바탕으로, 개인의 내적 분열과 격정을 적극화하고 이를 안정된 리듬과 형식으로 개괄하는 한국 근대자유시의 온전한 성취는 1920년대 중반 이후에 실현되었다.

〔정우택〕

참고문헌

『大韓每日申報』『大韓興學報』『西友』『少年』『學之光』『新文界』
『泰西文藝新報』

김 억, 『해파리의 노래』, 조선도서주식회사, 1923.

황석우, 『自然頌』, 조선시단사, 1929.

김학동 편, 『崔素月作品集』, 형설출판사, 1982.

『단재신채호전집』, 형설출판사, 1987.

민족문학사연구소 엮음, 『근대 계몽기 학술문예사상』, 소명출판사, 2000.

고미숙, 『한국의 근대성, 그 기원을 찾아서』, 책세상, 2001.

김 억, 「요구와 회한」, 『학지광』 제10호, 1916.

김억A, 「프랑스 시단(一)」, 『태서문예신보』 11호, 1918.

김억B, 「프랑스 시단(二)」, 『태서문예신보』 11호, 1918.

김윤식, 『이광수와 그의 시대』1, 솔, 1999.

김태환, 「세계소설사와 이행의 문제」, 『문학과사회』, 2003. 봄.

김현주, 「식민지 시대와 '문명'·'문화'의 개념」, 『민족문학사연구』 제20호, 2002.

문충성, 「프랑스 상징주의 시와 한국의 현대시」, 외국어대학교 불어과 박사학위논문,
        1992.

심선옥, 「애국계몽기와 1910년대 '민요조 시가'의 양상과 근대적 의미」, 『민족문학사
        연구』 제20호, 2002.

윤해동, 『식민지의 회색지대』, 역사비평사, 2003.

이선이, 「초기 자유시 담당층의 정체성 모색과 그 의미」, 『국제어문』 제26집, 2002.

이주연, 「人보다 己를 지흄이 필요흠」, 『학지광』 제5호, 1914.

이호룡, 『한국의 아나키즘』, 지식산업사, 2001.

장덕수, 「新春을 迎ᄒ야」, 『학지광』 제4호, 1915.

정우택, 「한국 근대자유시 형성과정과 그 성격」, 성균관대학교박사학위논문, 1998.

정우택, 「한국근대시 형성과정에서 '님'의 위상」, 『문학교육학』 제6호, 2000.
주요한, 「예술의 사명」, 『백금학보』 제43호, 1917.
최승구, 「너를 혁명하라!」, 『학지광』 제5호, 1915.
아론 구레비치, 이현주 옮김, 『개인주의의 등장』, 새물결, 2002.
지그문트 바우만, 문성원 옮김, 『자유』, 이후, 2002.

한국 근대문학과 미적 근대성의 관련 양상

- 미적 근대성론의 한계를 중심으로 -

1. 문제제기 : 미적 근대성론의 양상

이 글은 한국문학의 근대성 연구의 진전에 따라 그 논의를 구체화하는 단계에서 제기되고 있는 미적 근대성론의 양상과 이것이 지닌 한계를 검토하고자 씌어진다.[1] 그 동안 미적 근대성론은 사회적 근대성에 대응하는 미적 근대성이라는 관점에서 한국 근대문학에서 미적 근대성이 형성되는 과정과 양상 그리고 이것이 지닌 기능을 살피는 데 이르렀다. 이러한 가운데 몇 가지 문제점이 도출되는 한편 그 한계도 노정되었다. 여기서 문제점은 대부분 미적 근대성을 특권화하는 시각에서 나타난다. 주지하다시피 사회적 근대성과 미적 근대성은 상호 연관되는 맥

---

1) 이 글은 〈국제어문학회 2003년 가을 학술대회〉 기획에서 비롯하였다. 이 기획은 필자에게 〈우리나라 문학의 개념과 가치의 변화 양상〉 가운데 미적 근대성론을 주문한 바 있고 이에 따라 필자는 이 글로써 기존 논의의 종합을 시도하면서 미적 근대성론의 위상과 한계를 제시하고자 한 것이다. 이러한 필자의 발표에 대하여 토론자로 나선 김춘식 교수의 비판적 지적들은 귀담아들어야 할 내용들이 많았다. 1920년대 문학의 미적 근대성을 실증적으로 연구한 바 있는 그의 입장에서 담론 위주의 종합이 지니는 공소함이 커 보인 것은 당연할 것이다. 귀한 지적들을 수용하지 못하고 주어진 과제에 따라 미적 근대성론의 위상과 한계를 필자의 관점에서 제시하는 데 그치게 된 점을 아쉽게 생각한다.

락에서 논의되어야 한다. 그렇지 않을 때 사회적 근대성과 무연하게 발전하는 미적 근대성이라는 왜곡된 관점이 나타날 수 있다. 또한 사회적 근대성을 앞서가는 미적 근대성이라는 미적 선취 혹은 미적 해방의 문제도 역사의 구체성을 간과할 가능성을 안고 있다. 미적인 것과 사회 역사적인 것은 상대적인 자율성을 지니면서 상호 구속된 관계 안에 있는 것이다.

사회적 근대성에 대한 미적 대응이라는 의미의 미적 근대성은 사회적 근대성이 그렇듯 근대세계 어느 지역에서나 다양하게 나타나는 현상이라 할 수 있다. 근대성이 단수가 아니듯 미적 근대성 또한 복수의 양상을 보이는 것은 당연하다. 각기 다른 지역의 근대성에 상응하는 미적 근대성이 공존하는 것이다. 근대성 논의에서와 마찬가지로 미적 근대성 논의에서도 유럽적 모델과 다른 한국적 모델 혹은 동아시아적 모델은 반드시 전제되어야 할 요건이다. 말할 것도 없이 한국적 모델 혹은 동아시아적인 모델이라는 것도 미리 구성되어진 실체를 갖고 있는 것이 아니다. 무엇보다 근대가 형성되고 진전되는 구체적인 역사의 과정이 중요하다. 이럴 때 우리의 경우 식민성과 근대성은 동전의 양면처럼 함께 논의되어야 하는 조건이 된다. 아울러 전통과 근대가 맺는 관계나 상호작용도 끊임없는 고찰의 대상이 된다. 이처럼 근대성과 미적 근대성론은 근대세계체제의 변동이라는 전망과 함께 구체적인 지역 문화geo-culture를 거론하는 관점을 요구하고 있는 것이다. 만일 우리가 단일한 유럽적 모델을 따른다면 근대성이나 미적 근대성은 여전히 우리가 추구해야만 하는 '미완의 기획'에 불과한 것이 되고 만다.[2]

---

2) 하버마스에 연유한 근대성과 미적 근대성 담론에서 유럽중심주의를 읽는 것은 어렵지 않다. 그의 논지는 유럽과 비유럽의 근대성을 위계화한다.

　한국근대문학 논의에서 미적 근대성은 먼저 사회·역사적 문제에 편중된 근대성 담론 비판에서 부각되고 있다. 이광호는 주된 근대성 논자들이 "이러한 이념적·역사철학적 경사로 인해 근대의 예술적 경험 내부에서 근대를 극복할 힘을 찾아내지 않고 선험적으로 설정된 근대성 체계를 통해 미적 근대성을 억압한다"라고 비판한다.[3] 김명인 또한 "역사·사회적 과제의 문학적 수행을 운위할 때 자칫하면 이런 미학적 독자성에 대한 인식은 희미해지고 작품을 소박 반영론적 방법으로 해석하거나 시대 의식의 메가폰으로 읽거나 하는, 인식론주의에 빠질 수 있음을 경계해야한다"면서 이러한 문제의 해소 방안을 "미적 근대성 이념에 대한 적극적 수용"에서 찾고 있다.[4] 이들의 논지는 미적 근대성을 매개로 한국근대문학 논의의 틀을 바꾸자는 점에서 일치한다. 또한 미적 근대성의 개념을 확장하고 있음에서 유사하다.

　　1) 부르주아 합리주의 혹은 경제적, 사회적 근대성의 형성 위에서 미적 근대성의 비판적 방향이 설정되었던 서구의 경우와는 다른, 한국문학에서의 미적 근대성의 상처받는 의미가 밝혀져야 한다. 물론 이것은 서구에 대한 주변부로서의 한국 사회와 문학이 갖는 근대성의 수준에 있어서의 치명적인 모순을 다시 한번 아프게 환기시켜준다. 한국에서의 미적 근대성 문제는 서구의 그것과는 달리 단순히 사회적 근대성에 대립되는 수준의 것이 아니라, 서구사회의 〈근대성/미적 근대성〉과 한국 사회의 〈결핍된 근대성〉에 복합적으로 대응되고 이것들과 동시에 투쟁해야 하는 이중적이고 중층적인 소명을 짊어지고 있다. 하지만 이러한 상황들은 역설적으로 근대성의 주변부인 한국문학에서의 미적 근대성의 내용이 서구의 경우보다 오히려 풍요롭게 될 수 있는 가능성, 그리고 미적 근대성의 자기 갱신 능력이 한국문학에서 보다 적극적으로 실현될 수 있는 가능성을 암시한다.[5]

---

3) 이광호(2001).
4) 김명인(1998), 196-205쪽.

2) 미적 근대성의 태도 혹은 이념은 기본적으로 자본주의 시대의 전개와 함께 상실된 삶과 세계의 조화, 영원한 것과 일상적인 것의 행복한 통일성을 획득하고자 하는 강한 열망의 소산이다. 그리고 이 점은 역사 철학적 근대성의 경우도 마찬가지이다. 마르크스도 니체도 루카치도 푸코도 모두 그리스 시대를 인류의 원(原)이상향으로 삼고 있다는 사실은 이런 면에서 단순한 참조항의 수준을 넘어선다. 아름다움이란 곧 조화이며 분열되지 않은 전체의 이미지일 것이다. 이런 면에서 미적 근대성과 역사 철학적 근대성은 같은 근원에 놓인다. 역사 철학적 근대성이 역사화된 미적 근대성이라면 미적 근대성은 미적으로 소외된 역사 철학적 근대성인 것이다.[6]

1)의 논지는 한국사회의 특수성론에 입각해 있다. 사회적 근대성의 결핍이라는 불행한 조건 위에서 서구적 근대성/미적 근대성과도 대응해야 하는 한국사회의 미적 근대성이 역설적으로 활력을 얻을 수 있을 것이라는 주장이다. 이처럼 논자는 한국사회의 미적 근대성이 설상가상의 조건을 넘어설 것이라 예견한다. 이러한 주장은 사회적 저발전에 반립하는 미적 활력이라는 역설적 논리를 담고 있어 신판 동도서기론을 연상하게 한다. 여기서 다음과 같은 질문을 던질 수 있을 것이다. 여지껏 한국사회에서 미적 근대성은 현실태로 작동하지 않았는가? 작동하였다면 그 구체적 사례는 어떠한가? 가능태라면 한국문학의 미적 근대성이 서구의 미적 근대성에 비해 앞으로 어떤 점에서 풍요로울 것인가? 그러나 이에 대한 그의 답은 없다. 이러한 점에서 1)의 논자는 미적 근대성을 특권화하여 비평적 담론 권력을 획득하려할 뿐 한국문학의 미적 근대성의 구체적 역사를 논외로 하는 한계를 보인다. 한국사회의 근대성은 서구나 일본에 대한 결핍으로 보기보다 그 자체를 그대로 보아야 하

---

5) 이광호(2001), 86-87쪽.
6) 김명인(1998), 203-204쪽.

며 이에 상응하는 미적 근대성 또한 그 실상에서 주목해야 한다. 이러한 점에서 식민적 근대성과 마찬가지로 식민적 미적 근대성도 중요한 논의의 대상이 되는 것이다.

미적 근대성을 특권화하는 태도는 2)의 논자에게서도 동일하게 나타난다. 그는 미적 근대성의 역사적 전개과정이나 구체적 양상보다 본질적인 이념과 태도에 주목함으로써 미적 근대성을 시대이월적인 지향으로 부각시킨다. 이러한 입장은 먼저 서구에서 자본주의 발달과 더불어 미적 근대성이 소잔하는 과정을 무시하고 있을뿐더러 미적 근대성과 미적 탈근대성을 혼동하는 오류마저 범하고 있다. 보들레르로 대표되는 미적 근대성은 그 치열한 고투에도 불구하고 보들레르 당대의 산물일 뿐이다. 그의 문학에 내재한 유토피아의식 또한 미적 근대성의 본질적 문제이기에 앞서 그의 미적 근대성의 일면에 지나지 않는 것이다. 말할 것도 없이 자본주의에 대한 미적 대안은 여전한 명제이다. 그러나 역사적 과정으로 전개되어온 미적 근대성을 살피는 일과 미적 탈근대를 구상하는 일은 서로 문맥을 달리 한다.

이처럼 미적 근대성이 우리 문학 논의에서 새로운 대안적 이론으로 부각되고 있다. 이는 1989년 이래 달라지고 있는 문학이념의 지형에 상응하는 것이라고 본다. 하지만 현실 사회주의 몰락 이후 전지구적 자본주의 시대에 직면한 지금이야말로 자본주의 모더니즘 미학인 미적 근대성에 대한 전면적인 비판이 요구된다는 점에서 미적 근대성을 대안적 이론으로 간주하는 이들의 관점이 내포한 한계 또한 뚜렷하다고 할 수 있다. 이러한 문제의식을 전제하면서 이 글은 1)한국 근대문학에 나타나 있는 미적 근대성의 식민적 기원을 검토하고 2)이의 대척에 위치한 해방의 근대성론이 지닌 위상을 살피고자 한다. 아울러 3)이러한 해방의

근대성론이 전통과 서구 혹은 전통과 근대의 양극 사이에 빠지는 것을
극복하려는 제국주의 시대 제3세계 지성의 지향이었던 점을[7] 고려하여
전통과 근대를 교섭하는 탈근대 미학을 미적 근대성론과 해방의 근대성
론의 대안으로 제시하고자 한다.[8]

2. 한국 근대 문학과 미적 근대성의 식민적 기원

한국근대문학에서 미적 근대성은 어느 시기 어떠한 양상으로 나타나
는가? 이 물음은 달리 식민적 근대에 대한 미적 대응이 어느 시기 어떻
게 나타나고 있는가에 대한 것으로 바꾸어 볼 수 있을 것이다. 우리에게
근대는 계몽주의를 표방하는 민족 부르주아의 형성과 함께 시작된다.
민족 부르주아는 과거의 전통을 부정하면서 민족주의적 입장에서 근대
를 수용한다. 이들은 근대성 획득과 국민국가 수립이라는 이중적 과제
를 내세우면서 그들 계급의 이익과 권력을 확립한다. 이러한 과정에서
이들은 기존의 지배층에게서 근대성을 위한 단절의 명분으로 주도권을
탈취하는 한편 민족 정체성을 유지한다는 명목으로 대중을 동원하여 자
신들의 기반을 지지하게 한다. 그러나 동원되었던 대중은 따돌려지고
민족 부르주아는 식민지 지배층과 손을 잡고 새로운 지배층으로 등장한
다.[9] 이러한 민족 부르주아의 강력한 이념은 계몽주의이다. 이들은 근
대적인 것과 민족적인 것을 결합함으로써 식민화된 민족주의 혹은 식민

---

7) A. 딜릭(2000), 84쪽.

8) 필자의 이러한 논의는 기왕에 제출한 주장들과 이어진다. 구모룡(1998) ; (2001) ;
  (2002) 참조.

9) P. Chatterjee(2001), 51쪽. 장석만(1997), 130쪽 재인용.

적 근대성을 수행한다.

한국문학에서 미적 근대성은 이러한 민족 부르주아의 계몽주의에 대한 미적 대응에서 비롯한다고 할 수 있다. 1920년대 낭만주의에서 미적 근대성의 기원을 알리는 단서를 발견할 수 있다.[10] 그러나 여기서 형성되는 미적 근대성의 위상은 매우 취약하다. 1920년대 식민지 조선의 낭만주의는 민족 부르주아의 계몽주의나 식민지 지배계급의 규율권력에 대한 저항의 기획이 되지 못했기 때문이다. 민족 부르주아의 계몽주의가 전통을 부정하고 근대를 수용한 것처럼 1920년대 낭만주의자들도 조선적 전통을 부정하고 또 다른 차원에서 서구의 사상을 받아들인 데 불과하다. 다시 말해서 1920년대 동인지 시대를 이끌어간 문인들 또한 계몽주의자들이며 대다수의 경우 계몽주의를 표방한 민족 부르주아와 다름없이 식민적 근대를 추종하게 되는 것이다. 이러한 사정은 근대 초기 지성의 형성과 지식 변동의 과정을 추적할 때 여실하게 드러나는 바이다.

계몽주의든 낭만주의든 이러한 근대 지식을 전파한 이들은 해외 유학생들이다. 서구 사상은 이러한 문화 수용 매개자들에 의해 식민지 조선에 들어오게 되는 데, 이들 수용자 대부분은 일본 유학생들이었다. 두루 알다시피 동경은 경성의 학술과 문학에 있어 지도적인 위치에 있었음에 틀림이 없다. 식민지 조선의 열악한 현실에 비하여 근대화된 일본이 유학생들에게 '공상의 천국'으로 비쳤던 것은 사실이다. 1910년대 유학생

---

10) 김춘식(2003), 32-33쪽. 여기서 그는 다음과 같이 지적하고 있다. "한국 근대문학의 형성기에 나타난 계몽주의와 낭만주의의 대립구도는 미적 근대성의 기원에 대한 중요한 사실을 드러낸다. 상대적으로 공공 영역의 기초가 튼튼하고 언론의 자유가 보장되어 있던 프랑스가 아니라 독일에서 미적 경험을 존중하는 낭만주의 운동이 발생한 것처럼, 동인지 문단의 형성은 취약한 사회적 근대성의 결핍을 대신하는 작동기제 역할을 한다."

들이 근대지식을 실력 양성의 무기로 인식하였다면 1920년대 중반 이후 유학생들은 1910년대 유학생들과 같은 생각을 갖는 이들과 함께 많은 경우 마르크시즘을 수용하여 자본주의 근대에 대한 비판자들이 된다. 1920년대 조선의 낭만주의 문단을 형성한 이들은 적극적 근대 수용의 입장인 계몽주의를 주창한 1910년대 유학생들과 자본주의적 근대 극복으로 나아간 1920년대 중반 이후의 유학생들 사이에 존재한다. 이들은 특히 문학과 철학에 많은 관심을 가졌고 문학의 경우 낭만주의와 자연주의 계통의 책을 많이 읽은 것으로 알려졌다.[11]

> 현금 서양에 유행하는 모든 사상―초인생주의, 인도주의, 허무주의, 자연주의, 로만쓰주의, 데카단주의, 향락주의, 개인주의, 사회주의, 낙관주의, 염세주의, 기타 헤일 수 없이 많은 사조들을 지배하는 자는 누구냐 하면 문학자―넓은 의미의―들이오. 창조한 자 역시 문학인들이오. 이제 박멸하고 개조할 자도 다 문학자들이오.[12]

김동인의 이러한 입장은 동인지 『창조』에 그대로 반영되었으리라 짐작할 수 있다. 김동인 등의 입장 또한 서구 근대 지식을 통해 조선을 '개조'한다는 계몽주의를 벗어나 있지 않다. 이러한 점에서 계몽주의와 낭만주의의 대립은 문학계 내부의 논리에 불과하다. 달리 이광수 등의 계몽주의자들과 김동인 등의 낭만주의자들은 민족 부르주아를 형성하는 두 흐름이라 할 수 있다. 이들은 모두 조선적 전통을 거부하고 식민적 근대를 받아들이면서 식민지 조선을 개조하고자 했다. 실제로 김동인 등은 그들의 글쓰기 수준의 미숙성이나 수련과정의 문제보다 조선의 문

---

11) 박찬승(2003).
12) 김동인(1919) ; 박찬승(2003), 167쪽 재인용.

학을 근대화한다는 자부와 포부에 가득 차 있었다.[13] 이들은 달리 말해서 문학예술 영역에서 근대화 운동을 선도한 것이다. 그래서 이광수의 근대성이 식민성과 구별되지 않듯이 이들의 미적 근대성 또한 그 소잔의 추이에서 식민화된 것이라 할 수 있다. 이러한 점에서 동인지 문단의 미적 근대성은 민족 부르주아의 한 축을 형성하는 논리로써 식민적 근대와 일정한 공모관계에 있었다고 할 수 있다. 이 점은 그 기원에서 한국의 미적 근대성이 식민적 근대의 부정적 계기들을 넘어서는 유토피아적 기획으로 발전하지 못했음을 말한다.

다른 한편 한국근대문학의 미적 근대성의 기원으로 문화적 민족주의자들이 내세운 전통에서 찾을 수 있을 것이다. 이들이 미적 원리로 내세운 전통은 그 나름대로 식민적 근대에 대한 부정의 의미를 내포한다고 할 수 있기 때문이다. 가령 야우스는 미적 근대성의 기원을 도구적 이성의 과대한 힘에 대한 놀라움과 불안에서 유발된 루소의 자연 탐구에서 찾고 있다. 루소의 자연은 미적 근대성의 한 양상임과 동시에 미의 궁극적 근원을 나타내는 표지를 의미한다.[14] 말할 것도 없이 식민지 조선의 문화적 민족주의가 고안한 전통과 자연이 산업문명에 대한 불안의 산물인 루소의 자연과 같을 수 없다. 후자가 산업 자본주의의 사회적 근대성의 모순에 대한 직접적인 미적 대응의 한 형식이라면 전자는 식민적 근대에 대한 심정적 민족의식의 표출이기 때문이다. 하지만 미적 근대성을 미적 차원에서 진행되는 미래지향적 기획으로 간주할 때 식민지 조선의 문화적 민족주의가 창안한 전통과 자연의 의미는 크다. 이는 서구 사조의 수용에 의해 모방된 미적 근대성이 자기 쇄신의 힘을 잃어가는

---

13) 김춘식(2003), 100-101쪽.
14) 한스 로베르트 야우스(1999), 115쪽.

현상과 달리 근대에 의해 억압되고 배제되는 타자로 항존하며 나아가 미적 탈근대 기획의 바탕으로 존속한다.

여기서 우리는 서로 다른 두 가지 낭만주의를 상정할 수 있을 것이다. 그 하나는 이성의 객관적 질서를 거부하고 감정의 주관주의를 지향하는 것이고 다른 하나는 주관과 객관의 소통과 교응으로 궁극적인 연속성을 획득하는 것이다. 야우스는 자연의 포에지와 산업의 포에지를 구분한 바 있다. 그에 의하면 루소에 해당하는 전자는 본성적으로 선한 인간이 선과 미의 궁극적 근원인 자연을 추구하는 것을 의미하며 후자는 이와 달리 초자연적이고 인위적인 세계를 지향하며 보들레르의 현대시 구상이 이에 해당한다.[15] 그런데 전자의 의미를 내포한 낭만주의는 동아시아의 오랜 사유형태에 해당한다.[16] 동아시아에서 인간을 근원인 자연과의 연속성에서 인식하면서 가능성의 지평을 확대해가는 사유형태는 오랜 역사를 지닌다. 이러한 동아시아의 자연 미학 전통에 대하여 역사적 경험에 앞서 새로움을 내세우는 미적 경험으로서의 미적 근대성 이념이 대립하는 것은 당연하다. 계몽주의의 한 형태인 1920년대의 낭만주의자들은 한편으로 조선적 전통을 부정하고 다른 한편으로 서구적 근대를 수용한다. 이들에게 부정되어야 할 가장 처음의 대상은 당시의 사회적 근대성을 형성하고 있는 식민적 근대가 아니라 전통 사회와 이에 연결된 사유형태들이었다. 이들이 보인 단절과 부정의 몸짓은 식민적 현실에서 근대적 지식을 수용한 데 따른 자의식의 과장 혹은 채터지가 말한

---

15) 한스 로베르트 야우스(1999), 114쪽.

16) 낭만적인 것과 고전적인 것을 대비하고 있는 T. E. 흄이나 H. 리드에 의하면 동아시아 미학은 근본적으로 낭만적이다. 인간과 자연의 연속성과 역동성 그리고 전체성 개념이 그렇고 인간을 근본적으로 선하다고 보는 성선설의 전제가 그렇다. T. E. 흄(1967), 146쪽 ; H. Read(1975), 262쪽.

모방과 정체성 사이의 딜레마[17]에 지나지 않았다. 엄밀한 의미에서 1920년대의 낭만주의자들이 보인 미적 근대성은 식민화된 발전 의지와 구분될 수 없다고 할 수 있다. 이들은 이들에 앞서 계몽주의를 내세운 민족 부르주아와 마찬가지로 주체/타자, 천재/범인, 엘리트/민중 등의 담론의 이분법적 전략을 구사하면서 식민지 근대 주체로 등장하고 있다. 이러한 점에서 식민적 근대와 일정하게 대응하면서 전통을 재구성한 한용운을 위시한 1920년대의 또 다른 문인들이 주목된다.[18] 근대와 전통을 가로지른 이들에게서 식민적 근대의 양면성을 미적으로 극복해 나가는 가능성을 찾을 수 있을 것이다.

3. 미적 근대성과 해방의 근대성

그 동안의 미적 근대성에 대한 논의는 크게 부정론과 긍정론이라는 두 양상으로 엇갈렸다. 여기서 부정론은 대체로 미적 근대성의 서구 모더니즘적 기원이 지니는 한계에 근거를 둔다. "우리에게 미적 근대성이나 모더니즘의 원천으로서의 근대성은 계몽 사상보다 유럽의 본격적인 예술에서의 모더니즘(1890-1930)에 더 가까운 것으로 인식되는 것이 사실"이라는 관점에서 이의 부정적인 수용을 비판하고 있는 것이다.[19] 이러한 부정론은 우리에게 계몽이성은 여전한 필수 덕목임에도 불구하고 "이성과 진보 그리고 인간의 세계 정복 등에 대한 믿음을 거부한 모더니즘은 마침내 이간 정신의 내면 경험이나 신화 내지 심리적 세계로 물

---

17) P. Chatterjee(2001), 4쪽.
18) 구모룡(2003) 참조.
19) 이선영(1995), 17-18쪽.

러서게 된다"[20]고 본다. 그러나 이러한 부정론이 모더니즘을 전적으로 부정하고 리얼리즘을 전적으로 긍정하고 있는 것은 아니다. 브레히트로 대표되는 생산적 모더니즘은 전체성에 대한 루카치 리얼리즘의 통찰과 더불어 오늘의 현실에서 이론 정합성이 가장 큰 것으로 받아들여진다. 이러한 부정론은 모든 역사적 사회적 사실을 주관으로 환원하는 주체중심의 주관주의를 배격하는 한편 계몽의 변증법적 과정으로서의 미적 근대성은 수용할 수 있다는 여지를 남기고 있다. 이러한 관점에서 최원식은 "리얼리즘과 모더니즘의 회통"이라는 문제를 제기한다.[21]여기서 변증법 대신에 회통이라는 용어를 들고 나온 것은 변증법이 내포한 궁극적인 닫힘이라는 뉘앙스를 소거하고 대신 대화적 열림이라는 의미를 차용하려는 의도가 있음을 알 수 있다. 그만큼 근대성에 관한 체계를 열어놓고 있는 셈이다. 이러한 관점에서도 미적 근대성의 생산적인 측면은 수용된다. 하지만 그는 1920년대의 낭만주의(와 자연주의)와 1930년대의 모더니즘이 식민성과 근대성, 전통과 근대를 가로질러 식민적 근대성의 본질에 육박하지 못했다고 평가하고 있다. 이러한 관점에서 그에게 여전히 중요한 것은 근대성이며 미적 근대성은 하나의 참조사항에 불과하다. "리얼리즘과 모더니즘의 대립은 현재 우리가 직면하고 있는 근대 자본주의를 어떻게 살아내는가, 이 문제로 수렴"되는 것일 뿐이다. 왜냐하면 "한국사회에서 근대는 여전히 성취되어야 할 그 무엇이며 동시에 극복되지 않으면 우리의 생활세계 전체가 파국을 면치 못할 그 무엇"이기도 하기 때문이다.[22]

---

20) 이선영(1995), 18쪽.
21) 최원식(1999).
22) 최원식(1999), 635쪽.

이러한 관점은 한국문학의 근대성에 관한 두 가지 측면을 내포한다. 그 하나는 식민적 근대 상황에서 전통과 근대 혹은 서구와 근대를 동시에 극복하는 방안으로 선택된 사회주의적 근대의 정당성이고 다른 하나는 이러한 정당성이 현실 사회주의의 몰락과 더불어 약화되는 1989년 이후의 대안 모색이 그것이다. 특히 회통의 방법론은 후자의 입장에서 리얼리즘과 모더니즘, 전통과 근대 등 상호 이질적인 것들을 한데 접합시켜 새로운 지평을 열고자 한다. 이러한 관점에서 미적 근대성은 부정되어야 하는 것이 아닐뿐더러 그렇다고 대안이 되는 것도 아닌 것이다. 미적인 것 또한 근대를 형성하면서 근대를 극복하는 이중적 과제의 일부일 뿐이다. 이처럼 회통론은 미적인 것과 사회적인 것의 상호 작용성을 강조하는 한편 지역적인 것과 세계적인 것을 포개어 설명하는 방법적 지평을 열고 있다.

한국문학의 역사를 해방의 근대성이라는 관점에서 바라보는 관점은 여전히 우세하다. 하정일은 미적 근대성론이 근거하고 있는 자율성 개념의 편협한 적용을 비판하면서 "자율성을 좁게 이해할 경우 그것은 문학과 현실의 단절을 초래하며 그 결말은 예술 지상주의"로 귀결된다고 주장한다.23) 말할 것도 없이 자율성의 극단에서 심미주의와 예술지상주의가 나타나는 것은 당연하다. 미적 근대성의 원리인 자율성이 이러한 심미주의 혹은 예술지상주의로 나아갈 때 미적 근대성은 소외된 세계를 재소외하는 소외의 재생산 시스템에 불과하게 된다. 이러한 심미주의는 또한 새로움이라는 타자를 숭배하며 자신의 전통을 부정한다. 이러한 과정이 스스로 부정하고자 한 자본주의적 상품논리와 흡사함은, 스스로

___

23) 하정일(2000), 179쪽.

의 근대성에 의존하여 살아가는 한편 자신의 근대성으로 인하여 소멸하는 미적 근대성의 운명을 설명해 준다. 이러한 점에서도 미적 근대성은 분명한 한계를 지닌다. 해방의 근대성은 미적 근대성이 지닌 심미주의를 배격하는 한편 미적인 것이 지닌 해방적 기능을 강조한다.

> 해방의 근대성은 대안적 근대를 향한 유토피아적 충동으로 표현된다는 점에서 리얼리즘과 모더니즘의 '최선의 전통'들에 두루 적용될 수 있다. 뿐만 아니라 해방의 근대성은 20세기 한국문학이 어째서 계몽의 전통과 밀접히 결부되어 있는지를 가장 잘 설명해 준다. 나아가 해방의 근대성은 체제의 치밀한 억압과 모진 탄압 속에서도 진정한 문학이 저항의 의지를 포기할 수 없었던 이유를 밝혀주는 열쇠이기도 하다. 20세기 한국문학의 '최선의 전통'은 근대화 자체를 거부한 적이 없다. 그들이 거부한 것은 식민적 근대와 분단 자본주의적 근대였다. 그런 점에서 그들이 꿈꾼 주체적 근대의 본질은 자본주의를 넘어선 대안적 근대였으며, 바로 이 점이 해방의 근대성을 20세기 한국문학을 평가하는 준거로 삼아야 하는 근본적 이유인 것이다.[24]

해방의 근대성을 준거로 삼는 이러한 입장에서 한국근대 문학의 미적 근대성은 '최선의 전통'이 될 수 없다. 한국 근대문학에 나타난 미적 근대성에서 '자본주의를 넘어선 대안적 근대'를 찾기 어렵기 때문이다. 해방의 근대성이라는 당위와 한국문학의 현실 사이에 놓인 거리는 크다. 월러스틴이 말한 해방의 근대성은 기술의 근대성에 대응하는 것으로 이 둘은 역사적으로 협력과 갈등을 일으키는 이중성을 보여 왔다. 부르주아의 승리로 근대세계는 후자 중심의 물질문명을 추구해 왔고 이에 대하여 전자는 유토피아 의식으로 맞서 왔던 것이다.[25] 그러면 이들의 공

---

24) 하정일(2000), 180쪽.
25) 이매뉴얼 월러스틴(1996), 179-200쪽.

생관계에서 미적 근대성의 위상은 어디에 있는가? 미적 근대성은 이 들 사이에 위치하되 기술의 근대성에 치우쳤다고 할 수 있다. 미적 근대성은 기술의 근대성을 뒷받침하는 자유주의 이데올로기의 미적 발현인 것이다.

미적 근대성과 관련한 논란은 미적 근대성이 기술의 근대성에 포섭된 자유주의 이데올로기인가 아니면 이러한 기술의 근대성을 극복하려는 유토피아 의식의 산물인가에 대한 입장 차이에서 비롯한다. 다시 말해서 칼리니스쿠의 지적처럼 19세기 전반의 한 시점에서 서구문명사의 한 단계에 속하는 모더니티—과학과 기술의 진보, 산업혁명, 그리고 자본주의에 의해 야기된 광범위한 사회경제적 변화 산물인—와 미적 개념으로서의 모더니티 사이에 역전 불가능한 균열이 생겨난 것[26]일까, 아니면 이 또한 넓은 의미에서 자본주의적 기술의 미적 변형에 불과한 것일까, 이 두 가지 물음에 대한 상반된 견해가 존재하는 것이다. 여기서 우리는 한국 사회가 세계체제의 반(半)주변부에 위치하고 있으므로 서구에서 이미 쇠퇴기에 접어든 미적 근대성의 기획이 여전히 유효할 것이라는 '미완의 근대성' 유의 단순논리를 논외로 하면서 미적 근대성에서 해방의 기획을 건져내려는 관점이 지니는 의의를 수용할 수 있을 것이다.

미적 근대성에서 해방의 의미를 찾는 이들은 대체로 미적 근대성이 지니는 경험과 기대의 이중성에 착목한다. "모더니티는 일시적인 것, 속절없는 것, 우발적인 것으로서 예술의 반을 차지하며, 예술의 나머지 반은 영원한 것과 불변하는 것"이라는 보들레르의 진술에서 알 수 있듯 미적 근대성은 경험영역과 기대기평 사이에서 유발된다. 이러한 보들레

---

26) 마테이 칼리니스쿠(1993), 53쪽.

르를, "현재 안에 내재해 있는 영원한 것을 재포착하려는 사려 깊고 힘이 드는 작업이며 온 제세계가 잠들어 있을 때 일하기 시작하여 그래서 그 세계를 변형시키려는 일"이라고 이해한 푸코의 견해에 기대어 김명인은 미적 근대성의 원형이 지닌 비극적 성격을 읽는다. 그리고 이러한 비극성이야말로 미적 근대성에 내재한 유토피아적 열망에 다름없다고 본다. 김명인이 보들레르의 '미학적 고투'를 높이 평가하는 것은 그에 의해 부르주아적 근대성과 미적 근대성이 심각한 균열이 형성되는 것을 경험할 수 있었던 우리로서 공감할 일이다. 하지만 "영원한 것, 불변하는 것이 부재하는 현실에서 영원성과 불변성을 추구하는 미적 근대성의 이상은 예술에서의 치열한 미학적 고투를 요구하며 그 치열한 미학적 고투가 궁극에 이르는 지점에서 근대성의 성취와 근대의 철폐가 예술적으로 선취될 수 있다"[27]는 주장에 이르러 미적 근대성의 문맥이 지나치게 확장되고 있음을 알게 된다. "현실에 극단적으로 주의를 기울임으로써 그 현실성을 존중하면서도 그것을 뒤흔들어버리는 자유의 실천"[28]인 보들레르의 미적 근대성은, 그러나 역사적 아방가르드를 거치면서 예술적 자유를 얻은 대신 여타의 사회적 가치들을 희생시킬 수밖에 없었다. 이러한 점에서 '근대성의 성취와 근대의 철폐'를 위한 미적 선취가 미적 근대성 이념의 확장에서 가능할 것이라고 보는 것은 일면적 한계를 안게 된다 하겠다.

---

27) 김명인(1998), 204쪽.
28) 미셸 푸코(1994), 354쪽.

4. 미적 근대성의 한계와 탈근대 시학의 모색

전통과 서구적 근대 그리고 이 사이를 가로 지르는 사회주의적 대안 등 세 가지 방향은 근대문학 논의에 있어 핵심적 지위에 있었다고 볼 수 있다. 서구화한 일본에 의한 식민지를 겪고 일본중심의 서구 극복 논리인 아시아주의의 허구성을 경험한 한국문학이 맑스주의에 크게 경도한 것은 전통과 근대의 동시 극복이라는 관점에서 필연성을 지녔다고 보아야 할 것이다. 하지만 맑스주의 또한 근대성의 한 양상이라는 입장에서 전통과 근대의 교섭이라는 새로운 문제틀이 제시될 수 있는 것이다. 여기서 이러한 문제틀을 미적 근대성의 한계를 극복하는 방안으로 시학의 차원에서[29] 제시하고자 한다.

시적 지향과 지평의 전통은 처음부터 근대적인 것과 대립적인 연관에서 출발하고 있다. 아울러 그 기원에서 근대시는 미적 근대성과의 관련 양상을 지닐 수밖에 없었다. 미적 근대성을 비판하고 탈근대 시학을 구성하는 것은 근대적인 것에 포섭된 시적인 것을 되돌려 근대 극복의 매개로 활용하는 일에 다름 아니다. 시적인 것과 근대적인 것의 연관성은 대체로 근대에 대한 진정성의 인식이라는 관점에 논의된다. 가령 아도르노는 "우리가 서정시라는 말과 더불어 뜻하는 것은, 그것이 순수하면 할수록 불화의 순간을 그 자신에 내포하고 있다는 점입니다. 서정시 속에서 날카로운 소리를 내는 자아란 집합성, 객관성에 반대되는 것으로 규정되며 표현되는 그 어떤 것입니다. 그 표현과 관계되는 자연과 자아

---

29) 이 곳에서 시학은 문화적 지식과 비평의 절차 모두를 통어하면서 끊임없이 변화하는 개방적인 이론의 구조를 가리킨다. 이것은 구조주의가 말하는 의미에서의 시학이 아니라, 문화적 실천과 이론의 연구에 관한 문학적 담론 행위를 모두 포함하는 시학이다. 즉 이것은 사고를 포함하는 담론의 문화적 과정을 뜻한다.

가 자연 그 자체와 하나인 것은 아닙니다. 자아는 말하자면 자연을 잃어버리고 스스로 초혼을 통해 자아에 침잠하거나 그 자연의 재생을 꾀합니다. 인간화를 통해서야 비로소 인간의 자연 지배가 자연에서 떠나는 정당성을 자연에게 주는 것입니다"라고 한 바 있다.[30] 이러한 진술을 통해 아도르노는 서정적 자아를 근대에 대한 부정을 통하여 획득되는 진정성의 영역으로 보았다. 이처럼 시적 근대성은 근대에 대한 미적 대응인 미적 근대성의 한 양상으로 받아들여지고 있다.

전근대 사회의 시인과 근대 시인의 사회적 위상은 다르다. 시인이 사회적 주체인 전근대와 달리 근대는 시를 쓰는 이들이라는 하나의 사회적 집단을 형성함과 동시에 이들이 사회 혹은 공동체의 경계에 위치해 있다는 의미차원을 만든다. 주요한이나 김억 등에게 부여된 시인이라는 개념은 서구적 의미의 poet에 상응한다. 이들에게서 서구-기독교-근대-근대시는 하나의 문맥을 형성한다. 이들은 시를 통하여 전근대 사회로부터 절연된 사회적 경계에서 근대적 주체로서의 자기 정체성을 확인하였다. 이러한 자기 확인은 또한 공동체로부터 분리된 근대시인의 운명에 대한 인식과 무관하지 않다. 사회와 통합될 수 없는 조건(전통과 근대의 분열, 식민지 근대와 서구적 근대의 갈등)에서 근대의 시인들은 처음부터 소외를 자기화하는 미적 근대성을 취하지 않을 수 없었다. 근대에 이르러 시의 개념이 달라지는 것도 당연하다. 근대시도 근대적인 재현 형식 가운데 하나로 도입된 것이기 때문이다. 근대적인 관점에서 시적인 것은 무엇보다 자기표현이라는 의미를 강조한다. 주요한이 주목되는 까닭은 그의 시가 사회적 경계에 서 있는 시적 자아의 감정을 표현하였

---

30) 테오도르 아도르노(1985), 16쪽.

다는 데 있다. 이로써 자기표현으로서의 시라는 근대시학의 주관성 이론이 일반화된다.[31] 근대적인 의미에서 자아와 표현은 별개의 것이 못된다. 자기 표현은 새로운 형식으로 도입된 것이다. 이로부터 감정과 정서 등이 시쓰기의 원천이 되었고, 이러한 시쓰기가 근대적인 자아와 주체 그리고 개인적 자유의 실현과 연결되었다. 근대 초기 시인들이 자아를 표현하는 것을 무슨 사명처럼 여겼다면, 뒷날 문학사가들도 이를 근대의 시발로 보면서 이의 준거를 들어 주요한 등의 시를 높이 평가한 것이다. 시적인 것의 근대적인 관점이 정착되면서 시의 개념이나 시관이 왜곡되는 것은 피할 수 없는 일이다. 홍사중이 조선시대의 시가에서 자아를 감추거나 자아를 지우고 있는 것을 억압적인 자아멸각(自我滅却)이라고 비판한 것은[32] 근대적 시관이 보인 해석의 한계라 하지 않을 수 없다. 이러한 관점이 주객의 통일, 개별성을 통한 전일성의 인식과 같이 차원 높은 시적 지향의 전통을 몰각하는 오류를 만들고 있다.

　자아문제와 관련하여 전근대와 근대를 억압과 해방의 이분법으로 받아들이면서 근대시를 자아 해방의 한 징표로 간주한 것은 그 기원에서 근대시학의 왜곡을 불러 왔다. 자아를 시적 주체로 설정하는 미적 근대성은 시(/예술)를 개인의 소산으로 묶어두면서 그 문화적 위상을 축소시킨다. 시작을 주체의 문제로 받아들이면서 근대시는 처음부터 모더니즘으로부터 결코 자유로울 수 없게 되었다. 일반화의 오류를 감수하더라도 '근대시는 모더니즘'이라고 규정할 수 있는 근거가 여기에 있다. 이제 시인들의 시쓰기는 개성과 자유를 다투는 일과 무관할 수 없게 되었

---

31) 에밀 슈타이거의 정조나 케이트 함부르거의 체험 등은 모두 자기표현으로서의 시라는 근대시학의 주관성이론을 대변하고 있다. K. Hamburger(1973), 232-292쪽.
32) 홍사중(1974), 125쪽.

다. 특히 모더니즘 시인들에 있어 이것은 하나의 기정 사실이다. 근대의 시적 혁명은 시인의 자아, 개성, 자유를 새로운 세계와 더불어 표출하는 데서 시작된다. 그리고 새로운 것의 충격적인 경험 속에서 심미주의로 나아가며 마침내 모든 진부한 과거를 포기하는 전위주의에 당도한다.[33] 이러한 과정에 미적 근대성의 이중성이 전제된다. 전통의 부정과 새로운 세계에 대한 갈망의 한편에서 사회로부터의 끊임없는 소외감에 시달리지 않을 수 없는 것이다. 소외와 갈망의 이러한 의식의 이중구조에서 미학적 성채가 높아지는 것은 피할 수 없는 일이다. 미적 근대성이 시인의 예술적 욕구를 해소하는 길은 궁극적으로 새로움의 미학적 높이뿐이다. 말할 것도 없이 이러한 미학주의가 사회적 맥락을 포함하지 않는 것은 아니다. 소위 사회적 근대성에 대한 저항이라는 미적 근대성의 테제가 있기 때문이다. 근대시는 자본주의 물질문명의 세계 안에서 이에 대한 시적 부정을 감행한다. 물질과 사회로부터 소외된 개인의 문제의식이 자아중심의 시적 기투로 이어진다. 이 경우 무엇보다 자본주의 문화를 사는 개인의 자기 정당성이 중요하게 된다. 이상이나 김기림은 모더니즘적 주체 정립이라는 과제에 몰입하면서도 그 허약한 문화적 토대 탓에 항상적인 불안에 시달린 시인들이다. 식민적 근대와 유럽적 근대 사이에서 찢긴 이들의 의식은 미학적 실험과 모색을 반복하게 한다. 극단의 몸짓과 성급한 근대 초극의 표정은 서로 같은 행로에 있다.[34]

그렇다면 이러한 모더니즘에 역행하여 전통을 새롭게 창제하려는 전

---

33) 이러한 미적 근대성의 추이는 야우스(1999), 96-97쪽 참고.

34) 최원식은 "30년대 모더니즘 운동은 19세기에 머물러 있는 한국문학에 20세기적 성격을 부여하려는 압축 성장적 이식 과정이었다"고 지적한다. 최원식(1999), 624쪽. 식민화된 미적 근대성(모더니즘)의 양상을 명료하게 정의한 것이라 할 수 있을 것이다.

통주의자들은 어떠한가? 이들의 자연시 또한 근대적인 것의 내부에 속한 문제라 할 수 있을 것이다. 비록 자연을 노래하고 전통적 이미지와 가락을 찾으려 했다 하나 이 또한 근대적인 것으로부터 소외된 전통 혹은 근대적인 것에 의해 읽힌 자연이라는 맥락을 갖는 것이 사실이다. 그들 당대에 근대적인 것의 외부를 상상한다는 것은 그것을 넘어서는 일이기보다 그것으로부터의 후퇴 혹은 거부를 의미하는 것이라 할 수 있다.35) 각각의 편차에도 불구하고 근대시인들에게 모더니즘의 맥락은 뗄 수 없는 해석의 착점이다. 이들의 시는 근대적인 시선에 비친 자연과 고향을 그리고 있다. 따라서 식민적 근대나 유럽적 근대의 필터를 고려하지 않고 이들의 시를 이미지나 언어 등 형식원리만을 좇아 이해하는 것은 한계를 갖게 된다.

　모더니즘은 20세기 우리 시문학의 주류적 흐름이다. 많은 시인들이 근대와 그것의 문화적 이념인 모더니즘에 반기를 들고 그와 싸우기도 했지만 모더니즘의 자기 표현과 새로움의 미학은 가장 영향력 있는 시적 테제였다. 김수영이 여전히 주목되는 것은 그가 모더니즘과 싸우는 모더니스트라는 점이다. 그의 미적 근대성은 근대와 더불어 근대를 극복하는 길을 모색한 데서 의의가 있다. 이로써 그는 모더니즘의 가장 긍정적인 부분을 성취한 것이다. 다시 말해서 그는 새로움을 위해 새로움을 추구하지 않았고 사적 자유를 위해 시적 자유를 구가하지 않았다. 김수영은 "진정한 시는 자기를 죽이고 타자가 되는 사랑의 작업이며 자세"36)라고 말한 바 있다. 이는 그가 개성과 새로움의 자유를 무작정 추

---

35) 오늘의 문맥에서 목월과 지훈을 새롭게 읽는 것은 또 다른 해석의 지평이다. 지훈의 시학이 지닌 탈근대의 맥락은 필요한 방법적 요청이라 할 수도 있다. 지훈의 시론은 유기론에 입각하고 있으며 이는 제유의 수사학 등과 관련하여 미적 탈근대의 방법으로 새롭게 읽을 수 있는 여지를 내포한다.

종하는 모더니스트가 아님을 반증한다. 그렇지만 김지하의 지적과 같이 김수영에게 남아있는 자아중심주의는 여전히 그가 모더니즘의 한계를 답습하고 있음을 알게 한다.[37] 김지하의 김수영 비판은 모더니즘적 자기표현의 전통에 집중된다. 비록 김수영이 시적 근대성을 생활의 밑바닥으로 끌어내려 현실성을 담보하게 한 것은 평가할 만한 일이라 하더라도 자기로부터 벗어나지 못한 지점에 머물고 있는 것은 한계라는 지적이다.

자기표현의 문제를 제대로 이해하기 위해 근대 이전의 가장 오래된 시적 정의인 시언지론(詩言志論)을 되새겨볼 수 있을 것이다. 이는 마음이 가는 바를 표현하는 것이 시라는 뜻을 담은, 시에 관한 가장 기본적인 정의이다. 여기서 지(志)는 정(情)과 함께 자아와 대상이 상호 교감하는 시의 원리가 된다.[38] 그런데 시언지론의 자기표현과 근대시의 자기표현은 마음의 지향에서 다르다. 근대시학이 자아를 버리지 않는다면, 전통시학은 자아의 재창조보다 자신의 마음을 천착하고 타자의 마음을 헤아리고 자연과 우주의 마음을 따라가는 일을 중요하게 여긴다. 이러한 점에서 자기표현에 의해 획득되는 시적 근대성의 한계는 분명하다. 미적 근대성이 심미주의로 귀결될 수 있듯이 시적 근대성 또한 시적 소외의 원천이 될 수 있기 때문이다. 자기표현론의 극복과 함께 미적 탈근대 시학이 비판의 대상으로 삼는 것은 미적 근대성의 새로움의 미학적 원칙이다. 새로움 그 자체야 탈근대 시학에 있어서도 중요한 미적 규범이 된다. 근대에 의해 가려지고 묻혀지고 없어진 생명을 재발견하는 일이

---

36) 박수연이 찾은 김수영의 산문(『창작과비평』 2001년 여름호)에서.
37) 김지하(1984).
38) 吳戰壘(2002), 22-28쪽.

야말로 새로움에 상응하는 것이기 때문이다. 하지만 모더니즘의 중요 테제인 '낯설게 하기'는 형식의 문제이기 이전에 인식의 문제이지만 쉽게 형식의 문제로 이전된다. 새로운 형식들을 만들려는 무한 경쟁에 근대의 시와 예술이 휩쓸린 바, 이는 자본과 기술의 논리와 먼 거리에 있는 것이 아니다. 다시 말해서 신기(神奇)를 좇는 일이 문제인데, 이것이 시의 엔트로피를 높이고 있다. 야우스가 말한 '산업의 포에지'가 여전히 영향력을 행사하고 있는 것이다. 그러나 자본주의적 근대에 포위된 미적 근대성은 기술의 근대성이 그러하듯 언젠가 종언을 고할 것이다.[39) 이와 함께 현금의 시적 근대성을 넘어서는 새로운 시학의 도래도 가능할 것이다.

5. 남는 말

이 글에서 필자는 미적 근대성 논의의 양상과 그 한계를 들었다. 아울러 미적 근대성을 비판하는 일련의 주장들이 놓인 자리를 검토하면서 이러한 주장들이 놓인 맥락을 살폈다. 사실 근대성 논의가 그렇듯 미적 근대성 논의 또한 담론 차원만으로 진행될 때 공소하다. 이 글이 지니는 한계도 이러한 데 있다고 본다. 하지만 미적 근대성론을 이해하는 일정한 관점을 제시했다는 점에서 의의를 찾을 수 있을 것이라 믿는다.

필자는 먼저 미적 근대성을 특권화하는 관점들이 지니는 문제를 지적하고자 했다. 미적 근대성론은 대체로 기존의 비평과 연구 방법이 지닌 사회학주의와 역사주의를 극복하려는 대안으로 제출되고 있다. 그러나

---

38) 임매뉴얼(1996), 200-202쪽 참조.

미적 근대성 자체가 구체적인 사회 역사적 맥락의 산물이라는 관점에서 이를 지나치게 특권화하는 것은 문제를 내포하게 된다. 근대세계의 주변부 혹은 반(半)주변부 문학에서 전통과 근대 혹은 서구와 근대 사이를 극복하는 대안으로 사회주의를 지향하는 경향은 오랫동안 중심적인 흐름을 형성한다. 따라서 한국근대문학 논의에서 미적 근대성을 비판하고 미적인 것을 근대 형성과 극복의 한 계기로 이해하거나 해방의 근대성을 주류로 인식하면서 미적의 것의 해방적 기능에 주목하는 것은 당연하다. 미적 근대성이 식민적 근대의 또 다른 양상일 가능성이 많은 탓이다. 실제 그 기원에서 미적 근대성은 식민적 근대와 크게 구분되지 않았다. 이러한 점에서 미적 근대성 논의의 한계를 인식하면서 전통과 근대, 리얼리즘과 모더니즘 등 상호 이질적인 것들을 회통하거나 근대에 의해 왜곡된 미학적 가치와 지향들을 전통과의 교섭을 통해 새로운 미학으로 재구성하는 방법들이 부각된다. 필자는 이 글에서 탈근대 시학의 가능성을 근대시의 기본 원리인 자기표현의 극복이라는 관점으로 제시하고자 하였다.

담론과 자료 분석은 병행되어야 한다. 이 글에서 제시된 관점이 구체적인 자료와 만나는 과제가 남겨져 있다. 이 글은 이러한 과제를 수행하기 위한 예비적 고찰이라 할 수 있을 것이다.

〔구모룡〕

참고문헌

구모룡, 「포위된 시적 혁명 : 시적 근대성 비판」, 『제유의 시학』, 좋은 날, 2000.

──, 「한국비평문학의 근대적 성격」, 『현대문학이론연구』, 1998, 10호.

──, 「시학의 주요 개념에 대한 재고찰」, 『한국문학논총』, 2001, 29호.

──, 「한국근대문학과 동아시아적 맥락」, 『한국문학논총』, 2002, 30호.

──, 「한국근대시와 불교적 상상력의 양면성」, 『한국시학연구』, 2003, 9집.

김동인, 「소설에 대한 조선 사람들의 이상을」, 『학지광』 18호, 1919.

김명인, 「근대성과 미적 근대성」, 『한국 좌파의 목소리』, 민음사, 1998.

김민수, 『환멸의 세계, 매혹의 서사』, 거름, 2002.

김지하, 「풍자냐 자살이냐」, 『민중의 노래 민족의 노래』, 동광출판사, 1984.

김춘식, 『미적 근대성과 동인지 문단』, 소명, 2003.

남진우, 『미적 근대성과 순간의 시학』, 소명, 2001.

류철균, 「욕망의 근대적 형식」, 『문학과 사회』, 1992. 봄호.

박찬승, 「식민지 시기 도일 유학생과 근대 지식 수용」, 『지식변동의 사회사』, 문학과
　　　지성사, 2003.

이광호, 『미적 근대성과 한국문학사』, 민음사, 2001.

이선영, 「우리 문학연구의 새로운 지평」, 『민족문학과 근대성』, 문학과 지성사, 1995.

장석만, 「한국 근대성 이해를 위한 몇 가지 검토」, 『현대사상』, 1997. 여름호.

최원식, 「'리얼리즘'과 '모더니즘'의 회통」, 『현대한국문학 100년』, 민음사, 1999.

하정일, 『20세기 한국문학과 근대성의 변증법』, 소명출판, 2000.

홍사중, 『한국지성의 고향』, 탐구당, 1974.

吳戰壘, 유병례 역, 『중국시학의 이해』, 태학사, 2002.

A. 딜릭, 김수영 역, 「역사와 대립되는 문화인가?─동아시아 정체성의 정치학」, 『발견
　　　으로서의 동아시아』, 정문길 외편, 문학과지성사, 2000.

D. 아도르노, 『아도르노의 문학이론』, 김주연 역, 민음사, 1985.

H. 로베르트 야우스, 『미적 현대와 그 이후』, 김경식 역, 문학동네, 1999.

I. 월러스틴, 『자유주의 이후』, 강문구 역, 당대, 1996.

M. 칼리니스쿠, 『모더니티의 다섯 얼굴』, 이영욱 외역, 시각과 언어, 1993.

M. 푸코, 「계몽이란 무엇인가」, 『모더니티란 무엇인가』, 장은수 역, 민음사, 1994.

T. E. 흄, 『사색록』, 김재근 역, 정음사, 1967.

H. Read, *Surrealism and the romantic principle, Romanticism-points of view*, R. F. Gleckner, G. E. Ensco ed., Wayne Univ. Press, 1975.

K. Hamburger, trans. M. J. Rose, *The Logic of Literature*, Indiana Univ. Press, 1973.

P. Chatterjee, *Nationalist Thought and the Colonial World*, University of Minnesota Press, 2001.

1920년대 후반 프로시 양식 논쟁

1. 논의의 배경

　1926년 1월 기관지『문예운동』을 발간하면서부터 예술동맹(카프)-이하 '예맹'으로 칭함-은 이전까지의 동인 단체 내지는 동호회적 성격에서 탈피하여 점차 막시스트 문인들의 조직적 구심점 역할을 담당하고자 노력한다. 이로 인해 조직의 정비 이후 예술동맹의 주된 관심은 무엇보다도 프로문학의 정체성 확립에 모아진다. 프로문학의 정체성 확립 노력은 크게 두 가지 방향에서 수행된다. 하나는 비막스주의 문학관에 대한 논박을 통해 기존 부르주아 문학관과는 다른 프로문학의 사상적 변별성을 확보하는 동시에 예술운동의 본격적 담당체로서 예맹의 조직을 강화하는 것이고, 다른 하나는 기존의 부르주아 예술과는 다른 독자적인 양식을 창출해 프로문학의 문학적 변별성을 확보하는 것이다.

　우선 비막스주의 문학관에 대한 논박을 통해 사상적 변별성을 확보하려는 예술동맹 측의 노력은 제 1차 방향전환기에 있었던 일련의 논쟁을 통해서 구체화된다. 예맹 결성 초창기를 이끌어온 두 이론적 지도자인 김기진과 박영희 간에 벌어진 <내용/형식 논쟁>[1]을 필두로 하여, 막스주의 문학관의 올바른 정립과 이에 근거한 작품 활동을 할 것을 주장하는 박영희·윤기정·조중곤 등과 김화산[방준경]·권구현·이향 등 조직 내외에 있던 아나키스트들간에 치열하게 설전이 오고갔던 <아나키즘/볼세비즘 논쟁>2), 조명희의 「낙동강」(『조선지광』, 1927.7)의 작품 성격 규정

---

1) 김기진이 「문예월평」(『조선지광』, 1926.12)을 통해 박영희의 신경향 소설 「지옥순례」(『조선지광』, 1926.11)와 <철야>(『별건곤』, 1926.11)가 작품 구상은 옳지만 문학적으로 형상화되지는 못했으며, 목적성 만을 경직되게 내세워 전혀 실감을 주지 못한다고 비판한 것이 이 논쟁의 시작이다. 김기진의 이 글에 대해 회월이 「투쟁기에 있는 문예비평가의 태도」(『조선지광』, 1927.1)를 통해 세계관의 명확성과 계급적 기초의 배타적 우위성을 들어 반박하고 나서면서 논쟁은 본격적으로 전개된다. 하지만, 권구현이 「계급문학과 그 비판적 요소」(『동광』, 1927.2)를 통해 박영희의 입장을 옹호하고 나서고, 주요한이 「취재의 경향과 제삼층 문예운동」(『조선문단』, 1927.2)을 통해 김기진의 입장을 옹호하고 나서면서 논의가 확산되자, 아직 뿌리가 튼튼하게 내리지 못한 예맹의 당시 처지를 염두에 둔 이성태·김복진 등 초기 예맹의 후견인 노릇을 하던 사회주의 사상가들의 압력으로 김기진이 「무산문예작품과 무산문예비평」(『조선문단』, 1927.2)을 통해 외형적으로 자신의 패배를 자인하는 태도를 취하면서 이 논쟁은 흐지부지되어 버린다. 그렇지만 여기서 채 마무리되지 못한 부분들은 내밀화되어 이후 목적의식론, 대중화론, 변증적 사실주의론 등을 통해 계속 다루어진다.
2) “아나키즘/볼세비즘 논쟁”은 “내용/형식 논쟁” 중에 발표된 박영희의 「투쟁기에 있는 문예비평가의 태도」(『조선지광』, 1927.1)에 대해 김화산이 「계급예술론의 신전개」(『조선문단』, 1927.3)를 통해 비판하면서, 여기서 더 나아가 막스주의에 입각한 프로문학 전반에 대해 반대 입장을 분명히 함으로써 시작된다. 김화산의 이 글에 대해 윤기정·조중곤·한설야·임화 등이 반박에 나서고, 다시 김화산이 「뇌동성 문예론의 극복」(『현대평론』, 1927.6)을 통해 반박 겸 아나키즘 문학론을 재론하면서 이 논쟁은 점차 가열된다. 김화산의 재론에 대해 윤기정과 조중곤이 재반박에 나서자 김화산은 「속 뇌동성 문예론의 극복」(『조선일보』, 1927.7.19-23)을 통해 자신의 생각을 거듭 밝히는데, 이때 강허봉이 「‘비마르크스주의 문예론 배격’을 배격함」(『중외일보』, 1927.7.3-10)을 통해 김화산의 문학관을 지지하고 나서 논쟁은 예맹의 울타리를 벗어나 전문단으로 확산된다. 결국 이 논쟁은 임화가 「착각적 문예이론」(『조선일보』, 1927.9.4-11)을 통해 그 동안의 논의를 정리하면서 프로문학의 당파성을 강하게 인정하면서, 정치적 투쟁의 일환으로서의 문학운동을 거부하는 아나키스트들을 예맹 내에서 축출할 것을 주장하고, 그 결과 아나키스트들이 예맹에서 제명되는 것으로 마무리된다. “아나키즘/볼세비즘 논쟁”을 통해 예맹은 “내용/형식 논쟁”에서 필요성을 인지한 막스주의 문학관을 분명하게 정립하고 흐트러진 조직을 갈무리하는 기회를 얻게 되며, 이로 인해 1927년 초부터 시작된 ‘방향전환’을 구체화하고 더욱 가속화 할 수 있게 된다.

문제를 놓고 김기진과 조중곤 사이에 전개된 <프로문학 성격 논쟁>3), 제 3전선파(1927년 9월 1일 예맹 조직 개편 후에는 '도쿄지부'로 재편)의 이론가 이북만과 초창기 예맹의 지도자인 박영희 사이에서 전개된 <프롤레타리아 계급운동과 예술의 독자성 논쟁>4) 등이 그것이다. 이런 논쟁을 거쳐 프로문학은 부르주아 문학과의 변별성을 확보하게 되고, 예맹 또한 집단적 문학운동 단체로서의 성격을 분명히 하게 된다.

---

3) 김기진이 「시감 2편」(『조선지광』, 1927.8)에서 조명희의 <낙동강>이 '문예운동의 제 2기'를 여는 획기적인 작품이라고 고평하자, 이에 대해 조중곤이 「낙동강과 제 2기 작품」(『조선지광』, 1927.10)이라는 일종의 입법 비평을 통해 김기진의 의견에 반박하고 나서면서 논쟁이 벌어진다. 조중곤은 이 글에서 제 2기 작품이 갖춰야 할 조건으로 ① 민족해방운동을 성취하려는 조선의 현 단계에 대한 정확한 인식 ② 목적의식 주입 ③ 독자의 사상 전취 ④ 정치투쟁적 사실 취급 ⑤ 제 2기적 작품에 합당한 형식 고안이라는 다섯 가지를 들고, 이것들을 갖추지 못했기 때문에 <낙동강>을 제 2기 작품의 효시로 볼 수 없다고 주장한다. 조중곤의 비판에 대해 김기진이 반박하지 나서지 않음으로써 이 논쟁은 이대로 마무리된다. 그런데, 이 논쟁 중 조중곤이 제시한 '제 2기적 작품'의 다섯 가지 조건은 실제 창작과 연결될 때, 이후 한 동안 예맹 소속 작가들의 작품 창작 경색화와 대중성 상실이라는 결과를 초래하는 한 원인이 되고, 이후 "프로문학의 대중성 획득 논의"의 한 동기를 제공하게 된다.

4) 1차 방향전환까지의 과정에서 보여준 박영희의 주장은 철저히 문학의 독자성을 존중한 상태에서 목적의식을 내용으로 하는 작품을 제작하자는 것 즉 '의식(이데올로기) 투쟁'으로 요약할 수 있는데, 이것은 김기진·윤기정 등 기존 예맹 지도부가 가지고 있던 공통적인 정서이기도 했다. 이에 대해 도쿄 무산자사의 지도자인 이북만은 『예술운동』 창간호 등에 실린 글을 통해 목적의식론을 작품 행동에만 국한시킨다면 이는 대중을 도외시한 공상주의자의 발상이라고 지적하고, 대중적 조직을 기반으로 한 대중 투쟁을 전개해야 할 것임을 분명히 하고 있다. 물론 이북만의 논리는 문학운동 단체의 조직을 일반 대중 조직과 동일시하고, 신간회와 카프를 단순한 지도-복종의 관계로 설정하는 문제점을 보이고 있다. 하지만 논쟁 자체는 박영희가 「文藝運動의 理論과 實際」(『조선지광』, 1928.1.1)에서 당시 사회운동의 지향점에 보다 가까웠던 이북만의 비판을 전면 수용하는 것으로 일단락된다. 그러나 이후 이 문제는 이북만의 주장을 비판하면서 장준석, 한설야 등이 <신간회>를 과대 평가할 필요가 없으며, 막연히 사회운동론을 추종할 것이 아니라 신간회 운동과는 분리되는 독자적인 예술운동을 전개해야 할 것이라고 주장하고 나서는 등 계속 논란의 소지를 남기게 된다.

이처럼 일련의 논쟁을 거쳐 프로문학의 사상적 변별성 확보와 예맹의 조직 강화라는 목적을 어느 정도 달성한 후, 이를 바탕으로 예맹은 자신들의 문학관에 걸맞는 새로운 양식을 창출하여 대중성을 확보하는 것을 이후의 과제로 삼게 된다. 사실 프로문학 나름의 새로운 양식을 만들어 내야 한다는 문제는 프로문인들의 오래된 숙제였다. 박영희와 염상섭이 벌인 <프로문학의 예술성에 관한 논쟁>5), 서둘러 봉합했으나 근본적인 문제가 해결되지 않은 채로 남아있어 여전히 불씨가 잔존해 있는 김기진의 '예술적 형상화'에 관한 요구, 최남선·염상섭·이은상·이병기 등 이른바 국민문학파에 의해 제기된 <시조부흥론>으로 인한 프로문학의 대타적 양식 고안의 필요성 제기 등이 모두 그것으로, 이제 더 이상 이 문제를 미룰 수 없는 상태가 된 것이다.

또한 예맹 결성 후 이미 몇 년의 시간이 지났고, 그간 일련의 공격적 논쟁을 통해 기존에 쓰여진 비막스주의적 성향의 작품들이 노정한 문제점을 비판해 왔으면서도 정작 자신들은 그에 상응하는 정도의 창작적

---

5) 예맹 결성(1925.8.23) 후 얼마 지나지 않아 박영희는 「신경향파 문학과 그 문단적 지위」(『개벽』, 1925.12)에서 1925년 한 해 동안 신경향파 문학이 새로운 진전을 보였다고 평가한다. 그러자 이에 대해 염상섭은 「계급문학을 논하여 소위 신경향파에 여함」(『조선일보』, 1926.1.22-2.2)에서 '작품성의 결여', 즉 '예술적 표현 형식에 대한 지나친 무시'를 지적하면서 비판하여 논쟁이 일어난다. 이후 박영희가 「신흥예술의 이론적 근거를 논하여 염상섭군의 무지를 박함」(『조선일보』, 1926.2.3-19)을 통해 염상섭의 견해에 대하여 반론을 펴고, 이에 대해 김억이 「프로문학에 대한 항의」(『동아일보』, 1926.2.5)를, 이광수가 「문학의 '부르'와 '프로'」(『조선문단』, 1926.3)를, 그리고 염상섭이 「프롤레타리아문학에 대한 'ㅍ'씨의 언」(『조선문단』, 1926.5) 등을 써 재비판하고, 이에 대해 조금 시일이 지난 후 박영희가 「신경향파 문학과 무산파의 문학」(『조선지광』, 1927.2)에서 재반박을 하는 식으로 이 논쟁은 전개된다. 이 논쟁 과정에서 염상섭이 지적한 '프로문학 나름의 새로운 형식적 대안 부재'라는 문제는 "내용/형식 논쟁" 중 김기진이 말한 '예술적 형상화의 중요성'과 관련되어 프로문인들의 공통적인 숙제로 남게 된다.

결과물을 보여주지 못했으며, 이로 인해 프로문학 측에 대한 비프로문학 측 논객들의 비판이 주로 프로문학의 '예술성 결여'라는 점에 집중되었기 때문에 이런 비판을 물리칠 수 있는 창작 작품을 내놓을 필요성이 절실해졌다는 것도 대중성 획득 방법 논의가 진행될 수 밖에 없는 환경을 조성했다. 그리고 무엇보다도 주 대상층과 독자층으로 삼아야 할 노농대중과는 정작 격리된 상태로 그때까지의 프로문학운동이 전개되어 왔지만, 이제는 더 이상 이런 자가당착적 상황을 지속해서는 명분을 가질 수 없게 되었다는 점이 이 논의를 활성화하는 가장 중요한 이유가 되었다고 할 수 있다. 특히 여러 문학 부문 중 가장 중요하게 인식되었으나 예맹 결성 후 이렇다 할 창작물을 내놓지 못했을 뿐더러, 우선 발표 작품 수 자체가 적었고, 그나마 노동운동시―일명 '뼈다귀시'―[6]가 주류가 되면서 시적 형상화를 제대로 이루지 않은 상태로 시인의 생경한 이념 만을 그대로 표출함으로 인해 일반 대중에게서 멀어져 버린 프로시 부문에서 이 문제는 거의 존폐에 직결된 문제로까지 인식될 수밖에 없었다.[7]

---

6) 이런 종류의 시는 1927년 방향전환을 전후한 시기부터 많이 나오는데, '뼈다귀 시'라는 명칭에서도 알 수 있듯이 동시대 일반 대중에게는 제대로 된 시로 받아들여지지 않았다. 이 때문에 이후 여러 방면에서 대중성 획득 논의가 일어나게 된다.

7) 프로문학의 대중성 획득 논의가 본격적으로 전개된 것은 1928년 1월 조선지광사에서 마련한 신년 특집 설문 <현계단의 조선 사람은 엇더한 예술을 요구하는가>에서부터이다.(김영민, 『한국문학비평논쟁사』, 한길사, 1992.3, 177-181쪽 참조) 이 시기 예맹 측에서 프로문학의 대중성 획득 방법에 관한 논의를 할 수 밖에 없었던 이유로는, 물론 당시의 일본제국주의 식민 통치와 관련된 억압된 상황과 사회주의 운동권의 변화, 동시대 일본 문단의 동향 등 외적 요인을 빼놓을 수는 없다. 따라서 이 문제를 다룬 기존의 논의들이 대부분 이런 점을 중시해서 논의를 전개하고 있는 것은 당연하며, 필자가 발표한 기존의 논문도 대개 이런 시각을 존중하고 있다. 하지만, 이런 시각 만을 지나치게 강조하다 보면, 자칫 예술운동의 실천적 의의를 소홀히 하고 문학운동을 사회운동의 종속적인 결과물로 잘못 해석하게 될 우려가 있다. 그러므로

따라서 1927년 9월 1일에 있었던 예맹 조직 개편의 주요한 방향이 '대중성 확보'에 맞춰질 수밖에 없었던 것8), 그리고 이후 프로문학에서의 대중성 획득 방법에 관한 논의가 활발히 진행된 것은 그간의 과정을 볼 때 지극히 당연한 것이라 할 수 있다. 프로문학에서의 대중성 획득 방법과 관련된 최초의 논의는 신경향기 이후 이제까지 다수 창작된 소설을 대상으로 하여 원론적 차원에서 "대중이 필요로 하는 문학을 제공할 것인가, 아니면 대중에게 필요한 문학을 제공할 것인가?"하는 문제를 놓고 주로 이루어진다. 그러다가 1928년 초부터 임화가 일련의 시—단편서사시—를 내놓으면서부터,9) 비로소 프로시의 대중성 획득 방법과 관련된 '프로시 양식 문제'를 논의의 핵심에 두게 된다. 이 중 본고에서는 1920년대 후반 대중성 획득 방법론과 관련된 프로시의 양식 문제에 초점을 맞추고, 그것을 당시의 주 논점이었던 〈민요 양식 차용론〉과 〈단편서사시 양식 채택론〉의 둘로 크게 나누어 구체적으로 고찰하려고 한다.

위에서 간략하게나마 거론한 것처럼, 이미 예맹 결성 후 계속된 프로문학의 정체성 확립을 위한 노력 과정에서 '대중성 획득을 위한 방법 강구'라는 문제는 필연적으로 제기될 수밖에 없었던 것이라고 보고, 이 논문에서는 가능한 한 프로문학 자체의 논의 전개 과정에 초점을 맞춰 살펴려고 한다. 따라서 이 논문은 필자가 기존에 발표했던 논문, 특히 「임화 시 연구」(한양대, 박사학위논문, 1996.8)와 상호 보완 관계에 놓인다.

8) 1927년 9월 1일 이루어진 예맹 조직 개편의 주된 방향은 '조직의 확대'이다. 이후 예맹은 본부 내에 〈조직부〉를 설치하고, 조직의 대중적 지지 기반을 획득하기 위해 문호를 개방하고 지부를 설치하게 된다.

9) 필자가 「단편서사시의 개념, 대상, 범주 고찰」(『국제어문』, 1995.5)과 박사학위논문 「임화 시 연구」(한양대, 1996.8)에서 밝혔던 것처럼, 단편서사시 양식을 가지고 나타난 최초의 작품은 1928년 4월 『조선지광』에 발표된 「젊은 순라의 편지」이다. 그러나 실제 이 양식이 동시대인에게 주목을 받고, 일제 강점기 한국 프로시의 대안으로 부각된 것은 1929년 들어 「네거리의 순이」, 「우리 옵바와 화로」 등을 잇달아 내놓으면서부터이다.

2. 전위시 양식 부정과 민요 양식 차용론

1927년부터 프로문학은 자신의 사상적 변별성을 어느 정도 확립해 나가면서 이전까지의 신경향시에서 벗어나 본격적인 프로시의 단계로 접어들게 된다. 프로시는 이전까지의 신경향시와 비교해 볼 때, 농민시에서 노동자시로, 낭만적 동정주의에서 계급적 의식성 부여로 대변되는 질적 변화를 수반한다. 이 당시 프로시의 주류로 인식되었던 것은 노동운동시─일명 '뼈다귀시'─였다. 노동운동시는 별 다른 양식상의 고려 없이 지식인 독자들의 계급의식을 고취할 목적으로 시인이 가지고 있는 이념을 생경하게 표출하는데만 중점을 두었다. 그러다 보니 "예술성의 결핍"이라는 비난을 피할 길이 없었다. 이런 가운데 전위예술의 영향 하에서 출발한 예맹 소속의 몇몇 시인들은 전위예술의 양식과 계급의식을 결합한 형태의 계급 지향적 시를 발표한다. 다음과 같은 시들이 그 대표적인 사례이다.

十萬장! 十萬장!
符號는 돌어간다
A−B=C≡D
그리고1−2−3−4로
工場監督의 얼골이붉다
별안간 벽돌四層이 문허진다
人生은 永遠히 『XYZ』이냐[10]

옷감이냐
기름이냐
? ? ?

---

10) 김 니콜라이(박팔양), 「윤전기와 4층집」(『조선문단』, 1927.1), 6연.

일흠몰을 온갓物貨
物貨
物貨
物貨가——
　　억개우로
船夫의
船夫의
船夫의
오 精力만 앗기는船夫들!
　　　△
(人造人間이나 다름이업시움직이는
그마음속에 항상『젊은생각』이 물ㅅ결친다)[11]

그러나 제눈을가진給仕란놈은
二三分이지낸뒤　비가쏘다지면박구어달　붉은긔를　찾느라고　飛行機
가되어날아다닌다
　　　▶
악가——그事務員이페스트로卽死하엿다는消息은　　바—ㄹ서
觀測所를새어나가
　　　——街里로
　　　——山野로　▶宇宙로뚤코
疾走한다——擴大된다
그러나　아즉도給仕란놈은旗에다　목을걸고귓싹속에서亂舞한다
　비　　○　　바람
　　　쏴——
그것은餘地업시給仕를事務室로갓다붓첫다
페쓰토——그것은偉大한것인줄給仕는알앗다[12]

이 외에도 김여수(박팔양)의 「도회 정조」(『조선지광』, 1927.1), 임화의 「화

---

11) 김창술, 「군산 해안에서」(『조선일보』, 1927.5.20), 4-5연.
12) 임화, 「지구와 『박테리아』」(『조선지광』, 1927.8), 2-3연.

가의 시」(『조선일보』, 1927.5.8), 유완희의 「가두의 선언」(『조선일보』, 1927.
11.20)과 「태양과 지구」(『신생』, 1929.1) 등이 모두 당시 프로시 일각의 양
식 탐구 노력을 보여주는 사례이다.

물론 이것은 전위시의 양식을 차용한 것으로, 프로시 나름의 독자적
인 양식 탐구라고 볼 수는 없다. 단지 일정한 정도의 계급의식을 담고
있고, 이들 대부분이 당시 예맹에 속해 있는 시인이었고, 한 동안 예맹
소속 시인들이 이런 양식을 많이 이용한 것이라는 점에서 의미를 가질
뿐이다.

임화의 사례를 들어 당시 많은 예맹 소속 시인들이 전위시 양식을 통
해 계급의식을 노래하게 된 이유를 살펴보면 다음과 같다.[13] 첫째, <목
적의식 논쟁>이 본격적으로 진행되기 전까지 이들 대부분은 막시즘을
전위예술의 일종으로 받아들이고 있었다. 때문에 양자의 차이점을 분명
하게 인식할 수 없었다. 둘째, 프로시 나름의 독자적인 양식이 제시되지
않은 상태에서 전위예술의 예술적 형상화 방법론은 현상 인식과 타개,
극복을 위한 가장 효과적인 방법론으로 인식되었다. 셋째, 1920년대 중
반까지는 우리나라에서 프롤레타리아 계급의 존재가 미미했기 때문에
신흥 문단의 주 담당층이었던 소시민 지식인층의 주목을 거의 받지 못
했다. 따라서 지식인 독자를 대상으로 한 이제까지의 시와는 달리 프롤
레타리아 계급에게 다가갈 수 있는 새로운 양식을 만들어내는 것이 중
요하다는 점을 별반 인식하지 못했다. 넷째, 현실에 대한 낭만적, 관념
적 접근으로 인해 이들은 당대 변혁운동의 성장을 올바로 인식하지 못
했다. 때문에 당대의 계급적, 조직적 실천을 창작의 바탕으로 하지 못하

---

13) 다음의 기술은 필자의 박사학위논문 「임화 시 연구」 14-20쪽을 기반으로 하여 재
　　정리한 것이다.

고, 많은 부분 당대 사회에 대한 본능적이고도 개인적인 반역과 부정 정신 만을 가지고 창작에 임하게 되었다. 마지막으로, 이 당시 전위시를 발표한 대부분의 시인들이 『백조』파적 분위기에서 처음 창작을 하기 시작했으며, 그런 분위기에서 완전히 탈피하지 못했던 당시에는 창작에 임할 때 계급적 인식의 철저보다는 낭만적 정열을 여전히 우선시하고 있었다. 이런 점은 전위시 양식이 프로시인들 자신이 분명한 계급의식을 가지고 창작에 임하지 못했던 초창기 프로시의 과도적 양식이며, 이론이 아니라 감각의 산물임을 의미하는 것이다.

그러나 프로문학의 사상적 변별성을 확보하려는 노력의 일환으로 시작된 <아나키즘/볼셰비즘 논쟁>을 거치면서 점차 이런 경향은 별 다른 논란없이 자연스럽게 부정되어 사라지게 된다. 박영희의 「문예평론」(『조선지광』, 1927.9)은 논쟁을 거친 후의 예맹 측 입장을 단적으로 보여준다.

근래에 때때로 보이는 시 가운데 흔히 별다른 형식의 시를 볼 수 있는 것이니, 그 시는 내용에 있어서 부르조아를 찬미하는 것이 아니라 ××[혁명]을 말하려 하며 무산계급의 ××××[계급의식]을 고양하려 하기는 하나 그 형식에 있어서 매우 괴이한 감을 일으키는 것이었으니, 그것은 흔히 화학상 원소의 부호, 기하학적 선, 열정에 착란된 회화적 기교…… 등으로 표현되는 시를 본다. 특별히 학식을 多分으로 향유한 학자나 문학사에 달통한 비평가가 아니면 도저히 이해하기 어려운 난해의 怪形이다. 이러한 괴형을 가진 시는 아무리 "프롤레타리아!"를 부르짖을 지라도 그 시는 물론 프롤레타리아의 시 혹은 ××[계급]시는 아니다. 첫째로 ××××[계급의식]을 고양하기에 이처럼 어지러운 괴형을 이용해야 한다면 이것이야말로 인텔리겐챠의 형식 유희에 甚한 것이며, ××××[계급의식] 고양이란 한 선량한 구실에 불과한 것이다.14)

---

14) 띄어쓰기 및 표기는 원뜻을 해치지 않는 한도에서 의미 소통을 돕기 위해 필자가 다듬은 것이다. 한자의 경우 이해를 돕기 위해 꼭 필요한 부분일 경우에만 제시했다.

박영희는 여기서 1927년 들어 많이 발표된 전위시들이 계급의식을 고양하려 하고 '혁명'을 말하고는 있지만, 대중들에게 익숙한 형식을 취하지 않고 인텔리겐챠의 잘못된 형식 유희를 일삼고 있기 때문에 이것을 프로시로 인정할 수는 없다고 평가한다. 진정한 프로시라면 대중들에게 익숙한 형식적 방법, "내용과 일치된 평이한 형식"을 취해야 한다는 것이 그의 주장이다. 그러나 박영희는 실제 그러기 위해서 어떻게 해야 하는지에 대해서는 더 이상 언급을 하지 않고 있어, 본격적인 프로시 양식 논의에는 별 다른 도움을 주지 못한다.

예맹 내에서 처음 대중성 획득 문제와 관련하여 프로시 나름의 독자적인 양식이 필요하다는 것을 인식하고, 이 문제를 해결하기 위한 다각적인 모색에 나선 것은 김기진이었다. 김기진은 「사회 의식 과정에 순응한 예술」(『조선지광』, 1928.1)이라는 짤막한 글을 발표한 이후 여러 편의 대중성 획득에 관한 논의[15] 들을 통해 대중성 획득의 중요성을 강조하는 한편, 대중성 획득을 위해서는 무엇보다 '예술적 형상화'를 갖추는 것이 시급한 당면 과제라고 주장한다. 그러면서 프로문학이 주 대상으로 삼아야 할 대중은 사실상 '각성한 자'(정치적 의식을 가지고 있는 자; 지식인, 선진 노동자계급)와 '각성하지 못한 자'(정치적 의식을 가지고 있지 않은 자; 일반 대중, 대부분의 노동자·농민)로 나누어져 있으니, 이들의 교양 수준이 각기 다르다는 엄연한 현실을 인정하여 그들 각 부류의 교양 수준

이 논문에 수록한 인용문들은 모두 이와 같은 기준에 의해 처리한다.

15) 당시 프로문학의 대중성 획득 논의와 관련되어 김기진이 발표한 대표적인 글로는 「문예시대관 단편」(『조선일보』, 1928.11.9-20), 「변증적 사실주의」(『동아일보』, 1929.2.25-3.7), 「대중소설론」(『동아일보』, 1929.4.14-20), 「단편서사시의 길로」(『조선문예』, 1929.5), 「프로시가의 대중화」(문예공론, 1929.6), 「예술의 대중화에 대하야」(『조선일보』, 1930.1.1-14) 등을 들 수 있다.

에 맞는 프로문학 양식을 따로 강구해야 할 것이라고 주장한다. 이런 시각은 이 당시 발표한 김기진의 여러 글에서 공통적으로 찾아 볼 수 있는 것으로, 그의 논리 전개의 기본적인 전제가 된다.

이런 전제 하에서 김기진은 프로시가 갖춰야 할 양식적 특성을 다음과 같이 제시한다. 우선 「문예시사감」(『동아일보』, 1928.10.27-11.1)에서 김기진은 시가 일정한 음악적 특성을 갖춰야 한다고 말한다. 시는 정서라든지 개념이라는 것을 전달, 이해시켜야만 할 뿐 아니라, 어느 정도의 음악적인 효과를 독자에게 주어야 한다. 시의 형식은 내용에 따라 결정되는 것이지만, 어떤 경우든 (시인이 느낀) 감흥을 완벽에 가깝게 절약된 언어—즉, 음악적 언어—로 표현해야 한다. 현대의 자유시는 시적 목적(오성에의 호소)에 치중하기 때문에 다소 음악적 성질에서 멀어질 수 밖에 없지만, 그래도 적당한 음향을 가진 언어를 택해 자연스러운 호흡으로 노래할 수 있도록 만들어야 한다는 것이다. 이러한 시각에서 본다면, 대중성 획득을 위해 택할 수 있는 가장 적절한 프로시의 양식은, 새로운 양식을 개발하지 않는 한, 필연적으로 전래의 '민요' 양식이 될 수 밖에 없게 된다.

김동환도 「망국적 가요 소멸책」(『조선지광』, 1927.8), 「초춘잡감」(『조선지광』, 1928.2), 「조선 민요의 특질과 其 장래」(『조선지광』, 1929.1) 등을 통해 김기진과 비슷한 시각에서 프로시의 양식 문제를 거론한다.

> 우리들의 글쓰는 태도가 대중을 상대로 한 것이 아니고 몇낱 안되는 ……자 만을 목표로 하고 써왔다. 그래서 소설이고 詩歌고 평론이고 모두가 난삽하고 까다로운 이론들 차지였다. [중략] 이 까닭에 우리는 우리들이 쓴 글을 다수인에게 봐달라고 권고할 흥미를 잃어왔다. 그 결과 우리의 독자는 실로 결정적 호의를 가진 몇몇 분 외에는 거의가 없었다. [중략]

> 우리들은 이제부터 모든 것을 알기 쉽게 쓰자. 어느 선배의 말과 같이 새끼를 꼬며 읽어도 전후 맥락을 다 알도록 그렇게 간소하게 사건을 만들어서 못 보아도 남의 읽는 것을 듣고라도 횅 알아지게 그렇게 쉬운 말로 쓰기로 하자.16)

인용에서 보듯, 이제까지의 프로시는 얼마 안되는 지식인들 만을 직접적인 독자로 상정하고 쓴 지식인의 시였으나, 이래서는 대중에게서 철저하게 외면을 받을 수 밖에 없으니 이제부터라도 일반 대중들이 간단하게 접하고 이해할 수 있도록 프로시를 쉽게 써야 한다는 것이 김동환의 논지이다.

이런 시각에서 그는 향후 대중성을 확보하기 위해 프로시가 채택해야 할 양식으로, 김기진보다 분명한 어조로, 전통적인 '민요' 양식을 추천한다. 민요란 문예적 교양이 없는 민중일 지라도 저절로 발로하는 사상·감정을 자연에나 인사에 대하여 순박하게 노래한 것이다. 그리고 민요는 피압박군의 노래임으로 집단적이고, 낙천적 사상에 기조를 두고 있으며, 항상 생동하는 사회적 사실에서 제재를 취해 비판적으로 노래하는 특징을 가지고 있다. 민요 양식이 보여주는 이런 특질이 바로 향후 프로시가 지향할 지점이라는 것이 그의 설명이다.

박완식 역시 「푸로레타리아시가의 대중화 문제 소고」(『동아일보』, 1930. 1.7-10)와 「푸로 시가에 대한 당면적 임무」(『조선일보』, 1930.2.1-5)를 통해 이들과 유사한 논리를 전개한다. 우선 그는 프로시란 "계급적 견지에서 프롤레타리아 이데올로기를 인식 파악한 작가의 노래가 되어야 하며, 이것이 대중의 노래로서 섭취되어 대중을 아지테이트하며 대중에 의하여 성장될 뿐 아니라 장차는 그들의 손으로서 실제적 생활과 감정이 노

---

16) 김동환, 「초춘잡감」(『조선지광』, 1928.2), 67-68쪽.

래로서 표현되어야 할 것"이며, "그리하여 그것은 대중운동이 성장함을 따라 같이 성장해야 할 것"이라고 말한다. 그런데 이제까지의 프로시는 일부 학생층과 사회층 소수 인텔리겐챠에게만 이해되었고, 대중에게 암시와 충동을 주지는 못했다. 이것은 작자의 의식, 기술 부족으로 대중에게 접근하지 못했고, 우리의 시가를 이해할 만한 대중의 지적 교양이 박약하여, 그들의 취미와 격리되었고, 대중적 발표 기관이 없었으며, 검열이라는 제한과 구속을 받을 수 밖에 없었던 이유에서 기인한다. 이것들은 不可分離의 연쇄적 관계를 가지는 것이기 때문에 개별적으로 논구할 수는 없다. 그렇지만 이 중 제일 중요한 것이 프로시인의 표현 방식과 기술이다. 프로시인은 지적 교양이 결핍한 노동자·농민의 계몽적 교양을 높이기 위해 노력해야 하겠지만, 한편으로는 대중의 지적 교양이 충분히 높아질 때까지는 우선 그들의 현 지식 정도로 이해하기 쉽게 취미에 맞도록 제작해야 하는데, 이 때문에 프로시의 양식 문제를 논의하는 것이라고 설명한다.

이어서 박완식은 그 해결책으로 교양 수준을 높이고 아지테이션을 하기 위한 대중적 기관지를 가질 것과 검열을 피할 수 있는 기술을 습득할 것, 그리고 프로예술의 정확한 방향을 정하는 동시에 과거 사회에서 대중에게 섭취되었던 시가의 형태를 연구하고 그것을 계급적 견지로서 비판적으로 계승할 것을 제시한다. 결론적으로 박완식은 프로시의 대안으로 김동환과 마찬가지로 '민요' 양식을 차용할 것을 제안한다. 김동환이 지적한 것처럼, 민요는 문예적 교양이 없는 민중이 자기 속에서 우러나온 사상과 감정을 순수하게 노래한 것이며, 대중적 攝取性을 가지고 있다. 또한 피지배계급의 노래로서 특질을 발휘하고 성장해 왔기 때문에 요즘 대중의 사회적 지위와 어떤 공통성을 발견할 수 있고, 그것이 피압박 집단의 노래이었기 때문에 집단의식을 표출하고 있다는 점에서 우리가 계승하여야 할 가장 좋은 형태라는 것이 그 이유이다.

이상 살펴 본 민요 양식 차용론은 프로시 양식에 관한 최초의 본격적인 고민의 산물이라는 점에서 일정한 의의를 갖는다. 그런데 이들의 논의에서 주목해야 할 것은, 이들이 그때까지 발표된 프로시 전반에 대해 부정적인 입장을 취하는 듯하면서도, 실제 전위시 계열의 작품에 대해서는 별 다른 언급을 하지 않는 반면에 방향전환 후 쏟아져 나온 노동운동시─일명 '뼈다귀시'─에 대해서는 명백하게 반대 의사를 표명하고 있다는 점이다. 이들의 민요 양식 차용론은 일단은 국민문학파가 주창한 〈시조 부흥론〉에 의해 촉발된 것이었지만, 한편으로는 자신들의 양식 논의가 동시대 노동운동시가 보여준 폐해를 극복하고자 하는 목적에서 나온 것임을 분명히 한다. 이것은 다음 네 가지 이유에 기인한 것으로 보인다.

우선, 〈아나키즘/볼세비즘 논쟁〉을 거친 후에 이들의 글이 발표되었다는 점을 가장 중요한 이유로 들 수 있다. 이들이 민요 양식 차용론을 말할 때는 이미 전위시는 더 이상 프로시의 주류가 될 수도, 대안이 될 수도 없었으며, 따라서 구태여 따로 논할 가치가 없었다. 두 번째로 생각할 수 있는 것은, 이 시기에 오면 1927년에 전위시를 다수 발표했던 예맹 소속 시인들이 대부분 제 1차 방향전환 기간 중에 노동운동시로 작품 경향을 바꿨다는 점이다.[17] 때문에 이미 부정된 전위시를 문제삼는다는 것은 별 의미가 없었다. 세 번째로 들 수 있는 것은, 전위시를 썼

---

17) 임화가 1927년 말이 되면서 「탱크의 출발」(『프롤레타리아예술』, 1927.10), 「담─1927」(『예술운동』, 1927.11) 등과 같은 노동운동시로 작품 경향을 변화시키는 것이 대표적인 사례이다.

던 이들은 모두 김기진·김동환 등과 문학적 출발을 같이 하거나 전 시대의 문학적 영향 하에서 창작에 임했던 이들로 이들과는 그나마 '문학'이라는 공통 분모를 가질 수 있었던 반면, 노동운동시 작자들과는 별 다른 동질감을 느낄 수 없었다는 점이다. 마지막으로, 위에서 인용한 "소설이고 詩歌고 평론이고 모두가 난삽하고 까다로운 이론들 차지였다. 이 까닭에 우리는 우리들이 쓴 글을 다수인에게 봐달라고 권고할 흥미를 잃어왔다."는 김동환의 언급에서도 알 수 있듯이, 김기진이나 김동환 등이 방향전환 후 예맹의 기본 방침이 된 예술상의 정치주의적 태도[18]에 대하여 문학관의 상이함으로 인해 가지고 있던 심정적, 생리적 반발이 또 한 원인이라 할 수 있다. 김동환이 예맹 재조직에 반발하여 축출 당한다거나, 박영희와의 논쟁 이후에도 자신의 문학관을 조금도 굽히지 않고 주장하는 김기진의 모습 등에서 이들의 민요 양식 차용론이 어떤 맥락에서 나오게 된 것인지를 충분히 짐작할 수 있다.

이 중 세 번째와 네 번째의 이유에 대해서는 약간의 보충 설명이 필요하다. 1927년 9월 1일에 있었던 예맹의 조직 개편은 다음 네 가지 점에 주목해 다시 한번 볼 필요가 있다. 첫째, 조직 개편 내용에서도 알 수 있듯이,[19] 초기 예맹의 주요 구성원 중 직업 문인들이 조직 재편을 하

---

18) 예술운동을 정치운동의 수단이나 도구로 인식하는 태도를 말한다. 이와 대조를 이루는 것이 문화주의적 태도인데, 이것은 예술운동을 정치운동과의 관련 속에서 올바르게 위치지우지 못하고 예술운동을 정치운동의 우위에 놓는다든지, 정치운동과 분별되는 예술운동이나 도구로 인식하는 태도를 말한다.

19) 기존 예맹 중앙위원회의 6인 위원 중 김복진과 박영희를 제외한 김기진·안석주·최승일 등 4명이 나가고, 그 자리를 제삼전선파의 주요 구성원 5명이 메꾼다. 또한 중앙상무위원회의 신설 핵심 부서인 조직부 책임자도 제삼전선파의 홍효민이 맡는 등 조직이 철저하게 제삼전선파 위주로 짜여진다. 개편이 이루어진지 얼마 되지 않아 박영희 또한 제삼전선파들과의 이론투쟁에서 패배를 시인하고 밀려나, 예맹은 완전히 제삼전선파 출신 소장파들이 장악하게 된다.

면서 중앙위원회 위원에서 전면적으로 제외된 반면 새로 등장한 제삼전선파 소장 이론가들은 대부분 중앙위원회 위원으로 선출된다. 이로 인해 이후 제삼전선파 볼세비키 쪽으로 급격한 중심 이동이 일어나게 된다. 둘째, 조직 재편시 신설되어 예맹의 최고 핵심 부서로 떠오른 조직부와 예맹 기관지『예술운동』의 발행 책임과 권한을 모두 제삼전선파(도쿄지부)측에서 전담하게 된다. 때문에 이후 이들이 가진 예술에 대한 정치주의적 태도가 예맹의 기본 방침이 되었다. 셋째, 재조직으로 인해 예맹은 예술가 조직의 성격을 탈피하여 대중 조직으로 문호를 개방하여 예술에 직접적인 관심이 없는 이들이 대거 가맹을 할 수 있도록 했다.[20] 이로 인해 이후 예술적 감각보다는 정치적 감각을 갖춘 이들이 부각되고, 힘을 발휘할 수 있게 되었다. 마지막으로, 재조직을 하던 중 이익상은 스스로 탈퇴하고, 김동환과 홍순준은 방향전환과 재조직 과정을 부인했다는 이유로 제명되고, 권구현 등의 아나키스트는 논쟁 끝에 축출되었다. 이것은 비록 조직적이지는 않으나 전문 문인을 중심으로 초창기부터 활동해 온 예맹원들의 강력한 반발이 있었음을 의미하는 것으로, 바로 이런 반발이 이후 민요 양식 차용론이나 단편서사시 양식 채택론 등 프로문학의 대중성 획득 논의, 이어서 전개되는 창작방법론 논의 등으로 표출되는 것이다.

그러나 이들이 주장한 민요 양식 차용론은 도쿄지부(제삼전선파)를 중심으로 한 소장 이론가들의 강력한 반발[21]에 부딪치고, 자체의 논리적

---

20) 안막, 「조선 프롤레타리아 예술운동 약사」(『사상월보』, 1932.10).

21) 윤기정, 「문학 아닌 문학」(『조선지광』, 1928.1).
     한설야, 「1928년의 대중간의 문예관계는 어떻게 진전될까」(『조선지광』, 1928.1).
     이북만, 「사이비 변증론의 배격」(『조선지광』, 1928.7).

결함으로 인해 더 이상 진행되지 못한다. 소장 이론가들의 비판은 두 가지 점에서 행해진다. 우선, 소장 이론가들이 가장 비판한 것은 민요 양식 차용론자들이 보여준 대중 추종주의적 태도였다. 이들은, 대중이 잘못 판단하여 현재 자신들에게 익숙한 통속적인 작품을 요구한다고 해서 무비판적으로 그에 영합하고 만다면, 프로문학이 담당해야 할 역사적 사명을 어떻게 완수할 수 있겠느냐고 반문한다. 의식이 박약한 대중이 아무리 반동적 문학을 요구한다고 하더라도 우리들은 역사적 사실이 요구하고 조선의 객관적 대세가 요구하는, 과연 조선 사람에게 필요한 문학을 제작해야(윤기정) 하는 것이다.

또 다른 비판점은 과연 '민요' 양식이 프로시의 새로운 대안이 될 수 있는가 하는 점이다. 권환은 민요 양식 차용론을 다음과 같이 비판한다.

> 민요는 봉건사회 부르사회의 零落頹敗한 자의 입에서 나온 것인만큼 그 안에 抱在한 내용과 마찬가지로 그 형식—곡조도 애수적이고 頹廢的이어서, 읽고 듣는 자로 하여금 신경이 무의식적으로 마비 위축케 한다. 따라서 우리 프롤레타리아 예술에서는 도저히 용납지 못할 형식의 하나이다.
> 우리는 예술의 대중화와 비속화를 엄밀히 구별하여야 한다. 그래서 우리는 예술의 대중화를 노력하는 동시에 비속화를 경계하여야 할 것이다.[22]

민요 양식 차용론을 주장한 논객 중 하나인 박완식도 인정했듯이 민요는 "대개 낙천적·애욕적·절망적 비애 노래이고, 대항적·전투적 태도로서의 노래는 극히 적었"[23]고, 그렇다면 권환 등의 비판을 극복하기 위해서는 실제 어떻게 해야 프로시의 양식으로 재탄생할 수 있느냐를 대답해야 할 필요성이 생기는데, 이 점에 대해 민요 양식 차용론 주창자

---

22) 권환, 「'시론'과 '시평'」(『대조』, 1930.6), 37쪽.
23) 박완식, 「푸로레타리아시가의 대중화 문제 소고」(『동아일보』, 1930.1.10).

들은 소재적 차원에서의 변화를 주자는 정도의 답변으로만 그쳐 더 이상 프로시 양식론으로서 유지될 수 없었다. 더욱이 민요가 비록 과거 피압박 집단의 노래였다고 하지만, 과거의 피압박 집단과 현대의 프롤레타리아 계급을 이렇게 동일시하여 이야기해도 되는 것인가에 대한 문제의식 등을 전혀 찾아 볼 수 없어 논의가 더 이상 진전되지 못한다.

3. 단편서사시 양식 채택론

이처럼 대중성 획득을 위한 프로시 양식에 관한 논의가 한참 진행되는 가운데 1928년부터 일련의 단편서사시 작품이 발표되기 시작함으로써, 프로시 양식 논의는 한 단계 진전하여 보다 구체적으로 전개된다. 이때의 '단편서사시'란 극적 구성 방식과 서간체 형식을 빌어 일정한 계급적 전망을 담아낸 서정시를 지칭하는 것으로, 1920년대 초반의 유행 풍조인 일련의 서간체 소설과 조선조 서사한시 전통에다 자신의 실천적 경험을 결합하여 1920년대 후반부터 임화가 발표하기 시작한 프로시의 대표적 양식 중 하나이다.[24] 임화의 단편서사시는 발표 직후부터 프로 문단의 중요한 관심사로 부각된다. 당시 구체적인 작품을 대상으로 하지 못하고 일종의 입법 비평적 차원에서만 거론되던 프로예술의 대중성 획득을 위한 여러 논의들을 보다 구체화하여 한 단계 진전할 수 있게 하는 본격적인 창작물로, 한계에 부닥친 민요 양식 차용 논의에서 탈피하여 프로시 양식 논의의 새로운 가능성을 열어 줄 훌륭한 대안으로, 그

---

24) 졸고, 「단편서사시의 개념, 대상, 범주 고찰」(『국제어문』, 16집, 1995.5), 361쪽.
　　──, 「단편서사시 양식의 연원 고찰 시고」(『국제어문』, 17집, 1996.5), 151-171쪽.
　　──, 「임화 시 연구」(한양대 박사학위논문, 1996.8), 44-58쪽.

리고 이론의 무성함에 비해 창작적 성과물이 빈약하다는 점과 예술성이 결여됐다는 점에 대해 비판해 온 반프로문학파에게 떳떳하게 내놓을 수 있는 최초의 성공적인 결과물로 받아들여졌기 때문이다. 그리하여 단편서사시는 발표 직후부터 프로시가 직면한 당면 과제, 즉 계급적 목표 달성과 대중성의 획득이라는 두 가지 목표를 동시에 성취한 작품이라는 평가를 받으면서, 이후 프로시의 가장 영향력 있는 양식 중 하나로 자리 잡게 된다.

그런데 임화의 단편서사시는 당대적 사건의 사실적 수용과 프롤레타리아 계급의 낙관적 전망을 훌륭하게 시적으로 형상화했다는 점에서는 긍정적인 평가를 받는 반면, 소시민성과 함께 짙은 감상성을 노정하고 있으며 시어가 채 정제되지 않았다는 점에서는 부정적인 평가를 얻게 된다. 이런 상반된 평가로 인해 임화의 단편서사시 양식을 동시대 '프로시'의 바람직한 모델로 받아들여도 되는가 하는 문제가 이후 프로시의 대중성 획득 문제와 관련되어 집중적으로 논의된다.

임화가 일련의 단편서사시를 발표하기 시작하자 가장 먼저 그 의의에 주목하고, 누구보다도 열렬히 환영의 뜻을 표하고 나선 것은 당시 프로문학 전반의 양식 문제에 대해 깊은 관심을 보이고 있던 김기진이다. 김기진은 프로문학의 대중성 획득에 관한 자신의 생각을 활발히 전개하던 중 임화의 시 「우리 옵바와 화로」를 보고는 프로시 대중화의 한 전형적 모델로 이 작품을 거론하면서, 프로시의 양식 문제를 본격적으로 다루기 시작한다.

우선 김기진은 「단편서사시의 길로」(『조선문예』, 1929.5)에서 임화의 시 「우리 옵바와 화로」를 읽고 커다란 감명을 받았다고 고백한다. 그리고는 이 시를 구체적으로 분석하여 자신이 무엇 때문에 이 시를 읽고 감

동했던 것인가를 밝히고, 앞으로 프로시는 「우리 옵바와 화로」에 나타
난 긍정적 의미를 깊이 새겨 그 방향으로 지향해야 할 것이라고 주장한
다. 이 글에서 김기진이 밝힌 감동의 이유는 다음과 같다.

① 누이동생으로 형상화된 근로계급의 긍정적 정서를 '격정적으로'
   형상화했다.
② 골격을 이루는 사건이 현실적이다.
③ 누이동생의 감정이 객관적, 구체적으로 형상화되었다.
④ 전체적으로 하나의 통일된 정서를 준다.
⑤ 감격으로 가득찬 생생한 소설적 사건을 묘사하고 있다.

즉, 시 속에서 사건을 사실적으로 그리는데 성공했다는 것, 그리고 근
로계급의 긍정적 정서를 격정적으로 형상화했다는 것, 특히 눈물만 흘
리는 연약한 모습의 여인이 아니라 고난의 현실을 강인하게 이겨나가며
미래에 대한 낙관적 전망을 보여주는 여주인공 순이의 모습 때문에 그
는 임화의 시 「우리 옵바와 화로」를 읽고 감동했다는 것이다. 기존의 부
르주아 시와는 다른 프로시 양식의 가능성을 이 시에서 발견하고 흥분
했다는 말이다. 김기진이 이런 평가를 하게 된 것은 물론 이전까지 발표
된 노동운동시들이 소박한 정치주의에 빠져 '사건(또는 이야기)'을 제대로
보여주지 못하고 시인의 관념 만을 생경하게 노래하다 보니까 시적 진
실을 획득할 수 없었으며, 대중에게서도 멀어질 수 밖에 없었다는 분석
을 전제로 한다.[25]

─────────────────

25) 김기진은 이 글에 이어 잇달아 발표한 「프로시가의 대중화」(『문예공론』, 1929.6)에
   서 프로시의 근본적인 문제점을 대중성의 결핍에서 찾고 있다. 각 분야의 사회운동
   에서와 마찬가지로 이제까지의 프로예술은 대중 속에 깊이 뿌리 내리지 못했다. 이

이런 입장에서 김기진은 「우리 옵바와 화로」의 분석을 통해 향후 프로시가 지향해야 할 양식적 특성을 다음과 같이 요약, 정리해서 제시한다.[26]

그러면 프롤레타리아 시인은 무엇에 주의하여야 할까?

첫째, 프롤레타리아 시인은 그 소재가 사건적 소설적인데 주의해야 한다. 그리하여 될 수 있는 대로 그 소재의 詩的으로 필요한 부분만 추려 가지고 적당하게 압축하여 사건의 내용과 사건을 중심으로 한 분위기는 극히 인상적으로 선명, 간결하게 만들기에 힘쓸 것이다. 만일에 그렇지 못하면 소설과 같이 길어질 것은 물론이요, 시로써의 맛이 없다. 시로써의 맛이란 '설명'의 인상적 암시적 비약에 즉 '행'과 '행'간의 정서의 비약에 대부분 있는 까닭이다. [중략]

둘째, 문장은 소설적으로 느리고 둔하여도 못쓰지만, 그렇다고 심하게 연마조각하여 깊게 아로새길 필요가 없다. 무슨 까닭이냐 하면 프롤레타리아는 교양이 깊지 못하며, 따라서 지식계급이나 유산계급의 인사와 같이 세련된 말과 친하지 못한 까닭이다.

우리들의 시는 그들의 용어로 되어야 한다는 것이 또 한 요건이다. 그런데 그들의 용어는 대개 소박하고 생경하고 '된 그대로의 말'인 곳에 차라리 야성적 굴강미가 있음으로, 시인은 그들의 말에 주의해야 한다. 그리하야 노동자들의 낭독에 편하도록 호흡을 조절해야 한다. 프로레타리아의 '리즘'의 창조이어야만 할 것이라는 말이다.

점에 있어서는 프로시도 마찬가지로, ① 무엇보다도 대중에게 가져가 보여주지 못했으며, ② 대중들이 알아보기 쉬운 말로 쓰지 못했고, ③ 대중들이 흥미를 가지도록 입맛에 맞추지 못했다는 점에 그 원인이 있다. 이 때문에 프로시는 대중 속에 깊게 뿌리 내리지 못했고, 결국 원래 목적했던 아지프로의 성과조차 올바로 획득하기 어려웠다는 것이 그의 분석이다.

26) 이 부분은 단편서사시를 논해 온 많은 평자들이 다투어 인용하여 분석한 부분이고, 필자 또한 몇 차례 인용하여 그 의미를 상세히 파악해 본 적이 있으므로 이 논문에서는 더 이상 중복된 언급을 피한다. 필자의 박사학위논문 「임화 시 연구」를 참조하기 바란다.

김기진의 단편서사시론은 대중성 획득을 위한 프로시 양식 논의에 있어 분명한 한 획을 그었다는 점에서 중요한 의미를 가진다. 단순히 선전·선동의 목적성 만을 강조하거나 막스주의적 계급관의 의식적 주입 여부에 대해서만 논의를 하던 데에서 한 걸음 진전하여 전달의 효과와 형상화 문제, 예술적 진실성 획득 문제를 논의의 핵심에 올려 놓았다는 점은 한국 프로시의 발전 과정에서 중대한 의미를 가진다. 또한 이로 인해 발발한 단편서사시 논쟁은, 최두석의 지적[27]처럼, 지도비평에 그치거나 논쟁으로 시종하지 않고 구체적인 작품에서 촉발되어 논쟁이 전개되고, 그 논쟁의 귀추가 창작에 중대한 영향을 미친 것은 프로문학 비평사에서도 드문 경우에 속하는 것이라는 점에서 의미가 각별하다. 예술적 형상화의 결핍으로 인해 반프로문학파에게서 공격받던 프로시인들이 임화가 창출한 단편서사시 양식을 반기고, 김기진의 단편서사시론에 선뜻 동의를 표하고 나선 것[28]도 의미를 새겨 볼 필요가 있다.

그런데, 여기서 우리가 주목할 것은 김기진의 단편서사시 논의는 시인의 세계관과 창작 방법을 분리해서 생각하면서, 작품 행동과 창작 방법론에만 초점을 맞추어 전개되고 있다는 점이다. 또한 이야기 자체의 서술보다는 시적 형상화 자체에 치중하고 있으며, 특히 낭송시적 성격

---

27) 최두석, 「단편서사시론에 대하여」(『리얼리즘의 시정신』, 실천문학사, 1992.4.10), 214-215쪽.
28) 좌담회, 「최근 조선문예운동의 정세」(『조선일보』, 1929.2.28-3.1)
　　윤기정, 「문예시감」(『조선문예』, 1929.5)
　　신고송, 「시단 만평 - 기성시인, 신흥시인」(『조선일보』, 1930.1.5-13)
　　손재봉, 「5월 시평 기타」(『조선일보』, 1930.2.5-9)
　　김안서, 「시단의 회고」(『매일신보』, 1932.2.14-19)
　　김동환, 「임화의 옵바와 화로」(『삼천리』, 1933.9)
　　윤곤강, 「임화론」(『풍림』, 1937.4)
　　이동규, 「임화」(『풍림』, 1937.5)

을 반드시 갖추어야 한다고 주장하고 있는 점이다. 김기진의 글이 당시 예맹 측 인사들에게 문제적일 수밖에 없었던 이유가 바로 여기에 있다. 김기진은 앞으로 수립해야 할 프로시의 양식을 논하면서 동시대의 프로 시인이 마땅히 가져야 할 올바른 세계관이나 추구해야 할 현실적 목표에 대해서는 별 다른 언급을 하지 않은 채, 오직 부르주아적 미학관에 입각하여 시에서 이야기의 기능을 축소하고 정서적 기능을 확대할 것을 강조하고 있는 것이다. 그가 제시한 프로시의 양식에서 볼 때, 시인의 계급의식은 오직 소재적 차원에서만 존재하는 것이며, 나머지는 대부분 시적 기교—낭독성 내지 음악성의 확보, 정제된 일상적 시어의 선택, 암시와 상징의 필요성 등으로 이야기되는—에 달려 있는 것들 뿐이다. 임화의 단편서사시에 대해 그 새로움과 가능성에는 기대와 찬사를 보내면서도, 다른 한편으로는 시어의 선택과 표현의 문제를 들어 시적 기교의 미숙함을 지적하는 것[29]이 바로 그의 이런 태도를 반영하는 것이다.

박팔양 역시 김기진과 동일한 입장에서 단편서사시 양식에 대해 찬사를 보낸다.[30] 그는 임화의 단편서사시 「우산밧은 『요꼬하마』의 부두」(『조선지광』, 1929.9)를 예를 들면서, 이 작품이 "현 詩壇의 한 驚異"이고, "프로시 중의 백미"라고 추켜세운다. 그러면서 임화의 단편서사시에 감상성이 표출되고 있음을 비판하는 의견에 대해서는 "전투적인 어구로 노래해야 한다는 사람이 있지만 프롤레타리아라고 늘 투쟁적 의욕만을

---

29) 임화의 표현 미숙에 관해 김기진은 이 외에도 「4월의 시가」(『중외일보』, 1929.4.21), 「최근 조선 문예운동의 정세」(『조선일보』, 1929.2.28-3.1) 등 여러 곳에서 지적하고 있다. 또한 박태원의 「初夏 창작평」(『동아일보』, 1929.6.18); 박팔양의 「9월의 시단」(『중외일보』, 1929.10.9-16), 배상철의 「조선 시인 근작 총평」(『대조』, 1930.8) 등도 김기진과 유사한 지적을 하고 있다.

30) 박팔양, 「9월의 시단」(『중외일보』, 1929.10.9-16)

노래하는 것이 아니며, 동지이자 애인인 사람과의 이별의 슬픔도 노래할 수 있는 것이니, 이 점을 가지고 비난할 수는 없다."고 반박한다.

이러한 김기진·박팔양 등의 단편서사시 평이 많은 이들에게 받아 들여지고 다른 시인들이 이 양식을 흉내내어 다수의 프로시를 창작하기 시작하자, 도쿄지부 측을 비롯한 예맹 소장파들은 "당면한 현실적 투쟁 과제를 정당히 시로 형상화하고 변혁운동에 대한 독자 대중의 이해와 실제적 참여를 끌어내야 할 프로시의 당대적 임무를 망각하고, 그들에게 주제 및 소재에 대한 불필요한 그리고 잘못된 감상만을 전파하고 있다."는 논지로 이런 추세를 경계하고 나선다.[31] 권환의 「'시평'과 '시론'」을 통해 볼 때, 당시 예맹 소장파들이 단편서사시 양식을 프로시의 새로운 대안으로 삼자는 김기진 등의 주장을 반박하고 나섰던 이유는 다음과 같다.

첫째, 단편서사시는 공적도 많지만, 그 만큼 언짢은 영향도 많이 주었다. 단편서사시에 표출된 감상주의적 경향을 흉내낸 시들이 이후 많이 나타난 것이 그 증거이다. 둘째, 프로시는 결코 음율의 조화미를 꾀하는 시가 아니다. 또한 생활을 감상적으로 노래하여 自慰自安하는 위안용 예술이 아니다. 프로시는 대중에게 막스주의를 아지 프로하는 외에 아무런 의의와 역할이 없다. 셋째, 이전의 프로시는 실천과 결합치 않은 막연한 감정이나 단순한 심리상 충동을 머리로만 노래한 시였고, 이 때문에 김기진이 서사적 내용을 많이 가진 단편서사시를 고평했던 것이다. 하지만 어떠한 사실을 소설적으로 또 서사적으로 순서있게 서술하지 않

---

31) 김두용, 「우리는 엇더케 싸울 것인가?」(『무산자』, 1929.7)
   안 막, 「'막스'주의 예술비평의 기준」(『중외일보』, 1930.4.19-5.30)
   권 환, 「'시평'과 '시론'」(『대조』, 1930.6.1)
   김남천, 「임화에 관하야」(『조선일보』, 1933.7.22-25)

더라도 그 사실이 추상적이 아니고 구체적 사실인 이상 그것으로 인하여 일어나는 감정-비록 폭발적이라도-을 표현하는 시는 얼마든지 구체성을 가진 시로 될 수 있는 것이다. 넷째, 같은 서사라도 어떠한 서사인가가 보다 더 중요한 문제이다. 대중에게 강렬한 적개심과 용감한 투쟁심을 고취해 주지 못하고 센티멘탈한 값싼 동정심만 일으키게 하는 식의 서사라면 잘못된 것이다. 다섯째, 강렬한 적개심과 용감한 투쟁심을 고취해 줄 만한 서사라 할지라도 纖弱한 억양과 結縛한 인텔리겐챠의 용어로 표현되었다면[32] 아지프로의 효과는 없어진다는 것 등이 그것이다. 즉, 단편서사시가 낭만적 동정주의[33]의 산물이라는 것과 실천이 수반되지 않은 창백한 지식인 문학에 불과하다는 것이 주 공격점이었던 것이다.

여기서 주목해 봐야 할 것은, 단편서사시 논의에 대한 본격적인 비판이 1930년에 들어와서야 이루어진다는 점, 권환이 김기진 등의 단편서사시론에 반박하는 자신의 글을 통해, 임화가 차차 프롤레타리아 사실주의적으로 시 경향을 전환하고 있으며, 이것은 스스로의 작가적 실천에 기인한 것이라는 언급을 하고 있다는 점과 부분적이나마 임화 시의

---

32) 여기서도 김기진 등 단편서사시 양식 채택론자들과 예맹 소장파들의 의식 차이를 엿볼 수 있다. 김기진 등이 임화의 단편서사시가 "조금만 글자를 精選하고 긴요치 않은 구절을 빼어 버렸으면 더 훌륭한 시였을 것"(좌담회 「최근 조선 문예운동의 정세」(『조선일보』, 1929.2.28)에서 김기진이 한 발언)이라든지, "字句上의 선택이 약간 부족한 느낌이다. 자구상의 중복과 설명적 자구는 시에 있어서 대 금물이며, 혹은 불필요한 字 또는 句는 시흥을 일단 식히는 것이라 이 점을 약간 주의할 필요가 있다."(박팔양, 「9월의 시단」, 『중외일보』, 1929.10.11)는 발언과 권환의 이 표현을 비교해 본다면, 그 차이를 쉽게 짐작할 수 있을 것이다.
33) '낭만적 동정주의'는 대중을 아지프로하지 못하고 센티멘탈한 값싼 동정심만 불러 일으키는데 그치는 예술상의 태도를 지칭하는 용어이다. 신경향시들에서 이런 경향을 흔히 볼 수 있다.

공적과 가치를 인정하고 있다는 점 등을 볼 때 이들의 비판이 임화에게 맞춰진 것이 아니라 그 잘못된 수용에 대한 지적에 집중되고 있다는 것이다. 이것은 임화의 단편서사시가 자신들이 발표한 노동운동시보다 현실적으로 많은 공감을 획득하고 있던 점, 단편서사시 양식을 대체할 새로운 양식을 제시할 수 없었던 점, 작품 행동보다는 실천 행동에 좀더 중점을 두고 있었던 점, 임화가 스스로의 작품 경향을 좀더 자신들의 구미에 맞게 바꾸어 나갔던 점, 무엇보다도 임화가 당시 도쿄지부의 후신인 무산자사의 동지가 되어 있었던 점 등이 고려되었던 것으로 보인다. 그래서 그들은 임화의 시 자체보다는 그것을 프로시의 새로운 전형으로 만들려고 하는 시도를 더욱 위험스러운 것으로 보고, 이에 대해 공격을 집중했던 것이다.

그들이 볼 때 단편서사시 양식 채택 논의는 다음 몇 가지 점에서 문제시될 수 밖에 없었다. 우선, 초창기부터 활동해온 예맹 문인들이 공통적으로 가지고 있던 문화주의적 태도가 전위시 양식 모방, 민요 양식 차용론, 단편서사시 양식 채택론 등 일련의 프로시 양식 논의를 통해 다시 영향력을 확대할 우려가 있었다. 이것은 제 1차 방향전환을 거친 예맹의 기본 강령과 충돌을 일으켜 프로문학운동의 대오를 흐트리고, 당시 전 사회주의 운동권의 당면 목표인 조공 재건운동에 걸림돌이 될 여지가 있었기 때문에 당시 예맹의 중심축을 형성하던 소장파들로서는 시급히 이 문제를 교정해야 할 필요성이 있었다. 또한, 전위시 양식 모방이나 민요 양식 차용론과는 달리 단편서사시 양식 채택론은 그 논리 전개의 바탕이 된 임화의 작품 자체가 당시 프로시단에 상당한 반향을 불러일으키고 기성 문인들의 절찬을 받으면서 프로시의 새로운 전형으로 인식되어, 자칫 프로시의 당대적 임무를 호도할 수도 있다는 우려가 있었다. 마지막으로, 단편서사시는 기존 프로시인들의 공통적인 문제점인 변혁운동에 대한 피상적 이해와 함께, 화자의 어조에 짙게 어려 있는 감상성 및 소시민 독자에 대한 편향성을 노출하고 있어 이를 통해 비판의 효과를 극대화함은 물론, 나아가 다소 방향 감각을 상실한 듯한 프로시의 면모를 일신할 수 있는 좋은 기회가 될 수 있었다.

그런데, 예맹 소장파의 단편서사시 양식 채택론 비판은 단편서사시 양식 자체에 대한 생산적인 비판은 되지 못한다. 그들 비판의 초점은 시인의 태도와 시에 반영된 의식의 선명성 여부에만 맞춰져 있어 양식론의 진전을 보여주지 못한다. 이것은 이들이 이 문제를 기본적으로 문학적 논리에서 접근하지 않고 있음을 말하는 것이다. 더욱이 예맹 소장파들의 단편서사시 양식 채택론 비판은 관념적인 좌편향적인 시각을 반영한 것이어서, 일제의 가혹한 사상 통제하에 놓여 있던 당대 조선의 현실과는 일정 정도 유리되어 있었다. 이들의 근본적인 문제점은 서울과 도쿄의 상이한 운동 조건을 고려하지 않았다는 데서 비롯된다. 당시 서울에서는 자체의 기관지를 발간할 수 없을 정도로 일제의 탄압과 검열이 심해 어쩔 수 없이 부르좌의 합법적 간행물에 기생하여 예술운동을 전개하는 파행적 상황을 감내해야 했다. 그러나 도쿄에서는 최소한 "기관지를 발행하며, 이중삼중의 곤난을 거쳐가며 대중에게 반포하고, 프롤레타리아의 집회에 연극을 가지고 가며 시의 낭독을 하며 투쟁의 繪畵를 걸"[34] 수 있었던, 상대적으로 나은 상태였다. 이러한 운동 조건의 상이함으로 인해 예술운동 자체도 차별성을 가질 수 밖에 없었는데, 이들에게서는 이에 대한 인식을 거의 찾아 볼 수 없다. 또한 예술과 정치가 각

---

34) 김두용, 「정치적 시각에서 본 예술투쟁」(『무산자』, 1929.5), 6E쪽.

각 어느 정도 특정한 분야로 한계지워 있으며, '예술적'이라는 의미가 '정치적인' 것으로 즉각 환원될 수 없다는 사실을 이들이 간과하고 있다는 점도 문제로 지적할 수 있다. 예술은 공공연한 정치적 프로파갠다의 형태로 표현되건, 은폐된 이데올로기로 표현되건 간에 필연적으로 당파성을 지니게 된다. 그러나 김두용 등은 예술이 독자들의 감정과 충동을 일깨워서 특정한 행동으로 이끌거나 반대하게끔 하는 독특한 기능을 수행한다는 사실을 무시하고, 예술운동을 정치운동에 종속시키는 잘못을 범했다.

그러나 이런 문제점에도 불구하고, 막시즘 이론 자체에 대해 국내 평자들에 비해 이들이 가지고 있던 상대적 우월성[35] 및 두 차례에 걸친 예맹의 조직 개편에서 보여준 조직력의 우위, 이들과 ML파 조선공산당과의 밀접한 관계, 단편서사시 양식 채택론자들의 논리 전개상 허점 등의 제반 이유로 인해, 이들의 공개적인 비판은 당시로선 상당한 무게를 가지고 있었다. 때문에 우후죽순처럼 일어나던 단편서사시 양식 채택론은 소장파 이론가들이 전면적인 비판에 나서고, 이들이 주장한 볼셰비키 대중화론이 예맹의 공식 입장으로 자리잡게 되자 한풀 꺾이게 된다.

게다가 단편서사시 양식을 창출한 임화 스스로가 일련의 자기 부정을 하고 나선 것은 단편서사시 양식 채택론자들에게는 치명적이었다. 임화는 우선 김기진과의 논쟁을 통해 김기진이 주창한 대중성 획득 방법론

---

35) 초창기부터 활동한 예맹 지도자들에 대한 도쿄지부측 이론가들의 우월성은 앞에서도 간략하게 언급한 바 있지만, 이미 박영희와 이북만 간에 벌어졌던 대중성 획득 방법 논의의 추이와 그 이후 전개된 예맹 조직 개편을 보면 쉽게 드러난다. 이 과정에서 초창기 예맹 측 인사들의 관습적 시각을 대변한 박영희는 이북만의 비판에 대해 별반 반박하지 못하고 일방적인 수세에 몰리고 있으며, 결국 그의 논리를 그대로 인정해 버리고 만다.

의 문제점을 공박하고 나서고, 도일하여 예맹 도쿄지부의 후신인 무산
자사에 가담하는 한편, 단편서사시 양식 채택론자들이 절찬했던 자신의
단편서사시 양식을 좀더 계급성을 분명히 드러내는 방향으로 바꾸고[36],
평론 「시인이여! 일보 전진하자」(『조선지광』, 1930.6)를 통해서는 자신이
1929년 초기에 발표한 단편서사시가 근본적으로 소시민성의 산물이었
다고 자기비판을 행한다.[37]

이로 인해 1930년을 지나면서부터 단편서사시 양식 채택론은 더 이
상 거론되지 않는다. 하지만 이것은 표면적인 것이었을 뿐이고, 실제 창
작에 있어서는 이후에도 오랫동안 강력한 영향을 미친다. 그것은 소시
민성과 감상성의 노출, 계급의식의 약화 등의 이유로 인해 소장파 이론
가들에게 비판을 받았지만, 단편서사시 양식을 대체할 만한 새로운 프
로시 양식이 제시되지 않았고, 예술성과 계급성을 효과적으로 결합하여
최초로 제시된 프로시 양식이자 당시까지의 한국 프로시 사상 대중들의
지지를 가장 많이 받았던 양식이었기 때문에 동시대 시인들에게 강한
인상을 남겼기 때문이다. 이것과 관련하여 1931년 말에 예맹에서 발간
한 『카프시인집』(『집단사』, 1931.11)은 단편서사시 양식 채택 논의가 어떻
게 귀결되었는지를 알아 볼 수 있는 좋은 자료이다. 여기에는 김창술의
시 4편, 권환의 시 7편, 임화의 시 6편, 박세영의 시 1편, 안막의 시 2편

---

36) 단편서사시의 변화는 일차적으로 이전까지 작품에 깊게 내포되었던 감상성을 배제
하고 당대의 본질적 모순을 충실히 드러내는 쪽에 초점을 맞춰, 투쟁하는 노동자의
의지를 직접적으로 보다 선명하게 형상화하는 쪽으로 일어나게 되는데, 그 결과 무
산자사측에서 제기한 볼셰비키화 방법론에 보다 충실한 새로운 모습의 단편서사시가
나오게 된다.

37) 물론 이 글에서 임화가 자기 비판을 행한 것은 단편서사시에 내재한 '소시민성'과
이로 인해 촉발된 '감상성'이라는 부분에 국한된다. 그는 이 글의 서두에서 자신의
단편서사시가 미미하나마 사실주의 시의 출발을 알리는 것이었다고 주장한다.

이 수록되었다. 이 중 김창술, 임화, 박세영의 시는 대부분이 단편서사
시 양식의 범주에 드는 것이다. 물론 이것은 단편서사시 양식의 창출자
인 임화가 당시 예맹의 서기장을 맡고 있었고, 이 시집의 실질적인 편집
책임자였다는 점과 일정한 관련이 있을 것이다. 그러나 설사 그렇다 하
더라도 단편서사시 양식이 예맹에서 출간한 첫 시집에서 이 정도의 대접
을 받고 있다는 것은, 도쿄지부 측 소장파의 비판에도 불구하고 당시 단
편서사시 양식의 영향력이 어느 정도였는가를 알려주는 좋은 반증이 된
다.

4. 프로시 양식 논의의 추이와 의의

예맹이 진보적 문인들의 조직체로서의 성격을 분명히 하기 시작한
1927년 경부터 프로시인들은 종래의 부르주아 시 양식이 아니라, 자신
이 택한 계급주의 사상을 정당히 담아낼 수 있는 새로운 형태의 시가
양식을 모색한다. 이들이 처음 손쉽게 선택한 것은 당시 유행하던 전위
시의 기법을 그대로 차용해서, 그곳에 자신이 이해한 계급의식을 담아
내는 방식이었다. 그렇지만 이런 방식은 전위예술과 막시즘의 변별성을
충분히 인식하지 못했던 시기의 과도기적 방법에 불과한 것으로, 계급
의식이 점차 성숙되어 가면서 자연스럽게 부정되어 사라진다.

1928년에 들어 프로문학의 대중성 획득 방안의 필요성이 강력히 제
기되면서, 대중성 획득 방법과 결부되어 프로시의 양식 문제가 새롭게
논의된다. 이때 김동환·박완식 등은 대중성 획득을 위해 가장 좋은 것
은 전래의 민요 양식을 차용하여, 거기에 계급의식을 부여하는 것이라
고 주장한다. 이들의 주장은 국민문학파의 시조 부흥 운동에 촉발된 측

면이 많은 것으로, 프로문학의 대중성 획득 방법에 관한 김기진 식의 시각을 바탕에 두고 있었다. 때문에 이들이 주장한 민요 양식 차용론은 당시 예맹을 주도하던 도쿄지부측 소장파의 전면적인 비판에 직면하게 된다. 소장파의 비판은 민요 양식 차용론이 대중 추종주의적 태도에 근거하고 있으며, 기본 정조가 애수적이며 퇴폐적이라는 점을 간과하고 있다는 점에 집약되는데, 소장파의 이런 비판에 대해 민요 양식 차용론자들이 별 다른 반론을 제기하지 못함으로써 더 이상 논의되지 않는다.

이 시기 프로시 양식 논의의 백미는 1929년부터의 단편서사시 양식 채택론이라 할 수 있다. 이 논의는 당시 임화가 내놓은 일련의 시를 구체적인 대상으로 삼아 그 양식적 특성을 분석하고, 이 분석을 토대로 이 양식이 과연 프로시의 진정한 대안일 수 있는가를 살피는 방식으로 진행된다. 채택론을 주장한 이들은 단편서사시 양식이 당대적 사건의 사실적 수용과 프롤레타리아 계급의 낙관적 전망을 훌륭하게 시적으로 형상화했으며, 무엇보다 이전의 노동운동시(뼈다귀시)와는 달리 대중의 열렬한 환호를 받았다는 점을 중시한다. 반면, 무산자사 소장 이론가들이 중심이 된 반대론자들은 단편서사시 양식이 소시민성과 함께 짙은 감상성을 기본 정조로 하고 있는 낭만적 동정주의의 산물이며, 노농대중을 아지프로해야 할 프로시의 근본 목적을 망각한 것임으로 마땅히 타기되어야 할 것이라고 주장한다. 단편서사시 양식을 둘러싼 이런 논의는 이 양식을 최초로 내놓은 임화 자신이 무산자사 측의 견해에 동조하는 한편 실제 창작을 통해서 양식적 변화를 일으키면서 이론적으로는 반대론자들의 승리로 끝난다. 그렇지만 실제 창작에 있어서는 정반대의 상황이 전개된다. 즉, 단편서사시 양식에 깊은 인상을 받은 동시대 프로시인들은 소장파 이론가들의 비판에도 불구하고 이 양식을 흉내낸 작품을 이후에도 계속해서 내놓아, 문학적으로 볼 때는 채택론자들의 주장에도 일리가 있었음을 보여준다.

그런데, 1920년대 후반 대중성 획득 문제와 연관된 프로시 양식 논의를 살펴 볼 때 반드시 고려해야 할 것은, 이런 일련의 프로시 양식 논쟁이 대개 초창기 예맹의 주도 세력이었던 전문 문인 출신 시인들에 의한 다양한 양식 실험, 그리고 그에 대한 ⟨제삼전선→도쿄지부→무산자⟩로 이어지는 소장 볼셰비키들의 비판이라는 방식으로 진행된다는 점이다. 이것은 이 문제가 단순히 '문학적 양식' 자체의 문제에 국한되는 것이 아니라, 예맹 내에 존재하는 문학에 대한 상반된 두 시각—문학에 대한 문화주의적 태도와 정치주의적 태도—과 그 바탕이 되는 두 이질적인 집단—초창기부터의 맹원과 제삼전선파 이후의 볼셰비키—간의 주도권 쟁탈의 성격을 띠고 있음을 의미하는 것이다.

이런 증거는 여러 곳에서 찾을 수 있다. 예맹 도쿄지부의 이론가인 김두용은 「우리는 엇더케 싸울 것인가?」(『무산자』, 1929.7)에서 김기진의 「단편서사시의 길로」(『조선문예』, 1929.5)를 비판하면서, 김기진 뿐만 아니라 예맹 본부측의 윤기정·이기영·송영·최서해·박팔양·임화·조명희 등이 모두 "같은 본질을 가진 소부르주아 문사"이며, "예술적 작품의 창작을 부르짖는 순문예의 창작을 옹호하는 인물"이라고 공격한다. 이에 대해 김기진이 「예술운동에 대하여」(『동아일보』, 1929.9.20-22)에서 소장파 볼셰비키에 대해 "예맹 도쿄지부의 몇몇 분자", "小兒肝氣疾患者" 등의 발언을 통해 불편한 심기를 드러내자, 1929년 7월 말경 도일하여 본격적으로 무산자사에 합류[38]한 임화가 「김기진군에게 답함」(『조선지광』,

____

38) 임화와 제삼전선파 계열 도쿄측 소장파 이론가들의 관계는 최소한 도일하기 훨씬 이전인 1927년 말 경부터 시작된 것으로 보인다. 이것은 임화의 시 ⟨탱크의 출발⟩을

1929.11)에서 '쎅트주의(종파주의)'라고 반박하고, 결국 김기진이 「예술운동의 1년간」(『조선지광』, 1930.1)에서 자신의 발언을 취소하는 일련의 사건[39]도 프로시 양식 문제가 양측의 힘겨루기 양상을 띠고 있음을 의미하는 것이다.

그런데, 이처럼 1920년대 후반기에 활발히 진행되었던 프로시 양식 논의는 1930년대 초반부터 두 차례에 걸친 검거 선풍 등으로 인해 예맹의 조직 자체가 위태스러워지고, 프로시다운 프로시를 창작하여 발표할 수 있는 여건을 갖지 못하게 되면서 더 이상 진행되지 못한다. 때문에 이 시기에 거론되었던 문제들은 한 동안 잠복해 있다가, 1930년대 중반의 전형기를 맞아 이정구와 임화 간에 이뤄지는 <감상주의 논쟁>, 사회주의 리얼리즘의 수용 및 적용 문제와 관련된 <창작방법 논의>로 다시 살아나게 된다.

〔김정훈〕

당시 제삼전선사의 이론가인 이북만이 직접 일본어로 번역하고, 소개하여 일본의 『프롤레타리아예술』에 게재하는 것에서 알 수 있다. 임화의 이 시는 국내 프로시인의 시로서는 최초로 일본 프로문학 잡지에 실린 작품이다.

39) 이 중 김기진과 임화의 논전 부분은 필자의 「단편서사시의 개념, 대상, 범주 고찰」(『국제어문』, 16집, 1995.5), 334-342쪽을 참조할 것.

참고문헌

권 환, 「'시평'과 '시론'」, 『대조』, 1930.6.1.

김기진, 「최근 조선 문예운동의 정세」, 『조선일보』, 1929.2.28-3.1.

─────, 「4월의 시가」, 『중외일보』, 1929.4.21.

─────, 「프로시가의 대중화」, 『문예공론』, 1929.6.

김남천, 「임화에 관하야」, 『조선일보』, 1933.7.22-25.

김동환, 「초춘잡감」, 『조선지광』, 1928.2.

─────, 「임화의 옵바와 화로」, 『삼천리』, 1933.9.

김두용, 「우리는 엇더케 싸울 것인가?」, 『무산자』, 1929.7.

김안서, 「시단의 회고」, 『매일신보』, 1932.2.14-19.

김영민, 『한국문학비평논쟁사』, 『한길사』, 1992.3.

김정훈, 「단편서사시의 개념, 대상, 범주 고찰」, 『국제어문』 16집, 1995.5.

─────, 「단편서사시 양식의 연원 고찰 시고」, 『국제어문』 17집, 1996.5.

─────, 「임화 시 연구」, 한양대 박사학위논문, 1996.8.

박영희, 「문예평론」, 『조선지광』, 1927.9.

박완식, 「푸로레타리아시가의 대중화 문제 소고」, 『동아일보』, 1930.1.10.

박태원, 「初夏 창작평」, 『동아일보』, 1929.6.18.

박팔양, 「9월의 시단」, 『중외일보』, 1929.10.9-16.

배상철, 「조선 시인 근작 총평」, 대조, 1930.8.

손재봉, 「5월 시평 기타」, 『조선일보』, 1930.2.5-9.

신고송, 「시단 만평-기성시인, 신흥시인」, 『조선일보』, 1930.1.5-13.

안 막, 「'막스'주의 예술비평의 기준」, 『중외일보』, 1930.4.19-5.30.

─────, 「조선 프롤레타리아 예술운동 약사」, 『사상월보』, 1932.10.

윤곤강, 「임화론」, 『풍림』, 1937.4.

윤기정, 「문학 아닌 문학」, 『조선지광』, 1928.1.

──────, 「문예시감」, 『조선문예』, 1929.5.

이동규, 「임화」, 『풍림』, 1937.5.

이북만, 「사이비 변증론의 배격」, 『조선지광』, 1928.7.

좌담회, 「최근 조선 문예운동의 정세」, 『조선일보』, 1929.2.28-3.1.

최두석, 『리얼리즘의 시정신』, 실천문학사, 1992.4.

한설야, 「1928년의 대중간의 문예관계는 어떻게 진전될까」, 『조선지광』, 1928.1.

영미 이미지즘 이론의 한국적 수용 양상

1. 머리말

한국현대문학사에서 영미 이미지즘 이론의 수용 과정은 모더니즘 운동의 기점 설정 문제나 이미지즘, 주지주의, 모더니즘간의 관계 설정 문제 등과 밀접하게 연관되어 있다. 모더니즘의 기점 설정의 문제는 1934년[1] 또는 1935년[2]을 주장하는 쪽과 1926년[3]까지 거슬러 올라가야 한다고 주장하는 쪽의 견해가 서로 엇갈린다. 양자가 모두 모더니즘과 관련된 서구의 여러 사조들이 이입된 시기를 이러한 기점 설정의 근거로 삼고 있지만 그 사조들 중에서도 논쟁의 중심에 있는 것은 이미지즘이라 할 수 있다.

이미지즘, 주지주의, 모더니즘 등의 관계 설정의 문제는 세 용어를 상호 등가의 개념으로 보는가, 상위 혹은 하위 개념으로 보는가에서 파생된다. 이미지즘이 다른 두 용어의 상위 개념으로 파악되는 경우는 없다. 그러나 등가 혹은 하위 개념 중 어느 것에 해당하는가의 문제는 논란이

---

1) 백철(1950), 238쪽.
2) 조연현(1969), 463쪽. 조지훈(1973), 214쪽.
3) 문덕수(1981), 81쪽. 정한모(1984), 48-53쪽. 오세영(1991), 129쪽.

많다. 이 문제 역시 이미지즘의 성격 규정과 밀접한 관련을 가진다. 따라서 이와 같은 논의를 전개, 발전시켜나가기 위해서는 이미지즘의 개념과 이론의 정확한 이해가 선행되어야 하고 이를 토대로 한국에서의 수용 양상을 세밀히 파악하는 것이 필요하다.

다시 말해서 외국의 문예사조 이입과 관련된 주제를 다룰 때는 발신자로서의 해당 사조에 대한 정확한 이해를 전제 조건으로 한다. 그것을 토대로 이입의 양상에 나타나는 동질성과 차별성, 발전적 수용 혹은 부분적 오류 등을 체계적으로 논할 수 있게 된다. 해당 문예사조가 태동하고 발전하는 과정에서 간과할 수 없는 문제점을 지니고 있을 때는 이 과정이 더욱 중요해진다. 영미 이미지즘도 그런 경우에 해당한다.

한국현대문학사에 있어서 1919년에 시작된 영미 이미지즘 이론의 이입은 에이미 로월(Amy Lowell)을 중심으로 한 후기 이미지즘이 먼저 이입되는 양상을 보인다. 따라서 토마스 어니스트 흄(T. E. Hulme)과 에즈러 파운드(Ezra Pound)의 이론이 결여된, 회화성만을 중시하는 기법적인 면의 이입에 치우치는 폐단을 낳게된다. 1930년대 초반의 사상파(寫象派) 시인들에 대해 기교주의라는 비판이 가해진 것도 여기서 비롯된 것이라 할 수 있다. 1930년대 중반에 가서야 이미지즘의 이론적 지주였던 흄의 사상과 파운드의 이론이 소개되고 그 때부터 이미지즘의 수용이 심화되는 양상을 보인다. 그 심화된 이론의 이입은 엘리엇(T. S. Eliot)의 작품 및 비평과 함께 비로소 한국 모더니즘 문학의 형성에 중요한 영향을 끼치게 되는 것이다.

앞서 지적했듯이 한국현대문학사의 형성기에 대한 연구에 있어서 영미 이미지즘의 수용과 관련된 다양한 논의들이 있어왔다. 이 글은 그 논의들을 전개, 발전시키는 데 필요한 작은 근거를 마련하는 데 있다. 먼저 일부 연구 논문들과 저서들에 나타나는 이미지즘에 대한 부분적인 오류들을 바로잡기 위해 개략적이나마 영미 이미지즘의 개념과 이론을 살펴본다. 이를 바탕으로 1920년대에 이미지즘의 용어와 개념이 한국으로 이입되는 초기 양상을 추적한 뒤, 1930년대에 이미지즘의 사상적 배경과 이론이 이입되는 과정을 김기림의 시론을 중심으로 살펴본다. 김기림에 초점을 맞춘 것은 최재서나 정지용 등과는 달리 그가 이미지즘의 이론과 실제 시 창작의 양면에서 뚜렷한 성과를 보이고 있기 때문이다.

그러나 이 글의 주제가 한층 더 입체적이고 종합적으로 논의되기 위해서는 김기림과 함께 1930년대 모더니즘 이입의 또 한 축을 이루고 있는 최재서의 이론에 대한 연구가 보강되어야 하며, 정지용·김광균·장만영·김기림 등의 시 작품에 대한 분석이 뒤따라야 함을 밝혀둔다. 또한 당시 한국의 지식인들이 대부분 일본의 학계를 통해 서양 학문을 수용했음을 고려할 때, 영미 이미지즘에 대한 일본 문단의 수용 양상이 함께 연구되어야 할 것이다.

2. 영미 이미지즘의 개념과 이론

1) 에즈러 파운드와 이미지즘 운동

영미 이미지즘의 활동기간에 관해서는 두 가지 이견이 있다. 하나는 1909년에서 1917년까지로 보는 견해와 1912년에서 1917년까지로 보는 견해가 그것이다. 전자는 『미국문학 옥스퍼드 지침서』4), 김재근의 『이미지즘硏究』5) 등의 입장이고, 후자는 『프린스턴 시학사전』6)과 『世界文

---

4) James D.Hart(1965), 401쪽.

學批評用語事典』7), 코프먼(S. K. Coffman)의 『이미지즘』8) 등의 입장이다. 전자의 경우, 기점을 1909년으로 잡는 이유는 흄이 주동했던 시인클럽 (the Poets' Club)과 관계가 있다. 시인클럽은 이미지즘의 이론적 토대를 제공한 흄을 중심으로 1908년 구성된 몇몇 시인들의 토론 모임이었다. 흄은 이 모임에서 자신의 문학이론을 펴나갔으며, 자신의 이론을 예증하기 위해 몇 편의 시를 썼다. 그 중 「가을」("Autumn"), 「도시의 일몰」("A City Sunset") 등의 시가 시인클럽에 의해 1909년 1월에 발간된 소책자 『1908년 크리스마스를 위하여』(*For Christmas MDCCCCVIII*)에 실렸다. 그 당시에는 이미지즘이라는 명칭을 쓰지는 않았지만 이 시들은 이미지즘을 표방한 최초의 작품들이었다고 할 수 있다. 그러나 흄은 이 모임과 별도로 플린트(F. S. Flint)와 함께 새로운 모임을 구성했다. 모임에 이름을 붙이지는 않았으나 런던의 소호(Soho)에 있는 에펠 타워(the Eiffel Tower) 레스토랑에서 1909년 3월부터 모임을 가지기 시작했고, 한달 후에는 미국에서 건너온 에즈러 파운드가 가세했다. 그들은 동시대의 시의 형태가 "자유시에 의해, 일본의 단가(tanka)와 하이까이(haikai)에 의해" 대치되어야 한다는 것과 "정확한 표현을 하되 장식적인 수사를 하지 말 것"을 주장했으며, 자신들이 "현대 프랑스 상징주의 시에서 아주 많은 영향을 받았다"고 생각했다.9) 그들의 모임이 이미지즘의 이론적 씨앗을 배태하고 있었던 것은 분명하다. 그러나 그들은 아직 이미지즘이라는 용어를 사용하지도 않았고 대외적으로 문학운동을 본격적으로 펴나간 것도 아니

---

5) 김재근(1973), 10쪽.
6) Alex Preminger(1974), 377쪽.
7) 이명섭(1985), 398쪽.
8) Stanley K.Coffman(1951), 3쪽.
9) Peter Jones(1972), 15-16쪽.

었다. 이미지즘이 소위 문학운동으로서 모양을 갖추고 용어 및 개념을 확산하게 된 것은 이 모임의 구성원이었던 파운드에 의해서였다.

　1912년 봄, 파운드는 힐다 둘리틀(H. D. : Hilda Doolittle)과 리차드 올딩턴(Richard Aldington)을 만난 자리에서 최초로 그들에게 "이미지스트들(*Imagistes*)"이라는 용어를 사용했다. 같은 해 10월에 파운드는 자신의 시집 『되찌르기』(Ripostes)의 부록에 흄의 시 다섯 편을 실었으며, 서문에서 다시 "이미지스트들"(Les Imagistes)이라는 용어를 사용하며 그들이 1909년에 있었던 에펠 타워 그룹의 후예들이라고 기술했다.[10] 또한 파운드는 『시』(Poetry)지의 편집자 해리엇 몬로(Harriet Monroe)에게 보낸 편지에서 둘리틀의 시에 대해 시의 주제는 고전적이지만 이미지스트들의 간결한 언어를 사용하고 있어 현대적이라고 소개했다. 이어서 『시』지 11월호에 실린 올딩턴의 시에는 자유시를 실험하는 이미지스트 중의 하나라는 작가 소개를 붙여놓았다.[11] 이렇듯 1912년은 파운드가 이미지즘에 입각해서 시를 쓰는 일군의 시인들이 있음을 인식하고 이들을 이미지스트라 칭하며 의식적으로 이들의 존재를 알리기 시작한 해이다. 따라서 다수 비평가들의 견해이기도 하지만, 이와 같은 이유에서 볼 때, 문학운동으로서 이미지즘 운동의 기점은 1912년으로 잡는 것이 타당한 것으로 평가된다.[12]

　이후 『시』지 1913년 1월호에 실린 둘리틀의 시에는 파운드의 주장에

---

10) David Perkins(1976), 330쪽. 이 클럽을 1908년에 구성된 시인클럽(the Poets' Club)으로 잘못 이해하고 있는 경우도 있으나(백운복(1997), 99쪽), 이것은 파운드가 참여했던 1909년에 구성된 에펠 타워 그룹을 말한다.

11) Jones(1972), 17-18쪽.

12) 기점을 1912년으로 잡는 경우, 그 이유를 1914년에 나온 최초의 사화집과 관련을 시키는 경우도 있으나(문덕수(1981), 45쪽), 2년 뒤의 상황을 이것과 연결시키는 것은 설득력이 없다.

의해서 "H. D. Imagiste"라는 서명이 붙게 되었다.[13] 같은 해 3월호에는 「이미지즘」(Imagisme)이라는 제목 아래 플린트의 이름으로 세 가지 이미지즘 규칙[14]이 소개되었고, 파운드가 「이미지스트의 몇 가지 금지 조항」(A Few Don'ts By An Imagiste)을 발표했다. 이 글에서 파운드는 이미지(Image)를 "한 순간에 지적, 정서적 복합체를 제시하는 것"으로 정의하고, 이미지즘에 입각한 언어와 리듬, 운율 등의 사용에 대한 자신의 이론을 밝혔다. 1913년 여름에 파운드는 이미지스트 사화집을 만들기로 결심하고 올딩턴, 둘리틀, 플린트와 자신의 시를 선별했으며, 에이미 로월, 윌리엄 칼로스 윌리엄즈(William Carlos Williams), 제임스 조이스(James Joyce), 포드 매독스 휴퍼(Ford Madox Hueffer)[15] 등의 시를 각각 한 편씩 받아들였다. 이 최초의 사화집은 1914년 3월 뉴욕에서 『이미지스트 사화집』(*Des Imagistes: An Anthology*)이라는 이름으로 출판되었다.

1915년에 두 번째 사화집인 『이미지스트 시인들』(*Some Imagist Poets*)이 나왔고 서문에 올딩턴이 여섯 가지로 요약한 이미지즘 원칙을 발표했으나 파운드는 이미 이 운동에서 탈퇴한 뒤였다. 첫 번째 사화집이 나온 이후 에이미 로월은 향후 5년 동안 매년 사화집을 내기로 하고 이를 위한 출판비를 자신이 지원할 것을 약속했다. 그러나 매호마다 기고자들이 차지하는 원고의 분량을 민주적으로 균등하게 배분하자는 로월의

---

13) Perkins(1976), 330쪽.
14) 1) 주관적이든 객관적이든 "사물"을 직접 다룰 것.
   2) 표현에 도움이 되지 않는 말은 절대로 쓰지 말 것.
   3) 리듬에 있어서는, 메트로놈의 연속이 아닌 음악적인 구절의 연속으로 구성할 것.
15) 그는 1913년에 이름을 포드 매독스 포드(Ford Madox Ford)로 바꾸었다. 포드는 시어가 산문의 전통 위에서 언어의 명료성과 정확성을 획득해야 하며, 일상어와 정확한 단어를 사용해야 한다고 주장했다. 파운드는 이러한 포드의 시어 이론과 흄의 이미지 이론과 종합해 이미지즘 시학을 정립했다.

주장에 대해 파운드는 불합리한 제안이라 여겼고 이를 계기로 양자간의 불화가 생겼다. 파운드는 로월의 작품이 이미지즘의 기준에 못 미친다고 생각한 나머지 로월에게 그녀 자신을 이미지스트라 칭하지 말 것을 충고했다. 파운드는 시간이 지날수록 로월을 중심으로 한 이미지스트 시인들과 그들의 시가 점차 본래의 이미지즘 원칙에서 벗어나 느슨해지고 있다고 진단함으로써, 각각을 경멸적인 어조로 "에이미지스트들(Amygists)", "에이미지즘(Amygism)"이라 부르기에 이르렀다. 결국 정신적, 이론적 지도자로서 파운드가 빠진 이미지즘 운동은 세 번째와 네 번째 사화집을 1916년, 1917년에 출간한 후 문학운동으로서 종지부를 찍었다.

2) 토마스 어니스트 흄과 이미지 이론

이미지즘 운동의 발단과 전개에 중심 역할을 한 것은 파운드였다. 그는 낭만주의 시풍에서 벗어나 새롭고 현대적인 시풍을 확립해야 할 필요성을 느끼고 이미지즘 운동을 주도해 나갔다. 그는 새로운 시의 창작과 비평에 대한 탁월한 능력을 발휘했으며, 이를 바탕으로 운동의 대변자이자 지도자로서의 역할을 감당했다. 그러나 이미지즘 시학이 파운드의 독창적인 산물은 아니었다. 그는 시인클럽과 에펠 타워 그룹을 이끌었던 흄에게서 고전주의 사상에서 비롯된 이미지 이론의 영향을 받았으며, 포드 매독스 포드로부터 시어에 관한 새로운 개념들을 도입했다. 이들에게서 받은 이미지 이론과 시어 이론을 토대로 해서 그는 중국의 한시와 일본의 단시에서 받은 영향 등을 융합하여 이미지즘 시학을 모양지어 나갔던 것이다.

파운드는 흄이 1909년 3월에 조직한 에펠 타워 그룹에 4월부터 가담했다. 그 모임을 통해서 파운드는 흄의 사상을 접하게 되었다. 그 내용은 후에 「휴머니즘과 종교적 태도」, 「현대 예술철학」, 「낭만주의와 고전주의」 등의 흄의 논문에 담기게 된다. 각각의 논문에는 흄이 구분한 개념들이 대립쌍으로 나타나는데, 종교적 태도와 인간중심적 태도, 기하학적 예술과 생명 예술, 고전주의와 낭만주의 등이 그것이다. 물론 흄은 이 대립쌍들 중에서 전자들을 지지했다. 그러한 입장은 그가 세계를 "불연속의 원리(principle of discontinuity)"로 파악하는 데서 비롯된다.

흄은 근대철학을 비판하면서 실재의 영역을 수학, 물리학 등의 무기적 세계(외부 세계), 생물학, 심리학, 역사학 등의 유기적 세계(중간 세계), 윤리학, 종교학 등의 가치의 세계(내부 세계) 등으로 구분하고 이 세 영역은 각자 절대적인 세계이므로 상호 연결될 수 없다고 본다. 그러나 르네상스 이후의 철학은 이 영역들을 "연속의 원리(principle of continuity)"로 파악하고 서로의 영역을 넘나드는 혼란을 일으켜 여러 가지 오류를 초래했다는 것이다. 그 결과가 인간을 세계와 일체의 가치 판단의 중심으로 보는 인간중심적 태도이며, 예술과 문학에 있어 생명 예술과 낭만주의로 나타났다는 것이다. 그러나 그는 인간은 원죄를 짊어진 유한하고 불완전한 존재이므로 종교의 구원을 통해 비로소 완전한 존재가 될 수 있다는 종교적 태도를 지지했다. 따라서 예술에서는 생명의 기쁨보다는 종교적 감동을 주는 이집트, 인도, 비잔티움 등의 기하학적 예술을, 문학에서는 고전주의를 지지했다.

이러한 흄의 사상은 베르그송의 이미지와 직관 이론을 이어받고 있다. 그의 탁월한 논문 「낭만주의와 고전주의」에 따르면 낭만주의는 인간이 본질적으로 선한데 환경에 의해 타락한다고 보고 인간의 본성을 무한한 샘물 혹은 저수지로 파악한다. 이에 반해 고전주의는 인간의 능력은 물통에 담긴 물처럼 본질적으로 유한한데 질서와 전통에 의한 훈련을 겪음으로써 훨씬 품위 있는 존재가 될 수 있다고 본다. 흄은 인간의 무한성을 믿는 낭만주의 시는 상상력의 비상(飛翔)을 중심으로 쓰여지며, 언제나 심연을 넘어 영원한 대기 속으로 날아다니고, 한 줄 건너 무한이라는 낱말을 사용한다고 비판한다. 따라서 종말을 향해 가는 축축한 낭만주의에서 벗어나 정확한 묘사를 추구하는 것이 시의 올바른 목적이라는 사실을 깨닫고 고전에 담겨있는 담담한 견고성을 찾아야 한다고 주장한다. 이어서 흄은 간결하고 견고한 고전주의적 시의 시대가 도래하고 있음을 예언하면서, 시와 산문의 비교를 통해 시각적인 언어와 이미지의 중요성을 강조한다.

> 산문에서는 대수학에서처럼 구체적인 사물들이 기호나, 진행과정 속에서 전혀 시각화되지 않고 규칙에 따라서 움직이는 계수기(計數器)에 의해 표현된다. 산문에서는 대수학의 함수와 같이 자동적으로 움직여 어떤 다른 배열로 바뀌는, 언어의 유형적 관계와 배열이 있다. 우리는 단지 그 과정이 끝났을 때 X와 Y를 다시 구체적인 사물로 바꾸어놓기만 하면 된다. 여하튼 시는 어떤 측면에서는 산문의 이런 특성을 회피하려는 노력이라 할 수 있다. 시는 계수기의 언어가 아니라 시각적이고 구체적인 언어인 것이다. 그것은 감각을 송두리째 전달하려는 직관의 언어와의 화해이다. 그것은 항상 우리의 주의를 끌고, 계속해서 구체적인 것을 바라보게 하며, 우리가 추상적인 과정 속으로 미끄러지는 것을 막으려 애를 쓴다.16)

시인은 배가 "항해했다(sailed)"고 하는 대신 "바닷길을 달려갔다(coursed the seas)"고 표현함으로써 구체적인 이미지를 획득할 수 있다. 시각적인 의미는 오로지 비유의 새 그릇에만 담겨질 수 있는데 산문은 그것을 흘려 버리는 낡은 항아리이다. 시에 있어서 이미지란 단순한 장식품이 아니라 직관적 언어의 본질 바로 그것이라는 말이다.17)

---

16) T.E. Hulme(1958), 13쪽.

낭만주의 시가 지닌 감정의 상투적 표현과 의미의 추상화로부터 탈피해서 고전주의에 입각한 정확, 정밀, 명확한 표현으로 고담하고 견실한 시를 쓰기 위해서는 시각적 이미지가 필수적이다. 파운드는 이러한 흄의 이론 속에서 시적 장치로서 이미지의 필요성을 깨닫고 이를 전경화시킨다. 파운드는 이미지를 "지적, 정서적 복합체를 한 순간에 제시하는 것"이라 정의하고 그러한 복합체를 한 순간에 표현하는 것은 우리에게 갑작스러운 해방감, 시공의 한계에서의 자유로워지는 느낌을 주며, 우리가 위대한 예술 작품 앞에서 경험하는 갑작스러운 성장의 느낌을 갖게 한다고 주장했다.[18] 흄의 사상에서 비롯된 이러한 파운드의 이론에서 우리는 그가 주장하는 이미지가 단순한 회화성만을 의미하는 것이 아님을 알 수 있다. 그것은 대상에 대한 인식론과 그에 따르는 표현의 문제인 것이다.

3) 이미지즘 이후

파운드는 이미지즘을 알리는 초기 단계에서 잘못되었다기보다 불완전한 점이 있었음을 인정하면서, 일부 시인들이 이를 손쉬운 의미로 받아들여 이미지를 단지 정적인 이미지로 간주했음을 비판했다. 즉, 이미지즘 또는 파노포에이아(phanopoeia)는 고정된 이미지가 아닌 "동적 이미지(the moving image)"를 내포하는 것으로 받아들여야 한다는 것이다.[19] 그러나 결국은 이미지의 개념이 지닌 모호성과 애매성으로 인해 이미지즘이 에이미지즘으로 왜곡되고 그로 인해 파운드는 이미지즘 운동에서

---

17) Hulme(1958), 13쪽.
18) Jones(1972), 130쪽.
19) Ezra Pound(1961), 52쪽.

탈퇴하게 되며, 뒤이어 이미지즘 운동은 막을 내리게 된다.

이 과정에서 드러난 이미지즘의 한계를 코프만은 세 가지로 요약한다. 첫째, 시를 단일한 이미지로 제한함으로써 장시의 형성을 불가능하게 했고, 둘째, 시의 관념이나 의미의 중요성을 받아들이지 않았으며, 셋째, 시의 구조에 주의를 기울이지 않았다는 것이다. 이러한 한계로 인해 이미지즘은 일군의 작가들이 예술적으로 발전해나가는 한 단계에 불과했다고 그는 주장한다.[20] 그러나 이미지즘의 영향은 그들의 후기 작품에 명백하게 남아있는 것 또한 사실이다. 다시 말하면 이미지즘의 이론을 교조적으로 추종한 시인들은 이론을 만족시키려다가 한계에 부딪힌 데 비해서 파운드, 엘리엇, 윌리엄즈 등은 이미지즘의 한계를 넘어서서 이미지즘을 자신의 시학을 발전시키는 주추로 삼았던 것이다.

이미지즘 운동을 확립시킨 파운드는 흄의 이론을 토대로 이미지를 지적, 정서적 복합체로 규정했다. 그러나 로월을 비롯한 몇몇 이미지스트들은 시의 의미와 그에 따른 복합적 구조의 중요성을 등한시하고 회화성만을 천착한 나머지 내용 없는 정태적 이미지를 포착하는 데 머물렀다. 이에 비해 파운드는 역동적 이미지의 복합적 구성을 추구하기 위해 소용돌이파(Vorticism)로 나아갔다. 소용돌이파는 성공한 문학운동은 아니었으나 파운드로 하여금 이미지의 병치를 통해 단일한 인상적 그림을 넘어서서 시의 입체적인 구성을 가능케 했다. 윌리엄즈 또한 이미지즘에서 시작된 자신의 시를 객관주의(Objectivism)를 통해 확장시켜 나갔으며, 엘리엇은 자신의 시학을 객관상관물 이론과 몰개성의 시론으로 발전시켰다. 이들은 모두 이미지즘에서 출발하여 자신들의 모더니즘 시학

---

20) Coffman(1951), 215-216쪽.

을 확장시켜 나간 주요 시인들이었다.

특히 엘리엇은 이미지스트로 불리지도 않았고 대외적으로 이미지즘의 이론을 옹호하거나 지지한 적도 없지만, 「서곡」("Preludes"), 「바람부는 밤의 광시곡」("Rhapsody on a Windy Night") 등 그의 몇몇 시들은 이미지즘 운동의 이론 및 실천에 밀접하게 연관되어 있음을 보여준다. 이 시들은 많은 이미지지트들의 시처럼 묘사적이지만, 단순히 묘사적이라기보다는 분석적이고 환정적이다. 그는 흄에게 단지 이미지의 중요성만을 빌려왔던 이미지스트들과는 달리 흄이 그의 미학을 형성해가던 1909년, 1910년경에 흄의 이론과 가장 근접한 시들을 쓰고 있었다. 그는 이미지즘 운동이 이미 진행 중이었을 때 런던에 도착했고, 그 후 일시적으로 그 멤버들과 알게 되었지만 이미지즘의 원칙들을 접하게 된 것은 파운드를 통해서였다. 엘리엇은 흄을 한 번도 만난 적이 없었고 흄의 이론을 상세히 알게된 것 또한 1924년 흄의 사후에 발간된 『사색』(*Speculations*)을 통해서였을 것으로 추정된다.

그러나 코프만은 엘리엇이 파운드보다도 더 완전하게 "시에서 이미지의 본질과 기능"을 이해했다고 평가한다. 엘리엇은 미나 로이(Mina Loy)에 대해서 이렇게 썼다. "그녀에게는 출발의 순간에 불과할 지라도 이미지의 토대가 필요하다. 이 시에서 볼 때 그녀는 추상적이며 언어가 사물과 분리되어지기 때문이다."21) 이렇듯 그는 이미지를 편리한 애매성으로 받아들이지 않았다. 이미지는 시인이 독자들에게 그의 주제와 직접 접촉을 할 수 있게 하는 장치라고 생각했다. 엘리엇은 이미지즘 시론을 만족시키면서도 그것을 넘어서고 있었던 것이다.

---

21) Coffman(1951), 216쪽.

결국 이미지를 시적 장치로 삼고 더 큰 틀을 향해 나아간 시인들은 성공했지만 이미지 안에 갇혀있던 시인들은 잊혀져 갔다. 이런 점에서 볼 때, 이미지즘은 용어 선택 자체에 문제가 있는 것으로 보인다. 달리 말해서 이미지즘이 회화적 이미지 즉 시각적 이미지를 중시하는 것을 넘어서서 사물과 대상의 인식 방법론이었다고 할 때, 이미지즘이라는 용어는 이를 담아내기에는 부적절하고 협소한 명칭이었던 것으로 생각된다. 용어와 더불어 이미지에 대한 추상적인 개념 정의는 이미지즘을 왜곡된 방향으로 흘러가게 만든 원인의 하나가 되었다.

3. 영미 이미지즘 이론의 한국적 수용

1) 1920년대의 이미지즘 수용 양상

영미 이미지즘을 한국 문단에 처음 소개한 것은 황석우였다. 그는 1919년 『每日申報』에 기고한 「詩話」에서 처음으로 "寫象派"라는 명칭을 사용하면서 "그 內容으로 보다도 色彩 香 音響의 配列 形式 如何에 區別되는 者"[22]라고 설명하고 있다. 또한 같은 해에 「朝鮮詩壇의 發足点과 自由詩」에서 그는 우리 시단이 자유시로부터 출발하여 "象徵詩, 惑 民衆詩, 人道詩, 惑寫象詩"[23] 등으로 나가는 것이 가장 현명한 순서라고 주장했다. 이에 비추어 우리는 그가 이미지즘을 내용보다는 감각적 요소들의 배열과 자유시형 등 형식적인 면을 중시하는 유파로 받아들였다는 것을 알 수 있다.

---

22) 황석우(1919), 김학동(1981), 84쪽에서 재인용.
23) 황석우(1919), 김학동(1981), 85쪽.

1924년에는 『開闢』 제2호에서 박영희가 이미지스트를 "寫象主義者(임매지스트)"로 부르며 로월, 둘리틀, 올딩턴, 플린트, 플레처 등을 소개하고 있다. 그는 로월의 시 형식이 산문율(Prose Rhythm)로 된 것이 많다는 지적과 함께 아메리카 현대시의 특징을 "纖細하고 強烈한 感覺"을 가진 것으로 소개한다.24)

한편 김기진이 1925년 『개벽』 제4호의 「현시단과 시인」이라는 글에서 이상화를 "이매지스트(imagist)"라고 칭하며, 그를 "환상시인(?)"이라 평한 것에 대해, 양주동은 "'Image'란 말이 보통 '映像', '影象' 등으로 번역됨으로 군은 'Imagist'를 환상주의자로 취의함인듯 하다"25)고 반박한다. 이렇듯 부분적인 오류는 있었지만 1925년까지는 이미지즘의 용어와 기본 개념이 도입되었다. 특징적인 것은 이미지즘의 시가 산문율과 자유시형을 가졌으며 감각을 중시하는 것으로 수용하고 있다는 것이다.

이러한 초기 단계의 도입은 양주동에 의해 본격화된다. 『朝鮮文壇』에 실린 「正誤二三－金基鎭君에게」라는 글에서 그는 이미지즘을 "寫象主義"로 칭하며 이미지스트 6원칙을 요약한다.26) 물론 이 원칙들은 1915년 두 번째 사화집 『이미지스트 시인들』의 서문에 실렸던 것을 말한다. 일부이지만 이 원칙들이 소개되었다는 것은 이전의 단편적인 용어와 개

---

24) 『開闢』 제2호(1924), 87쪽. 송순애(1981), 13쪽에서 재인용.

25) 양주동(1998), 58쪽.

26) 양주동(1998), 58쪽.
　　양주동은 이 글에서 사상주의의 대표적 시인은 "아미류웰 여사를 필두로 하야 '리쵸드 올딘튼', '티 에취 로렌스' 등 다수의 시인"이라며 사상주의의 주장의 일부를 열거한다.
　　"1. 일상용어를 쓸 것
　　2. 신 기분의 표현을 위하야 신 선율을 만들 것
　　3. 영상을 표현할 것: 우리는 화가는 아니나 개개의 사물을 적확히 표시하며 애매한 개괄적 언사를 쓰지 아니함"

념의 도입에서 피상적이나마 이미지즘의 윤곽을 파악할 수 있는 상황으로 진전했음을 의미한다. 그러나 양주동이 이미지즘을 "근대자유시사에서 미국의 자유시인 휫트맨과 및 불란서의 자유시파의 영향 밑에서 자유시를 완성코저 일어난" "표현형식에 관한 자유시운동"27)으로 이해한 것이나, 정인섭이 "寫象派(Imagism)란 後期印象派의 美術이 詩歌에 影響된 것"28)이라고 단정지은 것 등은 일면 수긍이 가는 점이 있으나 정확치 못한 소개였다. 자유시형식은 19세기에 휘트먼이 확립시킨 것이라 할 수 있다. 따라서 한 세대 후에 이미지스트 시인들이 그 영향을 받았다는 것은 충분히 근거가 있다. 그러나 이미지즘이 자유시를 완성하기 위해 미국에서 일어난 자유시운동이라는 것은 옳지 않다. 또한 동시대 미술과의 관련성이 전혀 없을 수는 없지만 이미지즘이 회화성을 강조한다고 해서 문학운동으로서 그 본질이 미술의 한 유파에서 왔다고 할 수는 없다. 주요 이미지스트의 하나인 플린트도 1913년『시』지에 실린 「이미지즘」에서 이미지스트들이 후기인상파나 미래파 등과 아무런 공통점이 없다고 밝히고 있다.29)

20년대 이미지즘 이입의 또 한 가지 특징은 이미지즘의 선구적 역할을 했던 흄과 운동의 주역이었던 파운드가 거의 소개되지 않거나 소홀하게 다루어지고 있다는 것이다. 1914년에 첫 사화집을 낸 뒤, 파운드는 이미지즘 운동이 자신이 추구하던 바와 다른 방향으로 흘러가자 그 그룹에서 탈퇴했다. 그러나 이미지즘에 대한 논의에서 이미지즘 운동의 산파였으며 그 시학의 정초를 놓은 파운드와 그에게 이론적 근거를 제

---

27) 양주동(1998), 58쪽.
28) 정인섭(1981), 18쪽에서 재인용.
29) Jones(1972), 129쪽.

공한 흄을 제외시킬 수 없다. 그럼에도 불구하고 20년대 한국 문단에서는 파운드와 결별한 뒤 일군의 시인들을 이끌고 파운드의 노선과 다른 방향으로 나갔던 로월에 대한 소개가 가장 두드러진다. 양주동은 「現代英詩槪觀」(1), (2)에서 파운드는 시인이며, 고전학자이고, 역시가(譯詩家)로서 간략하게 소개하고 있는 데 비해,30) 로월에 대해서는 영시단에서 지위가 정평이 나있으며, "사상파의 巨將이요, 미국 詩界의 원로요, 중진"으로 소개하고 있다.31) 이러한 소개는 당시 영미시단의 현황과는 거리가 있으며, 20년대의 한국 시단이 이미지즘이라기보다는 에이미지즘을 먼저 수용했음을 보여준다.

이와 같이 20년대 한국 시단은 이미지즘을 용어에서 시작하여 그 원칙들까지 소개함으로써 시단에 충격을 주고 신선한 기운을 일으켰다. 그러나 그것은 흄과 파운드 즉, 핵심이 빠진 표피적인 차원의 수용이었다. 따라서 이미지즘의 수용이 당시를 풍미하던 낭만주의적 감상과 모호성을 탈피하는 데 중요한 역할을 했지만, 기법으로서 회화성만을 강조한 나머지 기교주의로 흐를 위험성을 안게 되었다. 이러한 이미지즘의 표피적 이입은 30년대에 들어와 흄의 사상과 파운드의 이론이 이입되면서 점차 심화, 확장되어 갔던 것이다.

2) 1930년대의 이미지즘 수용 양상

1930년대 이미지즘의 수용 양상의 가장 큰 특징은 이미지즘의 이론적 토대를 제공했던 흄의 사상이 소개되고 있다는 점이다. 그것은 이미

---

30) 양주동(1988), 287, 316쪽.
31) 양주동(1998), 324쪽.

지즘의 도입이 기법이나 형식의 차원을 넘어서서 이론적, 사상적 배경에 이르는 깊이를 획득하고 있음을 의미한다. 이미지즘의 가장 중요한 논제인 이미지의 회화적 특성도 단순한 표현 기법이 아닌 대상에 대한 새로운 인식 방법으로 수용된다.

흄을 이미지즘의 이론적 지도자로 처음 소개한 것은 최재서였다. 1934년에 그는 「現代主智主義文學理論」에서 흄이 주장한 新傳統은 "科學的絶對態度, 幾何學的藝術, 古典主義的文學"[32]이라며 흄 사상의 핵심을 요약한다. 또한 김기림은 1935년에 흄의 "非人間的인 古典主義"는 "「빅토리아니즘」의 飽和된 人間主義에 대한 비판"이며 "高度로 發達된 現代文明 그自體의 本質"이라고 지적한다.[33] 흄의 이론에 비추어 보면 시의 골격은 고전주의의 근간인 지성이며 그 육체는 인간성에 대해 무제한으로 신뢰하는 낭만주의 휴머니즘이므로, 부정적이며 육체적인 휴머니즘에 고전주의정신으로 질서를 주고 형상을 주어야 한다는 것이다. 이것은 곧 고전주의는 지성을 토대로 한 주지적 성격을 가졌으며 이를 바탕으로 한 시는 "情意를 避한다고 宣言"[34]하는 시라는 의미이다.

시에 있어서 지성을 강조하는 이러한 태도는 흄에서 비롯된 이미지즘이 파운드가 정의한 이미지의 개념처럼 지적, 정서적 복합체를 제시해야 한다는, 다시 말해서 이미지가 단순히 선명한 그림을 제시하는 것에 그쳐서는 안 된다는 것을 가리킨다. 그것은 이미지즘이 시간성과 음악성을 중시한 낭만주의와 상징주의에서 벗어나 공간성과 회화성을 중시

---

32) 최재서(1934), 송순애(1981), 28쪽에서 재인용.
33) 김기림(1947), 226쪽.
34) 『人文評論』(1940), 10쪽.

하는 새로운 가치를 인식하는 태도에서 비롯된 것임을 나타낸다. 즉 19세기의 낭만주의와 상징주의가 집착했던 서정시에서 벗어나 시각적 영상미의 가치인식을 통해서 조각성, 회화성을 추구해야 한다는 것이다.

김기림은 이 회화성을 외형적인 미와 내용적인 미로 구분한다. 외형미는 "文字가 活字로서 印刷될 때의 字形配列의 外形的인 美"를 말하며 입체파 이후 "外形的 形態美만을 追求하는 極端의 詩派『형식주의』까지"를 지칭한다. 내용미는 "讀者의 意識에 可視的인 影像을 出現시키는 것을 目的으로 하는 때의 그 詩의 內容으로서의 繪畫性"이고, "『올딩턴』, 『커밍쓰』, H.D 等의 寫象派의 露骨한 目的意識이었으며 『파운드』가 말한 『파노포이아』"라며 시 발전의 대세는 역시 회화성에 있음을 강조한다.[35] 이 말은 그 이미지즘의 회화성은 내용미에 있음을 가리키며, 기법으로서 회화성만을 강조하던 20년대의 수용 차원에서 한 차원 심화된 인식을 보여준다.

김기림은 여기서 한 걸음 더 나아가 "詩는 오직 다만 한 개의 이미지나 메타포를 가져야된다는 말"을 비판하고, 장서언의 「古花瓶」[36]에 대해 연상에 의해 서로 다른 두 개의 이미지를 결합시킴으로써 갖게 되는 입체적 구성의 효과를 지적한다.

이 시인은 한번 언뜻 보기에는 관계가 지극히 먼 듯한 두 단어(다시 말하면 이것이 대표하는 두 「이미지」)를 결합시킴으로써 훌륭한 효과를 나

---

35) 김기림(1947), 150쪽.
36) 古磁器 항아리 / 눈물처럼 굽으러진 억개에 / 두 팔이 업다 // 파라케 어렷다. / 늙은 看護婦처럼 / 孤寂한 항아리. // 愚鈍한 입슬로 季節에 어그러진풀을 담복 물고 / 그 속에 한울빗을 이즌 한五合 남은 물이 / 山ㅅ골을 꿈꾸고 잇다 // 떠러진 花瓣과함게 깔린 푸른 黃昏 그림자가 / 거북을 타신 모양하고 / 窓을 너머 터덜터덜 너머갈 때 / 고요히 품는 / 淡淡한 香氣 -장서언, 「古花瓶」

타냈다. 이 시에서 「이미지」의 聯想은 거의 고전적 풍모를 갖추고 있다. 그것은 시의 매우 세련되고 질서 있는 감성의 소산이라고 생각한다. 직각적으로 매우 확실한 그의 감성은 이 시에 사용된 개개의 「이미지」에 造塑的 정확상을 준다.……아주 명료하고 투명한 회화성을 가지고 있는……. 억지로 말한다면 사상파(「이마지스트」)의 계통에 속하는 시일 것이다.[37]

즉, 그가 회화적 기법으로서 이미지의 개념을 넘어서서 이미지를 조소적 명확성을 지닌 시 구성의 기본 단위로 보고 있음을 나타낸다.

김기림은 자신의 시 「西班牙의 노래」[38]를 분석하는 글에서도 시의 각 행이 대표하는 이미지는 각각 다르며, 연상작용에 의하여 한 이미지는 다른 이미지를, 그 이미지는 또 다른 이미지를 불러온다고 주장하고 이를 "聯想의 飛行"이라 부른다.[39] 이러한 태도는 앞서 지적한 엘리엇의 그것과 유사하다. 하나의 이미지는 직관에 의해서 순간적으로 제시되지만 이 이미지들을 구성하고 조직하는 것은 지적인 작용이다. 이 과정을 통해 한 편의 시는 단일한 이미지로 된 강렬한 인상에 그치지 않고 보다 복합적인 내용과 주제를 구성해낼 수 있게 된다. 이 때 시인은 자연스런 감정의 발로로서가 아니라 제작자로서, 건축가로서 시를 쓰게 되는 것이다.

김기림은 이미지즘 이론의 수용을 한 차원 심화시킴과 동시에 이미지즘의 폐단에 대해 비판한다. 이미지즘에 대한 그의 비판은 두 가지로 요

---

37) 김기림(1988), 332쪽.

38) 「포플라」의 마른 가지에 가마귀 한 마리/검은 묵바울가튼 검은 가마귀/「웨스트민스타」의 寺院의 종이/大英帝國의 黃昏을 느껴 (껴, 껴, 껴) 우는 소리ㅡ/가마귀는 거문 「징키쓰시칸」의 後裔올시다/하나 지금은 營養不足으로 卒倒의 症勢까지 보입니다/紳士는 아니외다/葬式의 行列에 끌려가는 「알폰소」廢皇陛下의 帽子는 四十五度로 기우러저 잇습니다/「사모라」의 키보다 큼니다/「칼멘」아 노래 불러라/서반아의 피를 마시면서 ㅡ 김기림, 「서반아의 노래」

39) 김기림(1988), 334쪽.

약될 수 있다. 하나는 이미지즘이 이미지를 애완하는 기법 차원에 머문 나머지 인상적인 그림을 그리는 데 그쳤다는 것이고, 다른 하나는 현실에 대해 도피하려는 자세를 가졌다는 것이다. 이러한 비판의 기저에는 30년대 초반의 이미지즘이 기교파에 범주에서 벗어나지 못하고 있다는 인식에서 비롯된다.

> 技巧派를 다시 精密하게 分類한다면 그 中에서 言語에 對한 古典主義的 信念을 詩論으로한 一派와 一群의 尖銳한 形而上學派와 數에 있어서 그보다 더 많은 寫象派로 區分할수가 있다. 그러나 그들은 모다 現實에 대하야 逃亡하려는 姿勢를 가지는 點에서 一致한다.[40]

이미지즘이 회화적인 기법에 충실하여 인상적인 이미지 만들기에 치우치면 낭만주의나 상징주의와 똑같은 오류를 범하게 되며, 현실 비판과 수용에 소극적인 자세를 갖게 된다는 것이다. 이와 관련하여 그는 시가 사물에 대하여 가지는 관계를 추출한 뒤,

> A. 事物을 通하여 詩人의 마음을 노래하는 것.
> B. 事物에 對하여(또는 事物에 부대처서) 詩人의 마음을 노래하는 것.
> C. 物의 印象
> D. 詩 自體의 構成을 위한 事物의 再構成

이에 상응하는 것으로써 근대시의 역사를 대략 네 가지로 구분한다.

> 1. 表現主義時代. ―로맨틱 象徵派, 表現派까지를 包含한다.
> 2. 印象主義時代. ―寫象派
> 3. 過渡時代. ―超現實派, 모더니스트―
> 4. 客觀主義[41]

---

40) 김기림(1947), 142쪽.

이 분류의 특징은 엘리엇을 포함한 모더니즘을 객관주의에 이르기까지의 모색의 시대인 과도시대로 보았다는 것과 최종으로 도달해야 할 소위 객관주의를 "시가 주관의 방편이 아니고 시가 사물을 재구성하여 시로써 독자의 객관성을 구비하는 그러한 새로운 가치의 세계"[42]로 보았다는 점이다. 그는 이러한 객관주의의 시는 아직 발화하지는 않았으나 도달하지 않은 것도 아니라고 말하며, 우리 시단에서 낡은 표현주의적 풍조를 일소하기 위해서는 객관주의적 시의 방향으로 가야 한다고 주장한다.

김기림은 또한 "시인의 정신의 「포즈」"를 세 가지로 분류하면서,

> 1. 내 자신을 노려봄.
> 2. 나에게 반영된 세계를 굽어봄.
> 3. 나를 통하여 세계를 바라봄.
> 「이마지스트」(寫像派) 이전의 모든 유파와 시인의 정신적 「포즈」는 대체로 제1의 것이었다.
> 「이마지스트」의 정신적 「포즈」는 제2의 것이다.[43]

제2항의 이미지스트들의 경우까지는 시인들이 현실에서 될 수 있는 대로 멀리 떨어져서 그것을 피하려고 했으며, 이들의 시는 다시 말하면 「리비스」의 소위 "「은퇴의 시」"[44]였다고 비판한다. 따라서 오늘의 시인에게 요망되는 「포즈」는 문명에 직면하는 것이며, 이를 위해 비시적(非詩的)인 재료일지라도 그의 손에 닿는 모든 것을 수용해야 하고, 다만

---

41) 김기림(1947), 165-166쪽.
42) 김기림(1988), 118쪽.
43) 김기림(1988), 183쪽.
44) 김기림(1988), 183쪽.

그 현란하고 풍부한 재료에 압도되지 않기 위하여 강인한 감성과 건실한 지성의 날을 갈아야 한다고 주장한다.

엘리엇의 경우도 "「빅토리안」의 꿈나라와 「죠지안」의 전원과 「이마지스트」의 美學의 동산에서 시를 현대문명의 「황무지」속에 끌어내 오기까지는"[45] 하였으나 거대한 현실에 압도되어 겨우 충실한 카메라와 같이 향수 할뿐이었고, 굳센 비판까지는 나가지 못하였다고 진단한다. 물론 엘리엇의 『황무지』에 대한 이해가 부족하고 지향해야 할 방향으로서 앞서 언급한 객관주의에 대한 정의가 모호하기는 하나, 이러한 진단은 이미지즘 수용의 문제점을 파악하고 한국 모더니즘 시학의 전개 방향을 제시하고 있다는 점에서 특기할 만하다.

김기림은 이후 영미 이미지즘 이론의 수용을 바탕으로 엘리엇의 시학과 리차즈(I. A. Richards)의 과학적 비평 및 심리학적 비평 등을 받아들이며 전체성의 시론으로 나아간다. 절충주의라는 비판을 받기도 하지만, 지성과 인간성, 휴머니즘과 고전주의, 모더니즘과 사회성을 종합하여 전체성을 획득하려는 그의 태도는 범람하는 서양 문명을 비판적으로 수용하고 거시적인 안목에서 한국문학에 접목시키려 했다는 점에서 시사하는 바가 크다.

4. 맺음말

영미 이미지즘의 한국 수용 과정은 한국현대문학사에서 제기되어온 몇 가지 논의에 중요한 단서를 제공한다. 그러한 논의에는 주지주의, 모

---

45) 김기림(1988), 184쪽.

더니즘 등과의 관계 설정이나 모더니즘 운동의 기점 설정 문제 등이 포함된다. 각각의 논의를 전개시켜 나가기 위해서는 먼저 영미 이미지즘이 발신자로서 어떤 과정을 통해 형성되었는가를 정확히 파악하는 작업이 선행되어야 하고, 이를 토대로 한국 문학에 이입되는 과정을 면밀히 검토함으로써 현대문학사에 마땅한 자리 매김을 하는 것이 필요하다.

영미 이미지즘은 1912년 파운드를 중심으로 시작된 문학운동이다. 그는 고전주의에 바탕을 둔 흄의 이미지 이론과 포드의 시어 이론의 영향을 받아 이미지즘 시학을 정립했다. 그러나 로월과의 불화를 계기로 운동에서 탈퇴하게 된다. 이후, 로월이 주도하는 이미지스트 그룹의 활동은 이미지즘을 교조적으로 해석한 나머지 스스로의 한계를 벗어나지 못하고 1917년 네 번째 사화집을 출간한 뒤 소멸된다.

이러한 문제점을 안고 있는 영미 이미지즘은 한국에 수용되는 과정에서 그 문제점을 그대로 노출한다. 1920년대 말까지 이미지즘의 용어와 개념을 이입했으나 기법으로서 회화성만을 중시한 나머지 정태적인 이미지 형성에 머물렀으며, 이미지의 병치 등을 통한 중층 구조나 역동적 이미지의 복합적인 구성에까지 나아가지 못했다. 앞서 지적한 바대로 이미지즘 시학의 핵심이었던 흄과 파운드의 이론이 아닌 로월을 중심으로 이미지즘을 먼저 수용했던 데 그 원인이 있는 것으로 보인다.

그러한 이미지즘 이입의 결과는 1930년대 초반에 이르러 회화성의 지나친 강조와 언어의 말초화 현상을 나타내며 기교주의에 빠지는 폐단을 낳게 된다. 그러나 1930년대 중반에 파운드와 특히 흄의 이론이 이입되면서 이미지즘의 수용이 심화되는 양상을 보인다. 기법으로만 받아들였던 이미지즘의 회화성을 새로운 가치로 인식하게 되었으며, 고전주의 사상을 배경으로 무절제한 감정에 질서와 형상을 부여하는 원리로서

지성의 역할을 수용하게 되었다.

시창작과 비평의 양면에서 이러한 논의에 앞장섰던 인물은 김기림이었다. 파운드, 엘리엇 등의 영미 주요 시인들이 이미지즘에서 출발하여 이를 극복하고 모더니즘 시학을 형성해갔듯이, 김기림은 이미지즘의 수용과 실천에 선구적 역할을 담당했으며, 또한 기교주의로 흐르는 사상파 시인들을 비판하는 과정에서 이미지즘의 한계를 극복하고, 한국 모더니즘 문학의 형성과 발전에 지대한 영향을 끼쳤다. 나름의 약점을 안고 있으나 명징한 이미지들에 의한 복합적 구성과 지적인 절제를 통해 문명비판으로 나아가려 했던 김기림의 장시 『氣象圖』는 이 시기의 의미 있는 성과라 할 수 있을 것이다.

〔홍은택〕

참고문헌

김기림, 『金起林全集·2』, 김학동·김세환 편, 심설당, 1988.

______, 『詩論』, 백양당, 1947.

______, 「詩와 科學과 會話」, 『人文評論』, 2, 제5호, 1945.5.1.

김재근, 『이미지즘硏究』, 정음사, 1973.

김학동, 『韓國近代詩의 比較文學的 硏究』, 일조각, 1981.

문덕수, 『韓國 모더니즘詩 硏究』, 시문학사, 1981.

백운복, 『시의 이론과 비평』, 태학사, 1997.

백 철, 『조선신문학사상사-현대편』, 백양당, 1950.

송순애, 「이미지즘의 韓國的 受容樣相에 關한 硏究」, 서강대학교 대학원, 1983.

오세영, 『20세기한국시연구』, 새문사, 1991.

양주동, 『梁柱東全集·11』, 동국대학교출판부, 1998.

이명섭 편, 『世界文學批評用語事典』, 을유문화사, 1985.

정인섭, 「今年의 英文壇」, 『新生』 제12호, 1929.

정한모, 「한국 근대시 연구의 반성」, 『현대시』 1집, 1984.

조연현, 『한국현대문학사』, 성문각, 1969.

조지훈, 『현대시문학사』, 조지훈전집 7권, 일지사, 1973.

최재서, 「現代主知主義文學理論」, 『朝鮮日報』 1934.

황석우, 「詩話」, 『매일신보』, 1919.

______, 「조선문단의 발족점과 자유시」, 『매일신보』, 1919.

Coffman, Jr., Stanley K. *Imagism*. New York: Octagon Books, 1977.

Hart, James D. *The Oxford Companion to American Literature*. New York: Oxford UP, 1965.

Hulme, T. E. *Speculations. Ed. by Herbert Read.* London: Routledge & Kegan Paul, 1924.

Jones, Peter. ed. *Imagist Poetry.* New York: Penguin Books, 1972.

Perkins, David. *A History of Modern Poetry: From the 1890s to the High Modernist Mode.* London: Belknap Press, 1976.

Pound, Ezra. *ABC of Reading.* London: Faber and Faber, 1961.

Preminger, Alex. ed. *Princeton Encyclopedia of Poetry and Poetics.* London: The Macmillan Press, 1971.

『서유견문』의 '문명'론과 번역의 정치학

1. 『서유견문』과 '번역'의 문제

『서유견문』[1]의 국한문 혼용 문제는 우선 저자인 유길준의 언문일치 의식과 계몽 의식이라는 관점에서 논의되었다. 김윤식·김현은 일찍이 『한국문학사』에서 『서유견문』이 언문일치의 언어관에 의거하여 국한문을 혼용하고 있다는 점을 높이 평가한 바 있다. 위 책에 의하면, 『서유견문』의 국한문 혼용체는 이 시기에 "한글, 다시 말하자면 대중의 압력이 한문을 압도하기 시작했"음을 보여주는 현상이다.[2] 그렇지만 한자 위주의 아래와 같은 글쓰기에 대해 '한글이 한문을 압도' 운운하는 것은 지나친 판단일 것이다. 더구나 『서유견문』은 대중을 독자로 설정하고 씌어진 책이 아니다. 따라서 유길준의 국한문 혼용은 대중이나 한글의 압력이라는 점만으로는 해명되지 않는다.

---

1) 유길준에 대한 언어학계의 관심은 1) 국한문 혼용 문제 2) 외래어 수용 문제 3) 문법 연구 문제 에 집중되어 있다. 앞의 두 가지 문제는 주로 『서유견문』을 중심으로, 마지막 문법 연구 문제는 1909년 간행된 『대한문전』을 중심으로 논의되었다. 유길준에 대한 국어학계의 관심에 대해서는 이병근, 「유길준의 어문사용과 '서유견문'」, 『진단학보』, 2000, 309-311쪽 참조.

2) 김윤식·김현, 『한국문학사』, 민음사, 1973, 82쪽.

일(一)은 어의(語意)의 평순(平順)홈을 취호야 문자룰 략해(略解)호는 자라도 이지(易知)호기룰 위홈이오, 이(二)는 여(余)가 서(書)룰 독(讀)홈이 소(少)호야 작문호는 법에 미숙흔 고로 기사(記寫)의 편이(便易)홈을 위(爲)홈이오, 삼(三)은 아방(我邦) 칠서(七書) 언해(諺解)의 법(法)을 대략 효칙(效則)호야 상명(詳明)홈을 위홈이라.(I :8)3)

서문에서 유길준이 국한문 혼용의 의도를 말하고 있는 부분인데, 여기에는 독자와 저자의 편의 외에 다른 이유가 하나 더 있다. 즉 유길준은 '중국의 칠서를 우리말로 번역해 온 방법을 본받아 의미를 상세하고 분명하게 하기 위해서' 국한문혼용체를 취했다고 말하고 있다. 『서유견문』을 쓰면서 유길준은 '어떻게 번역할 것인가'라는 문제를 여러 각도에서 고심했던 것으로 보이는데,4) 국한문의 혼용 역시 번역 방식에 대한 고민의 결론이었던 셈이다. 그렇다면, 『서유견문』은 비단 어휘뿐만 아니라 문장과 문체에 이르기까지 '번역'이라는 문제와 깊은 관련을 맺고 있다는 판단도 가능하다.

이에 따라 번역의 관점에서 『서유견문』에 접근한 연구는 어휘뿐만 아니라 문체의 수용 문제로까지 나아가게 된다. 여기서 번역이란 원전의 언어를 그에 상응하는 다른 언어로 바꾸는 언어학적 의미의 번역을 말한다. 『서유견문』 가운데 많은 부분이 후쿠자와 유키치(福澤諭吉)의 『서양사정(西洋事情)』을 번역한 것이라는 점은 널리 알려진 사실이다.5) 그

---

3) 이 논문에서 『서유견문』은 영인본인 『유길준전서』 제1권, 일조각, 1971을 텍스트로 했으며, 허경진이 옮긴 『서유견문』, 한양출판, 1995을 참조했다. 이하 본문에서 『서유견문』을 인용할 경우 출전을 간단히 (『전서』의 권수:쪽수)로 표기하였다. 일반적인 한자어는 한글로 바꾸었으며 뜻을 전하기 어려운 경우에는 한글을 표기하고 괄호 안에 한자를 넣었다. 띄어쓰기와 구두점을 적용한 외에는 원문을 존중하였다.

4) 『서유견문』의 「비고」를 보면 유길준이 서구의 지명, 인명, 도량형을 어떻게 번역할 것인가, 의역과 직역 가운데 어떤 방식을 택할 것인가 등을 두고 고심했음을 알 수 있다.

외에도 유길준은『만국공법(萬國公法)』,「청한론(淸韓論)」등 다양한 외국
서적을 참조한 것으로 밝혀졌다.[6] 따라서 언어학적 의미의 번역이라는
관점에서『서유견문』에 접근하는 것은 충분한 타당성을 지닌다. 그간
언어학계는『서유견문』안에 있는 어휘, 문장, 문체 등 언어적 지표들이
원전의 그것들과 어떤 관련을 맺고 있는지를 검토했으며,『서유견문』을
조선 시대의 언해들과 비교 분석함으로써 새로운 번역체, 나아가 새로
운 문체의 형성을 설명하려 했다. 일본어계 한자어를 조사하여『서유견
문』이 일본어계 한자 어휘를 본격적으로 받아들인 중요한 자료 가운데
하나임을 밝힌 연구나[7]『서유견문』의 국한문혼용체가『서양사정』을 비
롯한 일본 저서의 글쓰기 방식을 따른 것임을 밝힌 연구[8] 등은 이러한
시도의 결과물이다.

그렇지만『서유견문』은 서구나 일본의 특정 텍스트나 언어를 번역한

---

5)『서유견문』과『서양사정』의 관계에 대해서는 이광린,『한국개화사상연구』, 일조각,
　1979 참조.『서양사정』은 1866-68년 사이에 씌어졌으며 초편(初編), 외편(外篇), 이
　편(二編) 도합 10책으로 되어있다. 서양의 정치, 경제, 사회, 문화적 제도와 기구에
　대한 체계적인 소개서라는 점, 그리고 전체 가운데 외편은 영국인 Chambers의 경제
　학 교과서의 일부분을 초역한 것이라는 점 등에서『서유견문』과 비슷하다.『서유견
　문』의 20편 가운데 9편에『서양사정』으로부터 번역한 부분이 있으며, 그 중에는 해
　당 절 혹은 부분의 전문(全文)을 번역한 곳도 있다. 이에 대해서는 이한섭,「『서유견
　문』에 받아들여진 일본의 한자어에 대하여」,『일본학』제6집, 동국대 일본학 연구소,
　1987 참조.
6) 정용화,「한국 근대의 정치적 형성:『서유견문』을 통해 본 유길준의 정치사상」,『진
　단학보』, 2000 참조. 박지향은, 유길준이『서유견문』을 저술하면서 이외에도 헨리
　포셋(Henry Fawcett)의『국부책(國富策)』등을 참조·인용하였다고 지적한 바 있다.
　박지향,「유길준이 본 서양」, 위의 책 참조.
7) 이한섭, 앞의 글, 참조.
8) 본문에서 논의했듯이, 유길준은 자신의 국한문혼용을 전통적인 언해와 연관지었다.
　그러나 이병근에 따르면,『서유견문』의 국한문혼용체는 실제로는 일본식 국한문혼용
　체를 수용한 것이다. 이병근, 앞의 글, 참조.

데 그친 것이 아니라 그것들을 통해 서구나 일본의 문화 자체를 번역한 텍스트로 보아야 한다. 번역이라는 문제와 관련하여 생각할 때,『서유견문』에 대한 그간의 연구는 어휘 대(對) 어휘, 문장 대(對) 문장의 관계에 초점을 맞추어 유입의 경로나 기원을 확인하는 데 그친 한계를 보이고 있다. 언어의 유입은 새로운 사고방식과 태도, 나아가 새로운 제도의 성립을 동반하는 바, 오롯이 언어적 지표에만 관심을 기울여서는 그 저변의 더 큰 인식적·사회적 변화를 포착하지 못하게 된다. 여기서 문화인류학적 의미의 번역, 즉 '문화 번역'의 관점을 도입할 필요가 제기된다. 문화 번역의 시각에서는 번역의 대상이 문자 텍스트에 한정되지 않으며 문자 텍스트를 대상으로 할 경우에도 그 관심이 언어적 지표에 국한되지 않는다. 언어 현상은 문화 현상이라는 더 넓은 범주 속에서 논의되며, 언어의 번역은 문화의 번역이라는 더 넓은 시야에서 포착된다.

이 글은 유길준의 서구 문화 번역을『서유견문』에 나타난 '문명' 혹은 '(문명)개화' 개념의 전유 방식을 중심으로 검토하고자 한다.『서유견문』에 있는 '문명'이나 '문명개화' 같은 개념이『서양사정』등에서 옮겨 온 것이라는 점은 이미 밝혀졌다. 그렇지만 어휘들의 유입 경로와 기원을 밝히는 일은 문화 번역에 대한 연구의 출발점은 될 수 있어도 종착점이 될 수는 없다. 이 글의 목적은 19세기 말 조선의 문화번역자 유길준이 이들 개념을 통해 번역해 들인 새로운 문화적 내용을 규명하고 그것의 정치적 의미를 고찰하는 것이다.

2. 'civiliz(s)ation'과 번역어 '文明'

『서유견문』은 일종의 중역(重譯)이다. 여기서 중역이란 단지 텍스트 번역상의 사실을 말하는 것이 아니라 문화 번역의 차원에서 말하는 것이다. 『서유견문』의 서구 문화 번역은 일본과 중국 서적들의 서구 문화 번역에 의해 중개되어 있다. 특히 그의 서구에 대한 관심은 일본에 의해 촉발되었고 일본에 의해 한계가 정해지는 경향이 강했다. 유길준은, 일본의 부강이 서양의 모방에서 유래한다고 보았으며, 이러한 인식이 그로 하여금 일본의 서구 문화 번역을 적극적으로 모방하도록 했다. 유길준의 '문명'에 대한 관념은 일본, 특히 후쿠자와 유키치의 '문명'을 배경으로 성립한 것이다.

노르베르트 엘리아스에 따르면, 서구에서 18세기 후반에 형성된 'civilization' 개념은 세 가지 관념을 함축하고 있었다. 첫째, civilization은 '폴리테스(politesse 정중함)'나 '시빌리테(civilite 예절)' 개념을 계승했다. 시빌리테 개념이 그 고유한 특성과 기능을 얻은 것은 16세기 후반 에라스무스에서였다고 하는데, 에라스무스는 『어린이들의 예절에 관하여』라는 책에서 자신의 저서를 통해 이미 잘 알려져 있던 '시빌리타스(civilitas 시민의 신분)' 개념에 새로운 자극을 주었다. 시빌리타스는 사교적 사회생활에서의 예의범절, 특히 행동거지, 몸짓, 의복, 얼굴 표정 등 외적인 신체 예절이라는 의미를 지닌 채 사람들의 의식 속에 새겨졌으며, 시빌리테, 시빌리티(civility) 등은 여러 대중 언어에서 유행어로 발전했다. 유럽의 궁정사회가, 단순하고 미개하다고 생각되는 다른 사람들에 대해 자신들의 우월의식을 표현한 동시에 그 모든 미개인들과 자신들을 구분해주는 특수한 행동방식을 규정한 위의 개념은 18세기에 이르러 civilization 개념에 의해 계승되었다. 둘째, 이 시기에 'civilization'은, 이성 및 지식의 진보와 더불어, 계몽주의 철학에 기반을 둔 사회개혁 운동의 한 특성을 지칭하는 개념으로 정착했다. 이때 civilization은 국가, 헌법, 교육, 그리고 더 넓은 계층의 civilization, 즉 야만적이거나 반(反)이성적인 모든 것-형벌 제도, 신분 제도, 자유로운 상거래를 저해하는 제약 등-으로부터의 해방을 의미했다. 셋째, 18세기 후반 civilization 개념의 또 하나의 새로운 측면은 '아직 충분하지 않다는 의식', 즉 'civilization은 하나의 상태일 뿐 아니라 진행되어야 할 과정이라는 의식'에 있었다. "civilization은 하나의 과정 또는 적어도 이 과정의 결과를 표현하며 또 무언가 항상 운동 속에 있는 것, 끊임없이 '앞으로' 나아가는 것을 지시한다."[9]

'civilization'이 한자어 '文明'으로 번역된 것은 19세기 후반 일본에서였다. 니시무라 시게키(西村茂樹)는 「문명개화의 풀이」(1875)에서 '문명개화'가 영어 'civilization'의 번역어임을 밝히고, 그것이 일상어로는 '인품의 향상'으로 표현될 수 있다고 했다. 그는 '문명개화'의 키워드로 '예의', '품행', 그리고 '사람 사이의 교제(交際)'를 제시했다.[10] 이는 앞서 살핀 18세기 civilization 개념의 세 가지 내포 가운데 사교생활에서의 예의 범절이라는 의미로 수용된 예라 하겠다. 그런데 후쿠자와 유키치의 『문명론의 개략』(1875)에서는 그 개념의 의미가 달리 해석되었다. 후쿠자와 유키치는, 문명이란 '야만 상태에서 벗어나 점차 진보하는 것을 말할 따름'이라고 하는 한편, 영어 'civilization'의 어원인 라틴어 'civitas'가 원래 '나라'라는 뜻이었다고도 하였다. 후쿠자와에게 "문명이란 어떤 한 사람에 관해서 논의되는 것이 아니라 한 나라 전체의 양상을 보고 하는 말"이었다.[11] 따라서 문명은 그 어원적 의미를 유지하여 '인간관계가 점차

---

9) 노르베르트 엘리아스, 『문명화과정 I』, 박미애 옮김, 한길사, 1996 참조.
10) 이에 대해서는 니시카와 나가오(西川長夫), 『국민이라는 괴물』, 윤대석 옮김, 소명출판, 2002, 109-110쪽 ; 류준필, 「'문명'·'문화' 관념의 형성과 '국문학'의 발생」, 『민족문학사연구』 제18호, 2001, 20쪽의 각주 26번 참조.
11) 후쿠자와 유키치, 『문명론의 개략』, 정명환 옮김, 광일문화사, 1987, 61쪽.

로 좋은 방향으로 나가는 양상'을 두고 하는 말이자 '한 나라의 모양을 갖춘다'는 뜻으로도 이해되었다.[12] 여기서는 서구어 'civilization'의 내포 가운데 '진보'와 더불어 '국가'에 대한 강조가 두드러진다.

『서유견문』에 등장하는 '문명', '문명개화'라는 개념은 유길준이 후쿠자와 유키치의 『서양사정』을 통해 수용한 것으로 알려져 있다.[13] 물론 문명이라는 어휘가 본래 후쿠자와 유키치에서 유래한 것은 아니다. 『서유견문』에도 종종 보이는 "초매불문(草昧不文)한 세(世)"(Ⅰ:150)나 "불문불명(不文不明)한 세(世)"(Ⅰ:151) 같은 표현에는 '문(文)' 또는 '문명(文明)'의 전통적 의미가 짙게 배어있다. 문 혹은 문명이란 '문물(文物)이 광명(光明)한 상태'(Ⅰ:349)라는 유교적 문치(文治)의 이상을 표현하는 말로서, '초매불문한 세'나 '불문불명한 세' 같은 표현은 유교 문화권에서는 오래 전부터 클리세의 일종으로 유통되고 있었다. 그런데 『서유견문』에 나타난 문명과 문명개화라는 말은 비록 위의 '문' 혹은 '문명'과 단어의 외형이 동일하다고 하더라도 개념의 내면 구조에서는 현격한 차이가 있었다.

> 개화ᄒᆞᄂᆞᆫ 자(者)ᄂᆞᆫ 천사(千事)와 만물(萬物)을 궁구(窮究)ᄒᆞ며 경영ᄒᆞ야 일신(日新)ᄒᆞ고 우(又) 일신(日新)ᄒᆞ기를 기약ᄒᆞᄂᆞ니 여사(如此)홈으로 기(其) 진취ᄒᆞᄂᆞᆫ 기상이 웅장ᄒᆞ야 사소(些少)의 태만홈이 무(無)ᄒᆞ고 우(又) 인(人)을 대ᄒᆞᄂᆞᆫ 도에 지(至)ᄒᆞ야ᄂᆞᆫ 언어를 공손히 ᄒᆞ며 형지(形止)를 단정히 ᄒᆞ야 능(能)ᄒᆞᆫ 자를 시효(是效)ᄒᆞ며 불능ᄒᆞᆫ 자를 시긍(是矜)ᄒᆞ고 감히 만모(慢侮)ᄒᆞᄂᆞᆫ 기색을 시(示)ᄒᆞ지 못ᄒᆞ며 감히 비패(鄙悖)ᄒᆞᆫ 용모를 설(設)ᄒᆞ지 못ᄒᆞ야 지위의 귀천과 형세의 강약으로 인품의 구별을 불행ᄒᆞ고 국인(國人)이 기(其) 심(心)을 합일ᄒᆞ야 누조(屢條)의 개화를 공면(共勉)ᄒᆞᄂᆞᆫ 자며……(Ⅰ:396)

---

12) 후쿠자와 유키치, 위의 책, 47쪽 참조.

13) 이한섭, 앞의 글, 98쪽 참조. 이한섭은 이 글에서 '개화'라는 말은 일본에서 기원했을 가능성이 높으나 더 조사할 필요가 있다고 판단을 유보하였다.

‘개화’란 무엇인가? 위 글에 의하면, 개화한다는 것은 무엇보다도 새롭게 하는 것, 앞으로 나아가는 것을 의미한다. 세상의 모든 사물에 대한 연구와 계획은 오로지 새롭게 하기를 기약하는 활동이라고 말하고 있는데, 여기에 나타나 있는 태도를 간단히 ‘진보’에 대한 기대라고 요약할 수 있을 것이다. 한편 개화는 사람을 대하는 적절한 태도, 즉 말씨와 몸가짐, 표정과 행동을 규정한다. 여기서 개화는 이를테면 ‘예의범절’과 비슷한 뜻이라고도 할 수 있다. 그런데 그 예절이 지위의 ‘귀천’과 세력의 ‘강약’에 따라 차별적으로 적용되어야 하는 것이 아니라, 그와는 대조적으로 그러한 경계와 구별을 지우면서 ‘국인’의 형성을 지향하고 있다는 점에 주의해야 한다. 국민의 형성은 개화의 중요한 목표이다. 위의 글을 바탕으로 유길준의 개화론의 핵심을 요약한다면, 첫째는 ‘진보’의 관념이며, 둘째는 ‘국가’ 혹은 ‘국민’의 관념이다.

위에서 살펴본 바, 유길준의 개화론과 후쿠자와의 문명론은 18세기에 서구에서 형성된 ‘civilization’ 개념을 수용하면서 동일하게 ‘진보’와 ‘국가’라는 관념에 강조점을 찍고 있다. ‘진보’란 간단히 말하면 시간이 지날수록 점차로 좋아지리라는 기대를 표현하는 관념으로서, 이러한 관념의 배후에는 특수한 시간의식이 자리 잡고 있다. 즉 ‘진보’ 관념의 수용은, 시간에 대한 가치 평가의 전도나 역사의식의 대두 등과 더불어, 새로운 시간 논리의 형성을 입증한다. 한편 ‘국가’는 새로운 국제관계에 대한 의식에 기반하고 있으며 그 배후에는 특정한 지정학적 의식이 자리 잡고 있다. 즉 ‘국가’ 관념의 수용은, 공간에 대한 가치 평가의 전도나 ‘인구’ 개념 등의 대두와 더불어, 새로운 지정학적 논리의 형성을 입증한다. 19세기 말 일본과 한국의 문화 번역자인 후쿠자와 유키치와 유길준은 문명 혹은 (문명)개화라는 개념을 통해서 ‘근대주의(Modernism)’와

'국가주의(Nationalism)'라는 근대 서구 문화의 중요한 토대를 번역해 들이고 있는 것이다. 아래에서는『서유견문』의 (문명)개화 개념을 중심으로 근대주의와, 그것을 토대로 한 역사주의적 사고방식의 번역에 대해 논의할 것이다.[14]

3. 문명론의 '근대주의'

이 절에서는 문명개화 개념에 스며들어 있는 '근대주의'를 분석할 것이다. 여기서 근대주의란 철학적 개념으로서 '역사적' 시간 형식과 관련된 정의이다. 근대주의는 "부정의 특수한 시간 논리에 대한 문화적 인준을 이르는" 말이며, 시간적 형식으로서 근대주의는 "어떤 특수하고, 분

---

14) 디페쉬 차크라바르티에 따르면, 19세기에 유럽은 식민지에게 두 개의 '선물'을 주었다. 하나는 역사주의 사고양식이며, 다른 하나는 '정치적인 것'이라는 관념이다. 그는 이 글에서 사고양식으로서의 역사주의와 구식민지의 정치적 근대성 사이의 연관을 탐색했다. 디페쉬 차크라바르티, 「인도 역사의 한 문제로서 유럽」, 김은실·문금영 옮김, 『흔적』 제1호, 문화과학사, 2001, 78-91쪽 참조.
　그런데 후쿠자와 유키치와 유길준의 문명론의 핵심인 '진보'의 관념과 '국가'의 관념이 바로 이 둘을 가리킨다. 역사주의 사고 양식은, 근대주의와 더불어, 진보 관념의 토대이다. 이에 대해서는 이 글의 3,4절에서 다룰 것이므로 상론하지 않겠다.
　부연해두어야 할 것은, 두 개의 개념적 선물 가운데 나머지 하나인 '정치적인 것'이라는 관념이다. "'정치적인 것'이라는 관념"은 다른 말로 하면 근대 서구에서 형성된 국민-국가에 대한 관념이다. 차크라바르티는 라나짓 구하(Ranajit Guha)의, 에릭 홉스봄의 "전(前) 정치적(pre-political)"이라는 범주에 대한 비판을 역사주의 비판으로 다시 읽으면서, 궁극적으로 권력에 대한 다원적 역사를 생각하고 인도에서의 근대적 정치적 주체를 설명하기 위해서는 역사적 시간의 성격에 대해 근본적으로 문제를 제기해야 한다고 역설하고 있다. 디페쉬 차크라바르티, 위의 글.
　국민-국가주의는 유길준의 문명론의 이념적 두 축 가운데 하나인데,『서유견문』에 나타난 유길준의 국가주의에 대해서는 이미 다른 글에서 상세히 논한 바 있다. 졸고, 「이광수의 문화 이념 연구」, 연세대 대학원 박사학위논문, 2002, 33-42쪽 참조 바람.

명히 미래지향적인 일련의 역사 경험 형식들의 가능성의 문화적 조건이다."15) 다시 말해 근대주의는 근대의 시간 논리를 시간 의식의 '구조', 혹은 푸코가 역사적 '선험성'이라고 말한 것으로 등재함으로써 근대인의 경험 형식을 구조적으로 결정한다. '과거를 섬기지 않고 현재에 만족하지 않으며 미래의 대성을 꾀한다'는 미래지향적인 시간 논리야말로 '학문'과 '상공업'과, 넓은 의미에서 '인지'의 발달을 예측하고 기획하도록 한 문화적 조건이었다.16) 근대주의의 번역은 서구로부터 여러 가지 장치, 제도, 사고방식을 번역해 들이는 데 전제 조건이 되었다는 점에서 우선적으로 검토해야 할 주제이다.

> 대개 개화라 ᄒᆞᄂᆞᆫ 자는 인간의 천사만물이 지선극미(至善極美)ᄒᆞᆫ 경역(境域)에 저(抵)홈을 위(謂)홈이니 연(然)ᄒᆞᆫ 고로 개화ᄒᆞᄂᆞᆫ 경역은 한정(限定)ᄒᆞ기 불능(不能)ᄒᆞᆫ 자라. 인민재력(才力)의 분수(分數)로 기(其) 등급의 고저가 유(有)ᄒᆞᄂᆞ 연(然)ᄒᆞᄂᆞ 인민의 습상(習尙)과 방국(邦國)의 규모롤 수(隨)ᄒᆞ야 기(其) 차이홈도 역(亦) 생(生)ᄒᆞᄂᆞ니 차(此)ᄂᆞᆫ 개화ᄒᆞᄂᆞᆫ 궤정(軌程)의 불일(不一)ᄒᆞᆫ 연유어니와 대두뇌(大頭腦)ᄂᆞᆫ 인의 위불위(爲不爲)에 재(在)홀 ᄯᆞ롬이라. ……(중략:인용자)…… 천하고금의 하국(何國을) 고고(顧考)ᄒᆞ든지 개화의 극진(極盡)ᄒᆞᆫ 경(境)에 지(至)ᄒᆞᆫ 자(者)ᄂᆞᆫ 무(無)ᄒᆞ나 연(然)ᄒᆞ나 대강 기(其) 층급(層級)을 구별ᄒᆞ건디 삼등(三等)에 불과ᄒᆞ니 왈(曰) 개화ᄒᆞᄂᆞᆫ 자며 왈 반개화ᄒᆞᆫ 자며 왈 미개화ᄒᆞᆫ 자라(Ⅰ:395-396).

---

15) 피터 오스본, 「번역으로서의 모더니즘」, 김소영 옮김, 『흔적』 제1호, 문화과학사, 394-395쪽 참조.

16) 후쿠자와 유키치는 근대 문명의 특성을 아래와 같이 묘사했다. "……자진해서 덕을 쌓고 자진해서 지혜를 닦으며 과거를 섬기지 않고 현재에 만족하지 않는다. 소성(小成)에 안주하지 않고 미래의 대성을 꾀하며 전진하여 물러서지 않으며 성취하고도 여전히 멈추지 않는다. 학문의 길은 공허하지 않고 발명의 기초를 닦으며 상공업은 나날이 번창하여 행복의 근원을 이루고 인지(人智)는 오늘 사용해도 그 여분이 남아 돌아 후일의 계획을 짜는 듯이 보인다. 이것이 현대의 문명이다. 야만, 반개의 상태에서 멀리 떠나 있는 것이다." 후쿠자와 유키치, 앞의 책, 22쪽.

위 인용문에 따르면, '개화'는 전체성과 완전성을 지향하는 개념이다. 개화란 사회의 전체 영역이 완전한 상태에 도달함을 가리키는 말이므로 그 경지와 영역에는 한정이 있을 수 없다. 그래서 지금까지 어느 나라도 개화를 하나의 완성태로 경험할 수는 없었으며, 나라들은 아직 개화하지 못하였거나 반쯤 개화하였거나 아니면 지금 개화하는 도중에 있을 따름이다. 위 인용문에서 반개화'한'과 미개화'한'이라는 완결형 표현과 대비되는, 개화'하는'이라는 진행형 표현은 개화가 영원히 완결되지 않는, 지속되는 과정임을 강조하고 있다. 유길준이 '문명'이라는 용어를 사용하면서도 굳이 '개화'를 자신의 슬로건으로 채택한 이유가 '화化'라는 접미사가 표상하는 진행과 과정의 의미를 의식한 데 있는지 모른다.[17]

> 세급(世級)이 강(降)홀스록 인의 개화ᄒᆞ는 도는 전진ᄒᆞᄂᆞ니 언자(言者)가 혹(或) 왈(曰)호디 후인(後人)이 전인(前人)을 불급(不及)ᄒᆞ다 ᄒᆞ나 연(然)ᄒᆞ나 차(此)는 미달(未達)ᄒᆞᆫ 담론(談論)이라. ......(중략:인용자)...... 인의 지식은 열력(閱歷)이 다(多)홀스록 신기(神奇)ᄒᆞᆫ 자와 심묘(深妙)ᄒᆞᆫ 자가 첩출(疊出)ᄒᆞᄂᆞ니(Ⅰ:403)

위 인용문에 있는 '전인'과 '후인'의 대비는 다른 곳에서는 '고인(古人)'과 '금인(今人)'의 대비로도 변주되는데, 이는 "문명개화(文明開化)의 보추(步趨)는 유진무퇴(有進無退)"(Ⅰ:374)라는 인식과 닿아 있다. 이러한 의미

---

17) 유길준은 『서유견문』에서 '문명', '문명개화'라는 용어를 자주 사용한다(169쪽, 173쪽, 179쪽, 214쪽, 287쪽, 292쪽, 329쪽, 350쪽, 351쪽, 374쪽, 376쪽, 399쪽 등 참조). 그렇지만 제14편에서 "개화의 등급"을 큰 제목으로 뽑았고 본문에서도 일관되게 '개화'라는 용어를 사용했으며, 다른 곳에서도 비슷한 맥락에서 '개화'라는 말이 자주 나타난다는 점을 고려할 때, 유길준의 사상을 '개화론'으로 표현할 수 있다고 생각한다. 물론 유길준에게 '개화'는, "문명을 진기(振起)ᄒᆞ야 개화ᄒᆞ는 제사(諸事)에 그 의(意)를 용(用)ᄒᆞᆫ 즉(則)"(214쪽)에 보이는 것처럼, '문명' 혹은 '문명화'와 호환될 수 있는 용어이다.

에서 '문명개화'란, 코젤렉의 논의에 따른다면, 새로운 것을 향해 끊임없이 자신을 넘어서는 역사적 시간을 담고 있는 '현대적 운동 개념'이다. 문명과 개화는 모두 미래의 기대지평을 새롭게 이끌어내면서 개념과 개념화되는 것 사이의 관계가 역전되었음을 표시한다. 즉 문명개화라는 개념은 이전의 개념처럼 그때까지의 경험들을 하나의 표현으로 묶어내는 역할을 하는 것이 아니라 새로운 기대를 제기하고 일깨우는 역할을 하는 것이다. '문명'이 그 단어의 외형을 유지하면서도 구조적 차원에서 시간적 의미 층위를 변화시킨 개념이라면, '문명개화'는 역사의 새로운 역학을 표현하는 새로운 합성어라고 할 수 있다.18)

따라서 문명개화라는 개념은 옛 역사들이 지녔던 범례성의 상실을 표명한다. '"근대"라는 역사적 도식에 대한 실제적 인준으로서의 모던**이즘**(modern*ism*)은 문화적으로 부여받은 (직관된) 시간적 형식들을 새로운 생산 행위와 매개시킴으로써 주체성의 시간적인 형식, 즉 "나"(I)의 시간성을 구조화한다. 이런 이유에서 모더니즘은 **역사의 시간화 혹은 시간성의 역사화**라는 특정한 배열과 관련된다.'19) 이는 역사의 근대적 경험에 대한 설명으로서 '역사의 진리는 그때그때 다르다'는 의식이다. 앞 인용문에 나타나 있듯, 세대가 내려갈수록 개화하는 방법이 발전한다면 '후인이 선인을 따르지 못한다'는 옛 말은 더 이상 용인될 수 없을 것이다. 그렇다면 "개화의 대두뇌(大頭腦)는 인(人)의 위불위(爲不爲)에 재(在)홀 쑨

---

18) '현대적 운동 개념'에 대해서는 라인하르트 코젤렉,『지나간 미래』, 한철 옮김, 문학동네, 290-309쪽, 334-387쪽 참조. 코젤렉에 따르면, 서구에서는 18세기에 역사의 새로운 역학이 시간적 운동 범주들을 자극해서 많은 신조어와 합성어를 낳았고 기존 개념들의 시간적 내면구조를 바꾸었다. 이 시기에 역사적 운동을 시점주의적으로 미래로 고양시키는 '-주의'라는 합성어(예: 공화주의, 자유주의)가 만들어졌으며, '혁명'과 '해방' 같은 개념들은 종전의 의미를 상실하고 전체적으로 시간화되었다.

19) 피터 오스본, 앞의 글. 강조는 원저자.

룸"(Ⅰ:396)이라는 말에는, '인간("나")은 역사를 내다보고, 계획하고, 마침내 만들어낸다'는 내용이 스며들게 된다. 이런 점에서 개화는, 진보와 마찬가지로, 성찰적 시간 규정이라고 할 수 있다. '성찰'을 통해 역사는 미래를 가리키는 사회적 계획 지평이 되며 그 지평에서 과거는 범례적 가치를 잃어버리게 되는 것이다.[20]

『서유견문』에는 '문명', '(문명)개화' 개념 이외에도 이행기의 의식을 특징짓는 '가속화', 시간 압박, 과거의 범례성의 상실, 시간적 변화계수의 침투 등을 나타내는 경험들이 다양하게 표현되어 있다. 「비고」에서 유길준은 『서유견문』이 "불후(不朽)에 전ᄒᆞ기를 경영(經營)홈이 아니오 일시 신문지의 대용을 공(供)홈이 가(可)"하다고 하였다.(Ⅰ:12) 각 나라의 정치, 상업, 군비, 조세 등에 관계된 기록들은 '십여 년 전 또는 오륙 년 전의 참고 문헌에 따른 것'이기 때문에 현재의 사정과는 다를 수 있다는 것이다. 기록이 가치를 보존할 수 없는 까닭은 사물이 날로 새로워지기 때문이다. 유길준이, 『서유견문』은 신문을 대신할 뿐'이라고 표명한 데에는 '미래에는 다르리라'는 단절의 의식이 자리 잡고 있다. "구세계에 부존(不存)ᄒᆞ고 금일에 시유(始有)"(Ⅰ:403)한 것들에 대한 인식도 단절의 의식을 드러내고 있다. 이 말은, 어제의 사실은 오늘까지 그 가치가 보존되지 않으며 오늘의 사실은 내일에 의해 뒤로 물러날 수밖에 없다는 의식을 표현한다. 또 유길준은 제13편에서 열아홉 개의 분과학문을 소개하고 나서 그 목록이 불완전할 수밖에 없는 이유를 "대개 세사(世事)

---

20) 이마무라 히토시는, 방법주의와 기도주의가 근대적 시간성, 즉 순환 시간의 의식을 붕괴시키고 미래 시간의 의식을 발생시키며, '의지'라는 근대에서만 나타나는 정신적·실천적 태도를 형성했다고 말한 바 있다. 이 방법주의와 기도주의를 내포한 사유의 양식이 곧 '성찰'이라고 할 수 있을 것이다. 이마무라 히토시, 『근대성의 구조』, 민음사, 1999 참조.

는 일이월신(日異月新)ᄒ야 기(其) 단(端)이 유출(愈出)홀ᄉ록 유다(愈多)ᄒ
즉 공력(巧歷)의 재(才)라도 측정(測定)ᄒ기 불능(不能)"(Ⅰ:377)하기 때문
이라고 말하고 있는데, 이러한 판단에도 역시 가속에 대한 의식이 반영
되어 있다.[21]

4. 문명론의 '역사주의'

지금까지 『서유견문』이라는 텍스트에 공공연하게 혹은 은폐된 채 언
어화되어 있는 시간 체험의 문제를 '개화' 개념을 중심으로 고찰했다.
개화 개념을 필두로 하여, 『서유견문』에 나타나 있는 진보의 의식, 미래
시간에 대한 기대, 과거의 범례성의 파괴, 가속의 경험 등은 새로운 시
간 형식의 등장을 입증하고 있다. 이러한 현상을 앞에서 '근대주의'의
번역으로 해석했는데, 근대주의야말로 유교적 의미의 문 혹은 문명 개
념과 유길준의 문명개화 개념을 구분해주는 가장 큰 특징 가운데 하나
이다. 그런데 이러한 근대적 시간의식과 더불어, 그리고 그것을 전제 조
건으로 하면서 수용된 새로운 사고방식으로 '역사주의'를 들 수 있다.

3절의 맨 앞 인용문에 제시되었다시피, 유길준은 나라들을 '개화하는
나라', '반개화한 나라', 그리고 '미개화한 나라'로 등급화 하였다. 그는,
인민의 재력(才力)에 따라 그 등급이 구별되고, 인민의 습속과 나라의 규
모에 따라 그 궤도가 달라진다고 말하면서도, 나라는 세 등급으로 분류

---

21) 스스로의 시대를 이행기로 경험하는 두 개의 특수한 시간 규정이 바로 1) 미래에는
다르리라는 기대와, 이와 연관된 2) 시간적 경험 리듬의 변화이다. 이를 간단히 단절
의 의식과 가속의 의식이라고 할 수 있을 것이다. 이에 대해서는 라인하르트 코젤렉,
앞의 책 참조.

된다고 말하고 있다. 유길준 이전에 이미 후쿠자와 유키치는『문명론의 개략』에서 문명개화의 단계를 문명/반개(半開)/야만으로 나눈 바 있다. 후쿠자와 유키치는 유럽 여러 나라와 미합중국을 최상의 '문명국'으로, 터어키, 중국, 일본 등 아시아의 여러 나라를 '반개국'으로, 그리고 아프리카 및 호주 등을 '야만국'으로 분류하고 나서,[22] "야만은 반개로 향하고 반개는 문명으로 향하며, 그 문명이라는 것도 순간순간 진보하는 과정에 있다"[23]고 말했다. 이 3단계론은, 후쿠자와 유키치가 프랜시스 웨일랜드(Francis Wayland)의 『정치경제학의 요소(The Elements of Political Economy)』라는 책에서 수용한 것으로 알려져 있지만, 문명과 미개 같은 단계적 구분은 웨일랜드뿐만 아니라 진보사관에서 일반적으로 사용한 것이었다.[24] 진보사관을 수용함으로써, 후쿠자와 유키치는 야만 → 반개 → 문명(개화)을 인류가 거쳐 가게 되어있는 자연스러운 단계로 이해하게 되었던 것이다. 후쿠자와 유키치의 문명 3단계론과 진보론은 다시 유길준에게 받아들여졌고, 미개화 → 반개화 → 개화라는 간단하고도 명료한 도식은『서유견문』의 서사를 지탱하는 뼈대가 되었다.

유길준, 거슬러 올라가 후쿠자와 유키치의 '문명'에 대한 이러한 이해에는 '역사주의' 사고양식이 스며들어 있다. 디페쉬 차크라바르티에 따르면, 역사주의란 "이 세상에서 어떤 것의 성질을 이해하려면 그것을 역사적으로 발전하는 하나의 총체로서 보아야 한다"는 사고방식이다. 즉

---

22) 후쿠자와 유키치, 앞의 책, 21쪽.

23) 후쿠자와 유키치, 앞의 책, 23쪽.

24) 마루야마 마사오·가토 슈이치,『번역과 일본의 근대』, 임성모 옮김, 이산, 2000, 132쪽 참조.『만국공법』의 저자인 휘턴은 세계 각국을 문명화된(civilized) 나라와 문명화되지 않은(uncivilized) 나라로 분류하고 그 사이에 '중간' 나라를 두었다. 임성모, 위의 책, 131쪽.

역사주의는 대상을 1) 개별적이고 독자적인 총체로, 적어도 어떤 종류의 잠재적인 단일체로 보도록 하고 2) 시간이 지나면서 발전하는 것으로 생각하도록 한다. 특히 발전이라는 개념과 바로 그 발전 과정에서 일정한 시간이 흘러간다는 가정은 역사주의에 결정적으로 중요하다.[25] 역사주의는 앞서 말한 근대주의라는 새로운 시간 논리에 기반하고 있는 동시에 그것이 수반한 새로운 사고양식으로서, 후쿠자와 유키치와 유길준의 문명 단계론과 진보론의 토대가 되었다. 문명이 하나의 단일한 총체이며 시간이 지나면서 발전한다는 관념은 이 시기 이들이 수용한 문명론의 핵심이었으며, 이런 점에서 역사주의는 이들의 문명론의 기반이었다.

다시 말해 후쿠자와 유키치와 유길준의 '미개(야만) →반개→ (문명)개화'는 진보의 체계에 따라 전체 역사를 보편적으로 해석하는 도식이다. 그것은, 문명을 시간이 지남에 따라 단계적으로 발전하는 하나의 단일한 총체로 보고 그러한 진보의 체계에 입각하여 역사를 해석하는 도식이다. 이 도식은 단수적 역사와 단수적 진보 개념에 근거하며, 여기에서 각 단계들은 공시적인 비교를 통해 통시적으로 정렬되고 있다. 역사가 이른바 '진보적 비교'를 통해 정리되는 것이다.

유길준은, 개화란 '시대'에 따른 변화와 '지방'에 따른 차이를 노정하는 것이며, 따라서 개화의 합/불합은 '시세'와 '처지'를 참작하고 비교하면서 추진해야 한다고 하였는데,(I :398) 이때 시세와 처지를 고려해야 한다는 생각 자체가 이미 개화론의 역사주의적 성격을 드러내고 있다. 여기서 시세가 '역사적 차이'를 수긍하는 표현이라면, 처지란 '문화적 거리'를 수긍하는 표현이다.

---

25) 디페쉬 차크라바르티, 앞의 글, 70-72쪽 참조.

　　역사주의는 역사적 시간 그 자체를 서구와 비서구 간에 존재한다고 여
겨지는 문화적 거리(적어도 제도적 발전에 있어서)의 척도로 위치시킨다.
식민지에서 그것은 문명이라는 사고를 정당화한다. ……(중략:인용자)……
역사주의, 그리고 심지어는 역사에 대한 근대 유럽식의 사고는 어떤 사람
(이 경우에는 유럽인)이 다른 누군가에 대해 "아직은 아니다"라고 말하는
방식으로 19세기 비유럽인들에게 왔다고 말할 수 있다.[26]

　　역사주의는 문명론을 정당화하고 비서구인들로 하여금 역사의 대기
실에서 기다리는 처지를 기꺼이 받아들이도록 하였다. 다시 말해 역사
단계론에 입각해 있는 문명론은, 그것을 수용한 후쿠자와 유키치나 유
길준의 바람과는 반대로, 서구와 비서구의 격차를 좁히는 방향으로가
아니라 그 격차를 더욱 벌리는 인식론으로 작동하면서 비서구인을 '영
원히' 역사적 대기 상태에 머물도록 하는 효과를 발휘한다. 이에 대해
김현미는, 문화들의 동시대성의 거부가 결국 식민주의 권력의 집행을
위해 필수적인 '시공간적 거리두기allochronic distancing'의 인식론으로
이어졌다고 설명한다. 공간적 거리두기의 인식론은 타자를 자아와는 다
른 시간적·공간적 지점에 위치시킴으로써 둘 사이에 메울 수 없는 '문
명적 격차'를 상정한다. 따라서 타자에게 동시대성을 거부하는 이러한
인식론은 제국주의적 법질서, 종교, 생활양식 등이 '계몽'과 '문명화' 사
업이란 이름으로 피식민지인들에게 이식되도록 하였다. 이는 근대-전
통, 문명-야만, 진보-정체 등의 이분법적 도식 하에 제국주의적 권력이
집행될 수 있는 문화적 근거를 제공해 왔던 것이다.[27]

---

26) 디페쉬 차크라바르티, 위의 글, 72-73쪽.
27) 김현미, 앞의 글, 133-134쪽 참조.

4. 문명론과 번역의 정치학

앞에서 우리는 유길준이 '문명' '문명개화' 개념을 통해 번역한 근대주의와 그것이 수반한 역사주의적 사고방식을 살펴보았다. 먼저, 근대주의라는 새로운 시간적 형식의 번역이야말로 서구에서 유래한 다양한 제도와 사고방식의 번역을 가능하게 한 문화적 조건이었다. 근대주의의 번역은 이를테면 언어에 대한 다음과 같은 이해를 가능하게 했다.

> 쏘 언어는 교통(交通)ㅎ는 기구(機具)라. 그란 고로 교통이 점점 성대(盛大)훈 즉 각국 인민의 담화(談話)가 점점 夥多(과다)ㅎ고 언어가 점점 혼효(混淆)ㅎ리니. ○요(○要)ㅎ건디 년월(年月)을 경과훈 즉 어엽(語葉)은 점점 증가ㅎ고 어종(語種)은 점점 감소홀 자(者)이나......[28]

위 글에서 유길준은 의사소통이 활발해질수록 언어들이 서로 섞일 것이며, 시간이 지날수록 어휘는 점점 증가하는 반면 언어의 종류는 점점 감소할 것이라는 예측하고 있다. 그런데 이러한 판단은 비단 국문 의식의 불철저함에서 유래한 것이 아니며 단순히 현실의 추세를 고려한 데서 나온 것만도 아니다.[29] 유길준의 판단을 뒷받침하고 있는 것은 '언어

---

28) 유길준, 『유길준전서Ⅲ』, 일조각, 1971, 13-14쪽.

29) 이병근은 유길준에 대하여 주시경에게서 나타나는 언어각이성(言語各異性)이나 자재성(自在性) 같은 이념적 태도와는 차이가 있는 '현실적' 태도를 보이고 있다고 평가하였다. 이병근, 앞의 글, 313쪽.

그런데 유길준과 주시경의 차이는 현실론과 이상론의 차이라기보다 이상, 즉 이념의 차이라고 생각된다. 『서유견문』을 집필할 당시 유길준은 언어와 문자의 기능을 감정, 지식, 기술의 소통과 전달이라는 측면에서 이해하였다. 즉 언어와 문자는 의사소통의 도구이지 민족 문화나 민족정신의 담지체가 아닌 것이다. 물론 1900년대 말에 이르면 유길준의 언어관도 변화한다. 이 시기에는 언어를 '정신', 더 구체적으로는 '국가 정신'과 연관시키는 사고가 등장하여 일반화되었던 바, 유길준 역시 이러한 '낭만적' 언어관을 받아들였다. 그는 「소학교육에 대훈 의견」(1908)에서 국어를 사용해

는 의사소통의 도구’라는 생각이며 그의 예측을 뒷받침하고 있는 것은 시간이 지나면서 도구가 ‘변화’하고 ‘진보’할 것이라는 의식이다.

다음으로, 근대주의에 기반 하여 번역된 새로운 사고방식으로서 역사주의를 검토했다. 역사주의적 사고방식에 의해, 문명은 서구에서 기원하여 다른 곳으로 전파됨으로써 시간이 지남에 따라 세계적인 것으로 된 것처럼 여겨지게 되었다. 진보론과 3단계론은 『서유견문』이 “유럽에서 먼저, 그리고 나서 다른 지역”이라고 하는 이 세계적인 역사적 시간 구조에 편입되어 있음을 단적으로 보여준다. 역사주의 사고양식의 수용은 이를테면 국내의 인민에 대한 아래와 같은 이해를 가능하게 했다.

개화의 세 단계는 나라에만 적용되는 것이 아니라 사람에도 적용된다. 유길준은 ‘시공간적 거리두기의 인식론’을 적용하여 사람을 개화하는 자, 반쯤 개화한 자, 아직 개화하지 않은 자라는 세 등급으로 분류한다.(Ⅰ:398) 즉 그는 국가 안에 ‘군자’와 ‘인민’을 다른 시·공간적 지점에 위치시킴으로써 둘 사이에 문명적 격차를 상정하고 서구가 비서구에 대하여 좀더 기다리라고 말하는 어법 그대로 인민들에게 기다리라고 말하고 있는 것이다.

> 인민의 지식이 부족한 국(國)은 졸연(卒然)히 기(其) 인민에게 국정참섭(國政參涉)하는 권(權)을 허(許)홈이 불가(不可)한 자라. 만약 불학(不學)한 인민이 학문(學問)의 선수(先修)홈은 무(無)하고 타방(他邦)의 선미(善美)한 정체(政體)를 욕효(慾效)하면 국중(國中)에 대란(大亂)의 맹(萌)을 파(播)홈인 고로 당로(當路)한 군자(君子)는 기(其) 인민을 교육하야 국정참여하는 지식이 유(有)한 연후에 차(此) 정체를 논의홈이 시가(始可).....(Ⅰ:172)

유길준은, 입헌정체가 가장 훌륭한 정치체제라고 하면서도 인민의 지

야 하는 이유로 강습의 편이와 함께 ‘자국 정신의 양성’을 들었다.

식이 부족한 나라에서는 갑자기 인민들에게 국정참여권을 주어서는 안
된다고 말하고 있다. 인민들이 정치체제를 논의할 자격을 얻기 위해서
는, 즉 정치적 책임을 질 수 있는 시민이 되기 위해서는 '교육'이 우선되
어야 한다는 것이다. '선 교육, 후 참여'라는 단계론적 발상에 대하여 우
리는 이를테면 유길준의 인권 의식의 불충분성을 지적할 수도 있다.[30)
그렇지만 단계론은, 앞에서 살펴보았듯이, 문명론의 필연적인 귀결이다.

유길준이 『서유견문』을 통해 도달하고자 한 것은 서구에 대한 총체적
이고도 체계적인 이해였다. 이해는 다른 말로 한다면 '번역'일 것이다.
유길준의 『서유견문』은 한마디로 서구의 문화를 번역한 책으로서, 그는
'(문명)개화' 개념을 통해 근대 서구 문화의 토대인 근대주의와 역사주의
사고양식을 번역해 들였다. 그런데 이는 서구, 나아가 일본의 조선에 대
한 직·간접적인 식민 지배를 관철하는 문화적 조건으로 기능할 가능성
을 가진 것이었으며, 조선 내부의 정치적 지배관계에서도 유사한 방식
으로 작동했다.

근대주의와 역사주의라는 문화적 형식을 벗어버리고 사유한다는 것
이 과연 가능한가라는 질문은 문명론의 외부를 상상할 수 있는 가능성,
더 나아가 근대의 외부를 사유할 수 있는 가능성과 관련된다. 문명론의
근대주의와 역사주의적 사고 양식으로부터 일정한 선회를 표명하는 시
도는, 한국에서는 1920년대 초 '문화' 담론으로 나타났다. 한국에서 '문
화'라는 개념은 1910년대 후반에 등장했고, 그것은 처음부터 식민주의,
민족주의, 근대성의 복잡한 영향관계 속에 놓여있었다. 이러한 '문화'가,

---

30) 미정고 『정치학』과 더불어 『서유견문』은 유길준의 정치학을 연구하는 데 중요한
텍스트이다. 『서유견문』에서 유길준의 정치학은 중화 중심의 구질서와 서구 중심의
신질서 사이에서 약소국 조선의 주권을 보호하고 확보하는 데 중심이 두어져 있으며,
이에 비하여 인권에 대한 의식은 상대적으로 미약했다는 지적을 받고 있다.

자신의 보완물이나 대타항으로 설정하고 차이 혹은 동일성을 통해서 스스로를 정의해 나간 것이 바로 ‘문명’이었다. 특히 1920년대 초에 들어서면서 ‘문화’는 문명론의 핵인 근대주의와 역사주의, 그리고 국가주의에 대한 비판 담론으로 발전하기 시작했다. 이렇게 하여 식민지 시대에는 번역의 정치학이라는 문제의 초점은 문명론에서 문화론으로 계승, 이양되었다.31)

〔김현주〕

---

31) 1910년대 후반에서 1920년대 초반까지 이광수의 비평을 대상으로 한국에서 문화 이념의 형성과 전개를 논의한 글로는 졸고, 앞의 글 참조.

참 고 문 헌

『유길준전서』 1-3권, 일조각, 1971.

『서유견문』, 허경진 역, 한양출판, 1995.

김윤식·김현, 『한국문학사』, 민음사, 1973.

이광린, 『한국개화사연구』, 일조각, 1969.

______, 『한국근대사론고』, 일조각, 1999.

김현미, 「문화번역: 근대적 성찰의 비판적 작업」, 『문화과학』 제27호, 2001 가을호.

김현주, 「이광수의 문화 이념 연구」, 연세대 대학원 박사 학위논문, 2002.8.

류준필, 「'문명'·'문화' 관념의 형성과 '국문학'의 발생」, 『민족문학사연구』 제18호,
        민족문학사연구학회, 2001.

송 민, 「갑오경장기의 어휘」, 『새국어생활』, 국립국어연구원, 1994 겨울호.

이조영, 「유길준의 군주론 연구-『서유견문』과 『정치학』을 중심으로」, 서울대 대학원
        석사 학위논문, 1991.

이한섭, 「'서유견문'에 받아들여진 일본의 한자어에 대하여」, 『일본학』 제6집, 동국대
        일본학 연구소, 1987.

정용화, 「유길준의 정치사상 연구: 전통에서 근대로의 복합적 이행」, 서울대 대학원
        박사 학위논문, 1998.

진단학회 편, 「유길준의 서유견문」, 『진단학보』 제89집, 2000.6.

Norbert Elias, 『문명화과정 I』, 박미애 옮김, 한길사, 1996.

Paul Hamilton, 『역사주의』, 임옥희 옮김, 동문선, 1998.

Peter Osbon, 「번역으로서의 모더니즘」, 김소영 번역, 『흔적』 제1호, 문화과학사, 2001.

Reinhart Koselleck, 『지나간 미래』, 한철 옮김, 문학동네, 1998.

西川長夫, 『국민이라는 괴물』, 윤대석 옮김, 소명출판, 2002.

丸山眞男·加藤周, 『번역과 일본의 근대』, 임성모 옮김, 이산, 2000.

今村仁司, 『근대성의 구조』, 민음사, 1999.

福澤諭吉, 『문명론의 개략』, 정명환역, 광일문화사, 1987.

______, 『학문을 권함』, 엄창준·김경신 옮김, 지안사, 1993.

개화기 문학 담당층의 사회·역사적 성격

- 신소설 작가를 중심으로 -

1. 머리말

개화기 문학은 전통사회의 문학이 서양 또는 서구화를 꾀한 일본 문학 등의 접촉에 의하여 촉발되고 변화를 일으키며 제작, 생산된 문학이다. 따라서 이 시기의 문학은 전대 문학의 전통적 맥락 안에 놓여 있으면서도, 한편으론 일정한 단계를 거쳐 현재와 같은 의미의 근대문학을 모색해 나간다. 이러한 과정에서 여러 창작계층 군에 의해 불안정하나마 다양한 양식의 실험들이 이뤄진다.

이 글은 일단 이러한 새로운 문학 양식들 가운데 시가문학은 논외로 한다. 대신 이 시기 서사문학을 대표하는 신소설의 작가들을 중심으로, 이전 시기와 달라진 문학 담당층의 사회, 역사적 성격을 얘기해 보고자 한다. 일찍이 김태준은 신소설의 대표적 작가로 이인직을 비롯하여 이해조, 최찬식, 김교제를 들었다.[1] 이러한 주장은 대체로 지금까지 이어져 내려온다. 이 글 역시 이에 동의하며 이들을 중심으로 논의를 전개해 나가고자 한다.

---

[1] 김태준, 『조선소설사』, 학예사, 1939, 248쪽.

2. 신소설 작가의 사회·역사적 성격

20세기 초 이 땅에 부르주아 또는 민족부르주아 계층이 존재하였는가의 여부를 따지는 것은 발표자의 능력 밖이다. 역사 내지 사회과학 방면에서도 이에 대한 확실한 결론을 내리고 있지는 않은 듯하다. 주지하듯이 서구에서 근대 후기 근대국가형에 대응하는 정치적 명분으로 민족주의가 나타난다. 그리하여 이전 봉건사회의 타파를 지향하는 근대국가의 출현은 정치 이념, 가치, 행위의 양식으로 민족주의를 자연스레 동반한다.

서구에서는 이러한 근대 민족주의 발전의 핵심 세력으로 부르주아 계급이 중요한 몫을 담당한다. 물론 우리의 경우 그러한 계층의 존재 여부도 불확실하지만, 설사 존재한다 치더라도 그것이 민족주의의 전위요 지도 계층으로 육성되기 어려웠다. 그럼에도 불구하고 정치, 사상사적 측면에서는 비록 '위로부터의 길'이었지만, 일찍이 부르주아 권력의 확립이 시급히 요구되는 개혁운동이 있어왔다.

바로 그러한 개혁운동은 1884년 갑신정변으로부터 시작된다고 본다. 이후 이 운동은 1890년대 후반기 독립협회와 만민공동회가 중심이 된 대중적 정치 운동으로 전환되고, 1905년 이후에는 이른바 애국계몽운동의 형태로 변화하게 된다. 이러한 운동들 및 그 운동의 근간이 된 개화사상은 한국 근대화의 전망을 나름대로 모색하고, 그것이 세계사적인 동시성을 획득할 수 있는 사상사적인 축으로 보고 있다.[2]

즉 19세기말과 20세기초에 걸쳐 전개되는 개화사상은 부르주아적 민족 형성의 경로에 기여한 바, 양반적 민족형성의 경로에 기여한 척사위

---

2) 강재언, 『한국의 개화사상』, 비봉출판사, 1981, 59쪽.

정사상, 민중적 민족 형성 경로에 기여했던 농민전쟁 사상과 구별되어 한 줄기를 이룬다.[3] 이는 사회경제적 측면에서 봉건적 경제를 기반으로 한 위정척사운동, 무전(無田)농민의 입장을 대변하는 농민전쟁사상, 그리고 상업자본의 입장을 대변하는 개화파의 운동에 비교할 수 있을 법하다.

그런데 신소설 작가 계층은 바로 이 시기 초기적 형태를 드러내는 부르주아 계층의 이데올로기적 대변자로서 개화파의 생각을 반영한다. 물론 개화파도 구체적으로 온건개화파, 친일개화파 등의 다양한 세력들로 이뤄져 있지만, 신소설에는 통상 개화파에게 공히 나타나는 생각, 또는 이념적 성격들이 잘 드러나 있다. 따라서 이 시기에 새로운 창작계층으로 등장한 신소설 작가의 사회역사적 성격은 곧 개화파와 연결하여 설명해도 무방할 듯싶다.

1) 반(反)봉건과 봉건적 유제의 온존

개화기 또는 애국계몽기라고 부르는 이 시기 우리 민족의 절실한 과제는 근대 민족국가의 건설이다. 따라서 이를 위한 반봉건, 반외세 운동이 대중적 차원에서 전국적으로 진행된다. 이 시기 문학은 이러한 시대적 과제에 어떠한 형태로든 연결되어 있다. 특히 신소설은 반봉건 또는 문명개화의 과제에 초점을 맞추고 있다. 이 중 신소설의 기본 틀을 마련해 이후 신소설 작가들의 전범이 되는 이인직 문학의 반봉건적 성격이 상대적으로 강렬하다.

이인직이 양반관료들의 정치적 부패를 규탄하며 제기한 반봉건의 문제는 당대 사회구조 변화와 긴박한 관련을 맺는다. 그리고 순 국문으로

---

3) 정창렬, 「백성의식·평민의식·민중의식」, 『현상과인식』, 1981년 겨울호, 118쪽.

새로운 소설을 창작했다든지, 작품에 나타난 생동감 있는 국문은 봉건 지배계급의 문화에 반발하는 평민미학의 발로다.[4] 물론 조선 후기 판소리계소설에서 이미 생동감 있는 순 국문이 구사되고 있었지만, 이를 계승하여 새로운 시대적 문제를 담는 그릇으로 수용했다는 점에서 이인직 문학의 시대적 의의가 있다.[5]

이인직 문학에서 이것이 가능할 수 있었던 것은 일단은 그의 신분적 성격 때문에서 비롯된다고 생각해볼 수 있다. 우선 이해조, 김교제 등의 작가들은 출신 가문 및 신분이 명확하게 밝혀져 있다. 이해조는 그의 집안이 민씨 일파와 대립적 입장에 놓여 있기는 하지만, 대원군 쪽의 왕족 집안 출신이다. 김교제 역시 본인은 효능령(孝陵令)을 지내기도 하고, 그의 아버지는 회인(懷仁) 군수를 지낸 반벌(班閥) 출신이다.

최찬식의 경우도 집안과 출신 가문은 비교적 명확히 밝혀져 있다. 곧 그의 아버지 최영년은 동학농민전쟁 당시, 전주 감영 군사마(軍司馬)로 재직하면서 전라감사 김문현의 심복으로 활동했다. 그는 이른바 아전 출신으로 조선 후기의 평민상층 계급에 속해 있다고 볼 수 있다.[6] 그런

---

4) 이인직의 「혈의누」가 등장하기 이전, 일학산인(一鶴山人)의 「일념홍(一捻紅)」(1906년)은 「혈의누」와 유사한 제재를 다루고 있으나, 그 표기 수단은 한문 또는 한문현토식(懸吐式)이다.
  그리고 이인직과 동시대의 작가 이해조 조차 그의 처녀작 「잠상태(岑上苔)」(1906-1907)의 표기 방식은 백화체 한문이다. 그리고 그의 「고목화」, 「빈상설」(1907) 등의 순국문 소설조차 이인직의 「혈의누」, 「귀의성」이 발표된 이후에야 등장한다.
5) 물론 근대 계몽기를 문체적으로 주도한 것은 국한문이다. 그리고 국한문체가 시대상, 계몽주의를 담기에 알맞은 도구인 셈이므로 정론체의 산문, 역사전기문학, 계몽가사가 자연스럽게 이 문학사의 단계를 대변하는 장르로 올라선다. (임형택, 「근대계몽기 국한문체의 발전과 한문의 위상」, 『민족문학사연구』 14, 1999) 그럼에도 불구하고 이러한 장르들은 순국문의 신소설과 달리 이후의 근대문학과 연계성을 갖지 못한다.
6) 최원식, 『한국근대소설사론』, 창작사, 1986, 최원식, 「이해조의 계승자, 김교제」, 『민족문학사연구』 2, 1992 참조.

데 이인직의 경우로 가면, 그 자신의 어떠한 신분 배경조차 찾아볼 수 없다. 이는 그가 아마도 상대적으로 한미한, 아니 몰락한 양반 가문 출신임을 짐작케끔 한다.[7]

주지하다시피 이 시기는 1876년 개항과 1894년 일련의 사회 제도의 개편화 작업들로 제반 삶의 양식이 비약적으로 전환되던 시기다. 따라서 봉건질서 아래서의 신분적 고정성이 무너지고 수직적 신분 이동이 어느 정도 공공연해지는 유동 시대에 접어들게 된다. 그럼에도 불구하고 기존 조선 사대부의 경우 아직도 유학자로서 이데올로기적 권력, 관료로서의 정치 권력, 그리고 재향 지주로서의 경제적 권력을 한 손에 거머쥐고 있었던 형편이다.

따라서 이인직은 이러한 봉건 조선의 배타적인 벌열(閥閱) 중심의 정치, 사회에 대하여 원한을 품고, 신분적 한계를 뛰어넘어 외국유학 혹은 외국 특히 일본에 관계하여 입신출세코자 한 세력의 일원으로 짐작된다.[8] 그의 이러한 신분적 한계, 즉 한말의 봉건체제에서 일정한 기득권

---

7) 그 근거로 다음과 같은 점을 들 수 있다.

첫째, 그의 행적이 우리에게 나타나는 것은 1900년 관비 유학생으로 동경정치학교에 입학하는 시기니 그의 나이가 38세에 이르렀을 때다. 이전 그의 행적이 출생지, 연도에 국한되어 가까스로 밝혀진다는 사실은 그가 전통적 문벌 출신이 아니며, 무명의 존재였음을 말해준다.

둘째, 그가 관비 유학생으로 일본에 갔다는 점이다. 당시 한말 관비 유학생은 몰락 양반, 서얼, 중인 등으로 그 신분 배경이 대체로 낮았다. 왜냐하면 명문가 자제의 경우 비록 일본에 유학을 가지 않아도 입관이 가능했기 때문이다.(김영모, 『한말지배층연구』, 한국문화연구소, 1972 참고)

셋째, 그는 韓山李氏 胤耆와 全州李氏 사이의 차남으로 태어났는데, 몇 살쯤인지 알 수 없으나 3대조 堯宋의 직계 殷耆家의 양자로 들어간다. 그런데 족보에 의하면 그가 5세 때 생부가 11세 때 양모가(양부의 사망연대는 불명), 18세 때는 생모가 사망한 것으로 되어 있어, 고아나 다름없는 어린 시절을 보낸 것으로 짐작된다. (다지리 히로유끼, 「이인직연구」, 고려대 대학원, 2000 참조)

8) 갑오경장 당시 7.23 쿠테타에 의해 이뤄진 군국기무처 의원의 성분을 분석해보면,

을 확보할 수 없었던 그의 위치는 이 시기 신흥 인텔리로서 반봉건의 문제에서 적극적인 위치엔 놓여지게끔 한다.

그러나 이인직 작품에 나타난 봉건제적 모순의 쟁점이라는 것이 주로 봉건적인 수구파―특히 민씨 일파―에 대한 적개심에 맞춰지고 있다. 그리하여 그것은 결과적으로는 단순히 권력으로부터 소외된 양반 계층의 특권계급에로의 회귀 지향을 수반한 체제 내적 반항의 성격을 띠고 있다. 따라서 이인직의 봉건 조선에 대한 격렬한 규탄은 권력을 장악한 지배세력에 대한 규탄이지, 근본적으로 체제변혁의 성격을 지향하는 것은 아니다.

그래서 이인직 문학에는 표면상의 반봉건과는 달리 이와 양립하고 있는 봉건적 유제 역시 강력하게 감지할 수 있다. 가령 그의 양반관료에 대한 비판은 격렬하나, 그를 대신할 개화인텔리 세력의 형상화는 추상적으로 이뤄진다. 이러한 점은 문체에서도 반영된다. 반봉건적 사상이 강하게 나타나는「은세계」역시 이인직의 다른 작품들과 마찬가지로 작품 전체가 순국문이기는 하나, 홍미로운 점은 문어체와 구어체 문장이 양립되어 나타난다는 점이다.

이인직은 자신이 부정적으로 인식하고 있는 계층을 그릴 때는 자연스럽고 생동감 있는 구어를 구사한다. 그러나 자신이 긍정적으로 대하는 인물 계층 즉 개화 인텔리들을 묘사할 경우, 전대의 귀족적 영웅소설에서 발견되는 상투적인 표현법을 쓰고 있어 부자연스럽기 짝이 없다. 이

김홍집, 김윤식 등과 같은 비교적 명망 있는 온건 개화파 관료도 있지만, 갑자기 신진 소장 친일파가 정계에 대두한 점을 알 수 있다. 이들은 비교적 한미한 가문의 출신들로서 그들 중의 신진 소장 관료 4-5명은 양반의 庶出이거나, 과거 대신 외국 유학 혹은 외국 관계의 전문 지식인들이다. (유영익,「군국기무처의안의 분석」, 한국사회연구 편,『청일전쟁과 한국관계』, 일조각, 1985, 202쪽 참조.)

는 그가 형상화하는 개화 인텔리가 현실에 매개되지 않고 관념 안에 놓인 인물이기 때문이다.

「귀의성」, 「치악산」 등에 나타난 노비들의 대화 (가)와, 『은세계』의 개화인텔리 옥남 대한 묘사 및 그의 언사, 그리고 「치악산」의 개화양반 가문의 이부인과 그의 충비(忠婢) 검홍의 대화 장면 (나)를 비교해보자.

    (가)
(즌근돌) 보기실타 여우갓치 요거시 디 무어시아
(졈순) 남더러 공연히 욕만흐네
(즌근돌) 욕이 쥬먹보다 낫지 아니한가
(졈순) 결핏흐면 쥬먹만 내셰네 아무 좨도 업는 사롬을 혈마 쳐 죽일라구
(즌근돌) 헐마가 다 무어시야 너도 마님갓치 강쏘만 흐여 보아라 한 쥬먹에 쳐죽일터이다.
(졈순) 강쏘는 엇더한 비러먹을 년이 강쏘를 흐고잇셔
(졈순) 여보 요란스럽쇼 물 흠부루 흐지마오 흐더니 눈우슘 치며 즌근돌의 억개 밋흐로 머리를 밧삭 듸민다9)

(고두쇠) 이익 요시는 네 뒤모냥 어업벗고나 듸강이에 웬 기름을 그럿케 쳐발란느냐
(계집) 니 듸강이에 기름을 바르던지 마던지 걱정이 무어시야
(고) 너무 어엿버 걱정이란다
(계집) 어엿부면 누가 집어 삼치는 줄 아나베
(고) 에그 갓지아니흔 것 다 보깃구 너까진 년을 엇더흔 눈갈먼 놈이 집어 삼치려 흐깃느냐10)

(나)
률곡(栗谷)은 어렷슬 때부터 리치를 통흔 군자라는 말이 잇셧고 매월당(梅月堂)은 어렷슬 때부터 문장이라는 말이 잇셧으니 옥남이를 그러흔

---

9) 『귀의성』 상, 광학서포, 1907, 68-69쪽.
10) 『치악산』 상, 유일서관, 1908, 61-62쪽.

명현에는 비홀 슈 업스나 옥남이를 보는 사름의 말은 얼골 손에 요럿케
영민흔 아히는 고금에 다시 업지 흐면서 칭춘을 한다. (…중략…)
만일 십년전에 개혁이 되얏슬 지경이면 오호만의(嗚呼晩矣)라 나라일흐
기가 더단히 어려운 써이라 비록 남의 힘을 비지 아니흐고 니힘으로 기
혁을 흐엿더래도 빅공천창(百孔千瘡)의 쾨민지 못홀 일이 여러가지라
… 황제폐하께서 등극흐시면서 일반정치를 개혁흐시니 만고의 영절흐신
성군이시라 우리도 흐로봇비 우리나라에 도라가셔 우리 비흔디로 나라
에 유익흔 사업을 흐야봅시다.11)

검홍이가 부인의 말을 다 못듯고 눈물이 비오듯 써러지며
(검) … 만일 앗씨가 도라가시면 앗씨게셔는 무남독녀를 금옥갓치 길너
니셧던 그 짜님이 자결흐야 도라가셧다는 말을 드르시면 그 마님 마음
이 엇더흐시깃습닛가 … 더감게셔는 남정의 마음이시니 일시에는 비창
흐시드리도 더범흐신 마음이라 오른되면 아지실 터오오나 마님게셔는
세월이 갈스록 그 짜님 싱각만 흐실거시니 앗씨게셔 그런 어머니를 이
지시고 엇지 도라가심닛가
(부) 이이 검홍아 우지말고 이러느거라 네가 저러흐면 니가 마음을 더욱
진정홀 슈가 업다 … 이이 검홍아 이러나거나 네나 니나 타고는 고싱이
니 억지로 면흐려면 되깃느냐 니가 오날부터는 이셔름보다 더흔 셔름이
잇더리도 참고 잇셔보마12)

다시 말해 그의 문학의 평민적 성격은 양반문화를 거부하는 생동감
있는 구어체의 표현을 가능케 한다. 그러나 정작 그의 소설의 주체가 되
는 개화인텔리를 형상화할 경우, 결국은 종래 문어체 소설에서 보이는
안이한 보수적 문체 체계로 돌아간다.13) 이는 이인직 소설에 나타난 개
화파의 시대적 투쟁이 사회 변혁이 아닌, 체제 안에서 기존 지배 세력으
로부터의 권력 탈취라는 파쟁적 성격만을 지니고 있는 것이기 때문이다.

---

11) 『은세계』, 동문사, 1907, 85쪽, 128-129쪽.
12) 『치악산』 상, 50쪽.
13) 이에 대한 자세한 논증은 양문규, 『한국근대소설사연구』, 국학자료원, 1994 참조.

한편 왕족 집안 출신인 이해조 소설의 경우는 애초부터 반봉건의 문제가 심각하지 않다. 오히려 봉건사회에 대한 강한 향수를 드러내기도 한다. 「자유종」 같은 작품은 물론 부르주아 개혁을 내세우지만, 그 실제적 내용은 왕조국가의 부국강병책이지, 그것의 내면적 진리인 민족주의나 민주주의에 대한 관심은 아니다. 그리하여 이해조는 갑오개혁의 급진성을 비판하기도 하며, 과도한 평등 정책이 반상의 질서를 어지럽혀 놓았다는 불만도 드러낸다.

특히 그의 소설에 형상화되는 풍속개량의 문명개화는, 당대의 혼란스러운 현실을 결국은 봉건적 윤리 및 유교적 합리주의 안에서 개혁코자 하는 생각이다. 그리하여 「구마검」의 미신타파는 다름 아닌 도학적 질서로의 복귀를 지향한다. 실제 고려 후기 신흥사대부 계층의 신유학은 무속을 완강하게 배척하며 유학의 합리주의를 굳혀 나갔다. 이들을 주축으로 세워진 조선왕조 역시 유학에 의한 통치 질서를 정립하고 무속을 철저히 탄압하였다.

따라서 유학의 합리주의와 근대적 합리주의가 반미신이라는 점에서 일면 상통하는 성격을 공유하고 있기도 하니, 이해조는 반미신 운동을 통해 자신의 유학적 이데올로기를 개화사상과 절충한다. 물론 이러한 반미신 운동은 당시 민비가 좌지우지한 왕실의 미신풍조를 빗대어 비판한 것으로 민씨 권력에 의해 소외된 이해조의 울분을 반영하는 것이기도 하다.

요컨대 이해조 소설들은 비교적 개혁적 입장에 놓여 있던 봉건 기득권 계층들이, 왕권을 중심으로 새로운 문명개화를 일정 부분 수용하여 역사적 사명을 담당해나갈 수 있으리라는, 통치 계급의 정치 부흥을 갈망하는 개명적 전제의 입장에 놓여 있다. 이후 최찬식과 김교제 역시 문명개화를 표방하기는 하나, 안으로는 오히려 봉건적 유제의 관성이 더 강화되며 경우에 따라서는 이를 노골적으로 전면화하기도 한다.

이렇게 신소설 작가들은 겉으로는 문명개화, 반봉건을 내세우고 있지만, 이면에는 봉건적 유제가 강력하게 온존하고 있다. 이는 우리의 근대적 움직임에 이미 내재해있던 형편이다. 20세기초 시민 계급이 일반적으로 취약했기 때문에 초기 소수의 선진적 시민계급조차 봉건 세력과 타협할 수밖에 없었다. 그리고 구체적으로 이해관계에서도 당대의 봉건 지주 계급과 밀접하게 얽혀 있다.

예컨대 갑오경장을 전후로 시작한 한국의 근대화는 구래(舊來)의 지배 계층과 지주를 위주로 하는 위로부터의 개혁으로 수행된다. 즉 당시의 개화파 집권 관료 세력은 양반지주적 기반과 타협을 하고 있다. 지주층은 개항(1876년) 후의 대일 무역을 통해서 즉 미곡(米穀) 무역의 호경기를 배경으로 급속하게 성장하여 그들 자신의 부력 증대에 자신을 가지게 되었다. 따라서 그들 스스로가 근대화 작업의 주체가 될 수 있음을 공언한다.14)

한 예로『호남학회』는 반(半)봉건적 생산관계를 청산하지 않은 채, 일본의 자본주의 경제 체제로 재편성 되어간 구래의 지주 계층과 밀접한 관련이 있다. 이 학회의 후원자 격인 고부(古阜)김씨 같은 호남 지주들은, 지주제를 발전시켜 나가되 일정한 범위 내에서 서구문명을 수용함으로써 자강(自彊)과 근대화를 기(期)하고 반(半)식민지 하 상태로부터 국권을 만회하려는 애국계몽적인 일군의 계층들이었다.15)

---

14) 김용섭, 「갑신 · 갑오개혁기 개화파의 농업론」,『한국근대농업사연구』, 일조각, 1975, 318쪽.

15) 김용섭, 「한말 일제하의 지주제」,『한국사연구』19, 76-81쪽.

『기호흥학회』역시 설립 기반, 또는 사회적 기반을 보면 고급관료층이 대거 진출하고 있다. 이들은 근본적으로 봉건 지배층과 사회적 기반을 같이 하고 있기 때문에 봉건모순의 극복에 본격적일 수가 없다. 이러한 성향은 정도의 차이만 있을지언정 『서북학회』, 『교남학회』도 비슷하다.16) 그리하여 신소설 작가를 포함한 개화인텔리 역시 봉건관료 또는 지주 세력과 타협할 수밖에 없었고 그들과 일정한 이해관계로 얽혀 있었던 셈이다.

한편 신소설 작가들의 봉건적 성격이 강화되어 나가는 것은 조선의 일제에로의 예속 과정과 밀접한 관련을 맺는다. 신소설의 봉건성은 1910년대 이후 더욱 두드러지게 나타난다. 1910년대는 일제 자본에 의한 자본주의적 관계가 기본 명맥을 드러낸다. 그러나 일제는 농촌에서 봉건적 토지 소유관계를 유지시키며 신분적 차별을 규정짓는 모든 중세기적 잔재를 폐지하지 않아 봉건 시대의 관습을 유지, 보존하며 근대로의 진행 과정을 억제한다.

즉 일제는 자기 자본의 관철을 실현시키기 위해 지주를 비호, 육성시키며 매국적이고 반동적인 양반 관료들 일족에게 귀족 칭호와 공로금 같은 것을 안겨주어 그들 세력과 제휴하고자 했다. 그리하여 1910년대는 엄격한 가부장적 봉건제, 전통적인 반상의 유풍 등 전근대적 유제 등이 존속된다. 이러한 봉건적 유제가 근대적 계급의 생성을 억제하고 시대 변혁을 역행 혹은 지연시켰음은 자명한 일이다.

그리하여 수구세력과 일제가 야합하여 야기한 보수반동 현상은 봉건체제에 대한 철저한 청산은커녕, 전 시대의 봉건적 유제를 고스란히 살

---

16) 조동걸, 「1910년대 민족교육과 그 평가상의 문제」, 『한국학보』 6, 1977.

아남게 하고, 이는 일제 식민지 통치에 유효적절하게 사용된다. 옛 왕조의 군주 자리에 일본 천황이 들어서고, 조선 신민은 일본 제국의 신민으로 쉽사리 탈바꿈 할 수 있었던 것이다.[17) 1910년대 이해조, 최찬식 작품에 나타나는 봉건적 가치의 전범인 정절의 세계, 퇴영성과 복고주의는 이와 관련된다.

2) 매판적 성격

이인직 문학에 나타난 봉건제적 모순의 지양을 통한 근대주의의 지향점에서 보이는 가장 뚜렷한 한계는 그의 문학의 매판적 성격이다.[18) 그런데 시기상의 차이만 있을 뿐, 1910년대 이해조, 최찬식의 작품 역시 친일의 세계를 지향하고 있다.[19) 같은 시기 다른 작가군들, 가령 신채호, 장지연, 박은식, 유원표 등의 역사전기소설을 창작한 작가들과는 달리 이들 신소설 작가에게 나타나는 매판성이라는 사회역사적 성격을 어떻게 설명해야할까?

당대 개화 인텔리는 근대화를 민족주의와 분리하여 전자를 우선하는 태도를 드러낸다. 그리하여 실제로 민족을 바라볼 때, 민족국가로서의

---

17) 강명관, 「일제초 구지식인의 문예활동과 그 친일적 성격」, 『창작과비평』, 1988, 겨울호, 171쪽.

18) 이인직 문학에 나타나는 매판적 성격은 단순히 '민족정기'의 차원에서 비판되는 것이 아니다. 더 중요한 것은 그의 문학의 매판적 성격이 궁극적으로 우리가 올바른 근대를 성취해나가는 데 장애로 작용한다는 점에서 비판될 수 있다.

19) 김교제의 경우 적어도 이런 점을 발견할 수는 없다. 그러나 그의 작품 숫자가 절대적으로 적은 양인데다, 작가의 관심사도 소설의 흥미에 전적으로 경주되고 있어, 작품의 주제, 이념엔 거의 눈길을 돌리지 않은 듯하다. 그의 대표작 「현미경」역시 이미 알려진 유형을 복잡하게 하고 극단화한 데 지나지 않지만, 작품 제목 때문에 아주 새로운 소설이라는 인상이 들도록 한(조동일, 『한국문학통사』 4, 지식산업사, 1986, 364쪽) 느낌이 없지 않아 있다.

독립보다는 그 생존에 더 높은 가치를 부여하여, 독립에 대한 집착 또는 열정보다는 실용적으로 민족의 경제적 문화적 진보 등의 근대화에 힘쓰는 것을 좀더 중요하게 생각한다. 이러한 생각은 대외적 독립보다는 근대화를 통한 내부적 자립을 중요시하게 된다.

그리고 결정적으로 개화파는 그들의 계급적 이해관계를 대변해줄 수 있는 국가의 존재에 대한 기대감이 소멸되면서 국가·민족에의 소속 의식이 무의미해지기 시작한다. 그리하여 근대의 제국주의적 세계 질서를 인정하고 내면적으로 침략 자본주의를 긍정하며·그 지배를 수용한다. 특히 신분 상승의 기회가 그 전 과거 시기를 통해서보다 더욱 기존 수구 세력 아래에서 완전히 막혀 있는 상황에서 돌파구를 외세에서 찾게 된다.

그리하여 이인직의 작품에 빈번히 나타나는 국가허무주의, 민족허무주의는 바로 이러한 사정에 연유한다. 「은세계」에는 나라가 망한다는 이야기 혹은 망하기를 기대하는 이야기가 무려 여섯 군데 이상 나온다. 이러한 필연적 망국론은 곧 외세의 개입에 대한 합리화를 위한 전제가 된다. 그리하여 이인직은 정미 7조약 이후 적극적으로 아시아 연방제를 주장하면서 일제에 의존한 근대의 길을 모색한다. 이러한 점에서 최병도로부터 시작하여 그의 유복자 옥남에 이르게 되는 「은세계」는 개화 인텔리의 역사적 향방을 잘 보여준다. 부패한 봉건 체제를 타파하고 국권의 강화를 위해 출발했던 개화인텔리 세력은 지배 계급 내부의 모순 관계에서 주어지는 힘의 균형에서의 열세로 인해 외세(일본)의존적 성향을 강화하게 된다. 이들이 바로 친일개화파이며 여기가 「은세계」가 귀착되는 지점이다.

이해조는 이인직의 경우와는 다르다. 적어도 1910년 이전까지 이해조

문학에서 매판적 성격은 발견되지 않는다. 그러나 이해조 문학에 두드
러지는 봉건적 성격은 1910년 이후 그의 문학이 친일의 세계로 나가는
예비 경로가 된다. 이해조 문학에서도 수구파 양반들에 대한 비판은 나
타난다. 그러나 이해조는 그러한 비판을 통해 봉건적 모순을 드러내기
보다는 양반 계층의 도덕적 각성 및 재무장을 촉구한다.

예컨대 이해조 소설에 나타난 양반 권위의 실추는 대부분 그들의 성
적 탐욕에서 비롯된다. 그리고 그러한 양반들의 타락을 유도하는 기생,
첩들에게 공격의 화살을 돌린다. 이러한 점에서 노비, 상민 계급들 역시
부정적 대상이다. 심지어는 새로운 세력으로 부상되는 상인 계급조차
"돈 한푼이라도 땀이 나도록 쥐고 … 자기 몸에 이로운 것만 아는"(「모
란병」 중에서) 비속한 자들로 모두가 반상의 질서를 어지럽혀 놓는 자들
이다.

그리하여 양반 계층의 타락을 제도적 모순이 아닌, 양반 개개인의 도
덕적 혹은 윤리적 결함에서 찾거나 또는 이를 악용하는 하층민들에서
찾고자 한다. 요컨대 이해조는 반상의 계급적 질서를 암묵적으로 전제
하며 봉건 질서의 위기를 구시대적 윤리로 재무장하고 적당한 타협선상
에서 개화를 수용코자 하는 입장을 드러낸다. 이해조 문학의 봉건적 세
력 및 가치에 대한 불철저한 청산은 1910년 이후 일제하의 타협의 길로
자연스럽게 인도된다.

실제 사회경제사적 측면에서 일본 제국주의에 의해 형성된 식민지 자
본주의는 봉건적 유제를 온존시킴으로써 자본주의적 착취를 가능케 하
고 이런 점에서 봉건 기득권 세력과 일제는 구조적 응착 관계를 맺는다.
따라서 1910년대 들어서 일제의 통치는 단순히 일본 식민주의들만의 지
배만은 아니다. 오히려 구한국 시대로부터 지속적으로 유지되어온 전통

적 관료 지배계급과 대지주 등과 함께 형성된 일종의 공생적이며 협동적인 통치체제다.[20]

그리하여 기존의 봉건 기득권 계층은 자신들의 기득권을 수호하기 위해 대한제국이 멸망한 이후 일제와 타협 혹은 이에 투항하며 오히려 일제로부터 비호를 받으면서 적극적인 협력을 하게 된다. 따라서 봉건적 가치 질서로의 반동적 회귀는 곧 친일의 예속적 세계와 동전의 양면을 이룬다. 최찬식의 작품 묘사에서 나타나는 상투화된 고소설 투의 복고 취향은 때때로 일본 신파(新派)조와 교묘하게 어우러지곤 한다.

> 시름없이 오던 가을비가 그치고 슬슬 부는 서풍이 쌓인 구름은 쓸어보내더니, 오이알빛 같은 하늘에 티끌 한점 없어지고 교교(皎皎)한 추월색이 천지에 가득하니 이때는 사람사람마다 공기 신선한 곳에 한번 산보할 생각이 도저히 나가겠더라. 밝고 밝은 그 달빛에 동경 상야공원(上野公園)이 일폭 월세계(月世界)를 이루었으니, 높고 낮은 누대(樓臺)는 금벽이 찬란하며, 꽃그림자 대그늘은 서로 얼켜 바다같고, 풀 끝에 찬 이슬은 낱낱이 반짝거려 아름다운 야경이 그림같이 영롱한데 … 그 월색 안고 불인지(不忍池) 관월교 석난간에 의지하여 오똑 섰는 사람은 일개 청년 여학생이더라. … 음흉, 난잡한 말을 함부로 뒤던지며 여학생의 가늘고 약한 허리를 덤썩 안고 나무 수풀 깊고 깊은 곳으로 들어가니 … 왼손으로는 여학생의 젖가슴을 잔뜩 움켜잡고, 오른손으로는 양복 허리에 단도(短刀)를 빼어들더니 … [21]

그리고 1910년대 이해조와 최찬식의 소설에서 봉건적 가치의 전범이라 할 수 있는 정절의 세계가 유난히 강조된다. 그것은 신소설이 수절에서 비롯된 여인의 다기한 운명을 통속적 멜로로 다루고자 하는 의도에

---

20) 진덕규, 「일제초기 친일관료 엘리뜨의 형성과 성격 분석」, 『현상과인식』, 1978년 봄호, 53쪽.
21) 『한국신소설전집』 4권, 을유문화사, 1968, 13쪽, 16쪽.

서만 비롯되는 것은 아니다. 사회사적 측면에서 이러한 유형의 소설이 유행하는 것은 1910년대가 사회구성상 전근대와 근대적 요소가 양립하면서도 봉건적 유제가 강하게 지속되고 있다는 얘기다.

가부장적 권위주의를 수긍하는 여성의 수절이라는 논리는 좀더 비약해보자면 총독부의 정치적 권위에 순종하는 보수적 태도로도 해석할 수도 있다. 가령 봉건적 가치의 지속은 사람들로 하여금 현 제도가 고정적이고 최종적인 것임을 승인케 한다. 그리하여 그것을 비판한다든지, 그 법규나 관습에 저촉되거나 전복시키지 못하도록 하는 사고 방식을 알게 모르게 강요한다.

그리하여 신소설 작가들은 사회 변혁의 열망을 좌초시키려는 총독부의 통치 행위에 알게 모르게 순응한다. 즉 봉건적 가치를 통속적으로 활용하여 대중의 관심을 돌려놓음으로써 총독부 권력에 영합한다. 가령 최찬식 작품에 등장하는 신식 남녀들은 자주 비난의 대상이 되곤 한다. 즉 그들이 갖고 있던 진보적 일면들은 거세된 채, 오히려 구시대의 여성과 비교되어 허랑방탕한 성적 방종의 무리로 형상화되는 예가 비일비재하다.

그럼에도 불구하고 신소설의 통속적 대중화에 기여한 최찬식은, 피상적인 근대적 문물 및 제도에 민감하게 반응하면서 이를 시대의 보수적 분위기와 교묘하게 결합한 상업적 재능을 발휘한다. 합방 이후 이념의 퇴조로 보수화 된 대중을, 「추월색」에서는 신기성(新奇性)을 띤 근대 문물에 - 일본 우에노 공원의 정경, 신식 결혼, 경의선을 타고 만주로의 신혼 여행 등등 - 노출시켜 그들의 감각적 호기심에 영합한다.

3) 개량주의적 성격

근대민족주의는 자본주의 경제가 정착되고 확산되면서, 국가간 자본주의의 불균등한 발전에 따른 결과로 더욱 강력하게 발생한다.[22] 우리의 경우 19세기말과 20세기초에 걸쳐 진행된 외국 자본주의의 침투는 자본주의의 발전을 저지시킬 뿐 아니라 분쇄시킬 수도 있는 상황에 이르게 한다. 이러한 상황에 대응해 조선은 개항을 전후한 세계자본주의와의 접촉 과정에서 '민족계급'의 역할을 할 수 있는 토착부르주아 계급의 형성과 발전을 모색한다.

그리하여 개화인텔리들은 식산흥업을 통한 부국강병을 이룩함으로써 적자생존의 생존경쟁에서 우리 민족이 살아남기를 갈망한다. 그리고 이러한 갈망들은 당시의 학회지·신문 등을 통해 집중적으로 발표되고 있어 제국주의의 침략과 착취에 직면한 주변부의 자국 경제에 대한 민족주의적 각성을 보여 준다. 그러나 이러한 개화파의 노력과 각성에도 불구하고 오히려 조선의 외세(일본)에의 경제적 예속은 심화돼 나간다.

예컨대 이 시기 토착 상업자본의 활동을 유일하게 그린 「송뢰금」 같은 작품에서는 주인공들이 정치적 독립의 기초가 자립경제에 있음을 갈파하고 상업에 힘쓴다. 그러나 이들의 노력과 바람은 수포로 돌아간다. 작가는 그 이유를 제국주의 경제의 침탈에서 찾기보다는 동업자의 배신이라는 부르주아 개인의 도덕성에서 찾고 있다. 즉 이 작품에서 일본 제국주의의 경제적 침탈에 대한 의식은 전혀 찾아볼 수 없다.

실제에서도 개화파들은 식산흥업을 주창하며 부르주아 개개인의 도덕적 성실 및 노력 등만을 강조하고 있을 뿐, 외세와의 긴장적 대결 관

---

22) 톰 네언, 「민족주의의 양면성」, 백낙청 편, 『민족주의란 무엇인가』, 창작과비평사, 1981, 225쪽.

계에서 심도 있는 민족적 자각을 끌어내지 못하고 있다. 이는 주관적으로 개화파의 역량이 부족한 데 기인하기도 하지만, 객관적으로 이를 뒷받침할 만한 당대 상업자본이 물적 토대를 갖추고 못하고 있는 역사적 사실을 반영하는 것이기도 하다.

「금(金)의 쟁성(琤聲)」은 상인이 이윤 축적을 통해 사회자선사업을 실현할 것을 강조한다. "금이 무딘 소리를 내지 말고 쟁쟁한 소리를 내게 해야 한다"는 뜻은 곧 부르주아의 축적된 자본이 국가 부흥에 쓰여야 함을 이른다. 그럼에도 불구하고 이 작품은 본질적으로는 양반의 권위에 도전하는 부르주아 계급의 상스러운 모습들을 그리는 데 초점이 맞춰 있다. 작가는 결국 "세상 재물을 똥같이 여기는" 양반을 신뢰하는 데로 결론을 이끌고 나간다.

그리하여 신소설에서는 상업자본의 모습이 미미하게 나타날 뿐만 아니라, 설사 그 형상화가 이뤄지더라도 개화 양반의 보조적 역할을 하는 데 그치거나, 양반의 윤리, 반상의 질서를 훼손하는 부정적인 계층으로 그려진다. 이는 대내적으로 봉건 경제가 압도적인 상황에서 또 대외적으로는 외국자본의 극심한 침투 아래 부르주아 계급이 얼마나 허약한 실체였는가를 확인해주는 셈이다.

따라서 당시 개화인텔리들이 개진하고 있는 민족운동 또는 사회운동은 구체적인 물적 토대가 결여된 상태에서 관념적 개량주의의 성격을 지향할 수밖에 없게 된다. 더불어 그 표현에 있어서도 시민적 인성을 계발하기 위한 도덕 개량 등의 추상적 운동으로 나타난다. 그리고 이러한 도덕 개량 운동이 특별히 당시 서구와 함께 들어온 기독교를 매개로 이뤄지기도 하니, 이를 기독교 민족주의라고 부르기도 한다.

안국선의 「금수회의록」, 김필수의 「경세종」, 반아의 「몽조」, 백악춘사의 「다정다한」 같은 작품은 대한제국이 위기에서 벗어날 수 있는 길은 서양 문명의 근본이 되는 기독교를 받아들여야 된다고 생각한다. 예컨 대 「금수회의록」은 국가적 위기를 극복하기 위하여 국가의 비운에 통회 (痛悔)하는 기독교적 내성(內省)을 주장한다. 그리하여 국난 타개를 위해 하나님의 도움 외에 그 어떤 것에도 기댈 수 없다는 태도를 드러낸다.

「몽조」의 개화파 한대흥은 개혁운동의 과정에서 수구파로부터 역적 의 대 죄명을 쓰고 사형을 당한다. 남편을 잃은 한대흥의 부인은 남은 자식을 데리고 살아가던 중, 전도 부인의 교화로 새로운 삶의 길을 모색 한다. 「다정다한」의 개화파 주인공은 계몽운동을 전개하던 중 수구파에 몰려 정치적 혐의로 체포 투옥 중, 옥중에서 선교사의 권유로 기독교 신 자로 개종한다.

즉 이들 작품에 등장하는 인물들은 대부분이 갑오경장 이후 수구파에 대항하여 정치 개혁에 가담했던 개화파들로서 정치에 좌절된 자들이다. 그리고 정치적 행위에 회의를 느낀 나머지 귀착하게 되는 것이 기독교 적 신앙의 세계다. 그리고 이를 통해 대중의 도덕적 개조에 중점을 두어 근대화의 길을 모색하고자 한다. 그러나 이는 사실상 민족이 처한 역사 현실로부터 도피하는 셈이다.

다시 말해 이 시기 개화파들은 서양을 선미(善美)한 나라로 인식하고 그것을 기독교와 일치시켜, 서구의 종교 등을 이상화하여 기독교의 도 덕으로 시민적 인도주의를 고취시키며 민족 구성원의 도덕적 수준을 향 상시킴으로써 국가 부강의 길을 모색하는 셈이다. 그러나 극단적으로는 나라가 망해 가는 판에 기독교의 죄의식과 용서와 사랑을 내세워 일제 의 침략을 호도하는 경우도 있었다.

앞서 언급한 신소설 작가 중에서는 이해조가 유일하게 기독교를 봉건

적인 계급대립을 극복할 수 있는 일종의 국민적 통합의 원리로 기대한
다.23) 예컨대 이해조는 「고목화」에서 미국 유학을 갔다온 조박사가 기
독교의 박애 정신으로 당대의 반체제적 폭도인 명화적을 감화시키는 삽
화가 나타난다. 이 역시 부르주아의 물적 토대가 결여된 상황에서 근대
적 전망을 갖추지 못한 당시 개화파의 추상성을 반영한다.

반면 이인직의 작품을 비롯한 대부분의 신소설에 나타나는 개량주의
적 성격은 이른바 교육만능론을 통해 관철된다. 곧 신소설은 구국·개
화의 방책으로 교육과 문명 보급의 필요성을 강조한다. 그리하여 작품
에서 개화파들은 사회 변혁의 목적을 달성키 위한 가장 평화적이고 개
량적 수단으로 교육만능론을 내세운다. 예컨대 다수의 신소설 작품들은
그 구체적 실현을 위해 외국 유학을 능사로 삼는다.

「은세계」에서 농민들의 민요(民擾)를 만류하며 저지한 최병도는 "아
들(유복자 옥남)이나 낳거든 공부나 잘 시켜야 할터인데"라고 다짐하며,
정치운동 내지 투쟁 자체를 피하고 유학 등의 교육을 통한 실력양성을
기대한다. 그리고 최종적으로 옥남이 의병을 선유하는 연설을 통해, 식
민지 시대 개량주의 운동의 핵심적 논리인 '준비론'을 드러낸다. 더불어
이인직은 옥남의 입을 빌어 의병전쟁 같은 무장투쟁론의 무위성을 지적
하기도 한다.

그리하여 우리가 나라를 잃게 된 것은 바로 다름 아닌 봉건조선의
"수십년래 학정(虐政)"에 기인함을 밝힌다. 그러나 순종의 즉위와 함께
이뤄진 개혁으로(1907년의 정미개혁) 이러한 학정이 점차 개선되고 있다
는 현실인식을 드러낸다. 따라서 이제는 각자 생업에 종사하며 국민의

---

23) 이해조가 애국계몽기의 지식인 사회에 등장할 초기에는 기독교 신자였다고 한다.
   (최원식, 「화성돈전 연구」, 『민족문학사연구』 18, 2001, 277쪽.

지식이 진보될 수 있게끔 자식들을 교육하는 데 힘쓰는 것이 국권을 회복할 도리라고 주장한다.

20세기 초 개화파의 '교육'에 의한 자강주의는 기본적으로 '약육강식'을 내용으로 하는 사회진화론의 원리를 근간으로 하고 있다.[24] 개화파의 이상은 진화론적으로 앞서 나간 강자인 독일, 미국 등을 모델로 선발 자본주의 국가를 추수하기 위한 노력으로 결정화된다. 그러나 이는 제국주의의 정치적 상부구조에 두드러지게 나타난 군국주의에 대한 추종으로서, 제국주의 침략의 구조를 파악하는데 장애물이 된다.

그리고 사회진화론에서 사회의 진화는 지속적이고 자동적이기[25] 때문에 사회관계의 혁명적 변혁을 근본적으로 저지하여 강자에 의한 약자 지배의 타당성을 보장해준다. 더욱이 교육만능론은 사회 구성원들을 우월한 엘리트 계층과 교육의 대상이 되어야 하는 무지몽매한 다수의 계층으로 이원화한다. 그리하여 개화파의 글에는 우민관(愚民觀)이 도처에서 나타난다. 신소설 작가들의 민족허무주의, 하층계급의 경시 역시 모두 이러한 데서 비롯된다.

이인직은 작품 곳곳에서 "조선 사람이 이렇게 야만되고 이렇게 용렬한 줄을 몰랐다"는 식의 발언을 한다. 또는 지금 조선의 형편은 "한 사람의 집안으로 비유할진대, 세간은 다 판이 나고 자식들은 다 난봉이라, 누가 보든지 그 집은 꼭 망하게만 된 집"의 모습으로 얘기하기도 한다. 그리하여 「은세계」에 등장하는 의병들은 정치적 입장의 차이를 떠나서 개화파들에게는 몽매한 우중으로만 간주된다.

---

24) 윤홍로, 「개화기의 진화론과 문학사상」, 『동양학』 16, 1986.10, 35쪽.
25) 박찬승, 「한말·일제시기 사회진화론의 성격과 영향」, 『역사비평』, 1996년 봄호, 343쪽.

그리고 앞에서도 지적한 바, 이해조, 김교제 등의 작품에서는 하층민 즉 노비나 기생 첩 등이 한결같이 부정적으로 그려진다. 하층민들은 반상의 질서 또는 양반의 윤리, 도덕적 가치를 훼손시키는 무지하고 야비한 부정적 계층이다. 그리하여 이해조 소설에서는 작가가 이들 앞에 직접 나서서 꾸짖는 언사를 거듭한다. 물론 이들이 간혹 긍정적으로 그려지는 경우도 있으니, 이는 그들이 양반에게 충견(忠犬)의 도덕을 보여줄 때에 한해서다.

개화파들이 대중을 도덕적 또는 교육적으로 계몽, 훈계하는 인성론 및 교육만능론 등의 관념적 개량운동은 이후 풍속적 개량으로의 관심을 자연스럽게 수반한다. 1910년대 동경 유학생을 비롯해 지식인, 학생 계층의 가장 주요한 주장은 "개성의 해방"이다. 이러한 주장은 결국 이광수에서 볼 수 있는 바, 자아의 각성을 통하여 새로운 이성 관계를 수립하기 위한 '자유연애'와 같은 소시민적 취미에 영합하는 풍속의 문제로 연결된다.

그런데 정치적 형태의 운동이 결여된 채, 도덕·풍속 개량의 민족운동을 전개하는 것은 자 민족의 도덕적 결함 및 그의 각성을 지나치게 강조하는 나머지 역시 민족 허무주의 또는 민중 허무주의로 떨어질 위험성을 항시 내포한다. 이후 최남선, 이광수 등은 민족주의가 정치적, 경제적 변동의 과정을 통한 실현 속에서 이뤄질 수 있는 것이 불가능해지자 민족의 과거에 대한 낭만적 이상화 등으로 방향을 트는데, 이는 후일 내선일체론으로 귀결된다.

3. 맺음말

이 글은 개화기 서사문학을 대표하는 신소설 작가들의 사회 역사적 성격을 검토함으로써 이전 시기와 달라진 문학 담당층의 성격을 알아보고자 했다. 신소설 작가 계층은 이 시기 초기적 형태를 드러내고 있는 부르주아 계층의 이데올로기적 대변자로서 개화파의 생각 또는 이념적 성격들을 잘 드러내고 있다. 따라서 새로운 창작계층으로 등장한 신소설 작가의 사회역사적 성격은 개화파와의 관계에서 설명될 수 있다.

우선 신소설 작가들은 문명개화, 반봉건을 내세우고 있지만, 이면에는 봉건적 유제가 강력하게 온존하고 있음을 확인할 수 있었다. 이는 이미 우리의 근대적 움직임에 내재해있던 형편이다. 20세기초 시민 계급이 절대적으로 취약했기 때문에 초기 소수의 선진적 시민 계급 조차 봉건 세력과 타협할 수밖에 없었고 구체적으로 이해관계에서도 당대의 봉건지주 계급과 얽혀 있을 수밖에 없었기 때문이다.

이와 같이 신소설 작가들은 그 사회경제적 기반이 취약하여 기존의 봉건 기득권 계층에서 이해 관계를 구한다. 그러나 그들은 당연히 봉건 조선의 핵심 사대부 세력으로부터는 소외된 계층에 속해 있었다. 따라서 봉건사회로부터 근대사회로 넘어가는 시대적 전환기에서 신흥 인텔리로서 반봉건 및 문명개화의 문제를 제기하기는 한다. 그리고 그러한 반봉건의 성격은 아무래도 신소설 작가 각각의 신분적 소외의 정도에 따라 달리 나타난다.

그러나 반봉건이 어떠한 형태로 표현되든, 이인직의 예에서 대표적으로 살펴볼 수 있듯이, 그것이 단순히 권력으로부터 소외된 양반 계층의 특권계급에로의 회귀 지향을 수반한 체제 내적 반항의 성격을 띠고 있다. 그들의 봉건 조선에 대한 규탄은 권력을 장악한 지배세력에 대한 규탄이지, 근본적으로 체제변혁의 성격을 지향하지는 않는다. 따라서 개화파의 시대적 투쟁은 근본적으로 보수적인 성격을 안고 있다.

한편 신소설 작가들의 봉건적 성격은 조선의 일제에로의 예속 과정과 밀접한 관련을 맺는다. 일제는 식민지 조선에서 봉건적 토지 소유관계를 유지시키며 신분적 차별을 규정짓는 모든 중세기적 잔재를 폐지하지 않아 봉건 시대의 관습을 유지, 보존하며 근대로의 진행 과정을 억제한다. 그리하여 수구 세력과 일제가 야합하여 야기한 보수반동 현상은 봉건체제에 대한 철저한 청산은커녕, 전 시대의 봉건적 유제를 고스란히 살아남게 한다.

둘째, 신소설 작가의 근대주의 지향에는 매판적 성격이 함께 하고 있다. 당대 개화 인텔리는 근대화를 민족주의와 분리하여 전자를 우선하는 태도를 드러낸다. 그리하여 대외적 독립보다는 근대화를 통한 내부적 자립을 중요시한다. 더불어 개화파의 계급적 이해관계를 대변해줄 수 있는 국가의 존재에 대한 기대감이 소멸되면서 그들로서는 국가·민족에의 소속 의식이 무의미해진다.

이러한 점에서 최병도로부터 시작하여 그의 유복자 옥남에 이르게 되는 「은세계」는 개화 인텔리의 역사적 향방을 잘 보여준다. 부패한 봉건체제를 타파하고 국권의 강화를 위해 출발했던 개화인텔리 세력은 지배계급 내부의 모순 관계에서 주어지는 힘의 균형에서의 열세로 인해 외세(일본)의존적 성향을 강화하게 된다. 이들이 바로 친일개화파이며 여기가 「은세계」가 귀착되는 지점이다.

이인직, 최찬식과 달리 이해조의 경우 초기 그의 문학에서 매판적 성격은 발견되지 않는다. 그러나 그의 문학에 두드러지는 봉건적 성격은

1910년 이후 그의 문학이 친일의 세계로 나가는 예비 경로가 된다. 봉건적 가치 질서로의 반동적 회귀는 친일의 예속적 세계와 동전의 양면을 이룬다. 가령 봉건적 가치의 지속은 현 제도가 고정적이고 최종적인 것을 승인케 하는 것이며 결국 이는 봉건 세력을 대신한 총독부의 정치적 권위에 맹종케 한다.

셋째, 당시 개화인텔리들이 개진하고 있는 민족운동 또는 사회운동은 구체적인 물적 토대가 결여된 상태에서 관념적 개량주의의 성격을 띤다. 그리하여 그 표현에 있어 시민적 인성을 계발하기 위한 도덕 개량 등의 추상적 운동으로 나타난다. 이는 주관적으로 개화파의 역량이 부족한 데 기인하기도 하지만, 객관적으로 개화파의 이념을 뒷받침할 만한 물적 토대가 갖춰 있지 못한 역사 현실을 반영한다.

그리하여 신소설에서는 이러한 개량주의 운동이 기독교 민족주의, 또는 교육만능론으로 표현된다. 이러한 교육만능론은 대중을 철저히 계몽의 대상으로 간주하는 우민관을 드러낸다. 실제 신소설에서 하층민들은 한결같이 무지하고 야비한 부정적 계층으로만 그려진다. 초보적 형태로나마 우리 작가의 민중연대가 이뤄지기 시작하는 시점은 개량적 성격의 계몽주의가 끝나는 1910년대 말 또는 1920년대 초에서였다는 점을 지적할 수 있다.

〔양문규〕

참 고 문 헌

강명관, 「일제초 구지식인의 문예활동과 그 친일적 성격」, 『창작과비평』, 1988년 겨울호, 171쪽.

강재언, 『한국의 개화사상』, 비봉출판사, 1981.

김영모, 『한말지배층연구』, 한국문화연구소, 1982.

김용섭, 「한국근대농업사연구」, 일조각, 1975.

김용섭, 「한말 일제하의 지주제」, 『한국사연구』 19.

김태준, 『조선소설사』, 학예사, 1939.

박찬승, 「한말・일제시기 사회진화론의 성격과 영향」, 『역사비평』 1996년 봄호.

백낙청, 『민족주의란 무엇인가』, 창작과비평사, 1981.

양문규, 『한국근대소설사연구』, 국학자료원, 1994.

유영익, 「군국기무처의안의 분석」, 한구사회연구 편, 『청일전쟁과 한국관계』, 일조각, 1985.

윤홍로, 「개화기의 진화론과 문학사상」, 『동양학』 16, 1986.

임형택, 「근대계몽기 국한문체의 발전과 한문의 위상」, 『민족문학사연구』 14, 1999.

정창렬, 「백성의식・평민의식・민중의식」, 『현상과인식』, 1981년 겨울호.

조동걸, 「1910년대 민족교육과 그 평가상의 문제」, 『한국학보』 6, 1977.

조동일, 『한국문학통사』 4, 지식산업사, 1986.

진덕규, 「일제초기 친일관료 엘리뜨의 형성과 성격분석」, 『현상과인식』 1978년 봄호.

최원식, 『한국근대소설사론』, 창작사, 1986.

최원식, 「이해조의 계승자」, 『민족문학사연구』 2, 1992.

최원식, 「화성돈전 연구」, 『민족문학사연구』 18, 2001.

다지리・히로끼, 「이인직연구」, 고려대 대학원, 2000.

초기 자유시 담당층의 정체성 모색과 그 의미

- 김억, 주요한을 중심으로 -

1. 문제제기

　문학사적 변화와 이행이 진행되는 시기에는 이를 주도하는 새로운 문학 담당층의 대두가 필수적이다. 이들 새로운 문학 담당층은 전대와는 다른 문학생산의 토대확보를 필요로 하지만, 이와 동시에 이들은 이러한 토대변화를 유도하며 스스로의 존재의의를 자발적으로 구축해낸다. 문학이라는 관념과 체제는 역사적으로 구성되는 바, 문학은 이러한 역사적 실천의 장 속에서 탁월한 자기구성능력을 발휘하며 생명력 있는 인간의식의 반영물로 자리해 왔다고 볼 수 있다. 따라서 문학사적 변화와 이행의 시기에는 새로운 문학 담담층이 스스로의 정체성을 모색하고 확립해냄으로써 자신들의 존재의의를 확보하려는 실천이 필수적이라 하겠다. 이 과정을 통해 문학은 시대적 변화에 능동적으로 반응하며 자신들의 권역을 자발적으로 구축해 나간다.

　주지하다시피 1910년대에 이르러 우리시는 애국계몽기의 성취라 할 수 있는 자국어에 대한 자각과 정형의 탈피를 토대로 새로운 시적 지평을 모색해나갔다. 동국시계혁명 이후 자국어에 대한 인식은 곧 국권확보에 대한 열망으로 받아들여지면서 순우리말로 씌어진 시가가 운문언어로 자리잡게 되었다.[1] 이 과정에서 지금까지 詩歌가 기대고 있던 정형으로부터 벗어나며 노래체와 시체의 분화과정을 거쳐 점진적으로 율격으로부터의 해방을 이루어 나갔다. 이러한 변화를 주도한 것은 물론 계몽의식으로 무장한 근대적 지식층이었다. 이들이 시가에 담아낸 계몽의 주된 내용은 근대적 민족국가 수립 및 개인의 주체적 자각에의 열망이었다. 그러나 1910년 한일합방 이후 계몽의 위력은 점차적으로 그 세력을 상실하게 되고, 시는 단순한 세태풍속을 담아내는 수준에 머묾으로써 더는 그 위의를 지킬 수 없는 한계에 봉착하였다. 따라서 자유시로의 이행은 한편으로는 전대의 시담당층이 꾸준히 모색해온 계몽의 결과이면서, 다른 한편으로는 우리의 계몽이 갖는 역사적 한계를 넘어서기 위한 시도였다고 볼 수 있을 것이다.

초기 자유시 형성을 주도적으로 이끌었던 김억, 주요한, 황석우 등에 대한 기존의 시사적 평가는 크게 둘로 대별되어 있다. 하나는 이들이 당대 식민지 현실에 대한 외면으로 서구문학, 특히 불란서 상징주의를 무비판적으로 이식했다는 부정적인 평[2]이 그 하나다. 이와는 달리 이들의 서구시에 대한 이해는 자유시를 정착시키고 우리시의 예술성을 확보하는 데 기여한 바가 크다는 긍정적인 평[3]이 다른 하나다. 이들의 공과에

---

1) 신채호는 「천희당시화(天喜堂詩話)」, 『대한매일신보』, 1901.11.9~12.4.에서 한문숭상에서 벗어나 우리말을 사용하여야 함을 주장하며 시가 국민언어의 정화이고 국민을 강하게 만들 수 있으므로 강한 국민성을 기르려면 시부터 개량하자고 주장한다.

2) 이러한 평가의 예로 다음과 같은 견해가 있다. 조동일은 자유시 형성기에 접어든 시문학 담당층이 전통과 단절된 채 서양문학의 충격에 이끌려 근대문학을 일거에 이룩한다면서 설익은 관념에 사로잡혀 영탄을 일삼는 과오를 보였다고 평가했고, 고미숙은 제멋대로 흐트러진 산문율과 우울하고도 절망적 영탄은 프랑스 상징주의의 영향이자 기대어볼 만한 기반을 온통 상실한 데서 비롯한 시적 몸부림에 다름 아니라고 평하였다. 조동일, 『한국문학통사·5』(지식산업사, 1988, 57쪽), 고미숙, 「애국계몽기 시운동과 그 근대적 성격」, 『민족문학과 근대성』(문학과지성사, 1995, 263쪽) 참조.

대한 평가는 나름의 의의를 갖지만 이들 평가는 기본적으로, 식민지 현실 하에서 초기 자유시 담당층이 보여준 시적 방황과 모색의 본질과 그 의미를 밝히지 못함으로써 이들의 실체규명에 접근하지 못하는 한계를 드러내고 있다. 따라서 본고에서는 초기 자유시 형성의 주된 주자로 평가되는 김억과 주요한을 중심으로[4] 이들이 어떻게 변화를 이끌어 가며 그 정체정을 확립해 나갔는지를 살피고자 한다.

2. 예술론의 부각과 순문학의 권위

근대문학의 성립에는 근대의 제반 현상이 그러하듯 문학의 독자성 확보를 위한 분업화 및 전문화가 우선적으로 요구된다. 1910년대에 이르면 전대에 비해 보다 전문화된 학문체제를 받아들인 새로운 지식층[5]이 형성되면서 문학이 분화된 학문체계의 한 영역으로 명확히 인식되어 나간다.[6] 시에 있어서 이러한 전문화 현상은 장르에 대한 깊이 있는 이해

---

3) 이러한 평가의 예로 다음을 꼽을 수 있다. 김은전은 서구문학의 도입에 의한 우리문학의 태동설을 긍정적으로 평가하며 김억에게 시백(詩伯)의 호칭을 선사해야 한다고 했다. 정한모는 「태서문예신보」에 등장한 김억·상아탑 등 몇몇 시인의 시에 대한 자각은 이전에 비해 확실히 근대적인 것으로 평가하고 있다. 김은전, 「프랑스 상징주의의 한국 이입과 현대시 전개」, 이선영 편, 『문예사조사』(민음사, 1997, 468쪽), 정한모, 『한국현대시문학사』(일지사, 1974, 251쪽) 참조.

4) 정한모, 『한국현대시문학사』, 1974, 일지사.

5) 1910년대의 일본 유학생은 크게 두부류로 나누어진다. 하나는 자기비판의식을 갖고 현실을 비판적으로 바라보려 한 비판적 신지식층이고 다른 하나는 허위의식을 갖고 일본의 문명개화노선에 무비판적으로 동화되었던 친일적 신지식층이다. 이들은 모두 구학문체계가 확립되는 과정 중에 신학문체계를 받아들여 신학문체계와 신사상을 적극적으로 받아들인 세대다. 이들은 사회진화론에 기초한 실력양성론과 문명개화사상을 가진다는 점에서는 같지만 궁극적인 목표설정에 있어서 현격한 차이를 보인다. 김복순, 『1910년대 한국문학과 근대성』, 소명출판, 1999 참조.

를 가능하게 하며 자유시에 대한 탐색을 촉발하는 주된 동인이 된다.

이 시기에 이르면 유학생층이 두텁게 형성되면서 학문이 전문화될 수 있는 인적 토대가 마련된다. 이들 유학생은 전대 유학생과는 매우 다른 성격을 가진다. 1881년 유학생이 일본에서 공부하기 시작한 이래, 근 20년 동안 500명 가까운 유학생 중에 단 한 사람도 文學을 전공한 이는 없었다.[7] 그 이유는 1910년대 이전의 유학생에게 있어서 전공 선택은 주로 정부에서 요구하는 신학문 즉, 법률, 정치, 상과, 공업, 의학, 농업 등이 주종을 이루었기 때문이다. 그러나 1910년대 이후 대부분의 일본 유학생은 사비유학생으로 바뀌고, 전공선택에 있어서도 폭넓고 자유로운 선택이 가능했다. 이들은 전공선택에 있어 전대에 비해 일층 분화된 근대적 학문의 세례를 받을 수 있었다고 하겠다. 초기 자유시 담담층의 중심 주자였던 김억과 주요한은 이 세대에 속한다. 김억의 경우 평북 정주의 유복한 가정에서 자라 사비유학생으로 일본에 건너가 영문학을 공부했다. 주요한의 경우 또한 아버지가 목사인 개화가정에서 자라나 일찍이 일본으로 건너가 열정적으로 문학수업을 해나갔다. 그러므로 이들에게 문학은 전통적으로 인식되어 오던 修身을 위한 교양이 아니라 학적 체계를 가진 한 실체였다.[8]

---

6) 이광수는 「문학의 가치」(1910)라는 글에서 문학에 대한 체계적 접근을 보여준다. '「文學」이라는 字의 由來는 甚 히 遼遠하여 確實히 其 出處와 時代는 攷 키 難 하나, 何如든 其 意義는 本來 「一般學問」이러니, 人智가 漸進하여 學問이 漸漸 複雜히 되매, 「文學」도 次次 獨立이 되어 其, 意義가 明瞭히 되어 詩歌, 小說等 情의 分子를 包含한 文學을 文學이라 稱 하게 至 하였으며 (以上은 東洋), 英語에 「literature」(文學)이라는 字 도 또한 前者와 略同한 歷史를 有한 者라' 이광수, 「문학의 가치」, 『이광수 전집』·1, 삼중당, 1962, 504쪽.

7) 정한모, 『한국현대시문학사』, 일지사, 1974, 119쪽.

8) 최두선, 「文學의意義에關하야」, 『학지광』 3호, 1914, 12, 26-28쪽, 안확, 「조선의 문학」, 『학지광』, 6호, 1915, 7, 64-73쪽 등에서도 문학에 대한 체계적 논의가 진행

그렇다면 문학이 이들에게 학적체계로 인식된다는 점은 무엇을 의미할까? 우선 이것은 전대문학이 보여준 문학의 정치적 복속화에서 벗어나는 정치와의 분리를 의미한다. 계몽의 시대에 문학은 계몽의 도구로서 그 존재의의를 확보하고 있었기에 그 자체 자립성을 확보하지 못했다. 따라서 문학 자체의 계몽, 즉 구시대적인 것에서 벗어나려는 몸부림은 약화되거나 묵인되었다. 그러나 이 둘이 서로 분리됨으로 인해 문학은 곧 정치와는 다른 길을 걸어야 할 운명을 부여받았고, 이로 인해 자율적인 체계로서의 근대문학이 성립될 수 있었다. 이와는 달리 이러한 변화된 상황은 문학을 전공하는 전공자에게는 어떤 의미가 있는지를 살필 필요가 있다. 김동인의 다음과 같은 증언은 이러한 정황을 엿보게 한다.

> 동경의 요한을 만나니 요한의 말이 자기는 장차 〈문학〉을 전공하겠다 한다. 법률학은 분명 변호사나 판검사가 되는 학문이다. 의학은 분명 의사가 되는 학문이다. 그러나 문학이란 장차 무엇이 되며 무엇을 하는 학문인지, 어떻게 생긴 학문인지, 그 윤곽이며 개념조차 짐작할 수 없는 나는 이 주요한이 나보다 앞섰구나 하였다. 소년의 자존심은 요한보다 뒤떨어지는 자기 자신이 스스로 불쾌하고 부끄러워서.....(하략).....[9]

1914년 동경으로 유학길에 오른 김동인이 주요한에게서 받은 충격은 '장차 무엇이 되며 무엇을 하는 학문인지 어떻게 생긴 학문인지, 그 윤곽이나 개념조차 짐작할 수 없는' 문학을 인식하는 일이었다. 이 낯섦에 대한 충격은, 문학의 선택이 그들에게는 일층 근대적인 것을 의미하며 의식적 앞섬을 의미함을 말해준다. 즉, 초기 자유시 담담층에게 있어서 자유시 선택은 문명개화 또는 근대적인 것의 추구와 같은 맥락에 있었

된다.
9) 김동인, 『김동인전집』6, 삼중당, 1976, 263쪽.

음을 살필 수 있는 대목이다.[10)]

그러나 또다른 측면에서 볼 때, 이들이 전문화된 문학을 선택하는 것은 계몽문학이 누렸던 대중적 권위와 폭넓은 사회적 권위를 스스로 반납하고 포기하는 일이기도 했다. 문학의 자립이 내적 계몽의 심화를 통해 미적 근대성에 대한 탐색에 골몰하는 것은, 대중적 독자층을 잃고 스스로 그 영역을 좁혀나가는 일이 되기 때문이다. 문학이 공적인 영역을 담아내는 것을 포기하고 주관적인 세계를 향해 눈을 돌렸을 때, 시가 개인적 감정의 토로를 넘어서기가 수월하지는 않았을 것이다. 초기 자유시 형성기 작품들은 이를 예증한다. 그러므로 시가 스스로의 위상을 찾아나가기 위해서는, 문학이 보다 보편적인 정서에 토대한 영역임을 확인할 필요가 있을 것이다. 여기에 예술론의 부상이 자리한다. 인간의 보편정서에 대한 감각적 형상화를 추구하는 예술에 대한 주목은, 결국 탈정치화, 탈계몽화의 길을 걷기 시작한 초기 자유시 담담층이 그 입지를 확보하는 방식이라 할 수 있겠다. 초기 자유시 담담층은 사회적 기능억제를 통해 자립한 문학을 다시 사회적 공감의 영역으로 이끌기 위해 예술의 한 부류로서 문학을 재규정해 나간다.

> (가) 藝術의上向은全生活의向上이며 짤아서, 全生活의向上은藝術의向上아니여서는 아니됨과갓치, 人生의向上은藝術의向上이며藝術의向上은人生의向上아니여선는아니된다고.[11)]

---

10) 물론 한편에서는 여전히 문학을 한낱 취미로만 보는 견해도 있었다. 일본유학생의 최근의 동향을 피력하며 '小說哲學的趣味를尋하야 文弱에流하는弊가行함은現今學生의弱點이라(필자미상, 「일본유학생사」, 『학지광』, 6호, 1915, 16쪽)'고 평한 대목에서 이를 명확히 확인할 수 있다. 이것은 문학에 대한 당대의 보편적인 인식의 수준이었겠지만 분업화를 필수로 하는 근대적 제도에서 문학의 자립은 거스를 수없는 대세였고 그 권위는 문학 내에서 확대재생산을 수행함으로써 문화의 주도권을 장악해 나갔다고 하겠다.

(나) 예술을 갖지 못한 인간은 실로 가련하다. 보라. 껍데기뿐인 물질주의자의 말라비틀어진 생활을 ..... 완전한 문명은 완전한 예술 위에 세워져야 한다. 아아 그러나 이 세상에 넘치는 사이비 예술가들이여/나는 이 사회와 문명의 공적을 빨리 진멸시키지 않으면 안 된다. 마지막으로 반복한다. 눈을 떠라 껍데기뿐인 물질주의의 꿈아......[12]

(다) 小說家卽藝術家요藝術은 人生의 精神이요思想이요自己를對象으로한참사랑이요社會改良, 神人合一을 遂行할 者이오/쉽게 말하자면, 藝術은 個人全體이오./참藝術家는 人靈이오./참文學的作品은神의囁이오. 聖書이오.[13]

(가)에서 김억은 예술의 향상이 곧 인생의 향상이라고 보고 있다. 그는 같은 글에서 '예술을 위한 예술'이 아니라 '인생을 위한 예술'이어야 함을 강조한다. 그러면서 그가 말하는 예술적 삶은 사랑의 회복을 의미하며 그것은 곧 생명을 긍정하는 일이라고 보았다.[14] 이러한 예술 찬양론을 통해 인생의 향상을 위해서는 반드시 예술의 향상이 있어야 한다고 전제하며 문학을 예술의 한 갈래로 범주화한다. (나)에서 주요한은 인간은 예술을 갖지 못한다면 문명 자체가 허위일 수 있다는 논리를 펴며 예술의 중요성을 강조하고 있다. 문명이라는 근대적인 것을 향해 모든 지성이 달려나가는 상황에서, 주요한의 이러한 논리는 예술, 이들에게는 문학이, 새로운 문명을 능가하는 초문명적인 것이라는 우월감의 표현으로 보여진다. 이러한 주장은 (다)에서 알 수 있듯이, 이들에게서

---

11) 김억, 「예술적 생활」, 『학지광』, 6호, 1915, 61쪽.

12) 주요한, 「예술의 사명」(일문), 『백금학보』, 43호, 1917, 25쪽(심원섭, 『한·일 문학의 관계론적 연구』, 국학자료원, 1998, 88쪽에서 재인용).

13) 김동인, 「小說에 對한 朝鮮사람의 思想을」, 『학지광』, 18호, 1919, 46쪽.

14) 이는 '인생을 위한 예술'(art for life's sake)을 주장한 귀요(Jean Marie Guyau)의 견해와 거의 일치한다.

예술은 곧 사회개량의 계몽적 가치를 넘어서서 신인합일에 이르는 인간의 신격화를 수행할 가치 그것임을 의미한다고 볼 수 있을 것이다. 따라서 초기 자유시 주자들에게 순문학의 선택은 보편성에 입각한 예술성 추구와 그 맥을 같이 한다. 그러나 이들의 순문학지향의 개방성은 민족이 처한 상황과의 관련 속에서 촉발되었다기보다는 다분히 관념적인 세계주의의 일환으로서 예술지상주의를 선택한 것으로 보인다.

이러한 면모는 '정'의 옹호라는 논의와도 관련을 맺고 있다. 초기 자유시 주자들이 주장한 예술론의 이면에는 '情'을 강조하는 문화적 경향이 자리하고 있다.[15] 이광수는 이미 1910년에 '情이 發한 곳에서는 權威가 無하고, 義理가 無하고, 知識이 無하고, 道德·健康·名譽·羞恥·死生이 無하나니, 嗚呼라 情의 威요, 情의 力이여 人類의 最上 權力을 握하였도다'[16]라고 역설한 바 있다. '정'이 인간 내면의 본질적인 국면이라는 점, 그리하여 '지'와 '의'와 동등한 지위를 획득한다는 점은 무엇을 의미할까? 그것은 일차적으로 인간에 대한 탐구가 객관적이고 공적인 영역에서 주관적이고 사적인 영역으로 옮겨감을 의미할 것이다. 창작자의 입장에서 문학이 '정'과 관련됨은 사적인 내면탐구의 길로 접어듦을 의미하지만 다른 한편으로는, '정'을 바탕으로 모든 인간의 보편적 공감의 영역을 발견할 수 있음을 의미한다고 하겠다. 이러한 문화적 경향이 예술론의 부상을 가능하게 하는 인식론적 토대를 제공하며 자유

---

15) 이광수의 「文學이란 何오」(1916)에는 '정'에 대한 주목이 잘 드러나 있다. '近世에 至하여 人의 心은 知·情·意 三者로 作用되는 줄을 知하고 此 三者에 何優·何劣이 無히 平等하게 吾人의 精神을 構成함을 覺하여, 吾의 地位가 俄히 昇하였나니, 일찍 知와 意의 奴隸不過하던 者가 知와 同等한 權力을 得하여, 知가 諸般科學으로 滿足을 求하려 함에 情도 文學·音樂·美術等으로 自己의 滿足을 求하려 하도다.'(이광수, 「文學이란何오」, 『이광수 전집』·1, 삼중당, 1962, 508쪽).
16) 이광수, 「금일 我韓靑年과 情育」, 『이광수 전집』·1, 1962, 474쪽.

시 담당층의 창작욕을 자극했다고 볼 수 있다. 그러나 실상 '정'에 대한 관심은 계몽의 기획이 추구하는 자각적인 개인을 위한 논의에서 출발하였다. 여기에서 인간이 지닌 보편심리로서의 '정'은, 자각한 개인들의 소통근거라는 도구적인 차원에서 인식되었을 뿐이다. 그러나 1910년대 '정'에 대한 논의들은 국가상실로 인해 극히 개인적인 차원에서 이루어지는 감정적 자기활성화 방안, 즉 스스로 힘내기 방안을 의미한다. 이러한 면모는 한일합방이라는 정치적인 충격에 대한 대응논리[17]라는 점에서 일층 강한 상황논리로서의 의미를 띤다고 볼 수 있다. 이렇게 계몽적 이성에 의해 억압당한 '정'의 복원을 통해 문학은 확고부동한 공감의 영역을 만들어 나감으로써 다시 한번 문화적 주도권을 장악할 논리를 생산해 낸 것이라 하겠다.

이처럼 초기 자유시 담당층은 '정'의 옹호라는 분위기를 예술론과 결부시켜 문학의 절대화, 즉 자유시의 절대화로 스스로의 정체성을 확립해 나간다. 자유시의 추구는 계몽문학의 순문학으로의 이행이라는 점에서 사회의 공적인 역할을 수행하던 문학이 자율성에 근거한 사적인 영역으로 옮겨감을 의미한다. 그러나 이러한 순문학으로의 이행과정을 자세히 들여다보면. 스스로의 정체성 확립을 위한 권력화 기제가 내밀하게 작동하고 있었음을 알 수 있다. 자유시 선택의 의미는 이러한 이행을 구체화하는 일에 해당한다. 그러나 이들의 실체 창작은 여기에 현저히 이르지 못하는 미숙한 수준이었다.

　(가)　죽어가는靈魂을弔喪하는듯헌　寺院의鍾소리울리는도다/………님은
간다………永遠의　離別?/쌍위헤는어지러운樹影이　그리여잇스며,　달은　西

---

17) 김동식, 「한국의 근대적 문학 개념 형성과정 연구」, 서울대박사학위논문, 1999 참조

域으로써러러지려허는데,/ 아아, 사랑허는님은갓다……/.사랑의준바 얻은바快
樂이나 悲哀는다읍서지고/다만한아남은사람 깁흔밤에자지 못허는 것 밧
게,[18]

    (나) 강건너 벌판에/할미꽃 핀다/벌건너 재넘어/할미꽃 핀다/봄처녀 뿌리
고간/수줍은「우슴」피여나/부는바람조차 피여나/강건너 벌판에/쓴냄새 퍼지
는/할미꽃 사랑꽃/[19]

    (가) 시에서처럼 합방으로 인해 사회적 자아실현이 폐쇄된 상황에서
개인적 자아는 어두운 상실감을 가지는 것은 당연하다고 하겠다. 1915
년을 전후하여 『학지광』에 수록된 작품들은 이러한 면을 잘 보여준다.
捫鼻室主人의 「제야말노」(1914), 김억의 「내의 가슴」(1915), 「夜半」(1915),
「밤과 나」(1915), 「나의 적은 새야」(1915), 김여제의 「잘 때」(1915) 등이
시기에 발표되는 작품이 주로 어둡고 암울한 시세계를 드러내고 있다.
이들 작품이 담아내고 있는 세계는 충만한 예술선택의 자부심과는 상반
되는 면을 보여준다. 기본적으로 근대적 예술은 외부적 억압에 대한 비
판과 보상의 기능을 수행하는 가운데 그 존재의의를 확보해 나갔다고
할 수 있다. 그러나 초기 자유시 담담층은 근대적 삶에 대한 비판을 감
당할 성숙한 자기의식을 가지지 못했으며, 또한 보상으로서의 시가 가
지는 삶에 대한 해방의 몫도 감당하지 못하는 형편이었다. 그러므로 초
기 자유시 담담층이 추구한 또다른 세계가 (나)에서처럼 고향과 유년기
에 대한 퇴행적인 그리움에 귀결점이 놓인다는 것은 자연스럽다. 이러
한 결과는 한편으로는, 자유시 선택 이전에 자유시 자체에 대한 인식이
미숙한 상태였기 때문이기도 하지만 다른 한편으로는 자신들의 정체성

---

18) 돌샘, 「이별」, 『학지광』, 3호, 1914.
19) 주요한, 「봄」, 『학우』, 창간호, 1919.

을 확보하는 일이 우선적인 과제였기 때문이기도 하다. 이처럼 초기 자유시 담담층은 예술의 의의를 강조함으로써 순문학 선택의 의의는 확보할 수 있었지만, 예술에 대한 인식수준이 관념적 예술지상주의를 지향하는 면에 치우쳐 있었다는 점에서 시적 구체성을 확보하지 못하는 한계를 보여주었다. '정'의 옹호에서 비롯된 인간이해의 방식 또한 근대적 자아에 대한 심층적 이해라기보다는 다양한 개인차를 인정하는 수준의, 극히 주관적인 개인성의 인정에 머묾으로써 자폐적인 시세계를 보이는 한계를 보여 주었다.

3. 근대적 내면 형성의 문제

근대적 자아는 구시대의 악습을 벗어버리는 자각적인 주체가 됨을 의미한다. 19세기 말에서 1910년대에 이르기까지 근대적 자아에 관한 논의들은 근대국가 수립과 개화의 열망을 내면화하며 그 주체성을 확립해 나갔다고 하겠다. 이러한 내면성을 형성한 주체는 계몽의 선각자들이었다. 그러나 1910년 한일합방으로 식민지체제가 제도화되자 계몽의 기획은 실패로 돌아가고, 근대적 자아는 전대와는 다른 내면이 필요했다. 초기 자유시 담담층에게 있어 무엇보다 중요한 문제는 형식적 모색보다는 내용에 있어서 그 속에 담아낼 정서의 모색이었다. 물론 형식적 모색에 있어서도 기본적인 자유시형과 함께 산문시 및 담시 등의 실험이 있었다. 그러나 김억이 그의 최초의 시론에 해당하는 「詩形의 音律과 呼吸」에서 '엇더한 詩形이 適合한 것을 發見치 못한 朝鮮詩文에서는 作者個人의 主觀에 맛길수밧게 업'20)다고 지적한 것처럼 형식적인 문제는 그

다지 본질적인 면이 아니었고 시대적 내면성의 탐구야말로 시인이 민족적 정서를 대변할 권위를 확보하는 일이라 하겠다. 그렇다면 국권상실 하에서 자신의 삶을 자신의 의지대로 이끌려는 자각한 개인이 가질 수 있는 내면성은 어떤 모습일까? 이 물음에 대한 답이 초기 자유시 담당층이 전대의 세대론적 타자로서 가지는 본질적 차이며, 초기 자유시 형성기에 씌어진 시가 지니는 의미망이 될 것이다.

1910년대 접어들어 부상한 '천지는 망각할지언정 자아는 자각'[21]해야 한다는 자아에 대한 논의들은 사회적 자아실현이 봉쇄된 상황에서 근대적 자아형성의 방향성이 무엇인가를 찾아가려는 정신적인 모색을 보여준다.[22] 이러한 자아 옹호의 문화적 분위기는 1910년에 이미 '自我!自我!이곳 업스면 목숨(사름)안이오 機械라.[23]'라고 선언화 되기도 하면서 당대 문화계를 휩쓸었다.[24] 이러한 세계관은 시사적인 맥락에서 볼 때, '우리'로 표출되던 시적 화자를 '나'로 전환시키는[25] 계기로서 기능했다고 하겠다. 시적 화자가 '우리'에서 '나'로 이동하기 시작한 때가 바로 자아 혹은 개인의 옹호와 그 궤를 같이 하기 때문이다. 이러한 시대적 변

---

20) 김억, 「詩形의 音律과 呼吸」, 『태서문예신보』, 14호, 1919, 5쪽.
21) 「자아를 자각하라」, 『신문계』 3권 4호, 1915, 4쪽.
22) 이러한 자아에 대한 논의는 사회적 자아의 실천이 봉쇄된 상태에서 'Revolutionize yourself !'를 역설하며 다양한 개성의 발견을 강조하는 개인적 수준에서 논의된다. '自己를차저라....(중략).....우리의게는遺傳과慣習에共通되는點이잇다할지라도, 覺官과本能이다르고, 倫理的이나, 論理的이나, 美的의良心이다를것이며, 이것을統一하야積極或消極으로斷行하는權威가 쏘한다를 것이다. 萬有物體의실재를認識하는것도, 自己를中心으로하는意志에서나오는것이오.'(최승구, 「너를 혁명하라」, 『학지광』, 5호, 1915, 15쪽).
23) 이광수, 「곰」, 『소년』, 3년 6권, 1910.
24) 김교봉·설성경, 『근대전환기 시가 연구』, 국학자료원, 1996, 338쪽.
25) 이러한 경향은 1909년 『소년』(2년 5호)에 수록된 「꽃두고」같은 시에서 확인된다.

화를 상징하는 또 다른 상징으로서 1908년 최남선이 발간한 잡지『소년』
이 1914년에는『청춘』이라는 이름으로 바뀐다는 점을 상기할 필요가 있
다.26) 청춘 혹은 청년이라는 말은 기본적으로 불확실한 미래로 인한 번
민과 방황의 시기가 도래했음을 의미하지만, 다른 한편으로는 '生命의
횃불들고 自己의意志를實現'27)할 시기의 도래를 의미한다고 할 수 있
다. 자기의 의지를 실현하기 위해서는 우선 이를 보장할 근대국가의 수
립이 필수적으로 요구된다. 그러나 국가상실이라는 엄존하는 현실로 인
해, 1915년을 전후해서 다양하게 논의되는 청년과 청춘의 시대론은 다
분히 '외부 갱생만 생각하지 말고 다시 내부를 반성'28)하자는 내면으로
의 침잠을 설득하는 쪽으로 기운다. 시장르의 특성으로 볼 때, 내면으로
의 몰입은 개인적 정서에 기대에 세계를 이해하고 표현해 내려는 방식
에 일층 가까워졌음을 의미한다.

초기 자유시 담담층은 이러한 개인에 대한 이해라는 인식의 확산 속
에서 시적 내면의 형성이라는 난제를 부여받은 자들이라 할 수 있다. 왜
냐하면 자유시로의 이행은 자유로운 개성을 내부적 호흡에 의해 표출해
내는 것을 의미하기 때문이다. 근대적 내면성의 형성은 개인의 자각론
을 어떻게 내면화하여 작품 속에 담아내느냐 하는 문제라 할 것이다. 다
음은 이들이 얼마나 새로운 근대적 내면성 형성에 고민했는가를 보여주
는 예라 하겠다.

> (가) 우리는決코 道德을破壞하고 멸시하는거슨아니올시다, 마는, 우리는
> 貴한藝術의쟝긔를가지고저 언재던얼굴을찌푸리고계신 道學先生의代言者

---

26) 권보드래,『한국 근대소설의 기원』, 소명출판, 2000, 179-184쪽 참조.
27) 장덕수,「신춘을 迎하야」,『학지광』, 4호, 1915, 4쪽.
28) 장덕수,「신춘을 迎하야」,『학지광』, 4호, 1915, 4쪽.

가될수는업습니다. 그러나 쏘우리의努力을 할 일업슨者의消日꺼리라고보
시는데도不服이라함니다. 우리는다만忠實히 우리의생각하고, 若心하고煩
悶한紀錄을 여러분꾀보이는샨이올시다 °그러면여러분은, 이제무어슬, 求하
시려함닛가?29)

  (나) 瞬間에서瞬間으로 옴기여가는 그瞬間엣追求的追懷的 心情은 말하
기에, 쓰기에 表現의길이 업는 깁흔悲愁와 暗悶과恐怖와悔恨과를 참으로
맛보게하는것으로 격어도 近頃의 내에게는늣기며 빗기운다. 엇드랴고 찻
즈랴고 왼終日 허덕이다가, 엇듬의길이나, 찻즘의길은 아니보이고, 더 한
거름 멀어갈째의 心情은-말하자면-美를求하다가 엇지못하야의醜, 眞을 찻
다가, 찻지못하야의僞, 善을 求하다가, 엇지못하야의惡, -이들을 맛보게되
며, 또는 거긔에 憧憬하게된다.30)

  (가)는 『창조』의 편집후기에 실려있는 주요한의 글이다. 그는 여기에
서 자기세대가 '생각하고, 고심하고, 번민한 기록'을 보인다고 고백하고
있다. 그것은 '道學先生의代言者'를 요구하는 계몽문학을 거부하면서
'할 일업슨者의消日꺼리'를 요구하는 대중문학과도 구분되는 순수문학
혹은 순문학이 자기세대의 선택임을 분명히 하는 대목이다. 그렇다면
이들이 고민하고 번민한 것은 무엇일까? 그것은 곧 (나)에서 피력하고
있는, '추구적인 심정'과 '추회적인 심정'의 갈등, '엇고 찻즈랴는' 심정과
좌절하고 마는 현실적 갈등이라 할 것이다. 국권상실 하의 자율성을 추
구하는 주체의 내면은 진정한 삶의 의미를 얻고 찾으려는 생의 의지적
충동과 함께 이를 가로막는 현실에 대한 비애와 절망의 정서로 분열되
는 고통을 경험할 수밖에 없을 듯하다. 다음의 예는 이를 보다 분명히
보여준다.

---

29) 주요한, 「남은말」, 『창조』, 창간호, 1919, 81쪽.
30) 억생, 「요구와 회한」, 『학지광』, 10호, 1916, 43쪽.

　　(가) 우리 인간은 심혹(深酷)한 염세관에 사로잡힐 때가 있다. 그러나 우리들의 본심을 털어놓게 될 때엔 얄궂게도 이와 반대가 될 때가 많다. 실제로 쇼펜하우워가 말하듯 생의 맹독적 의지……이것이 인간의 전부인 것이다. 그러므로 우리들의 당면과제는 무엇보다도 먼저 생존해 가는 것이어야 한다.[31]

　　(나) 그러하다, 近代의生을 누리는 사람으로 煩惱, 苦患의 춤을 추지아니하는이 그 누구냐. 쓴눈물에 축인 붉은입살을 覆面아레에 감추고, 아직도 오히려, 舞曲의和諧속에 自我를委質하지아니하면 아니될 검은運命의 손에 끌리여가는 것이 近代人이 아니고 무엇이야.[32]

　국권을 상실한 상황에서 자각한 개인이 가질 수 있는 내면은 일차적으로 울분과 탄식, 비애와 절망으로 얼룩진 어두운 상실감 그것일 수 있다. 그러나 청년기에 접어든 이들은 청춘의 열정과 함께 스스로의 생명적 의지를 불태움으로써 시대적 상실감을 보충해 나갈 수 있었을 것이다.[33] (가)는 이러한 내면을 보여주는 예다. 이에 반해 (나)는 식민지 청년의 암담한 내면은 비애와 절망의 세계임을 토로하고 있다. 그러면서 이것이 근대인 일반의 보편적인 정서임을 강조한다. 따라서 이들이 포착한 근대적 내면을 시적 내면으로 담아내는 과정 그것이 자유시 창작에 해당할 것이다. 이 상반된 갈등이 김억과 주요한으로 대표되는 초기 자유시 담당층의 내면이라 할 것이다. 식민지 무단통치의 제도화와 문명의 엄청난 위력을 경험한 유학생 청년들의 내면에 분출하는 生에 대

---

31) 주요한, 「예술의 사명」, 『백금학보』, 43호, 1917, 25쪽.

32) 염상섭, 「<오뇌의 무도>를 위하야」, 김억, 『오뇌의무도』, 조선도서주식회사, 1921, 8-9쪽.

33) 심원섭은 주요한이 역설하고 있는 생에 대한 맹동적 의지는 베르그송의 창조적 진화론의 경도로 인해 확립된 사상이라고 보았다. (심원섭, 『한·일 문학의 관계론적 연구』, 국학자료원, 1998 참조).

한 열정과 동시에 한없는 비애와 절망의 정서가 공존하는 것은 어쩌면 당연해 보인다. 그러나 김억의 시세계는, 이 두 감정의 갈등에서 '「살지 아니하면 아니된다!」늣기며/ "struggie for life!"하며 幸福과는 웃스며 不幸과는 슬어하[34]는 생의 충동을 포기하고 비애의 정서 쪽으로 서서히 침잠해갔다. 이에 비해 주요한의 시세계는 '복사꽃이 피면/가슴 아프다./속생각 너머나/한업슴으로'[35]에서 드러나는 막연한 비애의 정서와 '아침이로다, 머릿미테 두겹창과, 창우에 휘쟝을 빨니, 빨니 거두라'[36]는 의지적 목소리가 공존한다고 하겠다. 이러한 내면이 시사적 평가에 있어서 본격적인 근대 자유시로 언급되는 다음 두 편의 시가 보여주는 시적 내면이라 하겠다.

　　(가) (밤이도다/봄이다.//밤만도 애닯은데/봄만도 생각인데.//날은 빠르다/봄은 간다//깁흔싱각은아득이는데/저-바람에 식가 슯치 운다.//검은니 쩌돈다./종소리 빗긴다//말도업는 밤의 셜음/소리없는 봄의 가슴//꽃은 쩔어진다/님은 탄식한다.//[37]

　　(나) 아아날이저믄다, 西便하늘에, 외로운江물우에, 스러져가는 분홍빗놀………아아 해가저믈면 해가저믈면, 날마다 살구나무 그늘에 혼자우는밤이 쪼오것마는, 오늘은四月이라꽤일날 큰길을물밀어가는 사람소리는 듯기만하여도 홍셩시러운거슬 웨나만혼자 가슴에눈물을 참을수업는고?
　　………(중략)………
　　아아 쩍거서 시둘지안는 꽃도업것마는,　가신님생각에 사라도죽은 이마음이야,　에라 모르겟다,　저불낄로 이가슴태와버릴가,　이서름살라버릴가 어제도 아픈발 쓸면서 무덤에가보앗더니 겨울에는 말랏던꽃이 어느덧피엇

---

34) 돌샘, 「내의 가슴」, 『학지광』, 4호, 1915, 47쪽.
35) 주요한, 「봄」, 『학우』, 창간호, 1919.
36) 주요한, 「하아얀안개」, 『창조』, 창간호, 1919.
37) 김억, 「봄은간다」, 『태서문예신보』, 9호, 1918.

> 더라마는 사랑의봄은 쏘다시 안도라오는가, 찰하리 속시언이 오늘밤이물
> 속에……그러면 행여나 불상히 녀겨줄이나니슬가………할적에 퉁,탕,불씌를
> 날니면서 튀여나는매화포, 펄덕精神을차리니 우구구 쩌드는구경꾼의소리
> 가 저를비웃는듯, 꾸짓는듯 ° 아々 좀더强烈한熱情에살고십다, 저긔저홧
> 불처럼 엉긔는煙氣, 숨맥히는불 곳의苦痛속에서라도 더욱쓰거운삶을살고
> 십다고 쯧밧게 가슴두근거리는거슨 나의마음…….38) °

김억은 막연한 비애의 정서를 세련된 언어감각과 안정된 리듬감을 통해 표현해 내고 있다. 애달픔과 설움, 탄식으로 이어지는 어두운 상실의 시어들이 '간다', '떠돈다', '떨어진다'로 이어지는 하강적 이미지와 결합되면서 비애와 절망의 서정을 형성해내고 있다. 이에 비해 주요한은 '웨 나만혼자 가슴에눈물을 참을수업는고?' 와 '더욱쓰거운삶을살고십다고 쯧밧게 가슴두근거리는거슨 나의마음'이라는, 비애와 생명적 충동이 서로 갈등하는 내면을 보여준다. 주요한 시의 이러한 갈등은 '의식덕으로 「데까단티즘」을 피하고', '생명이 가득한'39) 내면을 추구하고자 하는 의지의 반영이라 하겠다. 그러나 비애와 절망의 감정이 자연스러운 감정의 발로였다면 의지적 생의 충동은 의식적인 자각의 측면이 강했을 것이다. 초기 자유시를 모색하는 과정에서 이 두 가지 상반되는 정서는 상호 충돌하며 시대의 내면성을 모색해 나갔다고 볼 수 있다. 이러한 면모는 청춘의 내면으로 요약되는 낭만적 열정과 어두운 상실감과도 합치되며, 계몽주의에서 낭만주의로 넘어가는 과정에서 발생하는 보편적인 현상으로 파악될 수도 있다. 그러나 실제로 우리 詩史에 있어서 초기 자유시 담담층이 보여준 이러한 내면성은, 사회적 자아로서의 구체적인 경험을 缺한 관념적 현실인식 이상의 것은 되지 못했다. 그러나 분명한 것

---

38) 주요한, 「불놀이」, 『창조』, 창간호, 1919.
39) 주요한, 「책끗에」, 『아름다운새벽』, 조선문단사, 1924, 168-169쪽.

은 이들이 자유시를 추구하는 과정에서 서구시의 자극도 있었지만, '흰옷닙은 사람의 나라'에 사는 '애닯고 그립고 구슬픈 일'[40]을 표출함으로써 민족적 정서를 반영하고 스스로 시인의 위상을 정립하려는 의지의 산물이라 하겠다. 그러므로 이들이 보여준 근대적 내면성은 3·1 운동이라는 민족적 경험을 거치면서 민족의식과 매개되어 진정한 의미에서의 근대시를 가능케 하는 자양분이 된다.

> 내귀가 님의노래가락에 잡혓을때에/그대가 곱은노래를 내귀에 보내엿습니다,/만은 조금도 그 노래는 들리지안앗습니다.//내눈이 님의맘의꼿밧에서 노닐때에/그대가 그대의 맘의꼿밧으로 오라고 하엿습니다,/만은 조금도 그 맘의꼿밧은 보이지안습니다.//내입이 님의 보드랍은입살과 마조칠때에/그대가 그대의 보드랍은입살로 불넛습니다,/만은 조곰도 그입살은 다치여지지 안앗습니다.//내코가 님의숨여나는香내에 醉하엿을때에/그대가 그대의 숨여나는 香내를 보내엿읍니다,만은 조곰도 그 香내는 맛타지지 안앗읍니다.//내꿈이 님의 무릅우에서 고요하엿을째에/그대가 그대의 무릅우으로 내꿈을 불넛읍니다/만은 조곰도 그꿈은 깨지를 못하엿습니다.// 믄슷 내맘이 깨여 두 번 그대를 차즐째에는/찾는 그대는 간곳이 업고 님만 남아잇읍니다,/아아 이럿케 나의 살님은 밤낫으로 니여졋읍니다!//[41].

인용한 김억의 시가 만해의 시와 갖는 깊은 연관성은 분명해 보인다. 님의 상실과 회복이라는 근대시의 서사구조가 초기 자유시 담당층이 보여준 비애와 절망의 내면과 살려는 의지로서의 생의 충동적 내면이 상충과 상응을 거듭하면서 도달하게 된 역사적 내면구조임을 이 시는 여실히 보여준다. 님에 대한 자각은 님과의 절대적 분리 상황에서 선험적으로 시적 문맥에 자리한 시대적 상징일 수 있다. 그러나 이것이 3·1운

---

40) 이광수, 「해파리의 노래에게」, 김억, 『해파리의 노래』, 조선도서주식회사, 1923, 2쪽.
41) 김억, 「失題」, 『해파리의노래』, 조선도서주식회사, 1923, 117-118쪽.

동이라는 역사적 체험으로 구체화되었을 때, 비로소 그 자각의 깊이는 만해의 「님의 침묵」이 보여준 도저한 형이상학으로 자리잡을 수 있었을 것이다. 따라서 초기 자유시 담담층이 보여준 시적 내면성은 서구적 상징주의의 이식이라는 맥락에서 파악할 성질이라기보다는 자유시가 그 근대적 내면성을 확보해 내기 위한 모색의 과정으로 보는 것이 옳을 것이다. 이러한 과정을 통해 초기 자유시 담담층은 사회적 권위를 확보해 나갔다고 하겠다. '「懊惱의 舞蹈」가 發行된 뒤로 새로 나오는 靑年의 詩風은 懊惱의 舞蹈化하였다'[42]는 증언은 초기 자유시 담당층의 이러한 노력이 시대적 내면형성에 실패하지 않았음을 말해준다. 김억의 번역태도가 창조적인 의역이라는 점을 염두에 둘 때, 그의 상징시 도입은 민족의 내면을 울릴 보편적인 정서를 형성해 내는 과정이었다고 할 수 있을 것이다. 이것은 단순히 가시적인 운율의식 보다 우리시의 근대적 내면형성과 관계되는 문제라는 점에서 일층 본질적인 것이며, 여기에는 시인이 자기의 위상을 확립하는 권력화 기제가 무의식적으로 기능하고 있었다고 하겠다.

4. 맺음말

이상에서 1910년대 초기 자유시 담담층이 변화된 시대상황에 어떻게 대처하며 그들의 문학적 입지를 모색해 갔는가를 살펴보았다. 우선 초기 자유시 담담층은 근대시사에서 계몽문학과는 다른 순수시의 등장을 주도했다는 점에서 시사하는 바가 크다. 그것은 새로운 자유시의 선택

---

42) 이광수, 「文藝瑣談」, 『이광수전집』·10, 삼중당, 1962, 415쪽.

이 곧 전문적인 시인으로서의 자신들의 정체성 확보와 동일한 의미를 가지고 있기 때문이다. 여기에는 두 가지 문제가 결부되어 있다. 첫째는 근대적 지식분화에 의해 형성된 지적체계의 한 범주로서 문학은 곧 근대적인 것을 상징하며 이를 선택하는 일은 근대지향적인 의식적 앞섬을 의미한다는 점이다. 둘째는 이러한 문학의 선택은 이전의 계몽문학이 누렸던 대중적 권위를 포기하는 일이므로 문학의 권위를 회복하기 위해서는 그 존재의의를 재정립할 필요가 있었다는 점이다. 여기에서 예술론의 부각이 연관된다고 하겠다. 그러나 이들이 인식하는 예술의 성격은 관념적인 예술지상주의, 보편적인 세계주의를 지향하는 수준의 것이어서 근대적 예술의 본질과 기능을 이해하는 수준에 이르지는 못하는 한계를 보여주었다. 또한 초기 자유시 담담층은 국권상실로 인한 일종의 가치부재상황을 감당할 우리의 근대적 내면성을 어떻게 형성해 나갈 것인가라는 문제를 통해 시인의 위상을 정립해 나갔다. 이들은 비애와 절망, 생의 충동으로서의 내면을 통해 당대의 민족적 내면을 시적으로 포착해 나갔다. 이들이 순수시를 표방한 세대임에도 불구하고 이러한 정서가 민족의식의 시적성취로 평가되는 만해의 시와 내밀한 연관성을 갖는 것은 이를 예증한다.

지금까지 거칠게나마 초기 자유시 담담층이 어떻게 스스로의 정체성을 확립해 냈는가를 살펴보았다. 우리문학사에서 근대성 담론은 미적 근대성 논의와 결부된다. 그 시발점에 놓인 문학 담담층이 초기 자유시 담담층이다. 이들은 예술의 권능에 대한 거의 맹목적인 믿음을 가지고 시인으로서의 자신의 위상을 정립하고자 하였다. 그러나 이들은 자체내의 권력화 방안에는 적극적이었지만 그것이 체제에 대한 비판으로 확대되지 못하는 한계를 보여준다. 이러한 면모는 우리의 미적 근대성 논의의 향방을 제시한다는 점에서 문제적이라 하겠다. 근대문학이 확보한 자율성은 근대체제에 대한 비판과 보상을 통해 실현될 수 있기에 그러하다.

〔이선이〕

참고문헌

권보드래, 『한국 근대소설의 기원』, 소명출판, 2000.

김교봉·설성경, 『근대전환기 시가 연구』, 국학자료원, 1996.

김동식, 「한국의 근대적 문학 개념 형성과정 연구」, 서울대박사학위논문, 1999.

김동인, 「小說에 對한 朝鮮사람의 思想을」, 『학지광』, 18호.

──────, 『김동인전집·6』, 삼중당, 1976.

김복순, 『1910년대 한국문학과 근대성』, 1999.

김 억, 「이별」, 학지광』, 6호, 1915.

──────, 「내의 가슴」, 『학지광』, 4호, 1915.

──────, 「예술적 생활」, 『학지광』, 6호, 1915.

──────, 「요구와 회한」, 『학지광』, 10호, 1916.

──────, 「봄은간다」, 『태서문예신보』, 9호, 1918.

──────, 「詩形의 音律과 呼吸」, 『태서문예신보』, 14호, 1919.

──────, 『오뇌의무도』, 조선도서주식회사, 1921.

──────, 『해파리의노래』, 조선도서주식회사, 1923.

민족문학사연구소 편, 『민족문학과 근대성』, 문학과지성사, 1955.

신채호, 「천희당시화」, 『대한매일신보』, 1901.11.9쪽-12.4쪽.

심원섭, 『한·일 문학의 관계론적 연구』, 국학자료원, 1998.

안 확, 「조선의 문학」, 『학지광』, 6호, 1915.

이광수, 「곰」, 『소년』, 3년 6권, 1910.

──────, 『이광수전집·1』, 삼중당, 1962.

──────, 『이광수전집·10』, 삼중당, 1962.

이선영 편, 『문예사조사』, 민음사, 1997.

장덕수, 「신춘을 迎하여」, 『학지광』, 4호, 1915.

정한모, 『한국현대시문학사』, 일지사, 1974.

조동일, 『한국문학통사·5』, 지식산업사, 1988.

주요한, 「남은말」, 『창조』, 창간호, 1919.

──, 「봄」, 『학우』, 창간호, 1919.

──, 「불놀이」, 『창조』, 창간호, 1919.

──, 「하아얀안개」, 『창조』, 창간호, 1919.

──, 『아름다운새벽』, 조선문단사, 1924.

최두선, 「文學의意義에關하여」, 『학지광』, 3호, 1914.

최승구, 「너를 혁명하라」, 『학지광』, 5호, 1915.

필자미상, 「일본유학생사」, 『학지광』, 6호. 1915.

박용철 시에 나타난 한시의 영향

1. 머리말

　박용철은 『시문학』, 『문예월간』, 『문학』 등 순문예지를 발간 주재했고, 서구시와 서구시 이론을 번역 소개했다. 박용철은 시작과 평론 활동을 통해 순수시를 표방했으며, 극예술연구회 동인으로도 활동했다. 지금까지의 박용철 시문학에 대한 연구는 주로 이와 같은 점에 초점을 맞추어 이루어졌다.[1] 이에 따라 박용철의 문학잡지 편집자로서의 능력, 시문학파 일원으로서의 활약상, 서구시 번역, 서구시 이론 번역, 시 이론가로서의 면모에 대해서는 비교적 소상하게 밝혀졌다.

　그러나 이는 박용철 시문학에 대한 총체적인 해명이라고 보기에는 크게 모자란다. 박용철은 한용운, 이육사, 오일도, 조지훈, 김종길과 마찬가지로 한문문명권의 공동문어문학인 한시와 현대시를 함께 썼던 시인이다. 그런데도 박용철이 남기고 있는 한시에 대해서는 그 동안 연구되지 않았고, 나아가 박용철의 현대시와 한시의 상관관계에 대한 비교 검토 또한 이루어지지 않았다. 이로 볼 때 박용철 시문학에 대한 총체적인

---

1) 김용직(1974), 김윤식(1970;1973), 정태용(1976), 김학동(1977), 한계전(1983;1977), 김진경(1982), 정종진(1988), 김효중(1986), 김용직(2000)

해명은 긴요한 과제로 남아 왔다고 할 수 있다.

따라서 이 논문에서는 박용철 시문학의 총체적인 해명을 위해서 지금까지의 박용철 시문학 연구에서 전혀 다루어지지 않았던 박용철의 한시와 현대시의 상관관계를 비교 검토해 보기로 한다. 이를 위해서 첫째, 박용철이 한시와 한문에 대한 풍부한 소양을 갖출 수 있었다는 점을 생애 고찰을 통해서 밝히고자 한다. 둘째, 박용철의 한시를 번역 소개하고, 박용철 한시의 특징과 의의를 밝혀보고자 한다. 셋째, 박용철의 현대시가 보여주고 있는 한시와의 긴밀한 상관관계를 파악하고자 한다.

2. 한시 소양의 배경

1) 외적 측면

박용철은 1904년 6월 21일 전남 광산군 송정면 소촌리 363번지에서 박하준의 3남으로 태어났다. 박용철은 조선 전기 문장가로 크게 이름을 떨쳤던 눌제 박상(朴祥)의 14대 손이다. 박용철은 형들이 일찍 죽는 바람에 법률상으로는 장자가 되었다. 박용철은 어린 시절에 연극이나 활동사진을 좋아했으며, 신소설류를 열심히 읽었다. 아울러 주산에 능했고 '싸움은 아니하는 아이'였다.[2]

박용철의 한시에 대한 소양은 외적인 측면과 내적인 측면으로 나누어서 살펴볼 수 있다. 외적인 측면은 박용철의 전기적 사실에서 살펴볼 수 있다. 상당히 부유한 집안에서 실질적인 장자의 위치에서 귀하게 자란 박용철은 4살 때 이미 사자소학을 마쳤다. 여덟 살 때 광주보통학교에

---

2) 김윤식(1970), 200-201쪽.

들어가고, 열여섯 살 때는 서울의 배재고보에 입학했다. 고보 재학 시절 박용철은 이미 순한문 삼국지를 독파했다.[3] 유소년 시절 박용철은 벌써 한문 해독 능력이 상당한 수준에 이르렀음을 알 수 있다.

박용철은 1919년 「사회사정」으로 인하여 낙향했고, 1920년 배재고보 졸업을 앞두고 자퇴를 하여 일본으로 건너갔다. 1921년 동경에 있는 청산학원 중학부 제4학년에 편입했고, 이 무렵 김영랑과 친교를 맺었다. 1923년에는 동경 외국어학교 독일문학과에 입학했다. 그해 동경대지진 및 가정 사정으로 귀국 같은 해 연희 전문학교 입학하였다. 이 때 박용철은 당대 한문학 대가이던 위당 정인보로부터 시조와 한시에 대해서 배웠다. 『박용철 전집』 제1권 제1부에는 한시와 시조 작품이 나란히 실려 있다. 한시 작품은 모두 13편이다.[4] 이러한 점들은 박용철의 한시, 한문 소양에 대한 작품 외적인 증거가 된다고 할 수 있다.

2) 내적 측면

박용철의 한시 소양에 대한 내적인 측면은 박용철이 쓴 한시에서 살펴볼 수 있다. 잘 알려진 대로 율시에는 까다로운 규칙이 따른다. (그 규칙을 들어보면 다음과 같다.) 첫째는, 구 수는 8구여야 한다. 둘째는, 매구의 둘째 자와 넷째 자의 평측이 달라야 한다는 '이사부동(二四不同)'이 지켜져야 한다. 셋째는, 둘째, 넷째, 여섯째 자가, 각 연마다 평측이 달라야 한다는 「반법」이 적용된다는 점이다. 넷째는, 각 연의 끝 글자는 압운을 하고, 특히 칠언인 경우 첫 구의 끝 글자도 압운을 하는 게 원칙이

---

3) 이기서(1971), 14쪽.
4) 『박용철 전집』 제1권(1939), 143-161쪽.

다. 다섯째는, 같은 글자를 거듭 쓰지 않는다는 점이다. 여섯째는, 시 구성이 기승전결로 이루어진다는 점이다.[5]

그런데 박용철의 한시는 13편 모두 율시이다. 전체적으로 볼 때 뜻의 대우는 대체로 잘 맞추고 있으나 내용을 살리기 위해 평측을 희생시킨 부분도 적지 않다. 또한, 박용철의 한시는 전고를 능숙하게 활용하고 있다는 점을 볼 수 있다.

> 心相違離苟如是   마음 서로 떨어짐이 진실로 이와 같으니
> 鍾伯一去去無還   종자기와 백아는 한 번 가고 다시 아니 오는구나
> —「歎意」 미련[6]

위에서 「鍾伯」은 鐘子期와 伯牙를 가리킨다. 이 두 사람은 『列子』「湯問篇」에 나온다. 거기에 보면 춘추 시대, 거문고를 잘 연주하기로 이름이 높았던 백아에게는 거문고를 탈 때마다 거문고 소리를 잘 감상해 주는 종자기라는 친구가 있었다. 그런데 불행히도 종자기가 병으로 먼저 죽자 백아는 거문고 줄을 끊고 다시는 거문고를 연주하지 않았다는 것이다. 이 이야기는 伯牙絶絃이라는 고사로 알려지고 있다. 知己를 가리켜 知音이라고 일컫는 것도 이 고사에서 나온 말이다. 이 고사를 용사하여 화자는 자신과 친하게 지냈던 사람이 서로 마음이 상해 떨어지게 되었음을 잘 드러내고 있다.

박용철이 이와 같이 한시의 여러 시체(詩體) 가운데서도 작시법이 까다로운, 전통 시대 과체시로 널리 쓰인 율시만을 쓴 사실과 전고를 능숙하게 활용하고 있는 점은 박용철의 한시 소양이 만만치 않음을 보여주

---

5) 김학주(1993), 82-87쪽.
6) 『박용철 전집』(1939), 155쪽.

고 있다 하겠다.

3. 한시 기법과의 상관관계

1) 정형성 추구

박용철이 한시의 작시 원리를 수용해서 현대시를 썼다고 했을 때, 먼저 전제되어야 할 것이 있다. 그것은 박용철이 한시의 작시 원리를 이해하고 거기서 배운 것을 현대시로 쓸 수 있을 만큼 한시와 한문에 대한 소양이 있었던가 하는 점이다. 한시와 한문에 대한 소양이 없었다면 한시의 작시 원리를 이해할 수 없고, 한시의 작시 원리를 현대시에 수용할 수 없다. 박용철의 한문에 대한 소양과 한시 창작 능력에 대해서는 위에서 살펴본 바와 같다.

박용철의 현대시 창작은 이러한 한문에 대한 소양과 한시 창작 능력이 여러 모로 작용하고 있음을 쉽게 확인할 수 있다. 그 가운데서 여기서 들어보고자 하는 것은 구(줄, 행) 수의 정형성을 받아들이고 있다는 점이다. 한시 작시 원리를 현대시 창작에 응용할 때, 평측, 압운법, 이사부동, 반법 등의 규칙들은 실제로 꼭 그대로 적용시킬 수는 없다. 현대시에 적용할 수 있는 것은 시 구성이나 연 구성에서 구 수의 정형과 구를 이루고 있는 음보 수의 정형 등이다.

곧 현대시를 쓸 때 한시의 작시 원리를 수용해 본다면, 연 구성이나 시 구성을 5언 절구 시형에 맞추어서는 4행 3음보로, 7언 절구 시형에 맞추어서는 4행 4음보로 할 수 있을 것이라고 생각한다. 5언 율시 시행에 맞추어서는 8행 3음보로, 7언 율시 시행에 맞추어서는 8행 4음보로

할 수 있을 것이라고 생각한다.[7]

박용철의 현대시에서 시 구성 또는 연 구성에서 구(행, 줄) 수의 정형성은 여섯 가지 종류가 있다. 2행 1연, 3행 1연, 4행 1연, 5행 1연, 6행 1연 등이다. 이러한 시 구성 또는 연 구성에서 보여주는 구 수의 정형성은 한시의 구 수 정형에서 시사 받은 바를 바탕으로 쓴 것이 아닌가 한다. 이 가운데에서 박용철의 4행 1연의 시 구성 또는 연 구성은 4행시라 하여 일찍부터 주목을 받아왔다.

박용철의 경우 엄밀한 의미에서 시 전편이 4행으로 구성된 연으로만 이루어진 시는 「떠나가는 배」, 「고향」, 「로- 만스」, 「솔개와 푸른 쏘」 등 4편에 불과하다. 그런데도 박용철의 4행시는 몇 가지 측면에서 그 동안 연구자들의 특별한 주목을 받아왔다.

> 고향은 찾어 무얼하리
> 일가 흩어지고 집흐너진데
> 저녁 가마귀 가을풀에 울고
> 마을 앞 시내도 넷자리 바뀌었을라
>
> 어린애 꿈을 엄마 무덤우에
> 남겨두고 떠도는 구름따라
> 멈추는 듯 불려온지 여나무해
> 고향은 이헤 찾어 무얼하리
> 하날가에 새 기쁨을 그리어보랴
> 남겨둔 무엇일래 못잊해우랴
> 모진바람아 마음껏 불어쳐라
> 흩어진 꽃잎 쉬임어락 찾는다냐
>
> 험한 발에 짓밟힌 고향생각

---

7) 윤동재(2002), 86-87쪽.

　　　　－아득한 꿈엔 달려가는 길이언만
　　　　서로의 굳은 뜻을 남게 앗긴
　　　　옛사랑의 생각같은 쓰린 심사여라.

　　　　　　　　　　　　　　　　　　　　　　　　－「고향」[8]

　이 시는 전체 4연으로 되어 있고 4행 1연의 연 구성을 보여주고 있다. 이러한 박용철의 4행시에 대해서는 그 동안 세 가지의 견해가 제시되었다.

　첫째는 박용철의 4행시는 우리 전통 시가 갈래에서 볼 수 있는 4행시 전통을 계승했다는 점이다. 곧 고시가, 향가, 별곡, 한시, 민요 등에서 4행시를 쉽게 찾아볼 수 있다.

　둘째는 박용철보다 앞서 문학 활동을 한 최남선의 4행 시조, 4행 창가와 이광수의 4행시, 김억의 격조시, 김영랑, 이하윤의 4행시를 볼 수 있다. 박용철의 4행시는 전통시가 갈래에서 볼 수 있는 4행시 전통과 그보다 앞서 문학 활동한 시인들의 4행시 작품에서 영향을 받았다고 볼 수 있다는 것이다.[9]

　셋째는 여기에다가 하이네 시의 영향을 덧보탤 수 있다는 것이다. 박용철이 번역한 서구시는 영미시, 독일시, 불란서시 등 모두 330편에 달한다. 이 가운데 독일의 시인 하이네 시는 90편을 번역했고, 박용철이 번역한 하이네 시는 모두 4행시라는 것이다. 이 점에서 볼 때 박용철이 4행시를 창작한 것은 하이네 시를 번역하는 과정에서 배워 익힌 것이라는 것이다.[10]

---

8) 『박용철 전집』제1권(1939), 14-15쪽.

9) 김영철 · 박진태 · 이규호(1988), 505-535쪽.

10) 김효중은 박용철의 4행시 창작을 세 가지 점에서 이해하려고 했다. 첫째, 하이네시를 번역하는 과정에서 배워 익혔을 수 있다. 둘째, 김영랑의 영향을 무시할 수 없다.

그러나 이 세 가지 가운데 어느 한 가지만 작용했다고 볼 수는 없다. 위의 세 가지가 복합적으로 작용했다고 보는 것이 실상에 부합한다고 할 것이다. 박용철의 한시 습작이 주로 1920년대에 이루어졌고, 본격적인 서구시 번역은 1932년 이후에 이루어졌다는 사실로 볼 때, 박용철의 4행시 쓰기는 한시의 영향도 분명히 작용했다고 보여진다. 한시의 작시 원리를 익힌 박용철은 한시와 같이 구(행, 줄) 수의 정형을 보이고 있는 하이네 시에 특별히 주목했을 것이다. 그리고 구 수의 정형이 동서양 시의 작시 원리 가운데 중요한 하나라고 여겼을 것이다.

이는 박용철이 김영랑에게 한 말을 보면 더욱 분명하다. 박용철은 김영랑에게 보낸 한 편지글에서 "자네 4행을 두엇더 보내게 다른 것과 바꾸더라도 …… 자네 옛적같은 4행이나 8행이 아니 나오나 그런 미시형을 완성한 사람이 조선안서 자네 내놓고 누구 있나"11)라고 했다. 여기서 4행과 8행은 바로 한시의 구 수 정형을 바탕으로 하여 쓴 현대시라고 할 수 있기 때문이다. 4행은 절구, 8행은 율시의 구 수 정형이다. 이런 형태를 지닌 시를 박용철은 「미시형」으로 보고 있는 것이다. 말하자면 박용철은 한시의 작시 원리에 따라 구 수의 정형을 잘 지켜낸 시를 「미시형」으로 보고 있는 것이다.

박용철은 이와 같이 현대시를 창작하면서 한시 쓰기를 통해 익힌 작시 원리를 그대로 수용했다. 그렇게 하여 초기시에서는 시 구성이나 연 구성에서 구 수 정형을 비교적 잘 지켰다. 그러나 박용철은 다채로운 변형을 시도하지는 않았다. 이 점은 현대시와 한시를 함께 썼던 김종길의

셋째, 박용철 이전의 전통시가에 보이는 4행시의 영향일 수 있다. 김효중(1986), 126쪽.

11) 『박용철 전집』 제1권(1939), 347쪽.

경우와 좋은 대조를 보여준다.

김종길의 경우를 보면 한시의 시형을 그대로 수용하기도 했지만 음보 분단과 중첩을 통한 다채로운 변형을 시도했다. 그렇게 하여 한시의 엄격한 규칙과 질서를 충분히 자기 것으로 육화하여 새로운 질서 변형을 이룩했다.[12] 박용철의 현대시가 시 자체만으로는 연구자들의 주목을 충분히 끌지 못한 이유에는 이런 요인도 어느 정도 작용하지 않았는가 한다.[13]

2) 운율 중시

박용철이 한시의 창작을 통해 배운 또 하나의 작시 원리는 시 쓰기에서 운율을 강조하는 것이다. 한시는 평측과 압운을 통해서 운율을 실현하지만 현대시에서는 우리말이 성조 언어가 아니라는 점에서 평측은 전혀 불가능하고, 압운도 실현하기가 어렵다.[14] 그래서 박용철은 비슷한

---

12) 윤동재(2002), 126-132쪽.

13) 많은 연구자들이 박용철의 시에 대해서는 낮게 평가하고 있다. 대표적으로 김윤식을 들 수 있다. 김윤식은 박용철의 문학활동 가운데 가장 가치있고 자신이 주력한 것은 시 비평가로서의 활동이며, 문학잡지 편집자로서의 활동이라고 했다. 그리고 정작 시인으로서의 활동은 주목할 만한 게 없다고 했다. 김윤식(1970), 286쪽, 「순수시론」, 양혜경도 박용철의 현대시는 시론에 견주어 질적 수준이 떨어진다고 했다. 양혜경 (1993), 115쪽.

14) 김대행은 한국 시가에는 압운의 개념에 맞고 또 압운으로서의 기능을 보이는 압운 형태가 없었다고 했다. 그러면서 압운이 철저히 지켜졌던 한시를 노상 가까이했으면서도 우리 시가의 압운이 기능을 발휘하지 못한 까닭은 한국어가 부착어라는 점, 압운이 음절 의식이 강한 언어 체계에서 주로 사용되었다는 점에서 볼 때 한국 시가는 음절 의식이 철저하지 못함으로 말미암아 음성상의 기교인 압운에 무관심했던 것이 아닌가 했다. 그리고 이어서 한국 시가가 대체로 가창을 전제로 했다는 점에서 음성 패턴보다는 선율이 더욱 두드러졌고, 이점이 시가를 창작할 때 음성상의 기교인 압운의 인식을 저해했다고 보여진다고 했다. 김대행(1976), 43-58쪽.

구문의 활용과 비슷한 어구의 반복을 통해 운율을 실현시키고자 했다.
이러한 점은 그가 서구시를 번역할 때도 그대로 적용되었다.[15]

> 큰 어둠 가운데 홀로 밝은 불 켜고 앉아 있으면 모두 빼앗기는 듯한 외로움
> 한 포기 산꽃이라도 있으면 얼마나한 위로이랴
>
> 모두 빼앗기는 듯 눈덮개 고이 나리면 환한 왼몸은 새파란 불 붙어 있는 인광
> 까만 귀뚜리 하나라도 있으면 얼마나한 기쁨이랴
>
> 파란 불에 몸을 사르면 싸늘한 이마 맑게 트이어 기어가는 신경의 간지러움
> 길 잃은 별이라도 맘에 있다면 얼마나한 질검이랴
>
> — 「싸늘한 이마」[16]

이 시는 읽으면 읽을수록 유려한 리듬감이 느껴진다. 그 리듬감은 어
디서 오는가. 각 연의 제1행과 제2행이 비슷한 문장 구조로 되어 있고,
비슷한 어구가 반복되어 있다. 여기서 오는 리듬감이다. 각 연의 제1행
은 "−면 ~현재형 선어말 어미「 −ㄴ」~명사나 명사형"으로 끝난다. 그
리고 각 연의 제2행은 "−라도 ~있으면(있다면) ~이랴"로 끝나고 있다.
이러한 비슷한 문장 구조의 반복을 통하여 운율을 만들어 내고 있다.

이것은 박용철이 한시의 압운이나 평측을 대신할 만한 현대시 운율
생성 방법으로 생각해 낸 것이 아닌가 한다. 그런데 이러한 비슷한 문장
구조나, 비슷한 어구의 반복은 리듬감을 자아내게 하지만 변화를 주지
못해 자칫 단조로운 느낌을 줄 수도 있다. 박용철은 이러한 점을 극복하
기 위해 이 시에서 시 전편을 이루고 있는 연의 수는 홀수로 하고, 각

---

15) 박용철은 서구시를 번역하면서 서구시에 쓰인 압운은 동어 반복을 통해서 살려내고
자 했다. 김효중(1986), 64쪽.
16) 『박용철 전집』 제1권(1939), 12-13쪽.

연을 이루고 있는 행의 수는 짝수로 하여 짝수에서 오는 안정감과 홀수에서 오는 대립, 변화의 묘미를 보여주고자 했다. 뿐만 아니라 각 연의 제1행과 제2행의 음보 수를 홀수와 짝수로 짝을 지음으로써 마찬가지의 효과가 나도록 했다.

이 시를 음보단위로 표기해 보면 다음과 같다.

큰어둠/가운데/홀로/밝은불켜고/앉아있으면/모두/빼앗기는듯한/외로움(8음보)
한포기/산꽃이라도/있으면/얼마나한/위로이랴(5음보)

모두/빼앗기는듯/눈덮개/고이나리면/환한왼몸은/새파란불/붙어있는/인광(8음보)
까만귀뚜리/하나라도/있으면/얼마나한/기쁨이랴(5음보)

파란불에/몸을사르면/싸늘한이마/맑게/트이어/기어가는/신경의/간지러움(8음보)
길잃은/별이라도/맘에있다면/얼마나한/질검이랴(5음보)

그런데 이러한 시 구성상의 특징과 리듬상의 특징은 이 시의 내용과 따로 떨어져 있는 것이 아니라 서로 긴밀히 맞물려 있다. 이 시는 각 연 제1행에서는 「외로움」에 대해 말하고 있다. 제1연에서는 화자가 「외로움」을 직접 말하고 있다. 화자가 직접 말하고 있는 외로움은 "큰 어둠 가운데 홀로 밝은 불 켜고 앉아 있으면 모두 빼앗기는 듯"한 "외로움"이다. 그런데 제2연과 제3연에서는 제1연에서 직접 말하고 있는 "외로움"이 비유로 나타나고 있다. 제2연에서는 "새파란 불 붙어 있는" "인광"으로, 제3연에서는 "기어가는 신경의" "간지러움"으로 비유되어 있다.

각 연의 제1행과 제2행을 보면 시행의 길이가 매우 길다. 우리 시가의 전통적 율격의 기본구조가 3, 4음보라고 알려져 있다. 그런데 이 시의 제1행과 제2행은 8음보와 5음보로 되어 있다는 것은, 제1행에서는 음보의 중첩이 제2행에서는 음보의 결합이 이루어지고 있음을 보여준다고 하겠다. 곧 제1행의 8음보는 4음보의 중첩으로 볼 수 있고, 제2행의 5음보는 3음보와 2음보가 결합된 것으로 볼 수 있다.

각연 제1행에서 4음보를 중첩하여 8음보를 보여주는 것은, 화자의 외로움이 어렴풋한 외로움이 아닌 분명한 외로움이라는 것을 보여주기 위해서이다. 이렇다 보니 자세하게 말하고 있다. 그리고 음보 수를 짝수로 한 것은 화자의 외로움이 분명한 외로움이면서 바뀌지 않을 외로움이라는 점을 말해준다. 외로움은 끊임없이 이어질 것임을 말해 주는 것이다.

이와는 달리 각 연의 둘째 행에서는 3음보와 2음보의 결합을 보여주고 있다. 앞의 3음보에서는 가정을 말하고, 뒤의 2음보에서는 가정이 실현되고 난 뒤의 결과에 대해서 말하고 있다. 제1연에서의 “산꽃”, 제2연에서의 “귀뚜리”, 제3연에서의 “별”이 있으면 하는 가정을 앞의 3음보를 통해 나타내고 이러한 가정이 실현되고 나면 화자는 “위로 받고”, “기뻐하고”, “질거워 할 수 있다”는 것을 뒤의 2음보를 통해 나타냈다.

그런데 “산꽃”, “귀뚜리”, “별”은 소박하고 하찮은 것이라 할 수 있다. 이는 화자의 소망이 거창하고 화려한 것이 아니라 소박하고 단순한 것임을 뜻한다. 이를 3음보와 2음보의 결합을 통해 나타내고 있는 것은 화자의 이런 소망마저도 이루기가 쉽지 않은 것임을 보여준다. 곧 화자의 하찮은 소망이나마 이룰 수 있을 것인지, 없을 것인지 확신이 서지 않는다는 점을 보여준다. 화자의 내면의 심리 상태는 안정적이기보다 매우 불안하다. 그 불안감을 나타내기 위해 각 연의 제2행을 이루는 음보 수를 이와 같이 3음보와 2음보를 결합하여 홀수로 한 것이다.

박용철은 한시와 서구시의 작시법에서는 운율을 매우 중시한다는 사실을 깊이 인식하고 현대시 창작에서도 비슷한 구절이나 비슷한 어구의 반복을 통해 운율을 실현시키려고 했다. 또한 시의 운율이 시 자체의 가치를 높인다는 사실을 잘 알고 있었다.

4. 한시 주제와의 상관관계

1) 탈속 공간 지향

박용철 한시의 특징을 구체적으로 살펴보면, 무엇보다도 탈속 공간, 선취적 공간 지향을 들 수 있다. 박용철 한시는 현실과의 치열한 대결의식을 직접적으로 드러내지 않고 에둘러 표현하고 있다. 말하자면 선취적 공간, 탈속 공간을 제시함으로써 오히려 일제강점기 현실에서 결여된 것이 무엇인가가 은연중 드러나도록 하고 있다.

步隨淸溪心使淸	맑은 시내를 따라 걸으니 마음 한결 맑아지고
笻音自閒鳥不驚	지팡이 소리 절로 한가로우니 새들도 놀라지 않네
深入三昧怪岩坐	괴이한 바위에 올라앉아 깊이 삼매에 드니
如訴哀願淺澗鳴	얕은 시내 흐르는 물소리 하소하고 애원하는 듯 하네
無常悲喜人間事	무상한 인간사 기쁨과 슬픔이란
時生煙靄凌世情	때로 피어나는 산안개 세정을 넘어서 있네
何必長生是仙客	하필 오래오래 살아야 신선이라 하겠는가
愧君更還紅塵城	그대 부끄러워하며 다시 돌아오는 티끌 성안 사람이여

–「山水圖」[17]

이 시는 작시법이라는 측면에서 살펴보면, 먼저 평성 '庚'자 운을 쓰고 있다는 점이 눈에 띈다. 압운한 '淸', '驚', '鳴', '情', '城'이 모두 평성 '庚'자 운이다. 곧 같은 운자를 쓰고 있는 것이다. 이는 압운법을 잘 지키고 있음을 보여준다. 다음으로, 칠언 율시의 경우 첫 구의 끝 글자도

17)『박용철전집』 제1권(1939), 152쪽.

압운을 하는 게 원칙이라는 규칙을 충족시켜주고 있다. 첫 구의 끝 글자인 '淸'에서 그것을 볼 수 있다. 그 다음으로, 함련과 경련에서 대구를 볼 수 있고, 기승전결의 구성도 볼 수 있다. 마지막으로 구 수도 8구이다. 이와 같은 점으로 미루어볼 때 이 시는 율시의 규칙을 비교적 잘 따르고 있다고 할 수 있다.

이상은 한시의 작시 원리 수용이라는 측면에서 살펴본 것이다. 이 시의 주제의식을 살펴보자. 제목을 「山水圖」라고 붙이고 있는 것으로 보아, 이 시는 실제로 존재하고 있는 實景으로서의 산수를 노래한 것이 아니라 산수화를 감상하면서 느낀 畵境을 표현한 것이라 할 수 있다. 화자와 시 속의 행동주체인 그대는 서로 산수도의 안과 밖에 존재한다. 그대는 산수도 안에서 자연과 조화로운 삶을 살고 있다. 자연과의 아무런 대립이나 갈등이 없다. 자연의 일부가 되어 살아가고 있다. 탈속의 공간 속에서 유유자적하면서 살고 있는 모습이다.

그대는 "맑은 시내를 따라 걷기도 하고", "바위에 올라앉아 깊이 삼매에 들기도"한다. 산수도 속 그대의 이런 삶의 모습이야말로 바로 신선의 삶이라는 것이다. 이를 화자는 부러워하면서 "하필 오래 살아야 신선이겠는가"라고 반문하고 있다. 화자가 참으로 지향하고픈 세계도 바로 이런 세계이다. 다툼과 갈등이 없는 세계, 모든 것이 조화롭기만 한 세계이다. 그러나 그것은 산수도 안에서만 가능하다. 산수도 안에 있는 그대는 이런 삶이 가능하지만 산수도 밖에 있는 화자는 현실에 발을 디디고 있으니 한 발자국도 산수도 안으로 들여놓을 수 없다. 산수도 앞에서 산수도 안의 세계를 잠시 들여다보다가 다시 본래의 자리인 티끌성안, 곧 티끌세상으로 돌아와야 하는 것이다.

그러고 보면 이 시는 안과 밖의 대립을 보여준다고 할 수 있다. 이러한 공간 대립은 세속과 탈속의 대립이라 할 수 있다. 화자는 세속 공간에 있으면서 탈속의 공간에서 방외적 일탈의 삶을 살아가고 있는 그대를 부러워하는 것이다. 이러한 부러움은 화자가 세속과 탈속 사이에서 갈등하고 있지만 궁극적으로는 탈속을 지향하고 있음을 알 수 있으며 다툼과 저항보다는 조화와 화해의 세계를 지향하고 있음을 알 수 있게 해 준다. 이 시에서 화자가 보여주고 있는 이러한 탈속 지향은 현실 세계에 대한 불만과 비판을 에둘러 말하고 있다고 보여진다.

이 시는 산수를 노래하고 있긴 하지만, 산수 경물 자체의 아름다움을 노래하거나 산수 경물을 매개로 하여 그 속에 내재된 이법을 말하지는 않고 있다. 그렇다고 해서 이 시에서의 산수가 은거하여 학문에 침잠하고 존심양성을 하는 수행의 공간으로 제시되어 있는 것도 아니다. 이 점에서 이 시는 조선 시대 성리학자들이 산수를 노래한 작품과는 다르다고 할 수 있다. 이 시는 일종의 선취적 공간을 노래하여 오히려 박용철이 살았던 일제 강점기 현실에 대한 비판으로 읽힐 수 있도록 했다. 박용철은 자신의 시대를 그대로 받아들일 수가 없었던 것이다.

羽衣蹁躚蘇子眞	너울너울한 깃털 옷 입은 소자진이여
自嘲仙鶴窺江濱	선학 타고서도 강가에서 엿보는 스스로를 비웃네
浩浩不關天如蒼	푸른 하늘 어디에도 매이지 않고 날아다녀야 하건만
累然求飼世無新	새로울 것 없는 인간 세상 먹을 것에 얽매였다고
幾將功成凌雲霄	하늘 찌를 공 이룬 왕후장상이 몇몇이더냐
萬骨無爲埋陋塵	모든 백골은 하릴없이 흙먼지 속에 묻혀 있네
衝斗無奈還踶踣	밤하늘 뻗치는 기개 어쩌지 못하고 도리어 움츠러드니
天長地久憫殺人	천지가 다하도록 답답한 심사여!

— 「解嘲」18)

---

18) 『박용철 전집』(1939), 153-154쪽.

　이 시는 한시의 작시 기법이라는 측면에서 먼저 살펴 볼 때, 전고의 적절한 사용을 지적할 수 있다. 미련의 제2구에 나오는 〈天長地久〉는 백낙천의 「長恨歌」의 마지막 구절에서 〈天長地久有時盡/此恨綿綿無絶期 하늘 영원하고 땅은 오래 간다해도 다할 때가 있으니/이 한은 끝없이 이어져 다할 날이 없으리〉라는 구절을 끌어다 쓰고 있다. 이러한 전고의 활용을 통해서 시의 의미를 한층 강화하고 있다. 이와 같이 전고를 적절히 활용할 줄 안다는 것은 박용철의 한문 소양이 매우 풍부함을 말해 준다.

　또 하나 더 지적할 수 있는 것은 이 시에서 볼 수 있는 鍊字이다. 7언시에서는 보통 제5자가 詩眼 구실을 한다. 이 시의 수련 둘째구에서 그것을 확인할 수 있다. 7언시에서 제5자가 시안이 되는 것은 이 부분에 동사를 자주 사용하기 때문이다. 여기서는 〈窺〉라는 동사가 쓰였다. "소자진이 선학을 타고" "푸른 하늘을 어디에도 매이지 않고 날아다녀야 하건만" 강가에 와서 고작 물고기나 잡아먹으려고 "몰래 엿보는 것"은 떳떳하고 당당한 태도가 아니다. 이를 강조하기 위해 "몰래 엿보다"를 뜻하는 동사 〈窺〉를 쓰고 있다. 이러한 글자를 鍊字라고 한다. 이 점에서도 박용철이 한시의 작시 원리를 이해하고 있는 것이 피상적이지 않음을 알 수 있다.

　그런데 이 시의 제목인 「解嘲」는 "남의 비웃음을 받고 스스로를 변명하다"는 뜻이다. 율시에서 수련은 일반적으로 破題, 곧 제목의 뜻을 풀이한다. 이 시의 수련도 제목을 풀이하고 있다. "너울너울한 깃털 옷을 입은 소자진이여", "선학 타고서도 강가에서 엿보는 스스로를 비웃네"가 바로 그것이다. 소자진은 선학을 타고 다니는 신선인데, 신선은 선계에서 노닐어야 함에도, 인간 세상으로 내려와서는 강가에서 물고기를 잡아먹으려고 몰래 엿보고 있으니 이것은 남들이 비난할 만하다. 소자진은 그것을 잘 알고 있다. 따라서 소자진은 한편으로는 자기 자신을 비판하고, 또 한 편으로는 자기 자신을 위해 변명을 하고 있다.

소자진의 자기 자신에 대한 비판은 왕후장상에 대한 비판으로도 이어진다. 왕후장상들 가운데 하늘 찌를 공을 이룬 사람이 몇몇이었던가 했다. 여기서 하늘 찌를 공이란 각자에게 주어진 현실 문제와 치열하게 대결하여 세상을 자기 자신이 원하는 것으로 바꾸어 놓는 것을 말한다. 왕후장상들 가운데 이를 이룬 사람이 거의 드물다는 것이다. 그리고 그 많던 왕후장상들은 이제 하릴없이 흙먼지 속에 묻혀 있을 뿐이라는 것이다.

미련에서 말하고 있는 〈衝斗〉는 천하의 보검을 찾게 된 내력을 이야기하는 고사와 관련이 있다고 알려져 있다. 핵심 내용은 보검이 땅속에 묻혀 있어도 그 기운이 하늘 별자리에까지 쏘여서 결국 세상에 제 모습을 드러내게 된다는 것이다. 그러고 보면 소자진은 자신이 현재는 자잘한 것에 얽매여 있지만, 이것은 자신이 원래 갖고 있는 본래면목이 아니라는 것이다. 소자진은 헌걸찬 기개를 갖고 있으면서도 현재 어찌할 길 없어 움츠리고 있고, 천지가 다하도록 답답한 심사만을 갖고 있다는 것이다.

이 시에서는 결국 박용철이 선학을 타고 다니는 신선 소자진을 내세워서 겉으로 보기에는 신선이면 선계에 머무르는 것이 마땅한 데도 거기 머무르지 않고, 인간 세상에 내려온 것에 대해 스스로 변명하게 하고, 스스로 비판하게 하고 있지만 실제로는 일제 강점기 현실과 치열하게 대결하지 못한 자기 자신에 대한 변명과 비판으로 읽힐 수 있게 했다.

2) 유랑민 의식

박용철의 한시는 산수도의 안과 밖, 선계와 인간 세상의 이원적 대립

공간을 제시하고 있다. 이 이원적 대립 공간 가운데 화자가 이상향으로 여기는 공간은 산수도 안의 세계이고, 선계이다. 화자는 속세를 벗어난 탈속의 공간에서 일탈의 삶을 즐기는 낭만적 초월을 이상으로 생각하고 있다. 화자는 탈속의 공간인 선계에서의 삶은 동경하지만 현실 공간인 인간 세상에서의 삶은 괴롭고 머무를 수 없는 것으로 여기고 있다.

이것은 겉으로 드러나고 있는 것만 살핀 결과이다. 박용철이 한시를 통해 실제로 말하고 싶었던 것은, 일제 강점기 현실에 대한 강한 불만과 삶의 갈등이다. 일제 강점기 현실은 안주할 수 있는 세계가 아니며, 지향하는 세계도 아니라는 것이다. 이 점을 박용철은 탈속공간과 선취적 공간 제시를 통해 에둘러 표현하고 있다.

박용철 한시의 이러한 주제의식은 박용철의 현대시 가운데 비교적 성공했다고 판단되는 작품에서 유랑민 의식으로 변주되어 나타나고 있다.

나 두 야 간다
나의 이 젊은 나이를
눈물로야 보낼거냐.
나 두 야 가련다.

아늑한 이 항군들 손쉽게야 버릴거냐.
안개같이 물 어린 눈에도 비치나니
골짜기마다 발에 익은 묏부리 모양
주름살도 눈에 익은 아아 사랑하는 사람들.

버리고 가는 이도 못 잊는 마음
쫓겨가는 마음인들 무어 다를거냐.
돌아다보는 구름에는 바람이 희살짓는다.
앞 대일 언덕인들 마련이나 있을거냐.

나 두 야 가련다.
나의 이 젊은 나이를
눈물로야 보낼거냐.
나 두 야 간다.

- 「떠나가는 배」¹⁹⁾

　이 시에서 먼저 주목되는 점은 공간의 대립을 보여주고 있다는 점이다. 그것은 '배'와 '항구'의 대립이다. 하나는 머무름의 공간이요 다른 하나는 유랑의 공간이다. 화자는 제1연 제1행에서 "나 두 야 간다"고 단정적이고 단호한 어조로 떠난다는 사실을 말한다. 그 까닭은 젊은 나이를 눈물로 보낼 수 없기 때문이다.

　여기서 "나두야"라고 표기해야 할 것을 "나 두 야"라고 하나하나 떼어놓은 것은 떠나려는 의지가 그만큼 강하고 단호하다는 것을 나타낸다. 한 글자 한 글자 각기 떼어놓음으로써 독립적이고 분명하게 드러나도록 했다. 그래서 "나"와 "두(도)"와 "야"가 하나하나 강조되도록 했다. 원래 "두(도)"와 "야"는 각기 강조의 뜻을 나타내는 보조사와 어미이지만 윗말로부터 떼어놓음으로써 더욱 강조되도록 한 것이다. 이는 일제 강점기 현실 공간이 화자가 머무를 수 없는 곳임을 분명하게 강조해서 말해주는 것이다.

　제2연에서는 화자가 지금까지 머무르고 있었던 공간인 항구는 "아늑한" 곳이었다고 말한다. 그래서 손쉽게 버리고 떠날 수 없어서 눈에 안개같이 눈물이 어리게 한다는 것이다. 더욱이 이런 눈에 "발에 익은 묏부리"와 "사랑하는 사람"들이 또렷또렷 떠오른다는 것이다. "묏부리"는 일제 강점기 아래 강토 전체를 대유한 것이고, "사랑하는 사람"들도 마

---

19) 『시문학』 제1호, 22-23쪽.

찬가지로 일제 강점기를 힘들게 살아가는 동포들을 말한다. 이렇게 공간과 사람을 함께 떠올림은 이 시가 화자의 유랑이 개인적 도피에서 빚어진 것이 아님을 나타내고 있다 하겠다.

제3연에서는 항구를 버리고 새로운 세상을 향해 나아가고 있다. 화자는 항구를 스스로의 의지로 버리고 가지만, 그래도 영영 잊을 수 없다고 했다. 화자는 이것 역시도 자의에 의해서가 아니고 타의에 의해서 떠나게 되는 다른 사람들이 못 잊는 것과 조금도 다르지 않다는 것을 말하고 있다.

"돌아다 보는 구름"은 곧 항구를 한 번 더 돌아본다는 뜻이다. 이것을 "바람이 희살짓는다"는 것은 바람이 방해한다는 것이다. 이는 바람이 돌아다볼 수 없게 한다는 뜻이다. "앞 대일 언덕인들 마련이나 있을거냐"는 화자가 배를 타고 새로운 세상을 찾아 나서지만 그것이 꼭 정해진 목적지가 있어서가 아님을 말해준다. 그렇지만 화자는 항구로 표상되는 일제 강점기 현실에는 더 이상 안주할 수 없다는 것이다.

제4연에서는 제1연을 거의 그대로 되풀이하고 있다. 그러나 들여다보면 그렇지 않다. 제1연 제1행을 제4연에서는 제4행에 갖다 놓았다. 제1연에서는 가려고 하는 의지를 나타내는 데 주안점이 놓여 있다는 것을 보여준다. 그러나 제4연에서는 가려고 하는 의지를 행동으로 옮기고 있음을 나타낸다. 현실에 안주하지 못하고 새로운 곳을 향해 떠나는 화자의 행동이 과거도 아니고 미래도 아니고 현재 일어나고 있는 일임을 단호하게 말하고 있다.

이 시의 화자가 현실공간인 "항구"에 안주하지 못하고, 새로운 이상향을 찾아 떠나는 것은 한시에서 현실에 안주하지 못하고 탈속 공간, 선취적 공간을 지향하는 것과 다르지 않다. 이들은 모두 현실에 대한 불만에서 비롯되며, 현실에 대한 비판이 현실을 떠나고자 하는 소망이 유랑민 의식으로 변주되어 나타나고 있다.

5. 마무리

박용철의 시문학에 대한 그 동안의 연구는 주로 박용철의 비평 활동과 서구시 번역, 잡지를 주재하고 발간했던 활동에 초점을 맞추어 이루어졌다. 그 결과 박용철이 인식하고 있던 시란 서구의 근대시 개념에서 벗어나지 않는 것이었고, 박용철의 현대시 창작은 서구시 이론 번역, 서구시 번역을 통해 익힌 시작 원리와 방법에 따라 이루어졌다는 평가가 주류를 이루었다. 좀더 구체적으로 말하면 릴케, 포우, 하우스만의 시론을 번역 소개하는 과정을 통해 익힌 시작 원리와 영미시, 독일시, 특히 하이네 시를 번역하면서 익힌 시작 방법을 현대시 창작의 원리와 방법으로 받아들였다는 것이다.

그러나 이는 박용철의 한시, 한문에 대한 소양을 전혀 고려하지 않고 내린 판단이고, 박용철 현대시에 대한 온당한 평가라고 볼 수 없다. 박용철은 한시, 한문에 대한 풍부한 소양을 지니고 있었을 뿐만 아니라 직접 한시를 쓰기도 했다. 이에 대한 자세한 분석과 검토 없이 박용철 현대시를 평가할 수는 없다.

지금까지의 논의를 정리해 보면 다음과 같다.

첫째, 박용철은 서구시를 번역하고, 서구시 이론을 번역 소개하기 전에, 벌써 한문을 익히고 한시를 창작해 왔다는 점이다. 박용철은 네 살 때부터 이미 한문을 익혔고, 청소년기에는 상당한 수준의 한문 해독 능력을 갖추었다. 그리고 연희전문학교에 입학해서는 당대 한문학의 대가

였던 위당 정인보를 통하여 한시를 배웠고 한시를 써 보기도 했다. 박용철이 남긴 한시는 13편에 지나지 않으나 그의 한시 창작 능력을 가늠해 내기에는 부족함이 없다. 박용철의 한시는 모두 13편이고, 7언 율시이다. 7언 율시는 고시나 장단구, 절구에 비해서 짓기가 까다롭고, 제약도 많이 따른다. 이로 미루어, 박용철의 한시 작시 원리에 대한 이해가 상당한 수준에 이르렀다는 사실을 확인할 수 있다.

둘째, 박용철이 현대시를 창작하면서 받아들인 한시의 작시 원리는 시 구성, 연 구성의 정형성 추구와 운율 생성 등이다. 그런데 박용철의 경우 이를 한시의 작시법에서만 배우지 않고 서구시 번역을 통해서도 익혔다는 점이 특이하다.

셋째, 박용철의 한시와 현대시에 나타난 대표적인 주제의식은 현실에 대한 불만과 비판이다. 박용철의 한시를 보면 이를 곧바로 나타내지 않고, 탈속 공간, 선취적 공간을 지향하는 태도를 보여줌으로써 일제강점기 현실을 그대로 받아들일 수 없다는 것을 에둘러서 보여주었다. 박용철의 현대시에도 이 점은 잘 나타나고 있다. 박용철의 대표작이라고 알려져 있는 「떠나가는 배」는 일제강점기 현실에 대한 불만과 비판이 목적지를 분명히 알 수 없는 이상향 지향의 유랑민 의식으로 변주되어 나타나고 있다.

이와 같은 점으로 미루어 볼 때, 박용철의 현대시에 나타난 한시 기법 및 한시 주제와의 상관관계는 결코 과소평가되어서는 안 된다고 본다. 박용철의 현대시는 서구시에 대한 이해와 한시 전통에 대한 소양이 복합적으로 작용했다고 할 수 있다.

〔윤동재〕

참고문헌

『박용철 전집』 제1권, 제2권, 시문학사, 1939.

김대행, 『한국시가구조연구』, 삼영사, 1976.

김명인, 「순수 시론의 환상과 현실」, 『어문논집』 제22집, 고려대학교 국어국문학연구
　　　　회, 1981.

김영철 · 박진태 · 이규호, 『한국시가의 재조명』, 형설출판사, 1988.

김용직, 「시문학파연구」, 『한국현대시연구』, 일조사, 1974.

─────, 『한국현대시인연구』하, 서울대학교출판부, 2000.

김윤식, 「용아 박용철 연구」, 『학술원논문집』 제9집, 1970.

　　　　『한국근대작가론고』, 일지사, 1974.

김진경, 「박용철 비평의 해석학적 과제」, 『선청어문』 제13집, 서울사대, 1982.

김학동, 『한국현대시인연구』, 민음사, 1977.

김학주, 『중국문학의 이해』, 신아사, 1993.

김효중, 「박용철의 하이네 시 번역과 수용에 관한 연구 -박용철의 창작시와 한국문
　　　　단에 미친 영향을 주로 하여」 영남대 대학원 박사학위논문, 1986.

양혜경, 「박용철 시론의 전통 지향성 연구」, 『동아어문논집』, 동아어문학회, 1993.

윤동재, 『한국현대시와 한시의 상관성』, 지식산업사, 2002.

이기서, 「용아 박용철 연구 -시사적 위치를 중심으로」, 고려대학교 교육대학원 석사
　　　　학위논문, 1971.

정종진, 『한국현대시론사』, 태학사, 1988.

정태용, 『한국현대시인연구 · 기타』, 어문각, 1976.

한계전, 『한국현대시론연구』, 일지사, 1983.

─────, 「박용철에 있어서 하우스만 시론의 수용」, 『관악어문연구』 2집, 서울대, 1977.

「주지주의 문학론」과 「주지적 문학론」

– 비평가 최재서와 아베 토모지(阿部知二)의 비교문학적 고찰 –

1. 최재서의 비교 문학적 연구

최재서는 1930년대 중반 이후 영문학자인 동시에, 주지주의라는 비평 이론을 내세움으로써 한국의 문학 비평을 근대화시키는 데 힘을 쓰는 한편 소설가 이상과 박태원 등 모더니즘 작가들의 작품의 가치를 일찍 꿰뚫어보는 혜안을 가졌던 비평가로 알려졌다. 그가 주장한 주지주의 비평이라는 것은 주로 영국의 시 비평가들—구체적으로는 T. E. 흄(Hulme), T. S. 엘리어트(Eliot), I. A. 리처즈(Richards), 허버트 리드(Herbert Read) 등[1]—의 비평 이론을 아우른 것이다. 한편 일본의 "신흥예술파"에 속하는 소설가인 아베 토모지는 같은 비평가들을 대상으로 하여 쓴 논문집인 『주지적 문학론(主知的文學論)』(1930)으로 동시대의 최재서와 비교가 된다.

본 논문에서 필자는, 1934년 8월에 최재서가 조선일보에 게재한 「현

---

1) 이 논문에서 연구 대상으로 삼은 최재서의 두 논문 외의 논문에서 그가 소개 언급한 비평가는 올더스 헉슬리(Aldus Huxley)와 시인 윈덤 루이스(Wyndham Lewis), 스티븐 스펜더(Stephen Spender), 마르크스주의 문예이론가인 랠프 폭스(Ralf Fox) 등이 있고, 최재서가 작품에 언급한 소설가로서는 헉슬리, 제임스 조이스(James Joyce), 토마스 만(Thomas Mann) 등이 있다.

대 주지주의 문학이론(現代主知主義文學理論)의 건설」[2]과 그것의 속편이
라고 명기된 「비평과 과학」[3] 등의 두 논문을 일단 최재서의 주지주의
문학이론의 선언문으로 보고, 아베 토모지의 위 논문집 중 "주지적 문
학" 선언문이라 할 수 있는 「주지적 문학론」[4](1929, 잡지 『시와 시론(詩と
詩論)』에 발표)과 비교 검토하기로 하였다.

아베 토모지는 1903년에 일본 오카야마(岡山)현에서 태어나 1923년에
동경 제국대학 영문과에 입학하였다. 그리고 훗날에 "행동주의 문학"을
주창함으로써 한국 문단에도 문제를 던지게 될 후나하시 세이이치(舟橋
聖一)와도 가깝게 지냈다. 그 후 27년에 대학을 졸업하며 대학원에 진학
한 아베는, 29년에 「주지적 문학론」을 발표한 뒤, 30년에 평론집 『주지
적 문학론』을 간행하기에 이른다. 아베는 28년에 후나하시와 함께 잡지
『문예 도시(文芸都市)』에 동인으로 참가하여 소설을 발표하기 시작하는데,
특히 30년에 발표하여 실험적인 문체로 깊은 인상을 주었던 소설 「일독
대항경기(日獨對抗競技)」[5]가 높은 평가를 받으며 "신흥예술파" 작가로 주
목을 받았다.

1908년 생으로 아베보다 5살 어린 최재서는 28년에 경성제대 법문학
부 문학과에 입학하여 1931년에 졸업한 뒤 대학원에 진학하여 영국 낭만
파 시 연구를 계속하였다. 이러한 최재서가 본격적으로 주지주의 문학
이라는 개념을 가지고 한국 문단에 그 존재를 내세운 것은 1934년의 「현
대 주지주의 문학 이론의 건설－영국 평단의 주류」에 의해서일 것이다.

---

2) 최재서(1962), 41쪽.
3) 최재서(1962), 68쪽.
4) 아베 토모지(1989), 309쪽.
5) 아베 토모지(1989), 314쪽.

최재서에 관한 연구는 아무래도 그가 영문학자였다는 사실 때문에 영
미 문학과의 비교 문학적 접근에 의해 많이 시도되었는데, 그에 비해 가
장 유사한 문학론을 일본에서 펼친 바 있는 아베 토모지와의 본격적인
비교 연구는 많지 않아 왔다. 예를 들어 김윤식은 최재서가 소개한 흄의
사상을 중요시하면서, 최재서는 흄의 반(反)낭만주의적인 "불연속적 실
체관"을 포기함으로써 천황제 파시즘이라는 또 하나의 낭만주의로 몰락
하는 지식인의 드라마를 보여주었다고 하였다. 그는 최재서의 "신고전
주의(주지주의)"는 "한갓 외도에 지나지 않거나, 일시적인 유행을 쫓는 형
국"이라고 단정하면서 다음과 같이 결론지었다.

> 그러므로 그(최재서―인용자)는 주지주의에서 낭만주의에로 전향한 것
> 이 아니다. 그에겐 전향이란 말이 적용되지 않으며, 차라리 원점회귀라는
> 말이 알맞다.6)

김윤식은 이 「개성과 성격―――최재서론」에서 처음부터 최재서를 주지
주의자가 아니라 낭만주의자로 규정하여 거론한다. 이것은 김윤식이 최
재서를 흄과 비교하면서 다루고 있다는 사실을 증명한다. 만약 이 판단
이 맞다면 최재서의 문학 이론이 본질적으로 19세기 낭만파 문학의 한
계를 벗어나지 않는다고 말할 수 있을 텐데, 그렇게 단정하는 김윤식 자
체가 대단한 정열을 가지고 최재서론을 몇 번이나 거듭 쓰고 있다는 사
실은 무엇을 의미할까? 그것은 그를 비롯한 현대 비평가들의 관심을 모
을 만큼 현대적(20세기적)인 문제 의식이 최재서의 문학론에 내재해 있
다는 것을 의미할 것이다.7)

---

6) 김윤식(1984), 284쪽.
7) 이것에 관련하여 "낭만주의 비판"이라는 문제에 대해서 논자의 입장을 명시한다.

　　이에 비해 김흥규는 최재서가 흄과 엘리어트에서 영향을 받았다고 하는 상식을 뒤집으려고 하였다. 그는 최재서가 "반교훈주의(反敎訓主義)와 행동에의 적대성"[8]을 지닌 흄과 엘리어트 그리고 리처즈보다 현실 참여 의지를 뚜렷하게 보여준 스티븐 스펜더(Stephen Spender)에게 더 큰 공감을 보여주었다고 주장하였다. 문학에서 모랄이 필수적이라고 강조하였기에 당연히 유미주의자라 볼 수 없고, 좌익 문학 이론의 도식성을 비난함으로써 프로 문학파와 대립하는 한편, 모더니즘 작가의 개인주의적 방황에 대한 비판도 잊지 않았다는 최재서에 대한 김흥규의 평가[9]는 적어도 30년대 최재서에 대한 평가로서는 타당성을 지닌다고 할 수 있

　　"19세기의 주요한 업적 중 하나는 "연속성"이란 개념을 만들어내어 그것을 모든 분야에 적용시킨 것이다. 현재는 반대로 그 개념을 파괴시키는 것이 가장 시급한 과제가 된 것이다."

　　이것은 흄의 저서 『스페큘레이션스(*Speculations*)』의 서두이다. 이 흄의 사고에는 대립된 것의 완전한 부정이라는 낭만주의의 특징이 잘 나타나 있다. 동시에 대립되는 두 개의 개념이 왜 그렇게 배치되었을까 하는 근본적인 문제는 무시되는 것이다. 논자의 생각으로는 낭만을 부정함으로써는 결코 낭만주의를 비판할 수 없다. 왜냐하면 낭만주의에는 그것을 완전하게 또 단호하게 부정하면 할수록 그 부정 자체가 또 하나의 낭만주의가 되어 버리는 역설적인 성격이 있기 때문이다. 오히려 그 낭만에 충분히 심취하면서 동시에 인간에게 낭만이라는 것이 왜 필요한가를 알려주는 것이 진정 유일한 낭만주의 비판이다. 따라서 흄(과 엘리어트)의 신고전주의 문학론, 그리고 최재서의 주지주의 문학론은 반(反)낭만주의가 아니라 낭만주의의 20세기적 형태라고 봐야 할 것이다. 중요한 것은 그들 사상이 낭만주의냐 반(反)낭만주의냐가 아니라 19세기적 낭만주의냐, 아니면 20세기적 낭만주의냐이다. 이런 맥락으로 볼 때 최재서가 경성 제대에서 영국 낭만파 시를 전공했을 때부터 일관하여 낭만주의자였다고 김윤식이 규정한 점은 옳다고 할 수 있다. 하지만 동시에 최재서가 흄의 신고전주의에 경도하여, 나아가서 그것을 기화로 삼아 모더니즘 문학 비평에까지 도달한 것을 "외도"라고 폄훼한 김윤식의 판단은 적절하지 않다. 김윤식의 이러한 태도 역시 낭만주의적이기 때문이다. 오히려 당시 최재서에게 왜 흄의 사상이 필요했는지를 규명하는 것이 더욱 중요할 것이다.

8) 김흥규(1980), 308쪽.
9) 김흥규(1980), 301쪽.

다. 하지만 스펜더의 비평 태도와 최재서의 비평 태도가 흡사하다고 해서 흄과 엘리어트의 영향을 과소 평가할 수는 없을 것이다. 특히 앞에서도 언급한 최재서 문학론이 독자를 끄는 이유가 되는 최재서의 "20세기적 문제 의식"은 그가 스펜더로부터 받아들였다기보다는 스펜더도 그랬듯이 흄과 엘리어트로부터 받은 것으로 생각된다. 여기서 말하는 "20세기적 문제의식"이란 시(문학)를 읽는 목적을 밝히려고 하는 흄이나 엘리어트나 스펜더 등의 비평 태도와 관련된다. 이 점은 최재서보다 이전 세대인 정인섭 등 "해외문학파"의 해외문학 소개 태도와 비교할 때 더욱 명백해질 것이다. 즉 그들은 해외 문학을 소개하고 또 소화해 내는 것을 무조건 옳고 의미 있다 여겼다. 하지만 이러한 그들에게서는 왜 그래야 하느냐는 근본적 의문이 발생하지 않았다.10) 그러나 "현 시대에 들어와 시(문학)를 읽는다는 일이 무슨 가치를 지닐 것인가"라고까지 근본적인 의문을 던지는 현대인 앞에서 해외문학파의 이러한 피상적인 태도는 어떤 설득력도 지니지 않을 것이다. 이렇게 근본적이면서도 허무주의에 빠질 수 있는 위험한 질문에 답하려고 하는 데에서 현대 비평의 문제의식이 발생한다고 할 수 있다.11)

---

10) 정인섭, 「조선현문단에 호소함…1930년은 사형집행유예」(조선일보 1931.1.2-19), 전기철(1999), 236-241쪽.

11) 특히 엘리어트의 경우에는 「비평의 직능」이나 『시의 효용과 비평의 효용(*The use of poetry and the use of criticism*)』 등 글이나 책 제목으로 사용한 용어에서도 이런 문제 의식을 엿볼 수 있다.

　여기서 부언한다면, 엘리어트 비평에서 이 "시의 효용"이라는 논제는 원래 인간에게서 종교가 담당하고 있었던 "효용"을 시(문학)가 침범하는 것을 금하는 데에 그 목적이 있다. 엘리어트는 종교만이 인간에게 줄 수 있는 효용을 철학이나 도덕, 문학 등이 대신하려고 하는 것, 즉 종교의 세속화(*secularization*)를 심하게 공격하였다. 오히려 엘리어트의 모든 비평이 그것을 목적으로 하고 있다고 해고 과언이 아닐 것이다. 그는 『시의 효용과 비평의 효용』 안에서 다음과 같이 말한다. "이승에서나 저승에서나 무언가에 대한 대용물은 절대 있을 수가 없다. 따라서 만약 그 무언가-예를

이은애는 『최재서 문학론 연구』에서 최재서의 해방 이후 영문학자로
서의 업적까지를 연구 대상에 포함시킴으로써, 질서를 지향한 만년의
영문학자의 젊은 시절로서 최재서의 30년대 활동을 뒤쫓고 있다. 여기
서 아베 토모지와 「주지적 문학론」에 대한 언급을 볼 수 있다. 이은애는
흄을 비롯한 일련의 비평가들을 묶어서 "주지적"이라든가 혹은 "주지파
(*intellectual school*)"라든가 하는 식으로 지칭했던 예가 영미 비평 문헌 중
에 없었다는 사실을 지적함으로써, 최재서가 아베의 "주지적 문학론"의
영향을 많이 받은 것으로 추정하고 있다. 그렇다면 최재서 이론의 고유
성은 어떻게 주창될 수 있을 것인가? 이은애는 이 점을 "과학주의"라는
말로 해결한다.[12] 하지만 "과학주의"라는 말로는 최재서와 아베의 논리
의 차이를 설명하기에는 불충분할 뿐만 아니라(아베의 논리도 과학에 기대
하는 태도를 보이고 있다), 문예 비평에서 "과학주의"라는 개념을 도입하는
자체가 큰 문제를 일으킬 수밖에 없을 것이다. 또 여기서 상정되고 있는
"과학"이 프로이드의 심층 심리학이라는, 과학인지 과학이 아닌지가 여
전히 분명하지 않은 학설인 만큼 더욱 그렇다. 결론적으로 30년대 최재
서의 「주지주의 문학론」에는 만년의 최재서의 문학사상에 이르는 한 과
정으로서의 의미밖에 존재하지 않는다는 셈이 되고 만다. 필자가 보기

들어 종교적 신념이나 철학적 믿음과 같은 것-가 없이 살아갈 것이라면 없는 대로
살아가야 한다." (106쪽)
그리고 나서 엘리어트는 시에는 시만이 담당해야 할 효용을 부여해야 한다고 주장
한다. 따라서 그는 시를 시 이외의 모든 것과 분리해 논할 것을 주장하였다. 이 주장
은 시 이외의 모든 것을 "무시"해야 한다고 하는 신비평(*New Criticism*) 학파에 의
해 왜곡되어 이들 이론의 "원천"이 되고 말았다. 앞에서 언급한 "반(反)교훈주의와
행동에의 적대성"이란 김흥규의 엘리어트 인식도 이러한 오해에서 기인한 것으로 생
각된다. 하지만 "종교적인 효용", "문학적 효용", "윤리적 효용" 등을 구별해서 따로
추구해야 한다고 주장하는 엘리어트의 태도를 반 교훈주의라 여길 수는 없을 것이다.
12) 이은해(1995), 29쪽.

에는 "질서" 지향적인 만년의 최재서의 문학론은 지극히 평범하여, 30년대 논리가 내포하는 20세기적인 문제의식을 찾아보기 힘들다.

본 논문에서 필자는 이러한 영향 관계 여부를 따지려는 것이 아니라 최재서와 아베 토모지가 모더니즘 비평을 소개하는 방법의 차이를 가늠해 보려는 것이다. 뒤에서 살펴보겠지만 최재서의 논리와 아베 토모지의 논리는 크게 다르기에 둘 사이의 영향 관계 역시 일단 무시해도 무방할 듯하다. 아울러 이 둘 중에서 어느 한 쪽이 옳다느니 그르다느니 할 문제도 아닐 것이다. 다만, 이것들을 비교 검토함으로서 두 사람 기질의 차이, 비평가(최재서)와 소설가(아베)라는 역할에 대한 인식의 차이, 그리고 발표 시점의 차이(불과 5년의 차이이지만 그 사이에는 프로 문학 운동의 붕괴라는 큰 사건이 놓여 있다), 마지막으로 식민지 조선 문단과 그것을 통치하는 국가 일본의 문단이라는 그들이 놓인 상황의 차이 등을 연구해 볼 수 있으리라 여기는 바이다.

2. 아베 토모지의 「주지적 문학론」

최재서와 아베 논문 사이의 공통점을 들자면 양자가 논리 기반으로 둔 영국 비평가들이 거의 일치한다는 점을 거론할 수 있다. 먼저 최재서는 「현대주지주의문학이론의 건설」에서 T. E. 흄의 반(反)낭만주의로서의 신고전주의와 T. S. 엘리어트의 전통주의 시론, 특히 「전통과 개인의 재능」 중에서 제시된 "개성 멸각설"에 대해서 자세히 소개를 하였다. 이어서 「비평과 과학」에서는 심리학을 기반에 둔 비평가로서 I. A. 리처즈와 허버트 리드의 논리를 검토하였다. 이에 반해 아베 토모지는 「주지적 문학론」에서 이들 4명의 비평가에 대한 직접적인 언급은 없이 자신의 주장만 자유롭게 펼친 것처럼 보이기도 한다. 그러나 내용에서 볼 때 이 글은 위 비평가들에게 의거하고 있다는 점이 역연하게 감지된다.

「주지적 문학론」의 서두에서 아베는 서양의 시(詩)가, 민요(*ballad*) 시인에서 시작되어 낭만파 시인에까지 이행됐지만 그 낭만주의 시의 고백적 표출이 상징주의에 이르러서 붕괴되었다는 간략한 역사관을 펼쳤다. 이 역사관(아베의 말에 의하면 "수직선적 재단(裁斷)")이 리드의 『英詩의 諸樣相(*Phases of English Poetry*)』를 참조한 것이라고 밝힌 아베는, 이렇게 해서 19세기까지의 낭만주의가 파산한 것을 확인함과 동시에 새로운 문학으로서 "주지적 문학"을 제창하게 되었다. 여기서 아베는 자신의 서술 방법을 예술 작품의 "형식, 에너지 내지는 전달력에 대해서 분석, 관찰"하는 "기술적 관찰(*technical observation*)"에 한정하는 반면, "내용(의식, 사상)을 "가치"의 범주를 가지고 관찰"하는 "비평적 관찰(*critical observation*)"은 삼가겠다고 말하였다. 여기서 "비평적"과 "기술적"이라는 대립 개념은 아베가 리처즈에 의거한 것이다.[13] 덧붙여서 말하건대, 아베의 "기술적"인 서술에 비해 최재서의 이론 비평은 "가치"를 추구하는 철저히 "비평적"인 논리라고 말할 수 있어 아베의 이론과 대조를 이룬다.

---

13) I. A. Richards(1960), 15쪽.
　"It will be convenient at this point to introduce two definitions. In a full critical statement which states not only that an experience is valuable in certain ways, but also that it is caused by certain features in a contemplated object, the part which describes the value of the experience we shall call the critical part. That which describes the object we shall call the technical part. …All remarks as to the way and means by which experiences arise or are brought about are technical, but critical remarks are about the values of the experiences and the reason for regarding them as valuable, or not valuable."

이렇게 해서 아베는 기술적인 관찰면에 의거해 다음과 같이 "주지적 문학"을 규정한다. 우리가 작품을 대할 때 제일 먼저 생성하는 것이 감각(*feeling*)이고 그 다음은 감정(*emotion*)이며, 가장 마지막으로 오는 것이 사상(*thought*)이라 할 수 있다. 이중 감각과 사상은 현재(顯在)적인데 비해, 감정이라는 것은 잠재적인 만큼 모호할 수밖에 없다. 이 모호한 잠재성 때문에 낭만주의자들은 이 감정을 마치 영원하고 무한한 것처럼 신비화하기에 이르렀다. 따라서 새로운 문학으로서의 주지적 문학은 가능한 한 이 모호한 감정의 양을 줄이는 것을 목표로 한다. 그러기 위한 방법으로서 (a) 문학에서의 사상성의 중시, (b) 감각주의적 문학의 추구, (c) 이치와 감각의 결합이라는 세 가지 방법을 제시한다. 더 나아가 진정한 주지적 문학은 단지 감정을 배척하는 것이 아니라 문학 속의 감정의 존재를 믿고 또 그것의 확장을 희망하며, 동시에 이 감정의 심연(深淵)을 "주지적 방법"으로 탐구하는 것이라고 아베 토모지는 주장한다.

이상이 아베 토모지가 제시한 "주지적 문학론"의 규정이다. 여기에서 우리는 낭만주의와 신고전주의를 극단적으로 대립시켜 낭만주의를 배척한 흄과 "사상을 장미 향기처럼 느낄 수 있는"14) 감수성, 즉 사상과 감각을 통합하는 능력을 시인에게 요구한 엘리어트의 영향을 엿볼 수 있다.

결론적으로 말하면 아베 토모지의 「주지적 문학론」은 프랑스 상징주의와 그것의 영미판(版)이라 할 수 있는 이미지즘(*Imagism*) 시운동을 배경으로 해서 "감정"에 대립되는 개념으로서의 "지성"을 내세운 것인데, 이는 지극히 실천적이며 기술적인 면에 치중하여 서술되었다.

---

14) Eliot, <u>Metaphysical poets</u>(1932), 287쪽.
　　"feel their thought as immediately as the odour of a rose".

3. 최재서의 주지주의 문학론

최재서는 「현대 주지주의 문학 이론」과 그것의 속편인 「비평과 과학」
에서 아베가 다루었던 4명의 이론가의 논리 전개를 충실하게 따라감으
로써 주지주의 문학 이론의 윤곽을 그렸다. 여기서 최재서는 우선 흄의
사상을 소개한다. 그 소개에 의하면 흄의 입장은 인생관에서 반(反)인간
주의, 예술관에서 반(反)자연주의, 문학에서 반(反)낭만주의에 의거한다.
따라서 흄이 수립하려고 하는 새 전통은 인생관에서 과학적 절대적 태
도, 예술에서 기하학적 예술, 그리고 문학에서 고전주의적 문학을 추구
하는 것이다. "불연속적 실재관"이나 "낭만주의의 백년이 지난 뒤에 우
리는 다시 고전주의의 부활을 맞이한다"라는 스케일이 큰 논리 전개와
마치 결정(結晶)과도 같은 경질(硬質)의 흄 문체에 심취하고 있는 듯 느
껴질 만큼 최재서는 흄의 저서『스페큘레이션스』를 세밀하게 소개하고
있다.

최재서가 4명의 비평가 중 제일 적극적으로 평가하며 또 이후의 비평
에서도 거듭 적극적으로 언급하는 것이 허버트 리드의 문학 이론이다.
최재서의 의하면 리드는 프로이드의 정신 분석학이 (1) 문학에 대해 새
로운 역할을 부여하며, (2) 문학(시)의 창작 과정을 설명해 주고, 또 (3)
비평의 기능을 확장해 준다고 주장하였다.

먼저 정신분석학이 문학에 대해 부여하는 새로운 역할이란 무엇인가.
정신분석학은 인간 정신 속에 무의식이라는 거대한 영역을 열어 준다.
이전에는 쓸데없는 헛소리에 지나지 않던 "환상" 중에는, 모든 인간들이
받아들일 수 있는 "보편적 호소력을 가진 환상"[15]이 있다는 점을 정신

---

15) 최재서(1962), 75쪽.

분석학이 밝혔다. 보편적 호소력을 가진 이 환상을 창조할 능력을 가진 자가 예술가로서의 시인이다. 이 예술가는 자신만의 만족을 위하여 환상을 창조하는 것이 아니라, 독자를 위하여 암시와 상징의 힘에 의해 환상을 창조하는 역할을 함으로써 19세기의 폐쇄적인 개인주의 문학가와 구별된다.

두 번째 문제인 문학의 창작 과정은, 예를 들어 낭만주의 문학에서 신비화되어 왔던 영감(*inspiration*)이라는 것도 무의식 속에 잠재하여 있던 많은 관념들이 우연히 의식면 위에 나타남과 동시에 서로 연결되어 이상적인 결합 상태를 제시하는 순간적 활동의 현상이라는 식으로 설명된다.

세 번째 문제인 비평과 정신분석학의 관계는 다음과 같이 이야기할 수 있다. 즉 정신분석학은 인생의 모든 활동은 서로 얽히어서 그 틈에 끼여 실현되지 못한 가치가 얼마든지 있다는 사실을 "확대경으로써 비쳐 보여 준다."16)고 한다.

최재서의 이 정신분석학에 대한 이해가 타당성이 있는 것인지를 알 수 있는 능력이 필자에게는 없다. 다만 여기서 소개된 정신분석적 비평 방법이 최재서의 실천 비평, 예를 들어 「『천변풍경』과 「날개」에 관하여 ─리얼리즘의 확대(擴大)와 심화(深化)」 따위에서도 볼 수 있다는 사실을 확인해 봄직은 하겠다. 여기서 최재서가 두 작품을 칭찬하는 것은, 먼저 두 작품의 화자가 자신의 감정을 배제한 객관적인 "카메라의 눈(*camera-eye*)"이 되는 것을 지향하고 있는 데에서 흄 이래의 "감정 기피"와 동질적인 것을 느꼈기 때문일 것이다. 또 이 카메라의 눈을 『천변풍경』에서

---

16) 최재서(1962), 75쪽.

처럼 외부 세계로 돌리는 것과 「날개」에서처럼 내부 세계로 돌리며 내면을 응시하는 것도 사실은 같은 맥락이라고 간파한 것도 위의 무의식 세계에 대한 인식이 있어야 가능했을 것이다.

하지만 이 과학(만약 프로이드 심리학을 과학이라고 인정할 수 있다면)에 대한 의존은 즉각 최재서를 또 하나의 난관에 빠뜨린다. 과학은 본질적으로 가치 중립적이다. 따라서 비평이 과학에 의존함으로써 설명 도구를 제공받을 수는 있어도 가치 판단의 기준을 제공받을 수는 없겠다. 하지만 이 "가치"야 말로 최재서가 제일 원했던 것 아닌가? 예를 들어 최재서는 「날개」를 칭찬하면서도 "이 작품에 모랄이 없다"[17]라는 비판을 덧붙이지 않을 수 없었다. 이 말은 마치 최재서 자신에게 던지고 있는 것처럼 들린다.

4. 최재서 비평의 독자성

여기서는 아베 비평과 비교하여 최재서 비평의 특징을 생각해 보겠다. 이 둘의 가장 근본적인 차이는 아베가 창작 방법론을 제기하는 데 비해 최재서는 비평 방법론을 내세운다는 점이다. 이 차이는 물론 아베가 소설가이며 최재서가 평론가였다는 사실에서 기인하는 것이지만 동시에 T. S. 엘리어트에 대한 그들의 인식 차이도 그 원인으로 생각된다.

원래 엘리어트의 초기 비평에는 모순된 두 요소가 존재한다. 하나는 보수적 전통주의자의 모습인데, 이는 「전통과 개인의 재능」이라는 논문에 전형적으로 나타난다. 그는 시인이 자신의 개성(*personality*)을 끊임없

---

17) 최재서(1962), 322쪽.

이 전통에 일치시키도록 노력해야 한다는 "개성 멸각설"을 주장하기까지 한다. 그러나 이러한 엘리어트에게는 정반대의 요소도 있다. 그것은 변혁자의 모습이다. 그는 18세기 낭만주의 시의 위대한 성공 때문에 거기서 벗어나지 못하고 있던 영국 시단에 외부적인 요소(프랑스 상징주의)를 폭력적으로 도입시켰다. 그때 그는 영국 17세기의 소위 "형이상학파 시인"이라고 불리는 시인들의 작품을 가리키면서, "당신들의 문학사 속에도 상징주의와 같은 것이 있었지 않은가, 상징주의는 결코 외부적인 것이 아니라 옛날부터 영국 시에 있었던 것이다"라고 말함으로써 외부적인 것을 거부하는 영국 시단을 설득한 것이다.[18] 한 나라의 전통 속에 안 좋은 요소가 있을 때, 이웃 나라 전통에 있는 요소를 가져와서 마치 기계의 부품처럼 쉽게 교환하려고 하는 발상이 보통 의미로서 결코 "전통주의자"의 것이 아니다. 엘리어트가 「형이상학 시인들」라는 논문에서 사용한 이 전략이 하나의 트릭이었다고 지적하는 연구[19]가 후일에 나오기도 하지만, 문제는 엘리어트가 한 말이 진실이냐 허위냐가 아니라 이 때 영국 시단이 확실하게 낭만주의의 긴 꿈에서 깨어났다는 사실이다(동시에 모더니즘이라는 새로운 꿈에 빠졌다고 할 수 있을지도 모르겠다만).

전통주의자로서의 엘리어트와 변혁자로서의 엘리어트. 최재서는 전자의 모습만을 보고 있고 아베는 후자의 모습만을 보고 있다. 구체적으로 최재서는 대부분 「전통과 개인의 재능」에 의거하며, 아베는 「형이상학 시인들」에 의거하고 있는 것이다.[20] 중요한 점은 이 두 가지의 인격을

---

18) Eliot, The Metaphysical Poets, *Selected Essays*. 289-290쪽.
19) Frank Kermode(1975), 147쪽.
20) 동시에 최재서는 「형이상학 시인」에, 아베는 「전통과 개인의 재능」의 전반 부분,

한 논리 속으로 융해시키는 것일 텐데 이에는 최재서도 아베도 성공적이지 못했다.

두 번째로 최재서 이론에서 간절하게 보이는 "가치"에 대한 갈망이 아베에게는 별로 안 보인다는 사실을 지적해야만 하다. 여기에는 최재서와 아베의 논문 발표 시기의 차이가 작용하고 있는 것으로 추측된다. 아베는 모더니즘 계열 소설가가 프로 문학 운동에 대해 아직 목가적인 건전한 대항 의식을 가지고 대할 수 있던 시기에 논문을 발표하였다. 따라서 아베의 논문은 아직 국가의 폭력을 목도하기 전의 명랑한(하지만 동시에 경박하다고도 할 수도 있을) 어조를 지니고 있는데, 예를 들어 다음과 같은 곳이 그렇다.

> 다시 (고대) 민중시인으로 돌아갈 수 있는 가능성을 믿는 자는 그것을 믿어라. 도쿄의 문학자들이 다함께 *ballad*의 세계를 꿈꾸면서 프롤레타리아트라는 새 이름으로 불리는 민중으로 뛰어가는 요즘, 우리는 그들의 심각한 표정을 비웃으면 안 된다.
> 다만 또 하나의 길이 남아 있는 것을 알기만 하면 된다. 예술에는 여전히 많은 *obscurity*가 남아 있다(심리학자처럼 이것을 잠재 의식이라고 불러도 괜찮다). 낭만 시인들은 이것을 그냥 신비로만 생각하였다. 주지적 방법이 이것을 우리의 의식성의 수준까지 끌어올리게 만들 가능성을 믿는다.[21]

하지만 3년 후 1932년에는 일본 나프(NAPF)의 대표적인 이론가였던

즉 문학사와 시 비평에 관련된 부분에 거의 관심을 보이지 않는다. 이것은 졸업 논문으로 최재서가 P. B. 셸리(Shelley)를, 아베가 E.A. 포(Poe)를 논하였다는 사실도 관계하였을 지도 모른다. 포와 프랑스 상징주의와의 관계는 긴밀한 데 비해 셸리와는 별로 연관성이 없다. 「형이상학 시인」은 앞에서 언급했듯이 17세기의 영국 형이상학 시와 프랑스 상징주의 시 사이에 엘리어트가 유사성을 발견한 것이기 때문이다.

21) 아베 토모지(1989), 309쪽.

나카노 시게하루(中野重治)와 쿠라하라 코레히토(藏原惟人) 등이 일거에 검거되어 프로문학 운동이 해체 과정에 들어간다. 프로문학 운동의 존재 때문에 모더니즘 작가들은 자신의 문학적 의지를 쉽게 확정할 수 있었을 것으로 추측하는 바인데, 그러한 의미에서 모더니스트들은 프로문학에 의존하고 있었다고 말할 수 있겠다. "가치"에 대한 심각한 고민이 아베의 논리에 안 보이는 이유가 여기에 있다. 그런데 이 라이벌과의 승부가 명확하게 나기도 전에 갑자기 퇴출당할 형편에 처하니, 이 때 모더니즘 작가들이 입어야 했던 정신적 상처는 국가권력에 대한 공포에서보다 자신의 문학적 입장을 규정해 줄 라이벌의 상실에서 기인하였고, 스스로의 문학 활동의 우수성에 의해서가 아니라 완전히 문학 외적인 요소에 의해서 프로문학이 사라지게 되었다는 사실에서 기인하였다. 이것은 영국을 비롯한 서구 국가에서는 볼 수 없는, 일본과 식민지 조선에서만 볼 수 있는 심리적 상황이었다.

최재서의 경우 논문 발표 시기는 바로 카프(KAPF) 제2차 검거가 일년내내 계속된 1934년이었는데, 이 해에는 박영희가 "얻은 것은 이데올로기이며 상실한 것은 예술 자신이었다"라는 말과 함께 전향 선언을 발표하기도 하였다.[22] "병실의 공기가 문학을 덮고 있다"라는 G. W. 스토니어(Stonier)의 말을 인용하면서 시작되는 「현대 주지주의 문학 이론」에는 아베의 경쾌한 어조가 없다. 대신 가치의 혼란에 심각히 고민하는 지식인의 목소리가 들린다.

이와 관련하여 최재서가 프로이드 심리학에 공감을 가졌던 태도는 이은애가 논하는 것처럼 단순히 "과학주의"가 아니었다는 사실을 지적해

---

22) 김윤식(1976), 172쪽.

야 한다. 최재서에게 "과학"이란 식민지 지배라는 상황에서 자신의 문학을 키울 수 있는 도피처를 제공해 주는 것이었다. 최재서가 「현대 비평에 있어서의 개성의 문제」[23] 등 많은 곳에서 소개한, 프로이드 심리학에 입각한 "개성(*personality*)"과 "성격(*character*)"의 대립 개념은 이러한 맥락 속에서 볼 수 있다. 최재서에 의하면 "개성"이란 인간 내면의 "심적 과정의 통일적 조직체"이며, 이 조직체에 통일성과 윤곽을 주는 것이 지성, 즉 내재적 판단 작용이다. 최재서는 이 판단 작용이 반드시 내재적이라는 점을 강조하였다. 그리고 외재적인 사회의 억압에 의해 형성되는 것은 "성격"이라고 말했다. 인간은 개성만을 가지고 이 현실 사회 속에서 살아갈 수 없다. 하지만 "성격" 속에서는 시는 탄생하지 않는다고 하였다. 즉 "개성" 속에 문학을 보존함과 동시에 "개성"의 존재 이유를 주장하려고 한 것이다. 이것은 누구에 맞서 주장하려고 한 것일까? 직접적으로는 "개성 멸각론"을 주장했던(혹은 주장했다고 최재서가 믿었던) 엘리어트에 맞서서일 것이다. 하지만 궁극적으로는 일본 식민지 지배 체제에 맞서서 주장되었다고 볼 수 있다. 최재서는 이중 언어를 쓸 수밖에 없었던 비평가이다. 그에게 앞의 "개성"은 조선어로 저술 활동을 하는 자아에, 그리고 "성격"은 "국어"(일본어)로 저술 활동을 하는 자아에 연결되어 있었을 것이다. 그 때 지금 본 것처럼 문학에 있어서 "개성"에 우위를 두고 있던 사실을 주목해야 할 것이다.[24] 한편 아베에게는 이런 식으로 과학을 볼 이유가 없었다. 그의 이론에서 과학은 모호한 "정서"

---

23) 최재서(1962), 41쪽.

24) 동시에 「성격에의 의욕」이라는 글에서 "현대는 성격 창조가 없이 성격에의 의욕만이 있는 시대이다"라는 지적을 한 1939년이란 시점이 또한 중요할 것이다. 이 글에서는, "진정한 성격 창조가 없다"는 말로 비평적인 태도가 간신히 유지되어 있지만 "성격"에 대립하는 "개성"에 대한 언급은 없다. 『최재서 평론집』, 298쪽.

를 해부하고 그 심연에 있는 사상을 캐내는 굴착기의 역할을 하는 것이
었다.

5. 엘리어트식의 자기 입장 표명에 관해서

마지막으로 엘리어트의 "문학에서는 고전주의자이며, 정치에서는 왕
당파, 그리고 종교에서는 영국성공회(*Anglo-Catholic*)"[25]라고 말한 유명
한 자신의 입장 표명을 두고 최재서와 아베의 사상적 입장을 비교해 보
겠다. 이와 같은 엘리어트의 입장 표명은 일반적으로 자신을 철저한 보
수주의자로 선언한 바로 이해되고 있다. 하지만 이 선언은 그 내용 자체
보다는 엘리어트가 문학적 입장과 정치적 입장, 그리고 종교적 입장을
서로 독립적으로 선택해야 할 것, 다시 말하면 서로 상대적으로 독립한
것으로 주장하고 있다는 점이 더 중요하다.[26] 왜냐 하면 이 점에 엘리
어트 사상의 본질이 있기 때문이다.

그는 이 세 가지 입장의 상대적 독립성을 인정하는 사람은 모두 받아
들였다. 예를 들어 그는 문학에서 낭만주의자, 정치에서 무정부주의자,
종교에서 무신론자와도 가까이 지낼 수 있었는데, 이는 다름이 아닌 리

---

25) T. S. Eliot(1928), 7쪽.

26) 엘리어트는 위의 말에 이어 다음과 같이 쓰고 있다. " I am quite aware that the
first term (classicist in literature--- 인용자)is completely vague, and easily lend
itself to clap-trap; I am aware that the second term (royalist in politics--- 인용자)
is at present without definition, and easily lends itself to what is almost worse
than clap-trap, I mean temperate conservatism; the third term (anglo-catholic in
reliegion--- 인용자) does not rest with me to define (엘리어트(1928), 7쪽)." 이것
이 본문에서 말하는 것처럼 엘리어트가 세 종류의 입장 표명을 독립된 것으로 하고
있다고 보는 근거가 된다.

드의 입장이었다. 리드와 스펜더, 오든, 루이스 등은 엘리어트와 심하게 대립하고 있는 것처럼 보였지만 사실은 엘리어트가 주간한 잡지『크라이티리언(*The Criterion*)』의 단골 기고자들이었다. 한편 엘리어트는 문학적 입장을 가지고 정치적 내지 종교적 입장으로 대신하려고 하는 논자를 심하게 비판하였는데, 그가 바로 리처즈였다.

여기까지 보면 이러한 엘리어트의 사고틀은 바로 흄의 "불연속적 실체관"과 똑같은 구조를 가지고 있다는 것을 알 수 있다. 흄은 세계를 (1) 수학 및 물리학의 무기적 세계 (2) 생물학, 심리학, 역사에 의해 설명할 수 있는 유기적 세계 (3) 윤리적 혹은 종교적 가치의 세계로 나누어서 그것들 사이에 있는 가교(架橋) 불가능한 단절을 무시하는 연속적 세계관을 19세기적 낭만주의라고 비판했다. 엘리어트는 이 사고틀을 자신의 입장 규정에 응용하고 있는 것으로 볼 수 있다. 따라서 이 점에서 흄, 엘리어트, 리드, 스펜더의 본질적인 차이는 없다.

그러나 사실 엘리어트가 이러한 태도를 유지하는 데 항상 성공적이었다고 할 수는 없다. 엘리어트는 1933년 미국 버지니아(*Virginia*) 대학교에서 연속 강의를 한 결과를 다음해에『異敎의 神을 찾아서(*After Strange Gods*)』라는 제목의 책으로 발표했다. 거기서 엘리어트는 "윤리적으로 정통적(*ethically orthodox*)"라는 기준을 내세우면서 D. H. 로렌스(Lawrence) 등의 단편 소설을 비평했다. 필자가 보기에, 여기서 엘리어트가 소설이라는 장르에 잘 적응 못함으로써 그의 이러한 비판은 논리적이지 못했다. 그뿐 아니라 엘리어트는 "전통을 발전시키기 위해서 자유 사상적인 유태인의 인구가 너무 많은 것은 바람직하지 않다"[27]라는 식의 심각한

---

27) T. S. Eliot(1934), 19-20쪽. 결국에는 절판시키게 된 이 책에 대해 훗날 엘리어트는 "a bad book, a bad book, a bad book"이라고 언급했다. Caroline Behr, *T.S.*

인종 차별 발언까지 하고 말았다. 이것은 엘리어트가 한때 자신이 주장한 문학적, 정치적, 종교적이라는 입장들의 상대적 구별을 스스로 혼동한 것이라 말하지 않을 수 없다.

엘리어트는 말할 필요도 없이 원래부터 시 비평가이다. 따라서 소설을 비평할 때는 대부분 실패로 끝났다. 이 실패는 그가 소설을 비판할 때는 이러한 문학적 입장과 다른 입장을 잘 구분 못했다는 사실을 입증해 준다. 시라는 문학 장르를 대상으로 할 때만 그것이 가능했던 이유는 소설이라는 산문 예술 속에는 온갖 종교적, 윤리적, 정치적 신념들이 마치 현실에서 그러하듯이 무질서하게 나타나기 때문이다. 엘리어트 사고틀의 비현실성을 제일 잘 의식하면서도 엘리어트와의 교제를 거부하면서 그를 심하게 공격한 사람이 바로 뛰어난 산문가인 조지 오웰(George Orwell)이었다는 사실은 아마 우연이 아닐 것이다.[28]

그럼에도 불구하고 엘리어트의 사고방식은 최재서와 아베 토모지에 의해 현실화시켜 볼만한 것이었다. 왜냐하면 이래야만, 정치적 입장 차이를 극복할 수 있는 공감대로서의 "문학"이라는 영역을 형성할 가능성이 생기기 때문이었다. 그리고 그것이야말로 그들이 원했던 것이기 때

Eliot(1983), 43쪽.
　또 최재서는 「비평과 모랄의 문제」, 『평론집』, 20-1쪽에서 이 책을 긍정적으로 소개하고 있다.

28) George Orwell(2000), 540-578쪽.
　이 글 안에서 오웰은 엘리어트에 관해 다음과 같이 말하고 있다. "Perhaps it is even worth noticing that the only latter-day convert of really first-rate gifts, Eliot, has embraced not Romanism but Anglo-Catholicism, the ecclesiastical equivalent of Trotskyism. But I do not think one need look farther than this for the reason why the young writers of the thirties flocked into or towards the Communist Party. It was simply something to believe in. Here was a church, an army, an orthodoxy, a discipline. Here was a Fatherland and - at any rate since 1935 or thereabouts -a Fuehrer."

문이었다.

하지만 실제로 아베의 경우, 본인이 스스로를 모더니즘 소설가로 인식하고 있었음에도 불구하고(그 이외의 입장 표명은 필요 없었다), 주지적 문학론을 충분히 전개하지 못한 채 일본의 전통적인 사소설적 작풍으로 이행하고 만다. 그는 일본의 군국주의 파시즘 체제에 적극적으로 관여하지는 않았다. 오히려 1936년의 『겨울의 하숙집』(冬の宿)[29]을 비롯해 휴머니즘적 문학을 고수했다고 할 수 있다. 하지만 『겨울의 하숙집』에서는 「주지적 문학론」에 대응하는 실험적인 요소는 찾아볼 수가 없었다.

최재서의 경우, 그는 자신의 모든 사상의 기초가 되는 제1차적인 신념, 그의 말에 의하면 "도그마"[30]를 찾아서 방황하였지만, 끝내 그것을 찾아내지 못했다. 그는 개인의 모든 사상적 입장(문학적, 철학적, 종교적 등)을 지탱하는 단일 도그마를 갈망하였는데, 여기에 최재서 이론의 실패 원인이 있다고 할 수 있을 것이다.

6. 결론

이상 최재서와 아베 토모지의 문학 이론을 살펴보았다. 비평가와 소설가라는 입장의 차이, 그리고 불과 5년에 지나지 않지만 전체적인 문단 지도에 커다란 변화를 가져온 시간적 차이, 또 한국과 일본이라는 공간적 차이가 그들의 이론 전개에 미친 영향을 확인할 수 있었다. 구체적으로 이러한 차이는 엘리어트의 비평 이론에 대한 그들의 해석의 차이

---

29) 아베 토모지(1989), 321쪽.
30) 최재서(1962), 12쪽.

로 볼 수 있었다. 그리고 특히 최재서에게 "주지주의"는 비평 이론인 동시에 "과학주의"를 내포하는 것인데, 이 "과학주의"는 식민지 지배라는 상황 안에서 조선 문학을 다시 시작하는 공간을 보장해 줄 것으로 기대되는 개념이었다는 논자의 가설은 앞으로 더 발전시킬 필요가 있다. 이 가설을 토대로 최재서 이론이 시발점에서부터 내재하고 있던 가능성과 한계성을 구명해야 할 것이다.

〔기시까와 히데미(岸川秀實)〕

참고문헌

최재서, 『최재서 평론집』, 청운출판사, 1962.

아베 토모지(阿部知二), 『昭和文學全集 第13卷』, 小學館, 1989.

김윤식, 『한국근대문예비평사연구』, 일지사, 1976.

──────, 『한국 현대 문학사상 연구 Ⅰ』, 일지사, 1984.

김홍규, 「최재서론」, 『문학과 역사적 인간』, 창작과 비평사, 1980.

전기철, 『한국현대문학비평입문』, 느티나무, 1999.

이은해, 『최재서 문학론 연구』, 서울대학교 대학원 박사과정 박사논문, 1995.

Behr, Caroline, T.S. Eliot, *A Chronology of his Life and Works*, London, Macmillan, 1983.

Eliot, T.S, *Selected Essays*, Faber & Faber, 1932.

____, *For Lancelot Andrewes; essays on Style and Order*, London, Faber & Faber, 1928.

____, *After Strange Gods of modern heresy*, London, Faber& Faber, 1934.

Kermode, Frank, *The Romantic Image*, New york, Vintage, 1975.

Orwell, George, *The Collected Essays*, Journalism and Letters of George Orwell / Volume 1, David R Godine, 2000.

Richards, I. A, *Principles of Literary Criticism*, Routredge and Keagan Paul, 1960.

‘순수문학론’에서의 ‘미적 자율성’과 ‘반근대’의 논리
- 김동리의 경우 -

1. 문제의 제기, 혹은 논점의 설정

이 글은 한국근대문학사에서 ‘미적 자율성(aesthetic autonomy)’을 문학 이념의 최대강령으로 내세웠던 김동리의 ‘순수문학론’을 검토하기 위해 쓴다. 논의는 주로 김동리가 전면에 내세웠던 ‘미적 자율성’에 대한 이해 방식, 그리고 그에 근거한 김동리의 ‘근대 인식’에 대한 문제를 중심으로 진행될 것이다. ‘미적 자율성’과 ‘예술의 자율성’은 엄밀한 의미에서 같은 범주는 아니다. 논자에 따라 차이는 있으나, 대체로 ‘예술의 자율성’은 ‘미적 자율성’에 관한 논의로부터 비롯된다는 점, 그리고 ‘예술’은 ‘미적 경험’ 내지는 ‘미적 실천’의 한 부분이라는 점에서 ‘미적 자율성’이 더 큰 개념이라고 할 수 있다. 또한 김동리의 ‘순수문학론’은 시종일관 ‘예술의 자율성’, 정확하게 말하면 ‘문학의 자율성’에 대해 논하고 있어서 ‘미적 자율성’으로 접근하는 것은 약간의 문제가 있다. 그러나, 이 글에서는 ‘예술’ 일반 및 ‘문학’ 일반의 ‘자율성’에 대한 논의도 ‘미적 자율성’에 포섭하여 논의하기로 하고, 다만 특별히 두 개의 범주를 구분할 필요가 있을 때는 따로 구분지어 논하기로 한다.[1]

김동리의 ‘순수문학론’을 통해 ‘미적 자율성’에 관한 문제를 살펴보려

할 때 다음과 같은 두 개의 질문이 제기될 수 있다. 첫째는 한국근대문학에서의 '미적 자율성'에 관한 논의에서 김동리의 '순수문학론'이 대표성을 지니는가 하는 물음이며, 둘째로는 '순수문학' 일반이 아니라 '김동리의 순수문학론'이라고 한정지을 만한 타당한 근거가 있는가 하는 물음이다.

두 번째 질문부터 먼저 검토하기로 하자. 사실 '순수문학'은 한국문학사의 독특한 조건과 환경에 의해 하나의 보통명사처럼 사용되고 있다. 특히, 이런 양상은 학문 분야 바깥, 예컨대 대중매체나 제도교육 현장 등지에서 흔하게 발견된다. '순수문학'은 그 대타개념인 '참여문학'과 구별되어, 정치적 입장이나 이념적 지향 및 구체적인 현실 문제에 대한 개입이 배제된 일체의 문학을 가리키는 개념으로 쓰인다. 특히, 제도교육의 문학관련 교과서나 보조교재에는 특정 작품이나 작가가 '순수문학' '참여문학' 또는 '순수계열' '참여계열'로 분류되는 것이 다반사처럼 흔하다. 거기에 덧보태, 이른바 '상업주의문학'이나 '대중문학'에 맞서는 개념으로서, 일체의 상업적 목적이나 자본의 이해관계로부터 자유로운 문학의 총칭이기도 하다. '반참여문학' 또는 '반대중문학' '반상업주의문학'으로서의 '순수문학'의 기원은 19세기 유럽으로 거슬러 올라가야 한다.[2]

한국문학사에서의 '순수문학'은 그 문학이념이 표방하는 바의 '반계몽주의'와 '반정치성'에도 불구하고, 역설적으로 어떤 문학이념보다도 계

---

1) '미' 또는 '예술'의 개념사에 대해서는 블라디슬로프 타타르키비츠(1990), 21-64쪽을 참조.

2) 상식에 속하는 것이지만, '순수문학'은 개념의 외연으로만 따지자면, 19세기 유럽에서 일어난 '예술지상주의(art for art)'나 '유미주의(aestheticism)' 등의 예술사조와 연결된다. 그러나, 김동리는 '순수문학론'에서 자신의 '순수문학'은 19세기 유럽의 이러한 사조들과 하등 관련이 없다는 것을 누차 역설한다.

몽적이며 정치적이라는 데에 사안의 특수성이 존재한다. '반계몽주의'를 표방하는 치열한 '계몽주의', '정치로부터의 탈피'를 주장하는 '정치과잉의 논리'는, '순수문학'의 논리가 애초부터 '위선'이거나 '거짓이념'이기 때문에 생겨난 것이 아니다. 그것은, '순수문학론'이라는 문학 이념 혹은 논리의 구조 내부의 문제로부터 나타난 필연적인 결과이다. 이 글이 검토하고자 하는 바 역시 그 점에 있거니와, 어째서 '미적 자율성'의 기획이 가장 강력한 '타율의 미학'으로 전락하고 마는가의 이유를, '순수문학론'의 논리 내부에서 찾고자 하는 것이 이 논문의 의도이다. 김동리의 '순수문학론'은 해방 이후부터 지금까지 계속 이어져 오고 있는 '순수문학론' 계보의 시조(始祖)에 해당한다고 할 수 있다. 조금 과장하여 말한다면, 김동리 이후의 '순수문학론'은 김동리 이론의 주석(註釋)에 불과하다.

첫 번째의 질문으로 되돌아 가자. 한국근대문학사에서 문학론 또는 문학이념을 통해 '미적 자율성'에 관한 논의가 제기된 것은 여러 차례 있었다. 그 점에서 김동리의 '순수문학론'은 최초도 최고도 아니라고 할 수 있다. 이광수의 계몽주의에 맞서 도저한 '반계몽으로서의 문학'을 기치로 내걸었던 김동인을 비롯하여, 가까이는 프랑크푸르트학파의 미학 이론을 차용한 이른바 '4·19세대'의 문학론에 이르기까지, '미적 자율성'에 관한 논의는 한국근대문학의 성숙 정도와 발전 정도에 따라 다양한 모습으로 제기되었었다. 그러나, 우리가 '미적 자율성'의 논의와 관련해서 김동리에 주목하는 가장 큰 이유는, 한국근대문학사에서 제기된 이러저러한 '미적 자율성'의 기획이 대부분 한국문학의 '근대성'에 관한 긍정의 계기로부터 비롯된 데 비해, 김동리는 '미적 자율성'의 문제를 '근대 부정'의 계기로 전면에 포진시켰다는 점 때문이다. 다시 말하면,

한국문학사에서의 '미적 자율성'에 관한 논의는 대부분 한국문학의 '근대성'을 어떻게 숙성시키며, 어떻게 앞당길 것인가와 관련되어 있었던 반면, 김동리는 그러한 '근대성'을 전면 부정하고 '반근대의 기획'을 추진하기 위해 '미적 자율성'을 제기했던 것이다. 이러한 전도(顚倒)는 어떻게 가능했던 것일까. 그리고, 그것은 어떤 논리적 정합으로 이루어진 것일까. 이것이 우리가 김동리의 '순수문학론'에 주목하는 또다른 이유다.

김동리에 관한 비평사적 해석의 일단을 살펴 보려는 다음 절에서 곧 확인되겠거니와, '미적 자율성'에 관한 논의는 '근대성'에 관한 논의와 상당 부분 겹친다. 따라서, 이 글은 김동리의 '순수문학론'을 '미적 자율성'을 중심으로 논의하되, 그의 문학론에 나타난 '근대 인식'의 문제와 연결지어 논의하게 됨을 미리 밝혀 둔다.

2. 김동리의 '순수문학론'에 대한 몇 가지 해석의 관점

김동리의 '순수문학론'에 대한 비평사적 해석에서 주목할 만한 것으로는 대체로 세 가지 정도를 꼽을 수 있다.

첫째로는, '순수문학론'이 표방하는 바의 문학이념 및 논리에 반대하는 진영이 내세우는 비판의 논리다. 미학사상(美學史上)의 보수적이고 전통적인 입장은 대체로 특정한 예술 작품, 또는 그에 수반되는 미적 가치 및 평가의 문제에 있어서 특정한 시대나 특정 이데올로기, 또는 특정한 역사·사회적 조건 및 환경에 예술 작품의 내용이나 미적 가치를 연결짓는 것을 극도로 기피하는 경향이 있다. 일반론적인 차원에서 '순수문학론'도 이러한 보수주의적 미학관에 기초하고 있다. 그 반면에, 이러한 보수적 미학관을 비판하고, 미적 범주 또는 미적 가치, 그리고 예술 작품의 발생 등에 수반되는 '역사적 자의성'[3]을 인정하면서, 해석과 평가가 해당 텍스트를 둘러싸고 있는 역사적 조건이나 환경과 불가분의 관계에 놓임을 강조하는 입장이 있다. 넓은 의미에서 보자면, 1960년대 내내 비평계의 중요한 쟁점이었던 이른바 '순수·참여문학 논쟁'은 이러한 미학사상(美學史上)의 전통적인 대립의 재현이라고 할 수 있다. 같은 맥락에서, 1960년대의 '순수문학론자'들은 김동리가 주창한 '순수문학론'의 이론적 에피고넨들이라고 할 수 있으며, 이른바 '참여문학론'은 해방 직후 김동리가 제기한 '순수문학론'에 대해 보수적 미학주의에 반대하는 사람들이 제기한 비판적 해석에 해당한다. 물론 여기서 편의상 '순수·참여문학논쟁'이라고 범박하게 통칭했지만, 이 논쟁도 개별 논쟁들의 구체적인 계기와 맥락을 살피면 제기된 쟁점이나 제출된 논리가 다 똑같은 것은 아니다. 다만, 일반론의 차원에서 보수적·전통적 미학관에 대한 역사주의적 또는 사회학적 미학관의 비판이라는 것으로 정리될 수는 있다.[4]

---

3) 예컨대 이 때의 '역사적 자의성'이란 어떤 '행위'나 '대상'이 '예술'로 인정받거나 받지 못하는 것은 미리 정해진 '본질'에 기원하는 것이 아니라는 의미로 쓴다. 예술에 있어서의 '역사적 자의성'의 가장 흔한 예로 '예술 제도'를 들 수 있다. 무언가 '미적인 것'을 만드는 사람이 스스로를 '예술가'로 자처하는가, '장인'으로 자처하는가의 문제도 넓은 의미에서 보자면 '자의성'에 해당한다. 석굴암 본존불을 오늘날에는 일말의 의심없이 '훌륭한 고대의 미술품'으로 인정하지만, 그것을 만든 석공에게 '예술가로서의 자의식'이 있었는가, 혹은 당시에 '석공'을 오늘날의 개념에서의 '예술가'로 인정하고 있었는가는 전혀 다른 문제이다.

4) 이러한 관점에서 이른바 '순수·참여문학 논쟁'을 비평사적으로 검토한 연구 성과들로는 김영민(2000), 신형기(1987), 한강희(1997), 이상갑(1998), 임영봉(1999) 등을 꼽을 수 있다. 이영미(2003)는 해방 직후의 김동리의 대표작인 「역마」의 정치성을 분석하면서, 김동리의 탈정치성의 표방에도 불구하고 그의 소설에 내장된 정치적 구도와 배치를 읽어내고 있어, '순수문학론'이 지닌 '정치성'의 해석에서 새로운 시각을

오랫동안 '순수문학론'은 이런 대립구도에 의거해서 해석되거나 비판되어 왔다. 그러나, 이러한 접근은 '순수문학론'의 논리 구조에 내재한 이론적 결락을 밝히는 데에는 일정한 한계를 지니고 있다. 비판은 대체로 미학상의 입장과 견해 차이를 확인하는 선에 머물고 있으며, 이른바 '순수문학'이라는 문학론 자체의 논리 구조를 문제삼는 데까지 나아가지 못하고 있다.

이러한 일반론적 해석에서 좀더 나아가, 김동리의 '순수문학론'을 비평사에서 새롭게 자리매김하려는 작업은 김윤식에 의해 이루어졌다. 김윤식은 김동리의 '순수문학론'을 한국근대문학사상 초유의 '반근대적 기획'으로 평가한다. 김윤식은 김동리의 '순수문학론'에 내장된 '반근대적 기획'을 김동리·조연현·서정주로 이어지는 이른바 '문협 정통파'의 문학이론으로 범주화하면서, 그 중심에 김동리를 놓았다. 그가 파악하는 김동리의 '순수문학론'은 '구경적 삶의 형식'이라는 명제로 압축되는 바, 이 '구경적 삶의 형식'으로서의 '문학'(즉 순수문학)만이 파탄에 이른 '근대 세계'와 그것의 예술적 반영인 '근대문학'을 넘어 서서, 새로운 지평으로 나아갈 수 있다는 것으로 요약된다.5)

> 작가가 묻고 있는 것이 여기라면, 그것은 근대적 삶을 송두리째 비판, 부정하는 것으로 파악될 것이다. 침략전쟁이라든가 식민지통치라든가 민족주의적 과제란 근대성(근대주의)으로 요약되는 것이기에 이러한 것이 하찮은 것에 속한다 함은, 근대성 부정으로 볼 수밖에 없는 것이다. 인간에게 근대주의보다 더 장대하고도 본질적인 것이 있다는 사상 위에 설 때, 근대의 산물인 소설 대신 <서사시적 세계>만이 의미있는 요소로 되는 것이다.6)

보여준다.

5) 김윤식(1994) 및 김동리에 관한 단독연구서인 김윤식(1995)을 참조.
6) 김윤식(1994), 96쪽.

    김윤식이 김동리의 '순수문학론'을 '반근대의 기획'으로 해석한 것과는 달리, '근대성의 극단' 혹은 '초근대(超近代)' '울트라모더니티(ultra-modernity)'로 해석하는 관점이 있다. 김철은 김동리의 '순수문학론'을 근대성의 극단적 확장인 '파시즘'에 기반한 예술론으로 파악한다. 그는 김동리의 소설(또는 문학론)을 설화적 세계를 배경으로 한 퇴행적 복고주의나 전근대주의로 해석하는 방식, 또는 그 서사전략의 표면적 의미에 함몰해 '탈근대' 내지는 '반근대'로 해석하는 방식 둘다를 모두 부정하면서, 김동리야말로 근대성의 극단적 자기확장의 욕망을 드러내는 '파시즘'적 산물이라고 본다. 이러한 해석이 근거하고 있는 것은 '파시즘'이 근대성의 폭력적 현상형식이나 병리적 현상형식, 즉 일종의 변종(變種)이 아니라, 근대 자체에 내장된 근대성의 가장 순연하고 본질적인 현상형식이라는 논리이다. 김철은 김동리에게 사상적으로 큰 영향을 미친 그의 형 범보 김정설의 논리를 '원형 파시즘'으로 분류하고, 이 원형 파시즘이 김동리의 소설(나아가서는 문학론)에 어떻게 스며들게 되는가를 소설 「황토기」를 통해 분석한다.

> 김동리의 소설이 보이는 상호이질적인 것들, 모순적인 것들의 동시적 공존은 전근대적 복고주의나 포스트모더니즘의 일면적 개념으로는 설명될 수 없다. 모더니티에 대한 강렬한 매혹과 그것에 대한 강렬한 부정을 동시에 야기하는 것이야말로 모더니티의 근본적 역설이 아니겠는가. 이 역설을 극단적으로 밀어붙임으로써 그것으로부터 도피하거나 초월하려고 했던 것, 그러나 실제로는 그것을 더욱 공고히 하고 마는 데에 그쳤던 것, 파시즘의 정치와 모더니즘의 문화가 공유했던 것은 바로 그것이었다.[7]

    김동리에 대한 김윤식과 김철의 해석 및 비판은, 일단 김동리의 문학

---

7) 김철(2000), 58-59쪽.

론을 역사적으로 범주화한다는 점에서 앞서의 일반론적 해석 및 비판과는 구별된다. 즉, 김동리의 문학론을 초역사적인 미학상의 '전통적 견해'라는 차원이 아니라, 그의 입론(立論)이 형성되고 전개되는 지성사적 맥락과 이데올로기적 환경 안에서 형성된 역사적·정치적 미학이라는 차원에서 파악하고 있다. 동시에, 두 사람 모두 김동리의 문학론 및 문학을 '근대성'과 연관지어 이해함으로써, 김동리 문학론의 미학적인 부분과 정치·역사적인 연관관계를 한결 구체적이고 체계적으로 이해할 수 있는 단초를 열었다. 그럼에도 불구하고, '반근대'와 '초근대'의 해석은, 김동리 문학론이 지닌 논리적 배리(背理)와 결락보다는, 논리적 일관성을 전제로 하고 있다는 점에서 해석 및 비판에 일정한 한계를 보이고 있다.

동일한 대상을 두고 한편에서는 '근대 부정의 논리'로, 다른 한편에서는 '극단적인 근대의 논리'로 파악할 수 있는 까닭은 '순수문학론'의 복잡함에서 연유한다. 그만큼 김동리의 '순수문학론'은 자기완결적인 논리 구조를 띠면서도, 그 내부에 단층과 결락이 곳곳에 편재해 있다. 그리고 논란의 출발은 이 논리적 단층과 결락에서 비롯되고 있다. 이율배반처럼 보이지만, 나는 김동리의 문학을 '반근대의 기획'으로 읽는 것과 '초근대의 기획'으로 읽는 방식이 모두 가능하다고 생각한다. 김동리는 근대를 부정하고 싶어했지만, 그 기획은 실패한 것으로 보이기 때문이다. 같은 맥락에서 김동리가 추구했던 '미적 자율성'(혹은 문학의 자율성) 역시 확보되지 못했다. 이 글은 그러한 '순수문학론'의 이론적 회절(回折), 즉 애초의 '반근대의 기획'이 어떻게 '근대'의 자장(磁場)'을 넘어서지 못하고 다시 그 내부로 회귀할 수밖에 없었던가를 살펴보려는 것이다. 다시 말하자면, '반근대'의 기획으로 출발한 김동리의 '순수문학론'이 어떤 연유로 '근대'(혹은 '초근대')적 미학의 영역 안에서 벗어날 수 없었던가를 밝혀 보고자 한다.

3. '순수문학론'의 논리 구조

김동리가 그의 '순수문학론'을 처음으로 한국문학사에 제출했던 것은 해방전인 1939년 무렵부터였다. 물론 이 무렵의 그의 문학론은 분명한 체계와 논리를 갖춘 것은 아니었고, 훗날인 해방직후에 자기완결적 구조를 지니게 되는 문학론의 초기 형태로서였다. 비록 논리적으로 완결된 형태는 아니지만, 이 무렵부터 이미 '인간성 옹호'라든지 앞세대 문학에 대한 강한 환멸의식 같은 것을 숨김없이 드러내고 있는 것은 분명하다. 김동리의 '순수문학'이 이론적 체계를 갖추고 전면에 등장하는 것은 해방 직후였다. 그는 해방 직후인 1946년부터 「순수문학의 진의」, 「본격문학과 제3세계관의 전망」, 「문학과 자유를 옹호함」 등의 문학론과 「자연주의의 구경-김동인론」, 「산문과 반산문-이효석론」, 「청산과의 거리-김소월론」 등의 작가론을 잇달아 발표하면서, 해방 전에 시론(試論) 형태로 제출했던 '순수문학론'에 체계와 구조를 구비한다.[8] 해방 전이나 해방 직후나 모두 김동리의 문학론이 체계를 갖추는 과정은 동시대의 문학 논쟁을 통해서였다. 해방 전에는 유진오나 임화를 비롯한 앞세대 문학가들과의 논쟁을 벌였었고, 해방 직후에는 주로 '문학가동맹'을 중심으로 한 좌파 문학론을 강하게 의식하면서 논리적 틀을 형성했으며, 김

---

8) 김동리가 해방 직후 발표한 '순수문학론'은 김동리(1948)에 망라되어 있다. 이후의 김동리 문학론은 주로 이 텍스트에 의하여 정리한다.

동석이나 김병규 등과는 실제 논쟁을 하기도 했다. 그런 까닭에 김동리 문학론의 온전한 재구성을 위해서는 비평사적 맥락으로서의 논쟁 과정을 살펴야 마땅하지만, 논쟁의 추이를 검토하는 것이 중심 과제가 아니므로, 그러한 비평사적 맥락이 배후에 작동한다는 것을 염두에 두면서, 김동리 문학론의 자기완결적인 구조를 중심으로 재구성하고자 한다.

김동리의 순수문학론은 그가 내세우는 다음과 같은 명제, "순수문학이란 한마디로 말하면 문학정신의 본령정계의 문학이다. 문학정신의 본령이란 무론(無論) 인간성옹호에 있으며 인간성옹호가 요청되는 것은 개성향유를 전제한 인간성의 창조의식이 신장되는 때이니만치 순수문학의 본질은 언제나 휴맨이즘이 기조(基調)되는 것이다."9)에 압축되어 있다. 이 문장으로부터 유추하건대 '순수문학론'의 합리적 핵심은 사실상 '인간성옹호'로서의 '휴머니즘'에 집약되어 있다고 해도 과언이 아니다. 김동리 역시, 자신의 문학론을 보완 설명하면서 이 '휴머니즘'에 관해 가장 상세한 설명을 덧붙인다.

이미 널리 알려져 있지만, 논의의 전개를 위하여 그가 말하는 '휴머니즘'에 대해 간단히 정리하기로 하자. 김동리는 '순수문학'이 지향하는 '휴머니즘'은 이른바 '제 3기의 휴머니즘'으로서, 이것은 이른바 '제 1기의 휴머니즘'과 '제 2기의 휴머니즘'과는 근본적으로 다른 새로운 휴머니즘이라고 주장한다. '제 1기의 휴머니즘'은 헬레니즘으로 상징되는 고대 그리스의 인본정신과 헤브라이즘으로 대표되는 기독교적 인간관을 합친 개념이며, '제 2기의 휴머니즘'은 이른바 '르네상스적 휴머니즘'으로서, 이것은 중세적 신본주의(神本主義)에 저항하면서 헬레니즘적 인본

---

9) 김동리(1948), 106쪽.

주의의 부흥을 꾀했다는 역사적 의의를 지닌 것으로 본다. 그리고, 오늘날 인류가 구가하는 '근대'는 바로 이 '르네상스 휴머니즘'에 기반하여 발전해 온 것으로, 그것은 '과학주의(적) 기계관'에 의해 움직여 나가는 세계로서, 이른바 '유물사관'은 이 '과학주의 세계관'의 결정체에 해당한다는 것이다.

대체로 좌파의 비평가들이 마르크스주의를 '르네상스 휴머니즘'에 기반하여 발달해 온 '자본주의 체제'를 극복할 대안적 세계관으로 파악하는 방식과는 달리, 김동리는 '마르크스주의'를 철저히 근대적 세계관으로 파악한다는 점에서 흥미롭다. 그는 '마르크스주의'의 요체인 '유물사관'은 비록 '자본주의'를 극복하는 대안적 사상으로 등장한 것인지는 모르지만, '근대 세계'를 극복하는 대안적 세계관일 수는 없다는 것이다.

> 그 정치제도와 경제기구와 '생활자료 산출방법'에 있어서의 갖은 모순과 죄악과 불합리 불공평들을 과학적으로 구체적으로 통렬히 해부비판한 맑시즘 체계의 세계관은 그 체계구성의 조직과 방법에 있어, 또 그 유물론적 인식론적 태도에 있어 완전히 과학주의 물질주의 기계주의를 취하게 되었던 것이므로 그 사회관에 있어서는 근대주의(자본주의사회)에 강경히 항거하였음에도 불구하고 그 유물론적 인식론적 본질에 있어서는 당연히 양기되어야 할 근대주의의 연장과 그 여식(餘息)의 응결에 불과하게 되었던 것이니(후략)[10]

김동리에게 중요한 것은 '자본주의 체제'를 극복할 대안 체제가 아니라 '자본주의'와 '사회주의'가 모두 그 안에 포함된 '근대 체제'를 극복할 대안 체제의 모색이었다. 그렇다면, 그가 이러한 대안 체제의 세계관적 기반이 된다고 주장하는 이른바 '제 3기의 휴머니즘'이란 대체 무엇일까.

---

10) 김동리(1948), 127-128쪽.

(1) 이 제3기 휴맨이즘의 본격적 출발은 동양정신의 '창조적 지양'에서의 새로운 정신적 원천의 양성으로서만 가능할 것이다. 이제 역사적으로 신장하려는 민족정신에 입각하여 동양적 대예지(大叡智)의 문학을 수립하고 제3기 휴맨이즘의 세계사적 성격을 규명함으로써 민족문학이면서 곧 세계문학의 지위를 확립하는데 이 땅 순수문학정신의 전면적 지표가 있다고 생각한다.[11]

(2) 근대주의의 말로에서 도달된 과학만능주의와 물질지상주의와 기계문명주의 등은 고대에 있어서의 신화적 미신적 제신(諸神)의 우상처럼, 중세에 있어서의 계율화한 전제신(專制神)의 압제처럼, 또 다시 한 개 새로운 근대적 우상이 되어 인간에게서 꿈과 신비와 낭만과 그리고 구경적인 욕구를 박탈하게 되었다. 여기서 인간은 이 과학주의 물질주의 기계주의를 비판하고 이를 극복하고저 하는 새로운 의욕에 도달하게 된 것이며 이것이 곧 제3휴맨이즘이란 표어로서 대표되는 제3세계관의 지향이라 일컫는 것이다.[12]

(1)과 (2)의 논리를 종합해 보건대, '환멸의 근대'를 넘어서고자 하는 김동리의 '근대 부정'의 기획이 도달한 이론적 귀결은 '민족정신에 입각한 동양정신의 대예지'라는 장소이다. 그리고 여기에는 도저히 매끄럽게 봉합되기 어려운 몇 개의 개념과 범주들이 무리하게 비끌어져 매어 있다. 우선 '민족정신'이라는 개념이 그러하고, '동양적 대예지'나 '동양정신'이라는 언술이 그러하다. 이 문제는 잠시 뒤에 살펴 보기로 하자.

김동리의 '순수문학론'은 최소한 세 개의 구체적인 '역사로서의 적(敵)'을 상정하고 있는 다목적 무기였다. 그 구체적인 '역사로서의 적'은 이제 막 끝난 근대 세계의 종말의 예후로 받아들여졌던 '세계 제 2차대전', 그리고 이제 막 숨을 거둔 일제의 '천황제 파시즘', 그리고 이제 막

---

11) 김동리(1948), 108-109쪽.
12) 김동리(1948), 127쪽.

조선과 세계에서 본격화하기 시작하는 새로운 적으로서의 '사회주의'였다. 이 세 가지 '역사로서의 적'의 공통점은 인간성을 압살하고 개성을 무시하며, 획일주의와 동원 체제, 자연의 방기(放棄)와 생명력의 고갈과 같은 것으로 요약될 수 있다.

결국, 김동리 문학론에서의 '인간성 옹호'란 '인간 해방의 의지'를 가리키며 '인간의 자유에 대한 향상의 욕구'로 표현된다. 요컨대, 그의 논리 구조 안에서의 '문학의 자율성'이란 이 지점에서 발생하게 되는데, 문학은 모름지기 인간의 해방과 자유를 위해 복무해야 하는 유일한 목적을 지니는 바, 이것 아닌 것이라면 어떤 것에도 예속되거나 구속되어서는 안된다는 강령이 바로 그것이다.

> 문학정신의 본의가 문학의 자율성을 보장하는 데 있다고 볼 때의, 이 '문학의 자율성'이란 대체 무엇을 의미하는 것인가? 문학이 정치나 도덕이나 경제나 교육이나 일체의 문학 이외의 것에 예속되거나 그것의 목적 달성을 위한 한 개 도구 혹은 무기로서 사용되어서는 안된다고 할 때, 이 '예속'이란 말과 '목적달성을 위한 도구'란 말과, '안된다'는 말들은 대체 무엇을 의미하는 것인가? (중략) 제1의적인 문학(순수문학을 가리킴-인용자)은 문학 자체의 '목적 달성'을 제1의로 삼어야 하기 때문이다. 이 문학 자체의 목적(사명)과 정치 자체의 목적(사명)은 그 질에 있어서 동일한 것이 아니며, 문학이 '정치적 목적 달성을 위한 한 개 도구'로서 동원될 때 문학적 목적은 그 '질에 있어' 정치적 목적의 속성으로밖에 존재할 수 없게 되는 것이다.[13]

인간을 대상으로 하는 것이 문학일진대, 문학에 만약 특정한 관점이나 목적이 게재될 경우는, 그 때 묘사되는 인간은 온전한 인간이 아니라, 일정한 관점과 시각에 의해 제한되고 한정된 인간이 될 수밖에 없다

---

13) 김동리(1948), 118-119쪽.

는 것이 김동리의 논리였다. 정치적 관점으로 보면 '정치적 인간'만이, 경제적 논리로 보면 '경제적 인간'만이 그려질 뿐이라는 것이다. 그러므로, 온전한 인간성 그 자체를 추구하기 위해서는 어떤 선입관이나 시각에 구애받아서는 안되며, 그럴 때라야만 비로소 문학을 통한 '인간성 추구'가 실현될 수 있다는 것이다.

4. '근대'와 '반근대'―'순수문학론'의 논리적 딜레마

수사적 표현을 빌려 말한다면, 김동리 '순수문학론'이 안고 있는 논리적 딜레마는 '근대'를 부정하고 뛰어넘으려 애쓰면서 정작 '근대'라는 사다리를 애용한다는 점에서 비롯된다. 다시 말하면, 근대를 부정하고 대안의 모색을 강하게 부르짖으면서도, 부정과 초월을 위해 그가 동원하는 것은 전형적인 '근대적 사유 기제'들이다.

우선, 그의 장르 인식을 통해 이 점을 확인해 보기로 하자. 김동리는 「산문과 반산문」이라는 '이효석론'을 통해 이효석이 소설을 쓰면서도 '산문정신'을 포기하고 '시'의 세계로 후퇴해버림으로써, 정확히 말하면 그의 '소설'은 '소설'이 아니라고 강력하게 비판한다. "이효석은 소설을 배반한 소설가다."라는 한 문장에 그의 비판이 집약되어 있다. 김동리가 이효석 소설을 '소설'이라고 인정하지 않는 결정적인 이유는, 이효석의 소설에 '플롯'이 빈곤하며 '성격창조'가 결여되어 있기 때문이다. 그는 '플롯'과 '성격'이야말로 소설문학의 본질이며, 소설 양식의 '강대한 종합성'과 '보편성'을 유지시켜 주는 절대적인 본질이라고 본다. 그리고 이것이 이른바 '산문정신'의 요체라는 것이다. '플롯'과 '성격창조'가 빠진 이효석의 소설은 한낱 '분위기'와 '센스'에만 집착하는 감상의 집적물에 불과하며, '산문정신'을 위배하는 것이다.

> 소설이 근대문학의 중추적 지위를 점령하게 된 것은 소설양식의 강대한 종합성과 보편성이 복잡다단한 근대생활을 담기에 적당하였기 때문이다. 문학은 생활의 반영이란 말이 이미 있거니와 근대인의 물심 양면으로 복잡하고 심각한 생활은 그것이 전적으로 반영될 수 있는 그만치 종합적인 문학양식을 요구하게 된 것이며 여기서 근대의 저 찬연한 소설문학의 전당은 건설될 수 있었던 것이니, 그러므로 소설문학의 기능은 어디까지나 복잡다단하고 심각한 인간 생활의 종합적인 반영에 있는 것이며 그 본령은 어디까지나 산문정신에 있어야 하는 것이다.[14]

'플롯'과 '성격창조'를 강조하면서 이효석의 소설을 '소설을 배반한 소설'이라고 강하게 비판하는 김동리의 문학관은 전형적인 '근대주의자'의 목소리다. 제2기의 '르네상스 휴머니즘'에 의해 건설된 '근대'가 기계주의와 물질주의, 과학주의에 함몰되어 인간에게서 꿈과 낭만과 신비를 박탈해 갔으므로, 그 대안의 가치를 추구해야 한다고 소리높여 주장하던 '반근대주의자'의 목소리와 이것이 도저히 같은 사람의 논리라고 보기는 어렵다. 더구나, 김동리는 김동인의 소설을 비판하면서, 그의 소설이 도달한 지점이 '근대주의의 종말'을 보여주었기 때문이라는 논리를 펴고 있어서 혼란은 가중된다.

> 김동인씨가 신을 야유와 조롱의 대상으로 삼은 것은 그도 한 사람의 근대정신(과학적 실증적)의 희생자로서 그가 신과 우상을 구별하지 못한 데 기인했던 것이다. (중략) 김동인씨가 비과학적인 우상과 미신을 타파하고 야유한 것은 지극히 당연하고 또 통쾌한 일이었으나 그러나 천체의 무궁성이 그의 생활에 구심적 의의를 상실하게 되었다는 것은 다른 모든 근대인과 함께 그의 지극한 불행 이외의 아무것도 아니었다.[15]

---

14) 김동리(1948), 28쪽.

김동인 소설이 파탄에 이르게 된 것은 그가 전형적인 '근대적 미학'16)에 충실했기 때문이며, "모든 작중인물들은 작자가 계획한 '플롯'에 복종하기 위하여 독자에겐 아무런 심장의 고동도 생명의 비밀도 속삭여 주지 않는"17) 창작과정상의 한계로 드러난다. 김동인의 소설에 대해서는 '플롯'으로부터의 '이탈'을 주문하던 김동리는, 이효석의 소설에 대해서는 '플롯'에의 복귀, 혹은 '플롯'의 강화를 주문한다. '소설'이라는 장르를 중심에 놓고 보자면, 그는 가장 근대적 장르인 '소설'의 '산문정신'을 강조하는 '근대주의자'이기도 하다가, 얼굴을 돌리면 그 '산문정신'을 버리고자 하는 '반근대주의자'로 모습을 바꾼다. 이런 착종된 논리를 가장 선명하게 보여주는 다음의 인용문을 보자.

> 우리가 만약 과학과 산문을 포기할 수 있다면 그리고 시에의 퇴각과 자연에의 복귀로 이 세기적 매듭을 해결할 수 있다면 이효석의 「산」과 「들」이 우리에게 자연에 대한 새로운 내용을 플러스해 주지 않아도 된다. (중략) 그러나 이것은 불가능한 일이다. 우리가 과학과 산문을 방기(放棄)할 수 있다고 생각하는 것은 우리가 영원히 새로운 성격의 신을 가질 수 없으리라고 생각하는 것만치나(본문에는 '것만 지나'로 되어 있어 바로 잡음 -인용자) 저능한 생각이다.
> 오늘날의 과학과 산문이 비록 인간생활의 구경적 의의를 보장하지 못한

---

15) 김동리(1948), 13쪽.

16) 김동리는 글에서 '자연주의'와 '직선적 세계관'이라는 것으로 김동인의 '근대적 미학관'을 묘사한다. '직선적 세계관'이란 다소 수사적인 느낌이 강하지만, '근대주의'를 강하게 비판했던 흄(T.E. Hulme)의 '연속성/비연속성' 개념과 내용상 유사하다. 흄은 '수리·물리학의 무기적 세계' '생물학·심리학 및 역사 등에서 취급하는 유기적 세계' 그리고 '윤리적·종교적 세계' 사이에 존재하는 '불연속성'을 인정하지 않고 그것을 '연속성'에 의해 파악하는 것이 '근대 철학'의 특징이며, 이것을 극복하기 위해서는 이 세 범주들 사이에 놓인 '절대적 비연속성'을 인식하는 것이라고 보았다. 김동리의 '직선적 세계관'과 흄의 '연속성'은 의미상 상통하는 부분이 있다. 흄(1984)을 참조.

17) 김동리(1948), 23-24쪽.

데서 자래된 세기적 불신임장을 접수하여 있음이 사실이라 하더라도 그것
은 어디까지나 과학과 산문을 계승할 새로운 성격의 신의 출현에서만 수
리될 문제이지 소박한 자연찬미를 근거로 한 시(詩)에의 퇴각으로 해결될
것은 아니다.[18]

　이 대목에 이르면, 우리는 김동리의 '순수문학론'이 지향하는 바가 정
확히 무엇인지 알 수 없어 일종의 논리적 미로에 빠지게 된다. 그는 '르
네상스' 이후에 전개된 근대 세계에 대해 분명히 환멸과 저주의 비난을
퍼붓는다. 그런데, 그 세계를 넘어 서기 위해서 '과학'과 '산문(곧 '소설'을
말한다)'을 버리고서는 그러한 기획이 결코 성공할 수 없다고 한다. 김동
리는 '과학'과 '산문(소설)'이 자신이 부정하는 '근대'의 적자(嫡子)임을 모
르고 있었든지, 아니면, 그것들이 근대의 '적자'임을 알면서도, 그 '적자'
들을 통해 얼마든지 '근대'를 부정하고 넘어설 수 있다고 믿었든지, 두
가지 중의 하나에 해당하는 오류를 빚고 있는 것이다.

　다른 각도에서 이해하자면, 김동리의 '근대 부정'의 기획은, '근대'에
대한 전면적인 부정이 아니라, 근대의 병리 현상(즉 근대의 현상형식 중의
일부)을 거부하면서, 근대의 긍정적 계기들을 계속 유지·발전시켜 나가
야 한다는 것으로 이해할 여지도 아주 없는 것은 아니다. 다시 말하면,
주체중심의 '이성'이 빚은 근대의 병리현상을 부정하면서, 그러한 '도구
적 이성'에 대한 비판을 통해, '이성'에 내재해 있는 또다른 '반성적 사
유'와 '통합'을 가능하게 하는 '이성의 회복'에 대한 의지를 표명하고 있
는 것이라고 해석할 수도 있다는 말이다.

　그러나, 근대 부정에 대한 김동리의 논리가 안고 있는 구조적 딜레마
는 스스로 대안이라고 제안하는 그것 자체가 '근대 내부의 발생론적 근

---

18) 김동리(1948), 44-45쪽.

원'에 해당하는 자기모순에 빠져 있다는 사실로부터 비롯된다. 그 대표적인 문제가 바로 '문학의 자율성'에 관한 김동리의 인식이다.

> 종교는 이미 발현되고 체현된 신에 대하여 복종하고 신앙하고 귀의하지만 문학에 있어서는 각자가 자기자신 속에 혹은 자기자신을 통하여 영원히 새로운 신을 찾고 구하는 것이다. (중략) 문학의 자율성을 옹호한다는 말은 인간성의 본질과 그 이상을 찾고 구한다는 것과 별개의 것이 아닐 때, 위에서 말한 '각자가 자기자신 속에 혹은 자기자신을 통하여 영원히 새로운 신의 모습을 찾고 구한다는 사실'은 문학의 자율성을 침해하지 않는다는 말을 이해하기 힘들지 않을 줄 믿는다.[19]

주지하다시피, '예술의 자율성'이란 테제는 모든 분야에서의 '분화'를 그 특징으로 하는 '근대 세계'와 더불어 등장한 것이다. 주체적 이성에 의해, 과학과 기술이 발전하고, 종교의 세속화가 진행되었으며, 이로부터 도덕과 윤리, 예술이 종교로부터 자율화되었다. 서양 철학사에서 이러한 분화를 이성에 매개하여 가장 먼저 체계화한 것은 칸트였다. 이른바 칸트의 '비판철학 3부작'으로 알려진 '순수이성비판' '실천이성비판' '판단력비판'은 '진리'와 '도덕'과 '취미'의 영역이 주체성의 원리에 의해 각기 독립된 영역을 확보하였음을 인정하는 근대철학의 성명서와 같은 것이었다. 그리고 비로소 '미(美)'에 관한 물음, 즉 심미적 가치평가의 가능성과 그 타당성이 당당히 철학의 한 체계로 자리잡는 계기가 되었다. 이를 하버마스는 다음과 같이 정리한다.

> 객관적 인식의 가능성, 도덕적 통찰의 가능성과 심미적 가치평가의 가능성을 정당화함으로써 비판이성은 자신의 고유한 주관적 능력을 확신할 뿐만 아니라―문화 전체에 대한 최고의 재판관의 역할을 수행한다. 철학은

---

19) 김동리(1948), 101-102쪽.

문화적 가치영역들을 배타적인 형식적 관점 하에서, 훗날 에밀 라스크가 말하듯이, 과학과 기술, 법과 도덕, 예술과 예술비판으로서 각각 경계를 짓고 이 경계 안에서 그들을 정당화한다. 18세기 말까지 과학, 도덕, 예술은 활동영역으로서 제도적으로도 분화되었다. 이 영역들 내에서 진리의 문제, 정의의 문제, 취미의 문제들은 자율적으로, 즉 각기 특수한 타당성의 지배를 받으며 작업되었다.[20]

하버마스는, 칸트 철학의 의미란, 주체성의 원리에 의한 이러한 ‘분화’가 바로 근대 세계의 본질적 특성이란 것을 마치 거울에 비추듯이 자신의 철학 체계에 반영하고 있다는 것이라고 규정한다. 다시 말하면, 칸트는 이러한 형식적 분화, 분열을 아직 근대성의 ‘이중화’로 파악하지는 않는다는 것이다. 근대성의 ‘이중화’란 무엇인가. 하버마스에 의하면, 칸트는 주체성의 원리에 의해 강요된 분리들과 함께 등장하는 욕구를 부정했다. 그러나, 근대가 스스로를 하나의 역사적 시대로서 파악하고, 표본적 과거로부터의 분리와 모든 규범적인 것을 스스로 창조해야 한다는 필연성이 역사적 문제로 의식되면, 이 욕구는 곧바로 철학을 압박한다. 그렇게 되면 과연 주체성의 원리와 이에 내재하고 있는 자기의식의 구조가 규범적 방향설정의 원천으로서 충분한가 하는 물음이 제기된다. 또 과학, 도덕, 예술을 “근거지우기” 위해서뿐만 아니라 우리를 구속하는 모든 역사적 규범들로부터 분리된 역사적 구성체를 안정시키기에도 과연 그것들이 충분한가 하는 문제가 제기된다. 근대 세계로부터 얻었으면서도 동시에 근대세계 내에서의 방향설정에 기여할 수 있는 척도들을 과연 주체성과 자기의식으로부터 획득할 수 있는가 하는 것이 중요한 물음으로 제기되는 것이다.[21]

---

20) 위르겐 하버마스(1994), 39-40쪽.
21) 하버마스는 이러한 근대성의 이중화에 대한 자각은 헤겔에 이르러서야 본격화된다

요컨대, 진정으로 '근대의 본질적 특성'에 대한 회의(懷疑)는 '예술의 자율성'에 대한 요구가 아니라, 그 '자율'과 '분화'로 빚어진 근대 사회의 분열, 또는 그것의 원인인 주체중심의 이성(어떤 절대적 진리로부터도 벗어나 스스로가 입법자이고자 하는)에 대한 의심과 우려이어야 옳다는 것이다. 주체중심의 이성에 의해 시작된 근대 세계의 구현은, 그러므로 그 내부에 '해방'과 동시에 '자기소외'의 가능성을 함께 지니게 된 것이다. 그리고, 바로 이러한 모순성, 즉 '자율로서의 해방'과 '분화 및 분열로 인한 자기소외'의 가능성을 동시에 반성적 · 비판적으로 성찰하는 것이야말로 '근대'를 객관적이고 대상화하는 성찰의 기능일 것이다. 그러나, 김동리는 근대 부정의 논리를 펼치면서, 예술이 자율성을 획득하는 것이 그 대안적 첩경임을 강조하고, 더구나 예술의 자율성이 획득되는 과정은 "각자가 자기 자신 속에 또는 자기자신을 통하여 영원히 새로운 신의 모습을 찾고 구한다"(이것이야말로 주체중심의 이성에 대한 전폭적인 신뢰와 지지가 아니고 무엇이겠는가!)는 강령을 내세우고 있는 것이다. '근대의 발생론적 기원'으로 '근대 부정'을 꿈꾸는 자가당착이 김동리의 '순수문학론'을 구성하고 있는 구조적 원리임이 이로써 분명해진다.

그러나, 그의 논리가 딜레마에 봉착하게 되는 데에는 이러한 '근대와 반근대' 사이에 놓인 자기모순적 논리 전개말고도 또다른 계기가 작동하고 있다. 예컨대, 그것은 김동리가 설정한 '역사적인 것'과 '초역사적인 것' 사이에 놓인 이율배반적 사고이다.

> 참다운 문학적 사상의 주체는 시대와 사회를 초월하여 인간이 영원히 가지지 않을 수 없는 인간의 보편적이요 근본적(구경적)인 문제―다시 말

―――――――――

고 본다. 하버마스(1994) 참조.

하면 자연과 인생의 일반적 운명—에 대한 독자적 해석이나 비평에서만
가능한 것이며, '시대적 사회적 의의'니 공리성이니 하는 것들은 이 '주체
적인 것'의 환경으로서 제2의적 부수적 의의를 가지는 데서 지나지 못하기
때문이다.[22]

　김동리는 '순수문학'이란 특정한 시대나 사회적 환경이라는 '맥락'에
한정되는 문학을 지양하고, 그러한 특정 시대와 사회를 초월하여 '초시
간적'이며 '초공간적인' 문학을 지향하는 것임을 주장하고 있다. 이러한
문학의 구체적인 사례로, 그는 톨스토이의『안나 카레리나』나 괴테의『
파우스트』, 쉐익스피어의『햄릿』같은 작품들을 예거하고 있다. 이를테
면, 톨스토이의『안나 카레리나』는 표면적인 주제는 분명히 '인간의 애
욕'에 관한 얘기지만, 그것이 불후의 고전이 되는 것은 '인간의 애욕'을
다루기 때문이 아니라, 그것을 통해서 인간 생활의 '구경'을 그리고 있
다는 점 때문이라는 것이다. 우선, 불후의 고전이라고 그가 예거하는 작
품들이 '순수문학'에 해당한다는 것은 다분히 '아전인수'격의 주관적 논
리에 불과하다.『파우스트』나『햄릿』을 명작이나 고전으로 간주한다고
하더라도, 그 이유가 김동리의 견해와는 전혀 다를 가능성이 있기 때문
이다. 다시 말하면, 이 작품들을 철저히 해당 작품이 씌어지고, 해당 작
가가 살았던 당대의 삶과 환경에 대입해 읽더라도 충분히 명작에 해당
하는 근거들을 얼마든지 확보할 수 있기 때문이다. 더구나, 이런 작품들
을 통해 '구경적 삶의 형식'을 읽어내는 것은 오로지 '독자'의 몫에 해당
하므로, 그러한 주관적 기준은 어떤 작품이 '순수문학'인지 아닌지를 판
별할 수 있는 객관적 기준이 될 수가 없다.
　김동리가 '문학의 자율성'을 강조하고, 특정한 시대나 사회의 규정력

---

22) 김동리(1948), 94쪽.

을 무시하려고 애쓰는 현실적인 이유는, '순수문학론'이 제출되던 당시에 가장 강력한 타자(他者)였던 '문학가동맹'을 의식한 결과였다. 이들의 논리에 포섭되지 않고, 가능한 한 작가나 독자들을 좌파의 문학논리 및 현실 인식이 지닌 영향력으로부터 벗어나도록 만들려고 애쓰다보니, 저절로 상대 논리의 대척점에서 자기논리를 구축할 도리밖에 없었을 것이다. 김동리는 '문맹'쪽의 문학을 '당의 문학'이라고 못박고 있었고, 이것은 철저히 문학이 경제 및 정치 논리에 포섭되어 도구화되고 공리적 가치에 지배되는 것이라고 생각했다. 따라서, '문학의 자율성' 또는 '초역사적 문학'은 공리적 문학을 공박할 수 있는 가장 유효한 개념이자 범주로 이해되었다.

그러나, '초역사적'이며 '초시 · 공간적'인 그래서 어떤 특정한 시대와 환경에도 속박되지 않는 자유무애한 문학을 추구하는 '순수문학'의 논리적 귀결은 가장 '근대적'인 동시에 전형적인 역사적 규정이라 할 수 있는 '민족문학'이라는 이념이다.

> 민족문학이란 원칙적으로 민족정신이 기본되어야 하는 것이며 민족정신이란 본질적으로 민족단위의 휴맨이즘 이외의 아무 것도 아니기 때문이다.(중략) 이와 같이 민족정신을 민족단위의 휴맨이즘으로 볼 때 휴맨이즘을 그 기본내용으로 하는 순수문학과 민족정신이 기본되는 민족문학과의 관계란 벌써 본질적으로 별개의 것일 수 없다는 것을 알 수 있다. 우리가 목적하는 민족문학이 세계문학의 일환으로서의 민족문학인 것처럼 우리의 민족정신이란 것도 세계사적인 휴맨이즘의 일환인 민족단위의 휴맨이즘으로서 규정될 것이며 이러한 민족단위의 휴맨이즘을 세계사적 각도에서 내포하고 있는 것이 오늘날 순수문학의 문학정신인 것이다.[23]

---

23) 김동리(1948), 107-108쪽.

김동리는 기본적으로 2차 세계대전의 의미를 '반휴머니즘'에 대한 '휴머니즘'의 승리라는 것으로 해석한다. 그리고 이 휴머니즘의 승리로 인해, 전쟁 이후에 각 민족단위로 새로운 독립국가를 세우는 작업이 가능해졌으며, 이 또한 '민족단위의 휴머니즘'에 의한 것이므로, 민족국가 형성을 추동하는 '민족단위의 휴머니즘'은 곧 '세계사적 휴머니즘'과 같은 성질의 것이라는 논리다. 그러나 '민족단위의 휴머니즘'이란, '민족'단위로 형성된 역사·문화·정치의 경계를 벗어나면 이내 억압의 기제로 작동한다는 점에서 '구경적 생'과는 거리가 멀다. '민족단위의 휴머니즘'이 곧 '민족정신'이며 이를 바탕으로 '순수문학'으로서의 '민족문학을 수립하고자'하는 김동리의 구상은, 역사적으로 결코 '순수할 수도' 없으며, '성공할 수도' 없는 기획임을, 김동리가 이러한 문학론을 제출하기 불과 몇 해 전에 있었던 역사적 사례를 통해서 충분히 확인할 수 있다.

김동리는 의식하고 있었는지 아닌지 지금으로서는 확인하기 어렵지만, 순수문학의 존재근거를 민족문학과 연결짓는 그의 발상법은, 그 자신 혐오해 마지 않았던 천황제 파시즘 하의 일본의 '근대초극론'들[24]과 많은 지점에서 놀라울 정도로 닮아 있다.

> (1) 그러므로 확실히 말씀드리면, 근대인은 순진한 무신앙자가 아닙니다. 신앙을 잃은 비극인인 것입니다. 그래서 잃어버린 신을 자의식을 통해 다시 한번 발견하지 않으면 안됩니다. 그렇게 하기 전에는 구원할 수 없는, 불안을 본질로 하는 비극인 것입니다. (중략) 르네상스적 문화 의지나 자

---

24) '근대초극론들'이라고 복수로 지칭한 것은 이 무렵의 '근대초극'에 관한 담론들이 단수로 존재했던 것이 아니기 때문이다. 「근대의 초극」 좌담회를 주도한 『문학계』그룹을 포함하여, 이른바 '일본 낭만파', 그리고 니시다 기타로오를 태두로 하는 이른바 '교토학파' 등의 담론이 이 '복수'로서의 '근대초극론'을 구성한다. 이경훈(1995), 303쪽.

율적 지성 탐구는 고대적 문화의 로고스(logos)성입니다. 그것은 새로운 중세적 영성의 질서에 있어 건전하고 새롭게 계속 살려나갈 수 있고, 발전시켜야 할 것입니다. 그러나 우선 영혼의 구원이 없는 곳에서 일체의 문화는 허물어지는 바벨탑이 되는 것입니다. 건전한 인간 문화의 재건을 위해서는 근대의 르네상스 정신을 비판, 초극하지 않으면 안됩니다. 자연적 인간은 종교적 인간과 실존적으로 하나입니다. 자연으로 돌아가는 것, 인간 본성으로 돌아가는 것이 곧 신으로 돌아가는 것이 아니면 안된다는 것이 저의 주장입니다.[25]

(2) 역사 속에는 변화하는 것과 변화하지 않는 것 두 가지가 있다는 식의 생각은 오늘날까지도 계속되는 현상입니다. (중략) 역사에는 변하지 않는 형상과 동시에, 그런 것을 통해 자기를 표현하고 있는 불변의 정신도 움직이고 있습니다. 그것은 현재에 계승되어 우리 자신의 정신이 되지 않으면 안됩니다. 그런 의미에서 불변인 채 움직여가는 것이어야 합니다. 역사가의 입장에선 변화할 뿐인 역사와, 그 속에 있는 불변하는 것을 자기 앞에 두고 바라보는 것이 당연하지만, 문학가 혹은 사상가나 종교가 등은 그런 것으로는 충분치 않을 것입니다. 자기가 현재 걸어가면서 자기 나름대로 살아갈 수 있는 길을 발견하지 않으면 안되므로, 거기에서부터 역시 변하지 않는 것 속에 시종 변해가는 것이 나와야 합니다.[26]

이른바 '12월 8일'(일본의 진주만 공격일)로 상징되는 태평양전쟁 개시 이후, 일본 지식인 사회를 주도했던 '근대초극론'의 내용은 김동리의 '순수문학론'을 구성하고 있는 논리와 여러 면에서 비슷하다. '근대초극론'의 논리를 범박하게 요약하자면, 서양의 근대 발전사관의 부정, 르네상스 휴머니즘의 부정, 기계주의의 부정과 신에의 귀의 등의 계기를 거쳐

---

25) 좌담회 「근대의 초극」에서 요시미치 요시히코(吉滿義彦)의 발언. 한국문학연구회 편(1995), 226쪽. 「근대의 초극」이란 잡지 『문학계』 1942년 9월호와 10월호에 연재 (좌담회 날짜는 7월 23일과 24일)되어, 태평양전쟁 중 '일본 지식인들을 사로잡은 유행어'였던 동시에, '대동아전쟁과 연결되어 상징의 역할을 수행'하게 된 심포지움을 가리킨다. 좌담회에 관한 해설은 이경훈(1995)을 참조.
26) 같은 좌담회에서 니시타니 케이지(西谷啓治)의 발언. 앞의 책 참조.

종국에 동양적 예지로의 복귀를 통한 새로운 문명의 창출에 도달해야 한다는 것이며, 그 작업은 가장 ‘동양적 정체성‘을 확보하고 있는 ‘신국일본(神國日本)’에 의해 가능하다는 것이다. 그리고, 이러한 논리 구조는 우리가 앞에서 확인했듯이 김동리 ‘순수문학론’의 논리 구조 거의 대부분에 해당한다. 김동리 ‘순수문학론’의 ‘반근대’의 기획과 ‘근대초극론’의 그것이 다른 대목은 ‘신국일본’과 ‘민족’ 정도일 것이다. ‘근대초극론’자들이 ‘근대초극’의 기획이 ‘신국일본’에 의해 이루어져야 옳다고 믿었다면, 김동리는 세계대전 이후 새롭게 탄생한 ‘민족국가’에 의해 그것이 수행되어야 옳다고 믿은 정도의 차이밖에 없다. 논리적 의장(意匠)의 대부분이 비슷하고, 다만 그 정점에 놓여 있는 ‘신국일본’과 ‘민족 혹은 민족국가’라는 표상만이 차이난다고 할 때, 이러한 상동성과 차이를 어떻게 해석해야 옳은 것일까. ‘신국일본’과 ‘민족국가’라는 표상의 차이가 나머지 논리구조의 상동성을 무화시키는 논리적 근거가 될 수 있을까.

근대 인식에 있어, ‘근대초극론’과 ‘순수문학론’의 발상법과 논리 전개가 비슷함을 강조하는 가장 중요한 이유는, ‘근대초극론’이 천황제 파시즘의 역사적 산화(散華)와 더불어 파탄의 도정을 걸어갔듯이, ‘순수문학론’ 또한, 스스로 표방한 탈정치와 탈역사의 문학, ‘구경적 생’의 문학이라는 자기목표에는 결코 도달하기 어려운 논리적 전제로부터 출발하고 있다는 것을 말하기 위해서이다.

김동리의 ‘혈통적 민족관’은 좌파의 ‘계급적 민족관’과 접속하자마자, 무서운 속도로 ‘예술의 자율성’ 및 ‘초역사적 지향’이라는 본유의 이념을 버리고, 역사와 정치가 구성하는 현실 깊숙이 침잠한다.

5. 맺음말

김동리의 '순수문학론'은 1930년대 후반에 그 이론적 기저가 형성된 뒤, 해방 직후에 본격적인 문학론이자 뚜렷한 미학관(美學觀)의 형태로 등장했다. 그 이후 순수문학론은 문학계는 물론이고, 학교에서의 문학교육, 그리고 매체 및 독서대중에게 미치는 영향력에서 단연 압도적인 권력담론으로 존재해 왔다. 해방 이후의 지난했던 우리 문학사를 되돌아보면, 모든 담론의 사회적 기능이 그러하지만, 특히 '순수문학론'은 '이론'이나 '문학이념'으로서뿐만이 아니라, 실체적인 '정치적 힘'으로도 존재했었다. 논리 구조에서나, 문단의 역학관계에서나 가장 '정치적'이면서도, 문학에 '역사'와 '정치'를 반영하려는 일체의 시도에 대해서는 '예술의 순수성'과 '자율성'을 내세워 공격함으로써, 기실 스스로 '역사적인 문학'이자 '정치적인 문학'이고자 하는 쪽이 비판하는 대상을 강력히 보호하고 옹호하는 역할을 떠맡았던 것이 '순수문학'이었다. 이러한 논리의 자기모순과 이율배반에 대해, 그 이론의 맨 첫머리로 돌아가, '순수문학론'의 논리 구조 내부로부터 연원을 찾아보고자 한 것이 이 논문의 의도이다. 요약하건대, 김동리의 미학적 프로젝트는 철저히 '반근대'를 지향하면서도, 전형적인 근대적 범주와 사유를 도구삼아 그러한 기획을 수행하고자 한 데에 문제의 근원이 놓여 있었던 것이다. 그가 '순수문학론'의 이론적 지주(支柱)로 삼았던 '미적 자율성'은 기실 전형적인 근대적 미학의 발명품이었으며, 예술을 통한 '구경적 생의 형식'을 발견하려는 미적 기획은, '스스로가 입법자이자 신(神)'이고자 했던 '주체중심의 이성'의 다른 얼굴이었다.

'순수문학론'이 독점하고 있던 '미적 자율성' 혹은 '예술의 자율성'에 관한 논의는, 1960년대를 넘어서면서 1970년대와 80년대에 전혀 다른 지형에서 새롭게 제기되었다. 1960년대를 거치면서 이른바 '순수·참여 문학' 논쟁이라는 구도 아래에서 제기된 '미적 자율성'과는 다른 층위에서 이 문제가 새롭게 제기되는 두 개의 계기가 있었다. 하나는, 김현을 비롯한 이른바 한국문학사에서의 '4·19세대'들에 의해 제기된 것으로, 미적 자율성에 관한 이들의 문제의식은 아도르노를 위시한 프랑크푸르트학파의 미학이론에서 많은 부분을 시사받은 것이었다. 이들은 예술이 현실의 반영이라는 사실은 전면적으로 인정하지만, 그것이 현실의 '직접적 반영'이 아니라는 점, 예술은 '현실의 변형이자 부정'으로서의 고유한 '미적 자율성'을 가진다는 점을 강조함으로써, 예술과 현실의 예술적 긴장을 확보하고자 했다. 또 다른 계기는, 구체제제로부터 부르주아지의 독립과 해방의 무기가 될 수 있었던 근대 초기의 '미적 자율성'이라는 이데올로기가, 이번에는 부르주아지가 지배하는 사회로부터 해방되고자 하는 계급의 '예술적 무기'이자 '해방의 도구'도 될 수 있다는 가능성에 주목하는 논리였다. 『창작과 비평』 그룹을 위시한, 1970-80년대의 수많은 문학론 및 리얼리즘 논쟁은 기본적으로 변혁운동과 연관된 문학 및 예술의 이러한 '해방적 기능'과 연결된 것이었다. 글의 성격상 이 논의는 다른 자리 혹은 다른 주제를 통해 고찰하는 것이 옳을 것이다.

〔한수영〕

참고문헌

김 철, 「김동리와 파시즘-'황토기'를 중심으로」, 『국문학을 넘어서』, 국학자료원, 2000.

김동리, 『문학과 인간』, 백민문화사, 1948.

김영민, 『한국근대문학비평사』, 소명출판, 1999.

김영민, 『한국현대문학비평사』, 소명출판, 2000.

김윤식, 『김동리와 그의 시대』, 민음사, 1995.

김윤식, 『한국근대문학사상사연구2-문협정통파의 사상구조』, 아세아문화사, 1994.

신형기, 「해방직후의 문학운동 연구」, 연세대 박사논문, 1987.

이경훈, 「'근대의 초극'론」, 『다시읽는 역사문학』, 평민사, 1995.

이상갑, 「문화주의와 역사주의의 상승작용」, 『1960년대 문학연구』, 민족문학사연구소 현대문학분과 편, 1998.

이영미, 「'역마'의 정치성 연구」, 국제어문학회편, 『국제어문 27집』, 2003.

임영봉, 「1960년대 한국문학 비평 연구」, 중앙대 박사논문, 1999.

한강희, 「1960년대 한국문학 비평 연구」, 성균관대 박사논문, 1997.

한국문학연구회 편, 『다시읽는 역사문학』, 평민사, 1995.

허우성, 『근대 일본의 두 얼굴 : 니시다 철학』, 문학과지성사, 2000.

Adorno, Theodor, 『미학이론』, 홍승용 옮김, 문학과지성사, 1993.

Eagleton, Terry, 『미학사상』, 방대원 옮김, 한신문화사, 1995.

Habermas, Jürgen, 『현대성의 철학적 담론』, 이진우 옮김, 문예출판사, 1994.

Hulme. T. E, 『휴머니즘과 예술철학』, 박상규 옮김, 삼성문화재단출판부, 1984.

Tatarkiewicz, Wladyslaw, 『여섯가지 개념의 역사』, 이용대 옮김, 이론과 실천, 1990.

Wolff, Janet, 『미학과 예술사회학』, 이성훈 옮김, 이론과실천, 1994.

전향과 친일 그리고 저항

- 안함광의 경우 -

1. 우리에게 '전향'이란 무엇인가

동북사변(1931) 이후 일본은 대륙 침략을 본격화한다. 그에 따라 카프 (KAPF)는 제1차 검거사건(1931)을 비롯, 신건설사 사건(1934)으로 1935년 마침내 해산하게 된다. 이 당시 (구)소련은 이미 사회주의리얼리즘으로 창작의 활성화를 꾀하고 있었고, 이것은 일본에도 영향을 미쳤다. 그러나 갈수록 강화되는 군국주의 체제하에서 일본의 나프(NAPF)는 1934년 해산하게 된다. 박영희가 전향선언문 「최근 문예이론의 신전개와 그 경향-사회사적 급 문학사적 고찰」(『동아일보』, 1934.1.2-1.11)을 발표하고, 또 여러 논자들이 사회주의리얼리즘을 둘러싸고 활발하게 논의를 펼쳤던 것도 모두 일본의 영향이 컸다. 특히 일본에서 발표된 공동전향선언문 「공동 피고 동지에 고하는 글」(佐野學·鍋山貞親, 『개조』, 1933.5)은 박영희의 전향선언문에 큰 영향을 미쳤다. 그리고 이제 일본과 조선 모두 군국주의 체제를 정면으로 마주할 수밖에 없었다.

카프 해산 이후 '전향'을 이야기할 때 우선 그 개념을 살펴보아야 한다. 흔히 전향의 개념을 세 가지로 말한다. 공산주의자가 공산주의를 포기하는 경우, 진보적·합리주의적 사상을 포기하는 경우, 사상적 회심

(回心) 현상 일반을 가리키는 경우 등이 그것이다.[1] 일본의 경우, 이 셋 가운데 첫 번째의 의미로 전향 개념을 규정하고 있다. 그에 따라 적극적인 전향파(佐野學·鍋山貞親 등), 소극적인 전향파(「시골집」의 저자 中野重治 등), 그리고 비전향파(臟原惟人·宮本百合子 등)로 크게 나누어진다. 그런데 일본 전향 연구의 한 특징은, 국민 대중들 모두가 일본 정신으로 귀의하는 상황에서 비전향파 또한 결국은 전향파와 다르지 않다는 것이다. 그러나 식민지였던 우리의 경우 이와 다른 시각을 요구한다. 사실 우리의 전향은 박영희·백철 등 몇몇 경우를 제외하면 대부분 '소극적인 전향' 유형에 속할 것이다. 그것은 일단 전향자가 집행유예로 석방되면 '조선사상범보호관찰법'(1936.12)에 따라 일제의 보호 아래 갱생을 도모하지 않을 수 없었기 때문이다. 바로 이 때문에 일본에서의 전향이 공개적으로 진행되었던 것과 달리, 우리의 전향은 대부분 은밀하게 이루어졌다.

우리의 전향문학 연구도 이제 상당히 축적되어 있다. 그 대상 작가는 이기영·한설야·김남천·임화 등 구카프작가와 유진오·이효석·이무영·채만식 등 동반자작가, 그리고 박영희·백철 등에 걸쳐 있다. 일찍이 김윤식은 동반자작가와 박영희·백철 등의 경우 그들의 사상 선택이나 거기에서의 이탈이 모두 '시류적인' 것이었다고 평가하였다.[2] 그 뒤 다른 연구자들이 대상 작품을 확대하거나[3], 논의 대상을 유항림 등의 단층파와 최명익·정비석 등의 신인작가로까지 넓히기도 했다.[4] 김윤

---

1) 本多秋五, 「전향문학론」, 노상래(역), 『전향이란 무엇인가』, 영한, 2000, 27-75쪽.
2) 김윤식, 『한국근대문학사상사』, 한길사, 1984, 259-326쪽.
3) 김동환, 「1930년대 한국 전향소설 연구」, 서울대 석사, 1987.
4) 졸고, 「'단층파' 소설 연구-'전향 지식인'의 문제를 중심으로」, 『한국학보』(66), 1992년 봄.

식은 그 뒤에도 '전향'을 사상적 회심(回心) 현상 일반으로 보고, 해방공간에서의 사상 전향, 예컨대 김기림·박태원·최명익과 이태준·이원조·정지용 등의 전향까지 살펴보았다.[5] 여기서 우리의 전향 논의는 그 대상 폭을 크게 넓히게 되었다. 그리고 전향 문제가 사상사의 관점에서 검토되기 시작했다.

하지만 전향 개념이 확대되면서 단순히 소재적으로 접근하는 폐단도 없지 않았다. 김윤식은 박영희와 임화, 특히 임화가 모더니즘·사회주의·일본주의를 등가(等價)로 보고, "이 세 이데올로기 사이에 균형감각을 취하는 일이 그에게는 전향"[6]이었다고 지적한 바 있다. 물론 여기서 그는 전향 개념을 사상적 회심(回心) 현상 일반으로 보고 있다. 그런데 이들 세 가지 사상은 완전히 '등가'이기 때문에, 엄밀하게 말하면, 그들 사이에서 작가의 선택을 두고 굳이 '전향'이란 말을 쓸 필요가 없게 된다. 이 글에서 전향 문제를 구카프작가들, 그 중에서도 안함광을 중심으로 살펴보려 하는 것도 식민지 조선의 특수성의 관점에서 전향을 이해하기 위해서다.

따라서 우선 '전향문학'과 '전향작가의 문학'은 구분되어야 한다. '전향문학'의 경우는 소재 차원에서의 접근을 의미하며, '전향작가의 문학'의 경우 그 논의 대상이 전향작가에 한정된다. 사실 박영희·백철 등 몇몇 특이한 경우를 제외하면 우리의 전향은 '비전향'의 본질적인 계기를 내포하고 있다.[7] '전향=비전향'의 구도가 그것이다. 그리하여 전향 문제

___

藤石貴代, 「1930년대 후반 한국 전향소설 연구」, 서울대 석사, 1997.

5) 김윤식, 『한국현대문학사상사론』, 일지사, 1992, 109~145쪽.

6) 김윤식, 『한국현대문학사상사론』, 일지사, 1992, 123쪽.

7) 이 문제는 졸저 『한국 근대문학과 전향문학』(깊은샘, 1995)의 제1부 「1930년대 후반기 창작방법론 연구」에서 이미 살펴본 바 있다.

가 적어도 소재 차원의 것이 아니라면, 과연 우리에게 '전향'이 성립될 수 있는가를 질문할 수 있다. 따라서 이 경우 '완전 전향'(박영희·백철·김기진 등)을 제외한다면, 굳이 '위장 전향'(임화·김남천 등)이라거나 또는 '비전향의 전향'(이기영·한설야 등)8)이라거나 할 필요가 없다. 1930년대 후반 임화와 김남천, 특히 안함광과 한설야는 오히려 이 전향 상황을 어떻게 극복하느냐에 초점을 맞추고 있다.9) 임화·김남천의 주체'재건'과 안함광의 주체'건립'의 과제가 그것이다. 또한 김남천의 「경영」·「맥」 연작과 『대하』, 한설야의 『황혼』·『탑』·『마음의 향촌』(『초향』)·『청춘기』 등은 그 창작적 성과에 해당한다. 이렇듯 전향 문제는 개별 작가의 조직 이탈과 창작 행위 전반과의 관계, 그리고 창작의 경우에 있어서도 비평과 작품간의 관계를 보다 치밀하게 따져보아야 한다.

2. '전향'과 '친일'의 거리

주지하듯, 1938년 〈전조선사상보국연맹〉이 결성되고, 그 해 7월 22일 부민관에서는 '전조선전향자대회'가 열렸다. 이 대회에는 수석 간부로 참가한 박영희 외에도 김팔봉·임화·이기영·송영 등이 참가했다. 이들이 전향자대회에 참가했다는 것은 이제 그들이 공산주의사상을 버리고 일본의 국민정신을 받아들인다는 것을 의미했다. 그러나 여기서도

---

8) 노상래, 『한국 문인의 전향 연구』, 영한, 2000, 69-70쪽.

9) 안함광은 「문학의 주장과 실험의 세계-『대하』의 작자의 걸어온 길-」(『비판』, 1939. 7)에서 김남천이 세사에만 저회하지 않고 예전의 정신적 전통을 개변하기 위해 노력하는 것을 높이 평가하고 있으며, 한설야는 그보다 더 "上之上"의 경지에 있다고 『청춘기』를 평가하고 있다.

카프에 심정적으로 동조했던 동반자작가를 포함하여 박영희·백철·신유인·이갑기 등의 이른바 전향파들과, 임화·김남천·한설야·안함광 등의 구카프작가들은 일단 구별해야 한다. 사실 전향의 대표자였던 박영희조차 '전향=친일'의 덫만을 씌울 수 없다는 사실을 그의 전향선언문과 수기 「독방」(『현대문학』, 1959.2) 그리고 소설 「명암」(『문장』, 1940.1) 등의 편차 내지 내적 균열 상태가 잘 말해주고 있다.10) 그러므로 '전향'이 이후 '친일'과 관계 맺는 양상은 보다 섬세하게 고찰되어야 한다.

앞서 제기한 바, '전향은 비전향의 본질적인 계기를 내포하고 있다.'고 한다면 '전향=친일'의 단순 도식은 성립하기 어렵다. 중요한 것은 오히려 '전향'과 '친일'(천황제로의 귀의) 사이에서 상이한 여러 층위들을 확인하고 그 의미를 살펴보는 것이다. 다시 말해 '친일'과 거기에 균열을 일으키는 여러 '저항'의 지점들을 동시에 확인하는 것이다. 친일문학 연구는 바로 이러한 관점에서 보다 치밀해질 필요가 있다. 1950년대부터 시작된 일본의 전향문학 연구는 바로 이러한 측면에 대한 인식을 겨냥하고 있다. '전향'을 단순히 외적 강제의 결과로서가 아니라, "수입 사상이 일본화 되는 과정에서 생긴 알력"으로 해석하는 경우가 그 하나의 예다.11) 즉 '전향'을 좌익 지식인이 한때 그들이 무시했던 근대 일본의 열악한 봉건성의 제약에 스스로 굴복하거나 그 봉건성 자체를 동경하는 것으로 해석하는 것이다.12) 이렇게 해석하는 경우, 좌익 지식인의 전향에는 그들 이론의 관념성도 작용하였겠지만 국민 대중의 전향이 크게

---

10) 박영희에게 있어 '전향'과 '친일'의 관계, 나아가 '친일'과 거기에 균열을 일으키는 '저항'의 요소와 관련하여서는 고를 달리하여 살펴볼 예정이다.

11) 本多秋五, 「전향문학론」, 노상래(역), 『전향이란 무엇인가』, 영한, 2000, 63쪽.

12) 吉本隆明, 「전향론」, 위의 책, 3쪽.

작용한 것이 된다. 이것은 따라서 '전향'을 단순히 국가 권력에 굴복한 것으로 해석하거나 계급적 배반으로 이해하는 방식13)과는 다르다. 여기서 '전향'은 일본의 사상사 전반과 관련하여 논의되고 있음을 알 수 있다.

그런데 앞서 지적했듯, 식민지 조선의 경우 좌익 지식인이 '전향=친일'의 구도에서 이른바 '국체'(천황제)를 그대로 받아들였다고 보기는 어렵다. 식민지였던 우리의 경우, '전향'과 '친일' 사이에는 훨씬 복잡하고 다양한 계기들이 작용했을 것이기 때문이다. 이 점에서 다음 지적은 주목된다.

> 이제 전향에 대한 결과를 고찰해볼 차례이다. KAPF에서 전향한 회월과 백철이 다시 「황도문학」으로 전향하게 되었고, 해방 후에는 그들이 처음 KAPF에서 전향할 때의 상태로 회귀한다. 따라서 황도문학에의 전향은 의장적(擬裝的)이라 볼 수 있다. 한편, KAPF 해체 후 어느 시기만큼 비전향파이던 임화 등이 황도문학으로 전향한 것도 역시 의장전향이라 본다. 왜냐하면 마르크스주의에서의 전향 문제는 결국 회월·백철 만이 전형적이고 유일한 것이며 그만큼 비평사적 의의가 있다는 것이 된다. 이러한 사실은 한국문예에서의 전향 문제가 심각한 내적 변모를 경험하지 못했다는 것을 의미할 것이다.14)

인용은 '전향'을 사상적 회심(回心) 현상 일반으로 보고 있기는 하지만, 우리가 '전향' 문제를 '친일'과 관련하여 사고할 때 하나의 훌륭한 시사점을 제공하고 있다. 특히 우리가 '전향' 개념을 '공산주의자가 공산주의를 포기하는 경우'로 사용한다면, 구카프작가들의 '전향'과 '친일'간의 관계를 살펴보기 위해서는 훨씬 섬세한 눈금이 요구된다. 최근 우리의 친일문학론을 두고 "근대 이후 한국문학사의 어떤 예외적이고 우연적인

---

13) 杉浦明平, 「전향론」, 위의 책, 97-111쪽.
14) 김윤식, 『한국근대문예비평사연구』, 일지사, 1985, 183쪽.

현상이 아니라 안타깝지만 근대 이후 한국문학의 한 중요한 귀착점"[15] 이라거나, 일본이 상징하는 바 국민국가로 회수되는 것으로 파악하기도 했다.[16] 말하자면 우리가 민족국가의 경험이 전혀 없었기 때문에 그토록 급진적으로 '내선일체론'으로 빠져들었다는 것이다. 그러나 앞서도 언급했지만, 이것을 결코 일반화할 수는 없다. 전향·친일 문제와 관련하여 특히 안함광의 문제의식이 돋보이는 것도 바로 이 지점이다.

안함광은 '조선적 특수성'론을 통해 누구보다 우리의 식민지 현실을 정확하게 인식했다. 또한 그는 식민지 조선의 지식인이 '전향'과 그 연장선에 놓여 있는 '친일' 문제를 어떻게 사유하였는지를 예각적으로 보여준다. 예컨대 '친일'과 거기에 균열을 일으키는 여러 '저항'의 지점들을 그는 동시에 보여준다. 사실 포섭과 배제, 허용과 금지 등, '나를 닮되, 나와 같아서는 안 된다'는 식민주의 자체의 내적 모순은 필연적으로 피지배자의 분열과 '양가적 저항'[17]을 불러온다. '규칙을 따르면서 동시에 어기는' 피지배자의 태도가 그것이다. 더욱이 '내선일체'가 강요된 신체제 시기에 피지배자의 이러한 '양가적' 태도는 '저항'의 지점이기도 하다. 따라서 어떤 점에서는 식민 지배자와 피지배자가 가장 첨예하게 부딪치는 시기가 신체제 시기며, 그 장소가 '국민문학'의 현장이라 할 수 있다. 이 '양가적 저항' 개념은 호미 바바[18] 이전에 이미 파농이 명쾌하게 살핀 바 있다. 바바와 달리, 파농[19]은 그 '저항'의 욕망을 보다 적극

---

15) 류보선, 「친일문학의 역사철학적 맥락」, 『한국근대문학연구』, 태학사, 2003.4, 32-33쪽.

16) 강상희, 「친일문학론의 인식 구조」, 『한국근대문학연구』, 태학사, 2003.4, 45쪽.

17) 박상기, 「탈식민주의의 양가성과 혼성성」, 『비평과이론』 8호, 2001년 봄·여름, 91쪽.

18) 호미 바바, 『문화의 위치』, 나병철 역, 소명, 2002, 177-192쪽.

적으로 읽어낸다. 즉 그는 식민주의를 정치·경제적 침탈과 정신적 억압의 양면적 현상으로 접근하여, 식민주의의 극복 또한 물질적 실천과 담론적 실천을 병행할 때 완성될 수 있음을 분명히 했다. 그리고 그는 식민주의와 내부의 계급적 모순을 함께 극복할 때 진정한 민족해방도 가능하다고 보았다.[20]

요컨대 이 글은 '전향' 문제를 소재 차원에서 접근해서는 안 된다는 것, 그리고 과연 우리에게 '전향'이 성립될 수 있겠는가의 문제, 나아가 '전향=친일'의 구도를 그대로 받아들일 수 있겠는가 등의 문제를 안함광을 중심으로 살펴보려 한다. 특히 '친일'과 거기에 균열을 일으키는 여러 '저항'의 지점들을 동시에 확인하고자 한다. 이는 무엇보다 지배 권력의 강요에 의한 '순응'이냐 의도적 '저항'이냐, 라는 단순한 이분법을 넘어설 수 있기 때문이다. 사실 우리가 '제국주의/민족주의' 그리고 '친일/저항'이라는 이분법에 갇혀 있는 한, 우리 내부의 또 다른 착취에 대해서는 둔감할 수밖에 없다. '전향' 또한 하나의 '제도'적 차원에서 진행되었고, 따라서 의식적이든 무의식적이든 그것을 받아들일 수밖에 없었다고 한다면, 그때의 '친일'은 '포섭'을 전제할 수밖에 없다. 바로 여기서 '친일'에 '저항'의 균열이 생겨난다고 하겠다. 바로 이 지점에 안함광이 서 있다. 이 글은 이러한 관점에서 안함광의 해방 이전 비평과, 해방 이후 북한에서의 '민족적 특성' 논의 이전까지의 비평을 살펴보려 한다.

---

19) 프란츠 파농, 『검은 피부, 하얀 가면』, 이석호 역, 인간사랑, 1998. 특히 제4장 '식민지 민중의 의존 콤플렉스'는 식민 지배자는 물론 피지배자의 인간 소외를 동시에 말하고 있다.

20) 이경원, 「탈식민주의의 계보와 정체성」, 『비평과이론』 7호, 2000년 가을·겨울, 19쪽.

3. 식민지자본주의와 '민족'(- '통일 국가')의 의미

주지하듯, 1940년대로 접어들며 『동아일보』와 『조선일보』 그리고 『문장』과 『인문평론』이 폐간되고, 곧이어 일어 문예지 『국민문학』(1941.11)이 창간된다. 그 뒤 조선어학회 사건(1942.10.1)을 거치며 그야말로 '조선어'가 아닌 '일본어'를 '국어'로 삼을 수밖에 없는 상황을 맞게 된다. 안함광은 「조선문학의 진로」(『동아일보』, 1939.11.30-12.8)에서 친일 조직이었던 〈조선문화협회〉의 창립을 시의적절한 것으로 평가하고 있다. 특히 1940년대로 접어들며 그는 '전향=친일'의 흔적을 내비치고 있다.[21] 그는 일본 국가 내의 일본 민족과 조선 민족에게 "「시국」의 정신적 특성에 대한 구극적 약속은 동일"[22]하다는 전제 아래, 「국민문학의 성격」(『매일신보』, 1942.7.21-7.24)과 「국민문학의 문제」(『매일신보』, 1943.8.24-8.31) 등에서 신체제문학을 이론적으로 검토한다.

그는 먼저 이전 경향문학을 비판하며 일본의 '국민문학'으로의 '전향'을 분명히 한다. "반도문학이 의거했든 사회철학 말하자면 문화 단위로서의 민족 내지 계급이라는 것은 국민이라는 역사적 범주에 당연히 포섭되어져야 할 것"[23]이라거나, "세계의 질서가 계급주의에 의하여 횡단되어진다고 생각한 대전제부터가 허황한 견해"[24]라거나, 또는 "현시의 국민문학은 뒤집힌 형태로서의 계급문학의 전철을 밟아서는 안 될 것"[25]이라는 언급 등이 그것이다. 여기서 계급문학의 비판적 계승을 기

---

21) 안함광은 해방 직후 김구 지시로 임정 국무위원 김승학이 작성한 '친일파' 263명의 명단에 들어 있다(이덕일, 「친일파 263명 '반민특위' 살생부 초안 최초 공개」, 『월간 중앙』, 2001년 가을).

22) 안함광, 「내지 문학의 특성과 조선 작가의 작품」(3), 『매일신보』, 1940.7.26.

23) 안함광, 「국민문학의 성격」(1), 『매일신보』, 1942.7.21.

24) 안함광, 「국민문학의 문제」(4), 『매일신보』, 1943.8.27.

대할 수는 없다. 그는 이전 경향문학의 한계를 '세계관 그 자체의 비현
실성'과 '기술의 미흡'으로 지적하면서, 오늘의 '국민문학'은 이 두 가지
한계를 모두 해결하였다고 주장한다. 왜냐하면 "현시 국민문학이 의거
한 바 국가주의적 세계관의 현실성과 상사해서 장구한 과정 동안 숙련
해 온 기술의 향상이 문학의 경향성을 진실한 예술성에로까지 이끌
어"[26] 올렸기 때문이다.

> 다시 말하면 이 경우에 있어서의 「국민의식」은 정치적으로는 민주주의
> 에 의하여 특징화된 것일 뿐 아니라 그 한에 있어서 개인주의의 ×(개)인
> 과도 이율배반적인 것은 아니라는 사정에서 와지는 당연한 귀결이다.
> **이런 의미에서 현시의 국민문학의 안받침으로서의 「국민의식」이란 것은
> 정당히는 「황국신민의식」으로서 호칭되어져야 할 문제다.**
> 이리해서 근대 국가의 초창기에 있어서의 국민문학이 단순히 창조적 제
> 인격의 연쇄일 뿐이었다고 하면 **현시의 국민문학은 창조적 제 인격과 상사
> 해서 정신이라든가 심정이라든가 말하자면 아직 형식되어지지 않은 모든
> 힘의 협동에 의해서 국가에 대하여 성과적으로 봉사해 나가는 것이 아니어
> 서는 아니 될 것이다.**
> 이리해서만 국민문학은 현시 총력체하에 있어 자기 존재의 의무를 소리
> 높여 주장할 수 있는 것이리라.[27]

인용은 오늘의 '국민문학'은 '황국신민의식'을 토대로 한다고 말한다.
또 총력체제 아래 국가에 봉사해야 하는 '국민문학'은 '종합적 리얼리즘'
을 그 양식으로 한다고 하는데, 따라서 그가 말하는 '종합적 리얼리즘'
은 '국가주의적인 의욕적 리얼리즘'이기도 하다. 그에 의하면, 이 "국가
주의적인 의욕적 리얼리즘"은 의욕적인 한에서 낭만주의와 별개의 것이

---

25) 안함광, 「조선문학의 특질과 방향에 대하여」, 김윤식(역), 『작가』, 2002년 겨울.
26) 안함광, 「국민문학의 성격」(3), 『매일신보』, 1942.7.24.
27) 안함광, 「국민문학의 성격」(2), 『매일신보』, 1942.7.22.

아니며, 또 당해 현실에서 예술의 조황(粗荒)화를 미연에 방지하기 위하여서 그것은 고전주의와 통하는 것이기도 하다. 이처럼 낭만주의와 고전주의를 리얼리즘 권내에 모두 포함하고 있는 것이 '종합적 리얼리즘'이다. 여기서 '(혁명적) 낭만주의'라는 그의 사고의 잔재가 보인다. 사실 천황제 자체가 낭만주의적 환상과 무관하지 않다.[28] 물론 이 시기 그는 '혁명적 낭만주의'라는 용어를 사용하고 있지는 않다. 하지만 그의 낭만주의적 사고의 잔재는 의식적이든 무의식적이든 천황제에 포섭되는 측면이 있어 보인다. 그러나 유물변증법적 창작방법(이하 '유변창')을 주장하던 시기의 '혁명적 낭만주의'와 신체제 시기의 낭만주의적 요소는 구별해야 한다. 전자가 현실 인식을 위한 리얼리즘의 한 구성요소라 한다면, 후자는 말 그대로 천황제와 관련하여 '국가주의적인 의욕적 리얼리즘'의 한 계기라 할 수 있기 때문이다. 요컨대 그는 "오늘의 성전(聖戰), 그 중 대동아전쟁의 발발이라는 감격적 사실이 없었다고 한다면, 조선에 있어서의 국민의식의 앙양은 차라리 장래의 일일지도 모를 일"[29]이라 주장한다. 즉 조선은 일본의 성전(聖戰)을 통해 비로소 국민의식을 가질 수 있게 되었다는 것이다.

이 문제를 좀더 구체적으로 살펴보자. 그의 「문학의 구상」(『매일신보』, 1941.5.13-5.21) 또한 '(혁명적) 낭만주의'라는 그의 사고의 잔재와 함께 그가 '계급문학'에서 '국민문학'으로 이행해가는 과정을 잘 보여준다. 우선 그는 발자크의 관찰적인 '객관주의적 사실주의'보다 도스토예프스키나 톨스토이의 작품이 더욱 치열한 인간 정신을 보여준다고 말한다. 여기

---

28) 이에 대해서는, 스즈키 마사유키의 『근대 일본의 천황제』(류교열 역, 이산, 1998)의 7장 「국체 지상주의와 천황의 신격화」를 참조할 수 있다.
29) 안함광, 「조선문학의 특질과 방향에 대하여」, 김윤식(역), 『작가』, 2002년 겨울.

서 도스토예프스키나 톨스토이가 보여주는 바 '인간 정열의 논리'와, '동
아체제'가 상징하는 바 '현실의 논리'를 생활 면에서 종합하여 창조하는
문학이 바로 그가 말하는 '국민문학'이다. 즉 그는 '계급문학'에서 '국민
문학'으로 이행하는 과정에서 '인간 정열의 논리'라는 계기를 설정하고
있다. 그리하여 그가 말하는 '국민문학'은 발자크적인 '객관주의적 사실
주의'를 척결하여 '건설적 사실주의'를 그 자신의 양식으로 하고 있다.
이 '건설적 사실주의'는 앞서 말한 '종합적 리얼리즘'('국가주의적인 의욕적
리얼리즘')에 다름 아닌데, 따라서 이 역시 낭만주의적 요소와 고전주의
적 요소를 리얼리즘 권내에 통일하고 있는 것으로, 전자는 평판(平版)화
를 방지하고 후자는 조황(粗荒)화를 경계하는 역할을 한다. 이처럼 그가
부분적이나마 '계급문학'에서 '국민문학'으로 이행해가는 과정을 보여준
다는 것은, 그의 전향·친일이 의식적이든 무의식적이든 천황제에 '포
섭'되는 측면도 있었음을 의미한다.

안함광은 그러나 이러한 그의 '국민문학'으로의 '전향'과 '친일'의 상
황을 극복하기 위한 논리를 해방 전후 지속적으로 보여준다. 다시 말해,
'전향'과 '친일'의 문제를 그대로 연결하여 사고할 수 없다는 것이다. 그
둘 사이에 다양한 균열들이 관여할 수 있기 때문이다.

이 문제와 관련하여, 우선 해방 이전 그의 비평을 살펴보자. 해방 이
전 우리의 현실에 대한 그의 인식은 그의 '조선적 특수성'론에서 잘 드
러난다.

> 정치와 예술에 대하여 직선적 해석을 가지는 과거의 편견을 버리라! 라
> 고 외치는 말은 천만번 정당하다. 뉘라서 아직도 이러한 극좌적 편향에 미
> 련을 가진 자 있을 것이랴! 그러나 문제를 정당히 해결하기 위하여는 우리
> 는 한걸음 더 나아가서 그러한 극좌적 편향에 대한 추출적(抽出的) 근원

체로서의 사회적 조건에 대한 구명과 분석이 있었어야 할 것이었고 **이리
하여 지금 새로운 양자(樣姿)로서 등장된 예술의 특수성이란 것은 어떠한
방법에 의거하여서만 정당히 섭취될 것이냐 라는 문제에 있어서 그는 필연
으로 조선이 처해 있는 현재의 사회적 제조건과 그가 일(一) 단위로서 구성
되어 있는 세계적 현상세(現狀勢)에 대한 과학적 '격투'가 있었어야 할 것
이 아니었던가?** 이리하여서만 지금 문단의 지배적 논제가 되어 있는 사회
주의적 리얼리즘이란 것도 진실로 정당한 혈육적인 해석의 '아침'을 맞이
할 수 있을 것은 두말할 것도 없는 일이다.[30]

　인용은 일본과 (구)소련으로부터 이론을 무분별하게 받아들이는 태도
를 문제삼고 있다.[31] 안함광은 다른 비평가들과 달리 농민문학론을 본
격 제기하였고, 또 사회주의리얼리즘의 도입을 둘러싼 논쟁에서도 '유변
창'의 유효성을 계속 강조하였다.[32] 그는 '유변창' 또한 사회주의리얼리
즘과 마찬가지로 제재의 광범한 선택과 높은 수준의 형상성의 획득, 그
리고 현실의 산(生) 자태에서의 모사 등을 결코 소홀히 하지는 않았다고
지적한다. 문제는 이것을 제대로 이해하지 못하고 '유변창'을 도식적으
로 파악한 작가와 비평가에게 있었다는 것이다. 나아가, 그는 이러한 한
계 자체가 바로 우리 사회의 한 발전 단계를 정확히 보여준다고 분석한
다. 그렇다고 해서 그가 사회주의리얼리즘의 의의까지 부정하는 것은
아니다. 오히려 그는 '유변창'과 사회주의리얼리즘을 구분할 이유가 전
혀 없다고 본다. 다만 '유변창'이 정치와 예술, 그리고 세계관과 방법을
도식적으로 이해할 가능성을 지니고 있었다고 지적하며 '유변창' 대신
'유물변증법적 리얼리즘'을 내세운다. 이 용어야말로 세계관과 방법을

---

30) 안함광, 「조선 프로문학의 현단계적 위기와 그의 전망」, 『예술』, 1935.4.
31) 안함광, 「창작방법 문제 재검토를 위하여-한효 군의 박문을 읽고」, 『조선중앙일보』,
　　1935.6.30-7.4.
32) 안함광, 「창작방법 문제의 토의에 기(寄)하여」, 『문학창조』, 1934.6.

아우르는 정확한 개념이라는 것이다. 즉 그는 객관적 현실에 대한 유물
변증법적 파악을 그 생명으로 하는 프롤레타리아 예술은 리얼리즘을 그
기초 조건으로 한다는 원칙적 입장에서 '유변창' 대신 '유물변증법적 리
얼리즘'을 주장한다.[33]

그러면, 당대 조선을 자본주의 단계로 파악했던 그가 그 당시 (구)소
련을 어떻게 이해하고 있는가. 한마디로 그는 '사회 질서로서의 사회주
의'와 '관념 체계로서의 사회주의'를 구분한다. 우리는 (구)소련이 속하는
바 '사회 질서로서의 사회주의' 사회가 아니라는 것이다. 따라서 '관념
체계로서의 사회주의' 사회에 해당할 뿐인 조선에서 사회주의리얼리즘
을 주장하는 것은 조선의 현실과는 무관하다는 것이다. 사실 그는 해방
전후 일관하여 극좌적 모험주의와 프롤레타리아 국제주의를 비판한다.

이와 관련하여 그는, 위의 인용에서 보듯, 식민지 조선을 세계의 한
구성 단위로서 사고하고 있다. 세계자본주의하에서 식민지자본주의라는
'조선적 특수성'에 대한 그의 인식이 그것이다. 이것은 특히 '전향'에 대
한 그의 비판적인 인식과 관련되어 있다. 그는 식민지자본주의라는 '조
선적 특수성'을 무시하고 사회주의리얼리즘을 빌미로 전향을 선언하거
나 그에 암묵적으로 동조하는 풍조를 강하게 비판한다. 그렇다고 해서
그의 '조선적 특수성'론이 자민족의 폐쇄성을 강조하는 것은 아니다. 그
는 오히려 일국적 사고를 벗어나 세계적 차원의 교류를 전제하고 있다.

> 한데 옹호란 창조의 전제를 떠나서는 생각할 수 없다. **이렇게 옹호가 그
> 자신을 위한 옹호가 아니라 창조의 정신을 전제로 하고 있는 것이랄진대
> 우리는 시선을 일국 내의 문화 전통에만 고정시킬 필요가 있을까?** 자작자

---

33) 안함광은 「창작방법 문제 논의의 발전 과정과 그 전망」(1936.5.30~6.10)에서는 '유
　　물변증법적 리얼리즘'의 한계를 지적한다.

급의 경제 원리는 지금에 있어서는 지나간 멀고 먼 옛날의 전설. 우리는 일상 생활에 있어 서양 상품의 사용으로 오히려 생활의 편의를 도모할 수 있게 된 오늘이 아닌가? **실로 오늘에 있어서 문화는 웅덩이의 물이 아니라 경계를 모르는 대해의 호수다.** 우리는 빈번한 국제문화의 교류선상에 있어 적절히 비판 섭취함에 의하여 그를 조선문화의 피와 살로 창조하면 그만이 아니냐? 그렇기 때문에 지금 우리에게선 조선문화의 옹호가 문제가 아니라 조선문화의 창조가 문제다. 왜냐하면 조선문화를 부절히 창조하려는 노정에 있어서만 진실한 의미의 옹호는 성립되어질 것이기 때문이다. 지성의 옹호란 정히 이러한 의의를 갖는 것임에 불외(不外)하다.[34]

그는 또한 세계적 차원의 교류를 통한 '창조'를 위해 '가능의 세계'와 '의욕의 세계', 예컨대 '의식의 능동성'과 '창조의 정신'을 강조한다.[35] 그런데 그 '의식의 능동성' 또한 그에겐 식민지자본주의라는 '조선적 특수성'의 산물이다. "사회적·경제적 조건의 선진과 후진을 불문하고 '존재'에 대한 '의식'의 능동성이란 다 같이 필요한 것"이라는 것, 하지만 "그가 보호적 정책 밑에 제한되어지는 경우와 그 반대의 경우와의 사이에는 필연으로 그 발휘(發揮)적 성격도 달라질" 수밖에 없다는 것이다.

해방 이전 안함광은 '계급문학'(프로문학)을 '민족주의문학'과 분명히 구별하였다. 그리고 해방 이후 그것을 '민족문학(화)'로 구체화한다. 그가 해방 이후 '국민문화'라는 말을 반대한 것은, 그것이 한 국가 내의 일부 특권계급의 것이었다는 것, 나아가 그것이 국수주의·파쇼적인 국가주의·전통주의와 결합하여 밖으로는 다른 국가를 공격하고 안으로는 계급대립을 강화했기 때문이다. 요컨대 그는 '민족문학(화)'를 통해 "세계문화 위에 조선문화의 개성적인 힘을 갖고 참가"할 것을 강조한다. '민

---

34) 안함광, 「지성 옹호의 변」, 『비판』, 1938.11.
35) 안함광, 「지성 옹호의 변」, 『비판』, 1938.11.

주적 민족의식'과 '진보적 민주주의'라는 과제가 그것이다. 해방공간의
우리의 민족 예술은 '사회주의적' 내용이 아니라 '진보적 민주주의'의 내
용을 표현해야 한다는 것이다. 그는 '근대적인 의미의 민족문학'(임화)을
수립하자는 주장에 대해, 오히려 반봉건반제투쟁이야말로 그것을 가능
하게 하며, 따라서 민족문학의 수립은 그 동안 가장 많은 피해를 입었던
무산계급(노동자·농민을 비롯한 근로 인민대중)을 중심으로 할 수밖에 없
다고 주장한다. '민족문학'과 '계급문학', 즉 민족의식과 계급의식은 서로
모순되지 않는다는 것이다. 그렇다고 해서 그가 무산계급의 독재 정치
를 내세우는 것은 아니다. 그는 무산계급을 '민족문화'를 이끌어갈 중심
세력으로 설정하면서도 자본가까지 포용하는 민족통일전선의 입장을 강
조한다. 이것은 무엇보다 '통일 국가', 즉 "조선의 완전 독립"을 성취하
기 위해서다. 만약 식민지 시대처럼 계급투쟁으로만 접근하면, 당면과제
인 민족통일 대신 민족분열을 초래할 수 있기 때문이다.[36] 그의 말대로,
"인류 결합의 기본적 형태는 민족이 아니라 계급"이지만, 그것이 오늘
우리의 과제는 아니라는 것이다. 바로 그의 이러한 주장이 이 당시 (구)
소련의 사회주의 현실과 서로 갈라지는 지점이다. 이러한 차이는 1960
년대 초반 (구)소련중심주의에 대한 비판과 관련하여 전개된 바, '민족적
특성' 논쟁에서도 분명히 드러난다.[37] 물론 여기에도 해방 이전과 마찬
가지로 우리의 농민 현실에 대한 그의 인식이 크게 작용한다.[38] 대다수

---

36) 안함광, 「민족문화론」(1946.3.24), 김재용·이현식 공편, 『민족과 문학』(안함광 평
   론 선집 3), 박이정, 1998, 13-25쪽.
37) 김재용, 「비서구 주변부의 자기인식과 번역 비평의 극복」, 『한국학연구』 17집,
   2002.11, 19-21쪽.
38) 안함광, 「민족문화의 발양을 위하여-특히 농촌과 문화의 문제를 중심으로-」(1947.2),
   김재용·이현식 공편, 『민족과 문학』(안함광 평론 선집 3), 박이정, 1998, 145-151쪽.

농민이 우리 사회의 '민중'을 구성하고 있기에 그만큼 농민의 역할은 '민족문화' 수립에 있어 중요하다는 것이다. 이렇듯 극좌적 노선과 프롤레타리아 국제주의에 대한 비판은 해방 전후 그의 비평을 일관하는 태도였다.

4. '문화'와 '생활', 그리고 '동아체제'

앞 절에서 우리는 해방 전후 우리 현실을 파악하는 안함광의 논리를 살펴보았다. 이와 관련하여 여기서는 그가 일제 말기 '친일'의 도정에서 그 '친일'의 문제를 어떻게 바라보고 있으며, 또 그 상황을 어떻게 견뎌나가느냐 하는 문제를 살펴보려 한다. 다시 말하면 '전향'과 '친일'간의 내적 균열, 요컨대 '친일'과 거기에 균열을 일으키는 여러 '저항'의 지점들을 동시에 확인하고자 한다. 앞서 지적했듯, 그는 1940년대 들어 친일적인 평론을 다수 발표한다. 앞서 언급한 「국민문학의 성격」과 「국민문학의 문제」 외에도, 「내지 문학의 특성과 조선 작가의 작품」(『매일신보』, 1940.7.24-7.27), 「문학의 구상」(『매일신보』, 1941.5.13-5.21), 「조선문학의 특질과 방향에 대하여」(『국민문학』 13호, 1943.1) 등이 그것이다.

우리는 앞서 안함광이 '계급문학'에서 '국민문학'으로 이행해가는 과정을 살펴본 바 있다. 그러면, 그가 말하는 '국민문학'과 '조선문학'은 어떠한 관계에 있는가. 「내지 문학의 특성과 조선 작가의 작품」은 김사량·이효석·유진오·장혁주를 다루려 했지만, 김사량·이효석만 다루고 중단되고 만다. 이들 가운데 그가 가장 긍정적으로 평가하는 작가가 김사량이다. '조선문학'을 바라보는 그의 태도는 다음 인용에 잘 드러나 있다.

어학력에 혜택받은 일부 작가 스스로가 어떤 기회에 자기 작품을 동경 문단에 발표해 나간다는 것에 대하여도 결코 편협한 태도를 취할 것은 아니라고 생각한다.

그러한 거사가 객관적으로 혹종의 사대사상을 표방한다든가 또는 당해 작가들이 조선 문단에 있어의 노작(勞作)은 중지해버린다든가 하면 이는 별 문제다.

그러나 예상이란 하나의 기후에 불과할 것이라 생각한다.

다만 개성이 다른 번역자의 손에만 의탁해버릴 수 없는 심정 또는 **성장한 ✕(예)술적 수준이라든가 전통의 고유성을 전달코저 용허되어지는 어떤 기회를 이용하는 것임에 불외한 것이나 아닌가 생각한다.** (중략) 한 말로 말하자면 전통의 정체면이 아니라 진실로 전통일 수 있는 것이 약속하고 있는 바 그것의 건설 면을 모색해야 할 게라고 생각한다.[39]

인용은 '조선문학'의 동경 문단에의 소개가 "혹종의 사대사상을 표방"해서는 안 되며, 오히려 "성장한 ✕(예)술적 수준이라든가 전통의 고유성을 전달"해야 한다는 사실을 분명히 한다. 그의 말대로, '내지 문학'과 '조선문학'이 '결론'은 같다고 하더라도 그 '사색'과 '논리'의 과정은 다를 수밖에 없기 때문이다. 그가 이렇게 주장하는 전제가 바로 '현재적(세계적) 보편성'이다. 말하자면 '내지 문학'(多ァソ)과 '조선문학'(김치 깍두기)의 각각의 특수성은 이 '현재적 보편성'(무, 大根)과의 관련하에서만 그 의미를 파악할 수 있다는 것이다. 여기서 '국민문학'이 '내지 문학'과 '조선문학'의 상위개념으로서 '현재적 보편성'을 의미하지는 않는다. 그는 '조선문학'이 "혹종의 사대사상을 표방"해서는 안 된다는 사실을 분명히 하고 있으며, 또 '조선문학'(김치 깍두기)을 '내지 문학'(多ァソ)과 구별하고 있다. 나아가 '조선어'(무)와 '내지어'(大根)를 동시에 '현재적 보편성'으로 설정하는 데서 알 수 있듯, '국민문학'이 '내지 문학'과 '조선문학'

---

39) 안함광, 「내지 문학의 특성과 조선 작가의 작품」(2)(4), 『매일신보』, 1940.7.25-27.

의 상위개념으로서 '현재적 보편성'을 의미하는 것은 아니다. 요컨대 그는 '국민문학'("전쟁의 문학")에 포섭되지 않는 '조선문학'의 전통적 가치를 강조하고 있다. 이는 특히 조선어학회 사건으로 이미 조선어와의 결별이 선언된 이후에도 그가 여전히 '조선문학'이라는 용어를 사용하고 있는 것과 무관하지 않다. 그러므로 이를 '문학 일반'의 범주 외에서는 달리 설명할 수 없다거나, 마찬가지로 그가 말한 '국민문학'을 근대 민족국가와 관련하여 '원론으로서의 국민문학' 논의와 연결짓는 것[40]은 무리가 있어 보인다. 왜냐하면 전자와 관련하여 그는 '조선문학'의 전통적 가치를 강조하고 있고, 또 후자와 관련하여서는 시국을 반영한 '멸사봉공'의 논리를 요구하고 있기 때문이다. 여기서 '멸사봉공'의 논리가 '원론으로서의 국민문학'이 아님은 분명하다. 따라서 중요한 것은 '내지문학'과 조선문학'의 차이, 나아가 '국민문학'에 포섭되지 않는 '조선문학'의 가치, 예컨대 '국민문학'과 '조선문학' 사이의 균열 양상을 확인하는 것이다. 바로 이러한 맥락에서 그의 '문화' 개념을 살펴볼 수 있다.

우선 1930년대 후반 안함광이 말하는 '문화'는 이른바 자유주의 지식인이 파시즘에 대응하기 위해 내세운 '문화' 개념과는 거리가 있다. 사실 그는 1930년대 후반을 풍미했던 휴머니즘론·모랄론·지성론·행동주의문학론과 거리를 두고 있다. 그가 말하는 '문화' 개념과 관련하여 '미'와 '추'에 대한 그의 생각을 먼저 살펴보자. 그는 미와 추를 각각 선과 악으로 단순 대체하는 것을 부정한다. 그는 미를 항상 선으로, 추를 항상 악으로 보는 태도를 부정하는데, 즉 그는 '미/추'와 '선/악'의 이분법을 넘어서고자 한다. 자신이 말하는 '문화'(좁게는 예술·문학)의 힘은

---

40) 김윤식, 「조선문학과 국민문학의 범주에 대하여」(해설), 『작가』, 2002년 겨울, 389
  쪽.

오히려 미에서 추를 보고 추에서 미를 보는 것이라 말한다. 이럴 때 선과 미로 대변되는 "주어진 바 질서의 규범"('동아체제') 세계와 다른 세계를 내다볼 수 있기 때문이다. 그는 미에서 추를 보는 태도를 비판적 리얼리즘의 세계로, 추에서 미를 보는 태도를 긍정적 로맨티시즘의 세계로 각각 파악하는데, '문화'는 바로 그 자체가 가진 이 두 가지 본질적 속성을 통해서 초극의 세계와 창조의 세계를 내다본다는 것이다.[41]

요컨대, 정치와 예술의 관계에서 그가 좁은 의미의 '정치'가 감당하지 못하는 것을 "예술(문학)의 묘한 힘"[42]으로 하겠다고 말했을 때, 바로 이 "예술의 묘한 힘"에 해당하는 것이 그가 말하는 '문화'의 개념이다. 그리하여 그 '문화'는 "폴리씨의 테밖에서도 능히 자기의 유지 발전을 획책할 수 있는 광의의 사상"으로 규정된다. 그가 말하는 바, 좁은 의미의 '정치'는 일본의 '동아체제'를 가리키는데, 말하자면 그의 '문화' 개념은 좁은 의미의 '정치'가 감당하지 못하는 것을 '예술'(문학)의 힘으로 하겠다는 것이었다.

> 그러나 국민 생활에 있어서 정치의 지상위(至上位)는 국민문학에 있어서 정치의 독재를 의미하는 것이어서는 안 된다는 의미에서 국민문학이 협의의 정치문학에 떨어지는 것은 크게 경계할 필요가 있는 것이 아니겠는가! 소재주의로서, 현실의 한가운데 뛰어들어 문학인적 야심을 발휘해 보이는 것도 물론 좋으나 소재란 어디까지나 소재이고 지엽적인 것이다. **국민 생활이라는 것을 역사적 전망의 긴 안목에서 본다면 졸렬하게 구가한 정책 쪽보다는, 솜씨 좋게(예술적으로) 노래한 자연 쪽이 오히려 이익이 되는 경우도 있지 않겠는가!**[43]

---

41) 안함광, 「문학하는 마음」, 『비판』, 1939.5.
42) 안함광, 「문학상의 제문제-문예시평」, 『문장』, 1940.2.
43) 안함광, 「조선문학의 특질과 방향에 대하여」, 김윤식(역), 『작가』, 2002년 겨울.

  그는 또한 이 '문화' 개념과 관련하여 자신의 '비전향'의 태도를 분명히 드러낸다.[44] 그는 이 '문화'에 대한 정확한 인식이야말로 과거 카프의 도식성을 제대로 넘어서면서 카프를 정당하게 계승하는 길이라고 파악한다. 고정된 비평기준을 설정하거나 '사상'을 선재(先在)하는 것으로 여기는 태도를 그가 1940년대 들어 강하게 비판하는 것도 이러한 이유에서였다. 이미 그는 "규환(叫喚)적인 주관주의적 경향성"(도식주의·공식주의)에 대하여 '예술의 당파성'을 강조한 바 있는데,[45] 즉 그가 말하는 '문화'는 '정치'와 '예술'이 고도의 통일을 이루는 것으로서, 그 둘을 아우르는 개념이다. 이는 그가 해방 이후 「예술과 정치」(1946.4.14)라는 글에서 '문화' 대신 다시 예술과 정치의 관계를 문제삼는 데서도 재차 확인된다. 그리고 그 '문화'를 가능하게 하는 주된 요소가 '생활'이다.[46] 그가 자신의 '문화' 개념을 처음으로 이론화하고 있는 「조선문학의 진로」의 부제를 '문학과 정치'라 하지 않고 '문학과 생활'이라 한 이유도 그 때문이다. 좁은 의미의 '정치'가 아닌, 그보다 광범위한 '생활'에의 관심을 그는 '문화'라는 말로 드러내고 있는 것이다. 따라서 그 '생활'은 결코 세계로부터 도피하는 것을 말하지 않고 그 자체가 "사상을 주체화할 수 있는 세계"이며, "외부적인 것의 교체 여하를 막론하고 늘상 그 밑을 흐르고 있는 본질적인 것"을 의미한다.[47]

---

44) 안함광의 「문학하는 마음」은 그가 '비전향'과 관련하여 높이 평가하였던 작가 한설야에게 보내는 편지 형식으로 되어 있다("한데 더 안타까운 점은 자신이 썩어져 새 싹을 움트게 하는 '밀알'도 있지만은 **그와는 반대로 자신이 썩어져 사라져버리고 마는 가랑잎이 되지 않을 것을 준비하는 것만이 문화의 문화다운 점이 아니겠느냐.**")

45) 안함광, 「창작방법 문제 논의의 발전 과정과 그 전망」, 『조선일보』, 1936.6.6.

46) 안함광, 「조선문학의 진로-문학과 생활」, 『동아일보』, 1939.11.30-12.8.

47) 안함광, 「조선문학의 진로-문학과 생활」, 『동아일보』, 1939.11.30-12.8.

그러기에 그가 말하는 '문화', 그리고 그것을 가능하게 하는 주된 요소로서의 '생활'은, 그가 좁은 의미의 '정치'에 해당하는 것으로 설정하고 있는 '동아체제'에 대한 견제 방식이다. 그는 '동아체제'가 "역사적 발전의 필연적 법칙"에 대한 신뢰를 박탈해버렸다고 진단한다. 그리하여 그 '동아체제'가 요구하는 바, "기계적 이념에 의한 생활 창조의 시각"이 아닌 "생활을 통한 이념의 탐색"을 강조한다.[48] 이 시기 들어 그가 특히 이론의 '후행성'을 강조하는 것도 바로 '동아체제' 같은 외부의 이론(이념) 체계를 견제하기 위해서다. 특정 이론(이념) 체계보다 오히려 그것을 가능하게 하는 생동하는 '생활'을 먼저 주목하고자 한 것이다. 따라서 그가 말하듯, '생활'은 단순히 제재 차원에서가 아니다. 그것은 오히려 "세계 유동의 본질 면과 교섭되어지는 것"이다. 또한 그것은 "특정의 사회를 약속하는 정형적 관념"도 아니다. 그가 강조한 '사색의 리얼리티'[49]는 바로 이러한 '생활'을 정확히 인식하기 위한 수단이었다.

그리고 '생활'에 대한 정확한 인식은 우리의 '전통'에 대한 정확한 인식과 다르지 않다. 일제가 요구하는 '국민문학'의 범주 내에서 일제 말기를 견디는 한 가지 방식이었던 그의 '문화' 개념은 이 '전통' 개념과 맞물려 있다. 일본과 조선을 "동일한 국가 권내에 있어서의 민족과 민족"[50]으로 이해한 그에게 이 '전통' 개념은 특히 중요하다. 더욱이 일본의 '국민주의'와 '국제주의'가 서로 대치하는 상황에서 그것은 우리 자신을 살리는 데 반드시 필요한 것이었다.

---

48) 안함광, 「문예 비평의 현대적 윤리」, 『춘추』, 1941.7.
49) 안함광, 「문학의 구상」(5), 『매일신보』, 1941.5.17.
50) 안함광, 「내지 문학의 특성과 조선 작가의 작품」(1), 『매일신보』, 1940.7.24.

문화에 있어서의 코스모폴리타니즘이 결국 허망한 물건이었다는 것은 제1차대전이 여실히 폭로 설명한 바이어니와 그러할지라도 그 이후 치열한 관심의 적(的)이 된 나쇼나리즘이 전통주의에로까지 심화되어졌다 쳐도 그것이 국제주의와까지 모순되어지는 것이냐 하면 그런 것은 아니다.

하기는 국제연맹이 공문화(空文化)하고 독일에 있어서는 민족의 순수성이 고조(약소 민족의 합병 등으로 사실과는 다소 어긋나는 일이지마는)되어지고 말아 **정치적으로는 국민주의와 국제주의가 대치되어져 있는 것이 사실이긴 하나 일이 문학에 대한 한 그렇게 획일되어지지 못한 것도 사실이다.**

차라리 「전통」의 심X(장)과 「국민적」인 호흡을 갖는 각자의 노래는 「세계」라는 그 무대 우에서 일대 교향악을 형성하고 있는 것임에 불외하다.[51]

인용은, '정치'적으로는 '국민주의'와 '국제주의'가 서로 대치하고 있지만, 그러나 '문화'(학)에 있어서는 그렇지 않다는 것, 바로 여기서 각자의 '전통'이 세계 무대 위에 개입할 자리가 생긴다는 것이다. 즉 안함광은 정치적으로 '나쇼나리즘'과 결부되어 있는 '전통주의'와 문화적 차원에서의 '전통'을 구분하고 있다. 그리고 그때의 '전통'은 당연히 일본의 '국민적'인 호흡에 포섭되지 않는 우리의 '전통'을 전제하고 있다. 그의 말대로, 외래문화의 수입 과정에서는 대립과 각축의 과정, 다시 말해 '개성적 자기주장'이 관여할 수밖에 없기 때문이다. 요컨대 그가 말하는 바 '문화', 그 핵심 기제로서의 '생활', 그리고 그 '생활'을 정확하게 인식하기 위해 그가 강조하는 바, '사색의 정신'은 바로 외부와 대립·각축하는 과정을 성찰하는 것에 다름 아니다. 그리하여 그 '사색의 정신'은 당연히 식민지자본주의라는 조선의 특수성, 그리고 그 조선을 둘러싼 서구 자본주의, 나아가 그 연장선에 놓여 있는 '동아체제'에 대한 성찰을 담보하고 있다.

---

51) 안함광, 「내지 문학의 특성과 조선 작가의 작품」(1), 『매일신보』, 1940.7.24.

5. 전향·친일문학론의 진전을 바라며

한국근대문학사에서 전향 문제만큼 미묘한 문제도 없다. 그렇다고 해서 이른바 전향소설들 간의 '미세한 차이'를 확인하는 것으로 그칠 수는 없다. 전향 문제를 바라보는 시각의 근본적인 수정이 요구되는 것도 이 때문이다. 전향 문제는 단순히 작품에 전향 지식인이 나온다는 소재 차원에서 판단할 수는 없다. 그리고 카프 해산 이후 좌익 지식인이 마주한 '전향'은 무엇보다 일종의 '제도'였다. 그리하여 '전향'은 엄밀히 강제성을 띠고 있었지만, 아주 자유스러운 방식으로 진행되었다. 거부감 내지 저항을 최소화하면서 '포섭'하는 방식이었던 것이다. 따라서 '전향'을 '제도'적 차원에서 그대로 받아들일 수밖에 없었다고 한다면, 그때의 '친일' 또한 '포섭'을 전제할 수밖에 없다. 바로 여기서 '친일'에 '저항'의 균열이 생겨난다고 하겠다. 그리고 일본의 전향 지식인의 경우 '국가'가 큰 울타리가 되어주었다. 하지만 식민지 조선의 경우 사정은 달랐다. 사실 대부분의 구카프작가들은 '전향=친일'의 구도를 취하고 있다. 그러나 이것은 표면상의 것일 뿐, 안으로는 '(비)전향=(비)친일'의 균열을 곳곳에 드러내고 있다. 여기에는 식민지 조선의 특수성이 작용하고 있고, 마르크스주의라는 계기 또한 작용하고 있다. 이것은, 대부분의 구카프작가들이 해방 이후 다시 '계급문학'으로 복귀하는 데서도 여실히 증명되는 바 있다.

이 글이 안함광에 주목한 것도 그러한 이유에서였다. 안함광은 해방 전후 일관하여 극좌적 노선과 프롤레타리아 국제주의를 비판했다. 해방 이전 그는 식민지자본주의라는 '조선적 특수성'을 강조했다. 그러하기에, 그러한 식민지 조선의 특수성을 무시하고 사회주의리얼리즘을 빌미로 전향을 선언하거나 그에 동조하는 풍조를 그는 강하게 비판했다. 그렇다고 해서, 그의 '조선적 특수성'론이 자민족의 폐쇄성을 강조하는 것은 아니다. 그는 오히려 일국적 사고를 벗어나 세계적 차원의 교류를 전제하고 있다. 그럼에도, 1940년대 들어 그는 '계급문학'을 부정하고 '국민문학'을 내세웠다. 그리고 '국민문학'으로의 이행 과정에서 그는 '(혁명적) 낭만주의'라는 그의 사고의 잔재와 함께, 도스토예프스키나 톨스토이가 보여주는 바, '인간 정열의 논리'를 그 계기로 삼고 있다. 이렇듯 그가 부분적이나마 '계급문학'에서 '국민문학'으로 이행해가는 과정을 보여준다는 것은, 그의 전향·친일이 의식적이든 무의식적이든 일제에 '포섭'되는 측면도 있었음을 의미한다. 말하자면 수미일관하게 '비전향'(저항)의 논리만을 내세웠던 것은 아니라는 것이다. 이처럼 그의 천황제로의 전향에도 불구하고, 1930년대 후반 이후 신체제 시기의 그의 비평은 '전향'과 '친일'간의 균열 양상을 다양하게 보여준다. 다시 말해 '친일'과 거기에 균열을 일으키는 여러 '저항'의 지점들을 동시에 보여준다는 것이다. 이는 무엇보다 지배 권력의 강요에 의한 '순응'이냐 의도적 '저항'이냐, 라는 단순한 이분법을 넘어서고 있다. 사실 어떤 점에서는 식민 지배자와 피지배자가 가장 첨예하게 부딪치는 시기가 신체제 시기며, 그 장소가 '국민문학'의 현장이라 할 수 있다. 앞으로의 친일문학 연구도 바로 이러한 관점에서 보다 치밀해져야 한다.

  우선, 그는 '조선문학'이 "혹종의 사대사상을 표방"해서는 안 된다는 사실을 분명히 하고 있을 뿐 아니라, '조선문학'을 '내지 문학'과 구분하며 '국민문학'("전쟁의 문학")에 포섭되지 않는 '조선문학'의 전통적 가치를 강조한다. 이처럼, 그는 '내지 문학'과 '조선문학'의 차이, 나아가 '국민문학'과 '조선문학' 사이의 균열 양상을 잘 보여준다. 이와 관련하여,

그의 '문화' 개념을 이해할 수 있다. 먼저 이 '문화' 개념과 관련하여 그는 자신의 '비전향'의 태도를 분명히 드러낸다. 그는 좁은 의미의 '정치'('동아체제')가 감당하지 못하는 것을 '문화'("예술의 묘한 힘")로 하겠다고 말한다. 그리고 그 '문화'를 가능하게 하는 주된 요소가 '생활'이다. 또 그 '생활'은 "사상을 주체화할 수 있는 세계"로 규정된다. 그는 '동아체제'가 "역사적 발전의 필연적 법칙"에 대한 신뢰를 박탈해버렸다고 진단하는데, 바로 그렇기 때문에 그는 '동아체제'가 요구하는 바, "기계적 이념에 의한 생활 창조의 시각"이 아닌, "생활을 통한 이념의 탐색"을 강조한다. 특히 이 '생활'에 대한 정확한 인식은 우리의 '전통'에 대한 정확한 인식과 다르지 않다. 그는 '정치'적으로 '나쇼나리즘'과 결부되어 있는 '전통주의'와 '문화'적 차원에서의 '전통'을 구분하는데, 바로 여기서 각자의 '전통'이 세계 무대에 개입할 자리가 생긴다. 따라서 그때의 '전통'은 당연히 일본의 '국민적'인 호흡에 포섭되지 않는 우리의 '전통'을 전제하고 있다. 이는, 그가 일본 정신의 확대판인 '동양주의'와 분명한 거리를 두고 있음을 말해준다.

요컨대 그가 말하는 바 '문화', 그 핵심 기제로서의 '생활'은, 식민지자본주의라는 조선의 특수성, 그리고 그 조선을 둘러싼 서구 자본주의, 나아가 그 연장선에 놓여 있는 '동아체제'에 대한 성찰을 담보하고 있다.

〔이상갑〕

참고문헌

김윤식, 『한국근대문학사상사』, 한길사, 1984.

──────, 『한국근대문예비평사연구』, 일지사, 1985.

──────, 『한국현대문학사상사론』, 일지사, 1992.

김재용 · 이현식(공편), 『민족과 문학』(안함광 평론 선집 3), 박이정, 1998.

노상래(역), 『전향이란 무엇인가』, 영한, 2000.

──────, 『한국 문인의 전향 연구』, 영한, 2000.

이상갑, 『한국 근대문학과 전향문학』, 깊은샘, 1995.

스즈키 마사유키, 『근대 일본의 천황제』, 류교열(역), 이산, 1998.

프란츠 파농, 『검은 피부, 하얀 가면』, 이석호(역), 인간사랑, 1998.

호미 바바, 『문화의 위치』, 나병철(역), 소명, 2002.

강상희, 「친일문학론의 인식 구조」, 『한국근대문학연구』, 태학사, 2003.

김윤식, 「조선문학과 국민문학의 범주에 대하여」(해설), 『작가』, 2002년 겨울.

김재용, 「비서구 주변부의 자기인식과 변역 비평의 극복」, 『한국학연구』(17), 2000. 11.

류보선, 「친일문학의 역사철학적 맥락」, 『한국근대문학연구』, 태학사, 2003.

박상기, 「탈식민주의의 양가성과 혼성성」, 『비평과이론』(8), 2001년 봄 · 여름.

안함광, 「내지 문학의 특성과 조선 작가의 작품」, 『매일신보』, 1940.7.24-7.27.

──────, 「문학의 구상」, 『매일신보』, 1941.5.17.

──────, 「국민문학의 성격」, 『매일신보』, 1942.7.21-7.24.

──────, 「국민문학의 문제」, 『매일신보』, 1943.7.24.

──────, 「조선문학의 특질과 방향에 대하여」, 『작가』, 김윤식(역), 2000년 겨울.

이경원, 「탈식민주의의 계보와 정체성」, 『비평과이론』(7), 2000년 가을 · 겨울.

이덕일, 「친일파 263명 '반민특위' 살생부 초안 최초 공개」, 『월간중앙』, 2001년 가을.

이상갑, 「'단층파' 소설 연구-'전향 지식인'의 문제를 중심으로」, 『한국학보』(66),
　　　1992년 봄.
김동환, 「1930년대 한국 전향소설 연구」, 서울대 석사, 1987.
藤石貴大, 「1930년대 후반 한국 전향소설 연구」, 서울대 석사, 1997.

[필자소개]

고은지 : 대진대학교 강사
구모룡 : 한국해양대학교 교수
기시까와 히데미 : 홍익대학교 교수
김동식 : 서울대학교 강사
김정훈 : 한양대학교 강사
김현주 : 포항공과대학교 교수
양문규 : 강릉대학교 교수
윤동재 : 고려대학교 교수
이상갑 : 한림대학교 교수
이선이 : 경희대학교 교수
정우택 : 대원과학대학교 교수
한수영 : 동아대학교 교수
홍은택 : 대진대학교 교수

한국 근대 문학의 형성과 발전

2004년 4월 30일 초판 1쇄 발행

편　저 · 국제어문학회
발행인 · 김흥국
발행처 · 도서출판 **보고사**
등　록 · 1990년 12월(제6-0429)
주　소 · 서울시 성북구 보문동 7가 11번지
전　화 · 922-5120~1(편집), 922-2246(영업)
팩　스 · 922-6990
메　일 · kanapub3@chollian.net
www.bogosabooks.co.kr
ISBN 89-8433-243-7

잘못된 책은 교환하여 드립니다.

정가 12,000원